因为我们成了一台戏,给世人和天使观看。

> 圣保罗,《新约·哥林多前书》4:9

解诗不可泥……而断无不可解之理。

> 何文焕,《历代诗话索考》

· 意义形式论 ·

赵毅衡 意义形式论五书

广义叙述学

赵毅衡　著

四川大学出版社

图书在版编目（CIP）数据

广义叙述学 / 赵毅衡著． — 2版． — 成都：四川大学出版社，2023.7（2025.8重印）
（意义形式论五书）
ISBN 978-7-5690-6237-3

Ⅰ．①广… Ⅱ．①赵… Ⅲ．①叙述学－符号学－研究 Ⅳ．① I045 ② H0

中国国家版本馆CIP数据核字（2023）第135790号

书　　名：	广义叙述学
	Guangyi Xushuxue
著　　者：	赵毅衡
丛 书 名：	意义形式论五书
出 版 人：	侯宏虹
总 策 划：	张宏辉
丛书策划：	张宏辉　陈　蓉
选题策划：	陈　蓉
责任编辑：	陈　蓉
责任校对：	吴近宇
装帧设计：	叶　茂
插图绘制：	卢茜娅　赵锐锐
责任印制：	王　炜

出版发行：	四川大学出版社有限责任公司
	地址：成都市一环路南一段24号（610065）
	电话：（028）85408311（发行部）、85400276（总编室）
	电子邮箱：scupress@vip.163.com
	网址：https://press.scu.edu.cn
印前制作：	四川胜翔数码印务设计有限公司
印刷装订：	成都金龙印务有限责任公司

成品尺寸：170mm×240mm
印　　张：25.5
插　　页：3
字　　数：415千字
版　　次：2013年12月　第1版
　　　　　2023年 8 月　第2版
印　　次：2025年 8 月　第2次印刷
定　　价：76.00元

扫码获取数字资源

四川大学出版社
微信公众号

本社图书如有印装质量问题，请联系发行部调换

版权所有　侵权必究

编订说明

四川大学出版社建议出版我的作品集，但旧作各书，已经多次重印或重版，卑之无甚高论。二十多本摆一书架，形同作秀，狂妄自大，自己脸红，这次合集的只是未曾修订再版过的近作。新世纪后不久回国任教，有机会集中心力，就一系列久思未决的"意义形式"问题，做比较集中深入而且持久的思考。其成果就是2011年的《符号学原理与推演》，2015年的《广义叙述学》，2017年的《哲学符号学：意义世界的形成》，2022年的《艺术符号学：艺术形式的意义分析》，2023年的《符号美学与艺术产业》。最后两本书实际上是同一课题的上下卷（分别是"纯艺术"与"泛艺术"）。只因行政上分成两个项目，只能作两本书出版。

究竟为何称为"意义形式论"，我在《哲学符号学：意义世界的形成》的"余论"中已经详解。这些问题半个世纪来一直在头脑中，形成了包括八十与九十年代出版的《文学符号学》《苦恼的叙述者》《当说者被说的时候：比较叙述学导论》等书。现在回顾，不能说不值一晒，但也不必特地集合进来。因此，一生思考追求，最终就这几本勉强可以拿出手的"意义形式论五书"。

集合起来后总览之，就显现了一些问题：前后四十年，有些课题，有些论点，不可避免会重复谈，例如在新世纪第一个十年写成的《符号学原理与推演》中，专章讨论了后来进入《广义叙述学》和《艺术符号学：艺术形式的意义分析》的基本思想。既然读者有五本书互相参读，保留后出的专著就可以了。篇幅宝贵，读者的时间更应珍惜。此种情况，有关章节一律砍掉，留几个小注，说明原委。只是经常同一问题，各处各用，不可能抹掉所有的思考，此时用脚注说明可互参之处。

最后的最后，总要说几句感慨。学术天下公器，只是借我手而成文，能用一生思考这些问题，对了错了，都值得了，所以谈不上"天鹅之歌"。若天假我以年，有后续之作，此处就不必谢幕。书生除了读书写作，百无一用。思考权虽然冥冥赐于每人，暴殄天物总是可惜。

赵毅衡
2023 年 7 月 10 日

目 录

叙述体裁分类总表及其说明 ……………………………………… i

导　论 ………………………………………………………………… 1
　1. 广义叙述学的必要性 ………………………………………… 1
　2. 符号学与叙述学 ……………………………………………… 4
　3. 叙述的定义 …………………………………………………… 7
　4. 叙述是否必须卷入人物 …………………………………… 10
　5. "叙述转向"：叙述成为文科普遍对象 …………………… 15
　6. 伦理转向与叙述转向 ……………………………………… 18
　7. 叙述与人的生存意义 ……………………………………… 20
　8. "新叙述学"如何到位？ …………………………………… 21

第一部分　叙述的分类

第一章　文本意向性 ……………………………………………… 27
　1. 作为叙述分类原则的文本意向性 ………………………… 27
　2. 模态 …………………………………………………………… 30
　3. 语力 …………………………………………………………… 34
　4. 模态－语力与文本 ………………………………………… 37
　5. 叙述体裁分类 ……………………………………………… 41
第二章　演示类叙述 ……………………………………………… 45
　1. 演示类与记录类 …………………………………………… 45
　2. 演示类叙述的展示方式 …………………………………… 50

3. 情节不可预测与即兴 ·············· 51
　　4. 受述者参与 ·················· 53
　　5. 非特有媒介 ·················· 55

第三章　心像叙述 ···················· 57
　　1. 为什么梦是叙述 ················ 57
　　2. 梦的叙述者 ·················· 62
　　3. 梦与想象 ··················· 64

第四章　意动类叙述 ··················· 69
　　1. 普遍与特殊意动性 ··············· 69
　　2. 意动叙述的形式特征 ·············· 73
　　3. 意动叙述的本质 ················ 76

第五章　纪实型与虚构型：双区隔 ············ 78
　　1. 虚构与纪实 ·················· 78
　　2. 从风格区分二者的可能性 ············ 80
　　3. 用指称区分二者的可能性 ············ 84
　　4. 叙事与"经验事实"的区隔 ············ 88
　　5. 虚构叙述的"二度区隔" ············· 92
　　6. 虚构在什么意义上是"真实的"？ ········ 99
　　7. 虚构与纪实何者为标出项？ ··········· 105

第二部分　叙述的基本构筑方式

第一章　叙述者 ····················· 111
　　1. 广义叙述者的二象 ··············· 111
　　2. 作者—叙述者人格合一：纪实型 ········· 114
　　3. 分裂式叙述者：记录类虚构叙述 ········· 118
　　4. 框架叙述者：演示类虚构叙述 ·········· 119
　　5. 受述者主导：心像虚构叙述 ··········· 123
　　6. 叙述者二象与区隔论 ·············· 126

第二章 二次叙述化 ················· 130
1. 叙述化，二次叙述化 ············· 130
2. "还原"式二次叙述 ············· 133
3. 妥协式二次叙述 ················· 135
4. 创造式二次叙述 ················· 138
5. 还原优先与创造优先 ············· 139
6. 二次叙述的作用 ················· 143

第三章 底本与述本 ················· 146
1. 术语的困扰 ······················ 146
2. 几个述本能否共用一个底本 ······· 150
3. 情节究竟在哪里形成？ ············ 152
4. 什么样的述本无底本？ ············ 155
5. 符号双轴与叙述双层 ·············· 157
6. 叙述在选择中产生 ················ 161
7. 底本里有哪些元素？ ·············· 165
8. 底本的边界与所谓"真实性" ······· 167
9. 纪实型叙述有没有底本 ············ 169
10. 三层次论 ························ 172

第三部分 时间与情节

第一章 广义叙述时间 ················ 177
1. 时间的各种范畴 ·················· 177
2. 被叙述时间 ······················ 180
3. 叙述行为时间 ···················· 184
4. 叙述内外时间间距 ················ 190
5. 二我差 ·························· 194
6. 演示类叙述的时间 ················ 198

第二章 情节诸问题 ··················· 202
1. 情节与事件 ······················ 202

2. "可述性"与"叙述性" …………………………………… 204
　　3. "否叙述"与"另叙述" …………………………………… 208
　　4. 情节选择的标准 …………………………………………… 212
第三章　可能世界与三界通达 ……………………………………… 216
　　1. 可能世界理论与叙述学 …………………………………… 216
　　2. 可能世界，不可能世界 …………………………………… 218
　　3. 实在世界 …………………………………………………… 223
　　4. 纪实型叙述的世界 ………………………………………… 226
　　5. 虚构世界 …………………………………………………… 228
　　6. 虚构世界中的逻辑不可能 ………………………………… 231
　　7. 通达与风格 ………………………………………………… 237
　　8. 通达的社会意义 …………………………………………… 239
第四章　情节的否定性推进动力 …………………………………… 242
　　1. "四句破"模式 …………………………………………… 242
　　2. 符号方阵的动态化 ………………………………………… 246
　　3. 否定推进的意义 …………………………………………… 250

第四部分　叙述文本中的主体冲突

第一章　"全文本"与普遍隐含作者 ……………………………… 259
　　1. 文本的"合一性" ………………………………………… 259
　　2. 叙述的伴随文本 …………………………………………… 263
　　3. 全文本 ……………………………………………………… 268
　　4. 普遍隐含作者 ……………………………………………… 271
第二章　叙述的"不可靠性" ……………………………………… 275
　　1. 不可靠性的定义 …………………………………………… 275
　　2. 如何确定叙述者与隐含作者 ……………………………… 279
　　3. 纪实型叙述会不可靠吗？ ………………………………… 285
　　4. 全局不可靠及其识别 ……………………………………… 290
　　5. 局部不可靠及其"纠正" ………………………………… 294

第三章　叙述框架中的人格填充 ········· 300
1. "第三人称叙述"如何会不可靠 ········· 300
2. 人格填充之一：评论与拒绝评论 ········· 301
3. 人格填充之二：次叙述者 ········· 304
4. 人格填充之三：视角与方位 ········· 306
5. 人格填充之四：人物 ········· 309
6. 抢话 ········· 312
7. "抢镜" ········· 317

第四章　分层，跨层，回旋跨层 ········· 324
1. 叙述分层 ········· 324
2. 演示类叙述如何分层？ ········· 330
3. 演示类叙述分层中的时间问题 ········· 335
4. 嵌套 ········· 337
5. 跨层 ········· 341
6. 叙述悖论与自指悖论 ········· 346
7. 回旋跨层 ········· 350

第五章　元叙述 ········· 361
1. 何为"元" ········· 361
2. 纪实型叙述的元叙述化 ········· 364
3. 虚构型叙述文本的"元叙述化" ········· 366
4. 当代文化与"元叙述" ········· 371
5. "犯框"：元叙述的共性 ········· 380
6. "元叙述"与叙述理论 ········· 382
7. 元意识与中国思想 ········· 385

修订后记：为何本书标题依然如故？ ········· 389

叙述体裁分类总表及其说明

本书建议的广义叙述体裁基本分类见下：

表一　叙述体裁基本分类

媒介	时间向度	纪实型体裁	虚构型体裁
记录类：文字、言语、图像、雕塑	过去	历史、传记、新闻、日记、坦白、庭辩、情节壁画	小说、叙事诗、叙事歌词
记录演示类：胶卷与数字录制	过去现在	纪录片、电视采访	故事片、演出录音录像
演示类：身体、影像、实物、言语	现在	（电视、广播的）现场直播、演说	戏剧、比赛、游戏、电子游戏
类演示类：心像、心感、心语	类现在	心传	梦、幻觉
意动类：任何媒介	未来	广告、许诺、算命、预测、誓言	

广义叙述学，讨论的是所有叙述体裁的共同规律。为达到这一目的，第一步必须对所有叙述体裁进行分类，即把任何方式的叙述纳入一个总体分类。

迄今未见到对全部叙述进行分类的努力。诚然，有过一些对叙述体裁进行分类的工作，但是没有人试图对叙述的全域进行分类，然而,"分节"是任何符号全域获得意义的第一步。①

对全部叙述进行分类,这本身就是寻找规律。我们不能满足于单门类讨论,原因是只有拉通所有的叙述,才能说清两个本质性的问题:第一,要弄明白各种叙述体裁与"经验真实"的本体地位的关联,必须说清纪实型/虚构型两个大类的差别;第二,要弄明白各种叙述的形式特征(尤其是与时间和空间有关的特点),必须说清记录类/演示类两大群类的差别。单独讨论任何体裁,永远弄不清这两个问题,只有通过跨类对比才能凸显它们的本质差别。

早在 1990 年,热奈特(Gerard Genette)曾撰长文讨论过纪实型叙述与虚构型叙述的区别。② 他的具体论证,笔者将在本书第一部分第二章"语态"中详细讨论。该论文只涉及文字叙述的形式,一旦讨论推进到文字媒介之外的大天地,图景就非常不同,迫使我们找到两大类型的本质区别。

2004 年,玛丽-劳尔·瑞安(Marie-Laure Ryan)主编的《跨媒介叙事》(*Narrative Across Media*)一书出版,将叙述形式分成五个部分:面对面叙述、单幅画叙述、电影、音乐、数字。③ 瑞安的"跨媒介叙事学"(transmedial narratology),指的是各种非文字媒介,不谈文字叙述,不对叙述做全域覆盖,这只是列举,不是分类。第二年,她在另一文中又提出过一种更基础化的叙述四分类:

(1) 讲述模式:告诉某人过去发生的某事,如小说、口头故事。

(2) 模仿模式:在当下演出故事、扮演人物,如戏剧、电影。

(3) 参与模式:通过角色扮演与行为选择实时创作故事,如

---

① 关于马丁奈(Andre Martinet)提出的"分节"理论,请参阅笔者《符号学原理与推演》第四章第 2 节,成都:四川大学出版社,2023 年版。
② Gerard Genette, "Fictional Narrative, Factual Narrative", *Poetics Today*, Vol. 11, No. 4, p755.
③ Marie-Laure Ryan, et al, (eds), *Narrative Across Media*: *The Languages of Storytelling*, Norman: University of Nebraska Press, 2004.

儿童的过家家游戏、观众参与的戏剧。

（4）模拟模式：通过使用引擎按照规则并输入实现一个事件序列而实时创造故事，如故事生成系统。①

瑞安四分类中的三种半，是演示类，显然，这是她的工作重点。她的这个分类没有试图覆盖所有的叙述，因此她没有谈重要的媒介"心像"，没有讨论这种媒介形成的"幻觉""梦境"等重大叙述类型（见本书第一部分第三章）。瑞安的分类也没有讨论"意动"这种类型上非常特殊的叙述（见本书第一部分第四章）。她把"口头讲述"这种演示类叙述，与文字叙述并列为第一类型，而没有提图像这种最常用的媒介，没有考虑到图像叙述实际上更类似文字，都是记录性叙述。其结果是，该分类把纪实型－虚构型这个贯穿全部叙述的基本分类搁置了。因此，瑞安提出的四模式类型，依然不是一个覆盖叙述全域的分类。

瑞安这个分类的第一种是"讲述模式：告诉某人过去发生的某事，如小说、口头故事"。口头言语是与身体姿势同类的"现成媒介"，舞台上的演出，经常是动作言语兼用。令人困惑的是，口头叙述似乎用的是与文字相仿的语言，听某教授讲解历史，某亲历者谈一个事件，某行吟诗人说一段史诗，似乎与阅读他们的文字文本相似。实际上这二者必须分清：说书、相声、戏剧、电影可以预先有脚本，并不能消解它们的演示叙述基本特征（即本书第一部分第二章将讨论的"即兴""不可预知""可干预性"等）。口头叙述，是一种演示类叙述。因此，将口述与笔述并列为同一种叙述模式，会造成极大困惑。

本书讨论的广义叙述学，与瑞安的"跨媒介叙述学"最大的不同，在于坚持文字这种人类文明史上最重要的叙述媒介，依然在整个叙述分类体系中占一席之地。一旦叙述研究排斥文字媒介，固然能尽快弥补先前这个学科的缺陷，尽快扩充叙述学范围，却无法让分类覆

---

① Marie-Laure Ryan, "Narrative and the Split Condition of Digital Textuality," dichtung-digital 34.1（2005），http://www.dichtung-digital.com/2005/1/Ryan.

盖全域，其他媒介的叙述的特点也无法在与文字的对比中得到理解。

从表一可以清楚看到，笔者提出的分类，沿着纵横两条轴线展开：横轴线是再现的本体地位类型，即纪实型诸体裁与虚构型诸体裁；纵轴线是媒介－时向方式，媒介与时向在这个分类上相通。也就是说，媒介分类即时间意向分类：分布在这条轴线上的，有过去时记录类诸体裁、进行时演示类诸体裁、过去进行时的记录演示类诸体裁、类演示类的心像诸体裁，以及独立于媒介的未来时（意动型）诸体裁。如此一纵一横，所有的叙述体裁都落在这两条轴线的交接处：每一种叙述都属于某种再现类型，也属于某种时向－媒介类型。

应当说明的是，这个分类的基本范畴，例如"纪实""虚构""记录""演示"等，都可以用来描述句子和命题。也就是说，都可以用于话语分析或语义学研究，不一定专用于叙述研究。实际上这种多义性对本书的讨论并不形成干扰。只要记住以下两点：第一，本书只讨论这些范畴在叙述中的有效性；第二，一个叙述文本很可能包含着各种命题和句式，例如虚构叙述文本必然有各种方式的纪实语句，纪实文本中则常有虚构段落。这种范畴混淆正是叙述的魅力所在，也是本书在仔细讨论分类特征时，不得不仔细辨析的问题。

那么，如何决定一个混合诸种句式的文本的分类归属呢？本书讨论的是文本的体裁，而不是单篇文本的分类。体裁取决于文化的程式规定，也取决于文本中的"主导"因素。当一个文本体裁的各种因素中，某个因素居于主导地位时，这个因素就决定了这种体裁的性质。雅柯布森很早就详论过这个问题：我们讨论的不是文本内语句显示的功能，也不是个别文本的倾向，而是"主导"（dominant）功能类型，因为它决定了某种体裁的类型归属。[①]

例如一篇抒情诗里会有叙述，但是抒情诗的主导是情感描述，由此，我们把抒情诗归为"状态描述"。同样原理，本书把地质报告视为"状态描述"，把化学实验报告视为"变化描述"，这不意味着它们

[①] 罗曼·雅各布森：《主导》，见赵毅衡编选：《符号学文学论文集》，天津：百花文艺出版社，2004年版，第7～14页。

绝对不可能有叙述（卷入人物命运的部分）的部分，只是说其叙述成分不是主导。反过来，普林斯指出过，一个叙述文本中，除了"叙述"语句，还有"评述"与"描述"。① 但叙述语句必定是主导，否则不能称为叙述文本。

同样，本书把历史视为"纪实型叙述"，把小说视为"虚构型叙述"，把预言视为"意动型叙述"，也只是讨论其主导功能，并不是说它们没有其他功能。因此，本书第一部分第四章讨论"意动类叙述"时，首先说明"普遍意动性"与"体裁决定的意动性"的重大差别。

根据同样的原则，有些体裁处于叙述的边缘，其组成元素中，叙述与非叙述部分严重混合，成分配置复杂，叙述成分不一定占主导地位。这样的体裁包括诗歌（抒情诗与叙事诗边界不明）、音乐、歌曲、展览、建筑、旅游设计、单幅图像、单个雕塑，等等，当它们的叙述性达到一定程度，我们就可以把它们当作叙述文本来理解。瑞安这句话很正确："叙述总体的集合是一个模糊集合（fuzzy set）。"② 研究这些文本的叙述性，只能考量单独的文本，无法把整个体裁作为叙述。只能考察单独文本，或某一批（某个潮流、某种集合）。本书不把这些边缘体裁作为讨论范畴，因为它们是否属于叙述因文本而异，例如我们不会讨论"有强烈叙述成分的歌词"③。本书的分类体系中，不列出，也不讨论这些"跨界叙述"体裁，因为它们的"主导"因素并非叙述，以免模糊了问题域：这些体裁需要另一本书来处理。由此，排出本书的第二张表格。

---

① 杰拉德·普林斯：《叙述学词典》，乔国强、李孝弟译，上海：上海译文出版社，2011年版，第136页。
② Marie-Laure Ryan, "Introduction", Marie-Laure Ryan et al (eds.), *Narrative Across Media: The Languages of Storytelling*, Norman: University of Nebraska Press, 2004, p. 13.
③ 陆正兰：《当代歌词的叙述转向与新伦理建构》，《社会科学战线》2012年第10期，第152~156页。

表二 本书最主要术语指称的范畴

讲述 discourse（语言文本 verbal text）			非语言文本 non-verbal text	
文本 text				
陈述 statement			叙述 narrative	
评述 commentary	状态描述 static description（包括抒情 lyricism）	变化描述 dynamic description	纪实型叙述 factual（包括意动型叙述 conative）	虚构型叙述 fictional

这张表把叙述与其他各种文本体裁大类相区别。"文本"是一切表意符号的合称，向上按媒介分成两大类：语言文本"讲述"与各种非语言文本。文本按类型分，可以分成"陈述"与"叙述"两大类。这一问题各家看法不同，用词也不同，例如布鲁纳提出叙述的对立面，应当是"论述"（argument）。① 他的看法下面会有讨论，笔者把所有的非叙述文本归于"陈述"之下，陈述中又分成"评述"与"描述"。

不过这张表，顺带也为本书的一个最关键用词做了辩护，那就是用"叙述"而不是用"叙事"。为此问题，笔者写过一篇小文②，提出汉语中"叙事"与"叙述"并存不当：一是导致某些学者认为"叙事"与"叙述"有重大差别，从而全身心写出皇皇巨著，讨论如何从"叙事"演变成"叙述"，或是相反，实际上二者是绝对同义词，不存在这样的演变；二是"叙事"是动宾结构复合词，连"此事的叙事""不宜叙事的事"这样的常用句无法安顿。在此，笔者有理由指出第三点：此表中的"讲述""陈述""评述""描述"，以及后文中还会讨论到的十多个术语，例如"言述"（enunciation, utterance）、"倒述"（flashback）、"预述"（flashforward）、"侧述"（diagression）、"可述"（narratable）、"超可述"（supranarratable）、"次可述"（subnarratable）、"反可述"（antinarratable）、"类可述"（paranarratable）、"口述"（oral narra-

---

① Jeremy Bruner, *Actual Minds, Possible Worlds*, Cambridge, MA: Harvard University Press, 1986, p. 13.
② 参见笔者《"叙事"还是"叙述"?：一个不能再"权宜"下去的术语混乱》，《外国文学评论》2009 年第 2 期，第 228~232 页。

tive)、"笔述"（written narrative）、述本（syuzhet）等，都是可以与"叙述"对照理解的"述字辈"，是一个整齐并存的文本类型与叙述话语方式，很自然地形成一个可比较的术语系列。《中庸》"父作之，子述之"，"述"是记述，口头或记录均可；《论语》"述而不作"，"述"与写作相对，指口述；《报任安书》"故述往事，思来者"，是笔述。可见"述"的用法灵活而全面。

对于这个不太值得争议的小问题，笔者需要再次郑重声明的是：用"叙事"在中国学界许多人已经相沿成习，况且承继中国传统的"叙事诗"等词（虽然在古典汉语中是个双词动宾结构），笔者不反对任何人全部用"叙事"，或间隔使用"叙述"与"叙事"。本书统一使用"叙述"，充分利用汉语的双音词组合法的优势，有对照地使用有关术语。本书转引他人论述时，保留"叙事"原词，以示尊重。此事在后记中有进一步的说明。

前文已经说过：对全部叙述体裁做全域性分类，至今尚未有人尝试过。本书冒头的这个分类表，是各章讨论的基本出发点，也是本书所有立论的基础。这个分类的最大特点，是把所有可以被称为叙述的体裁，全部放到一定的位置上，与其他题材对比相较讨论其特征。这个做法并不是有意标新立异，也希望不至于被同仁视为自视过高野心过大，这是读书思考的自然路径。

笔者的主要研究领域是符号学，一贯立场是把叙述学看作符号学的一个分支，重点思考的是符号学诸原理在叙述学中的应用，在下面的导论中，会提到相当多符号学者与叙述学者的类似观点。符号叙述学，研究所有可以用于"讲故事"的符号文本之共同特征。由于叙述是所有符号文本中最复杂的，叙述学早就是、今后也必然是一门独立学科。这是符号学门类分科发展的题中应有之义。而一旦决心从符号学角度来研究叙述，覆盖叙述的全域，也就是题中应有之义。

在此，也顺便为本书的一个特殊安排做一个交代：20世纪80年代，笔者在伯克利加州大学读书时，形成了关于叙述学的系列观点。1994年出版，题为《当说者被说的时候：比较叙述学导论》（中国人民大学出版社初版，四川教育出版社2013年再版）。那本书讨论的核心体裁是小说，本书则侧重处理小说之外的叙述体裁，以寻找叙述的一般规律。本书尽管没有躲避举小说的例子（例如《红楼梦》是不可能避开的经典），但因篇幅宝贵，尽可能避免重复《当说者被说的时候：比较叙述学导论》已经讨论过的内容。但是，讨论广义符号叙述学，关于小说叙述学的基本知识不可或缺。需要详细了解小说叙述有关概念的读者，只能恭请找一下《当说者被说的时候：比较叙述学导论》，幸而近年有新版。①

---

① 赵毅衡：《当说者被说的时候：比较叙述学导论》，桂林：广西师范大学出版社，2022年版。

导　论

1. 广义叙述学的必要性

叙述，是人类组织个人生存经验和社会文化经验的普遍方式。面对现象世界以及想象中的大量事件，人类的意识，可以用两种方式处理这些材料：一是用抽象思维求出所谓共同规律；二是从具体的细节中找出一个"情节"，即联系事件的前因后果。不用这两种思维方法，我们面对经验就无法做贯通性的理解，经验就会散落成碎片，既无法记忆存储，也无法传达给他人，我们的存在就会落入空无，堕入荒谬。

叙述是人类把世界"看出一个名堂、说出一个意义"的方式[①]，是人类生存的基本组织方式[②]。有学者甚至认为人的生存必需序列，应当是"食—述—性—住"（food—telling—sex—shelter）。因为"许多人没有性，没有住所，也活了下来，但几乎没有人能在沉默中生存"[③]。如果我们把这"述"理解为"陈述"＋"叙述"，此话就说得通了。

学界很早就注意到，叙述是人类认识世界的一个基本途径。利奥塔在那本轰动性的书《后现代状况：关于知识的报告》中提出"泛叙

[①] "Human beings make sense of the world by telling stories about it." Jerome S. Bruner, *The Culture of Education*. Cambridge, MA: Harvard University Press, 1996, p.129.

[②] M. Mateas and P. Sengers, "Narrative Intelligence", *Proceedings of the 1998 AAAI Fall Symposium*, Orlando: Florida, 1998.

[③] Reynolds Price, *A Palpable God*, New York: Anthenum, p.4.

述论",他认为人类的知识,除了"科技知识",就是"叙述知识"。①他的意思是所有的人文社科知识,从本质上说,是叙述性的,是讲故事。此言似乎有点夸大(某些社会科学的操作,例如统计与田野调查,应当说是科学性的),却是在理的,与本节开头的说法一致。

在利奥塔之前很久,萨特已经强调,人类的生存等同于讲故事:"人永远是讲故事者:人的生活包围在他自己的故事和别人的故事中,他通过故事看待周围发生的一切,他自己过日子像是在讲故事。"②近年则有政治哲学家罗蒂把所有的哲学命题分为两种:"分析哲学"与"叙述哲学"。③ 其后,十位哲学家就这个问题的讨论合成一本文集《分析哲学与叙述哲学》。④

他们的见解很卓越,问题是:如何证明呢?大批"文科"学者并不认为他们研究的是叙述。本章下一节将讨论"叙述转向",说明近年来各科学者们的看法也在变化:越来越多的社会人文学科,都开始以叙述为研究方法或对象。

除了归纳学界趋势,我们还有别的途径来探讨研究叙述的普遍性,一般有三种方式证明"某种活动是人的本性"。一是检查人类的进化史。学者们发现三百万年前出现的"能人"(Homo Habilis)已经开始各种非语言的交流,到三十万年前出现的"智人"(Homo Sapiens)言语,以及后出的书写,渐渐成为人类的特大符号体系⑤,而语言交流的主要内容,是讲述事件。第二种方式是检查幼儿成长过程。幼儿成长浓缩地重复人类进化的全过程。近年有学者研究幼儿的

---

① Jean-Francois Lyotard, *The Post-Modern Condition: A Report on Knowledge*, Manchester: Manchester University Press, 1984, p. 34;让-弗朗索瓦·利奥塔:《后现代状况:关于知识的报告》,岛子译,长沙:湖南美术出版社,1996年版,第74页。

② Jean-Paul Sartre, "A man is always a teller of tales; he lives surrounded by his stories and the stories of others; he sees everything that happens to him through them, and he tries to live his life as if he were recounting it". *Nausea*, New York: Penguin Modern Classics, p. 12.

③ Richard Rorty, *Analytic Philosophy and Narrative Philosophy*, Berlin: De Cruyter, 2005.

④ Tom Sorell and G. A. Jogers (eds.), *Analytic Philosophy and Narrative Philosophy*, New York: Oxford University Press, 2005.

⑤ Stephen Jay Gould, and Elisabeth S. Vrba, "Exaptation: A Missing Term in the Science of Form," *Paleobiology* 8 (1), 1982, pp. 4—15.

社会交往，发现在婴儿获得语言能力之前很久，婴儿与大人的姿势、表情、声音交流中，已经有"类似叙述形式的模式化交流的原始形式"[①]。第三种方式是检查梦境与幻觉等无意识活动。博德维尔认为，我们经常像体验小型叙述一样经历我们的梦，并且用故事的方式回忆和复述它们。[②]

从这三个角度看，叙述的确是人生在世的本质特征，是人类最基本的生存方式。人不仅如卡西尔所说的是"使用符号的动物"[③]，而且是"用符号来讲故事的动物"。

文化的人生存于各种叙述活动之中。所有的符号（语言、姿势、图像、物件、心像等）只要可以表意，就都可以用来叙述。本书旨在进行广义叙述的符号学研究，就是所有体裁叙述的普遍规律研究。

问题在于：至今没有人讨论广义的叙述。巴尔特下面的话经常被人引用：

> 世界上的叙述种类无限多……叙述存在于神话、传说、寓言、故事、小说、史诗、历史、悲剧、正剧、喜剧、滑稽剧、绘画（例如 Carpaccio 的 Saint Visula）、彩绘玻璃窗、电影、报刊上的连环画页、新闻，以及对话之中。不仅如此，叙述不仅有无限多的形式，而且存在于任何时代，任何地方，任何社会之中。[④]

实际上，巴尔特开出的长单子，严重地缩小了叙述的范围，因为他感叹地列举的，基本上是我们称为"文学艺术叙述"体裁的。在文学之外，叙述的范围远远广大得多。

更严重的问题是，热奈特很早就批评巴尔特这段话是"只说不

---

① Daniel N. Stern, *Motherhood Constellation: A Unified View of Parent-Infant Psychotherapy*, New York: Basic Books, 1995, p.93.
② 大卫·波德维尔、克莉丝汀·汤普森：《电影艺术——形式与风格》，彭吉象等译，北京：北京大学出版社，2003年版，第85页。
③ 恩斯特·卡西尔：《人论》，甘阳译，上海：上海译文出版社，1985年版，第43页。
④ 罗兰·巴尔特：《叙述结构分析导言》，见赵毅衡编选：《符号学文学论文集》，天津：百花文艺出版社，第2004年版，404页。

做"。巴尔特很少研究小说之外的叙述，更没有研究叙述的普遍规律。对此，热奈特坦率地做了自我批评：巴尔特的《叙述学原理》，与他自己的《叙述话语》，都不加辩解地排除了"纪实型叙述"（factual narrative），例如历史、传记、日记、新闻、报告、庭辩、流言。[1] 因此，热奈特承认："叙述学"（narratology）这个学科名称"极为名不副实"："从这个名称来说，叙述学应当讨论所有的故事，实际上却是围绕着小说，把小说看作不言而喻的范本。"

在西语中，"虚构"与"小说"用的是同一个词 fiction，而叙述学排除这个词外延的前一半：热奈特承认，甚至"非语言虚构"如戏剧、电影，通常都不在叙述学研究范围之中。[2] 为此，热奈特亲力而为，他 1990 年的名文《虚构叙述，纪实叙述》，详细对比了这两大类叙述，但是对比的标准却是他在《叙述话语》中奠定的小说叙述学体系，因此实际上他讨论的是"纪实叙述"偏离小说叙述学的程度，而没有能抽象出二者在风格之外的本体区别。

叙述学的"体裁自限"已经成为这个学科始终未能认真处理认真对待的重大问题。2003 年汉堡"超越文学批评的叙述学"讨论会，产生了一批出色的论文，但主持者迈斯特教授也坦承总体没有能突破文学叙述学[3]；近年施密德的《叙述学导论》，依然认为"文学研究之外很难有独立的叙述学范畴"[4]。

2. 符号学与叙述学

广义的"符号叙述学"（semio-narratology），即研究一切包含叙述的符号文本的叙述学，其实不是新提法，而是很久以来许多学者努力的方向。因此，本书的主旨，不是学界想不到，而是学界没做到。

---

[1] Gerard Genette, "Fictional Narrative, Factual Narrative", *Poetics Today*, Vol. 11, No. 4, p. 755.

[2] Gerard Genette, "Fictional Narrative, Factual Narrative", *Poetics Today*, Vol. 11, No. 4, p. 755, ff. 4.

[3] Jan Christoph Meister, *Narratology beyond Literary Criticism: Mediality and Disciplinarity*, Berlin and New York: De Gruyter, 2005, p. 5.

[4] Wolf Schmid, *Narratology: An Introduction*, Berlin & New York: de Gryuter, 2010, p. 2.

有一些学者多年来已经朝这方面努力,他们的理论值得我们回顾。

最早提出类似学科名称"叙述符号学"(narrative semiotics)的是格雷马斯,他的书名为《叙述符号学与认知讲述》①;利科在1984年的《时间与叙述》第二卷,用专节讨论普罗普、布瑞蒙、格雷马斯的学说,这一节的标题称为"叙述的符号学"(semiotics of narrative)②。恰特曼等人都曾经提出过,要解决叙述学的深层问题,必须进入符号学;而卡勒清楚地说,"叙述分析是符号学的一个重要分支"③。实际上,学者们的共识是:叙述学就是关于叙述的符号学。但是,建立符号叙述学的呼声虽然高,却一直没有一个成型的体系,这个学科并没有能建立。

在另一头,叙述学界也意识到了这一点:米克·巴尔很早就指出有两种叙述学,"文学叙述学属于诗学,非文学叙述学属于文本学"④;里蒙-凯南纠正说,准确的说法应当是"非文学叙述学属于符号学"⑤;而恰特曼则指出,"要说清小说与电影的异同,只有依靠一门合一的一般叙述学"⑥。他们都体会到,只有符号叙述学能处理一般叙述研究,因此,在本书的讨论中,"符号叙述学"就是"广义叙述学",本书有时称之为"广义符号叙述学",三个称呼是同样的意思。

近年,国际学界都感觉到这任务已经迫在眉睫,不约而同地做出应对:国际"叙述文学研究协会",于2009年改名为"叙述研究学会"(ISSN),而欧洲叙述学网络(ENN)于同一年发布了大规模的

---

① A. J. Greimas, *Narrative Semiotics and Cognitive Discourses*, London: Pinter Publications, 1990.

② Paul Ricouer, *Time and Narrative*, Vol. II, Chicago: University of Chicago Press, 1984.

③ Jonathan Culler, *In Pursuit of Signs: Semiotics, Literature, Deconstruction*, Ithaca: University of Cornell Press, 1981, p. 186. 必须说明,卡勒此言可能是指"叙述学是结构主义的一个分支"。在20世纪六七十年代,符号学与"结构主义"几乎是同义词。

④ Mieke Bal, *Narratology: Introduction to the Theory of Narrative*, Toronto: University of Toronto Press, 1984, p. 7.

⑤ Shlomith Rimmon-Kenan, *Narrative Fiction: Contemporary Poetics*. London and New York: Methuen (New Accents), 1983. p. xi.

⑥ Chatman, Seymour, *Coming to Terms: The Rhetoric of Narrative in Fiction and Film*, Ithaca: Cornell University Press, 1990, p. ii.

网上版"活的叙述学手册"（"A Living Handbook of Narratology"）鼓励学者参与网上补充扩容。

近年来，已有一些学者提出切实的新方案，逐渐迫近了"符号叙述学"这门理想中的学科。如本书前言中说到的，瑞安提出建立一门"跨媒介叙述学"①；欧洲学界关于"自然"与"非自然"叙述的辩论触及了各种叙述的根本性特征。② 中国学者近年对叙述学研究体裁扩大的贡献也不少，例如傅修延与江西师范大学的学者关于各种特殊媒介（例如青铜器铭文与图案、牌坊、谶纬、茶艺）叙述的研究③，张世君对中国"建筑叙事"的研究④，乔国强对"文学史叙事"的研究⑤，龙迪勇关于梦叙述的研究⑥，等等。

无论在国外，还是在国内，一门广义符号叙述学理论，已呼之欲出。固然各种方案比较散乱，难以合一，但学出多源，也可以避免定于一尊。本书提出广义叙述的符号学研究，并不打算抛开传统叙述学，相反，从符号叙述学的分析出发，传统的小说与电影叙述学的一些基本范畴，在广义叙述的共性背景上，会得到更清晰的理解；而对一些传统上认为是"边缘"，而现在成为叙述研究重要对象的体裁（例如新闻、广告、游戏、体育、法律等），本书希望能提供一个具有普遍性的学理模式。

---

① Marie-Laure Ryan, *Avatar of Story*, Minneapolis: University of Minnesota Press, 2006.
② Monika Fludernik, *Toward a "Natural" Narratology*, Frankfurt & New York: Lang, 2000; Jan Alber & Rüdiger Heinze, *Unnatural Narratives-Unnatural Narratology*, Berlin: Walter De Gruyter, 2011.
③ 见傅修延主编：《叙事丛刊》（1~3辑），北京：中国社会科学出版社，2008年版、2009年版、2010年版。
④ 张世君：《礼经建筑空间的元叙事技巧及其影响》，《江西社会科学》2010年第5期，第23~35页。
⑤ 乔国强：《文学史叙事的述体、时空及其伦理关系：以王瑶的〈中国新文学史稿〉为例》，《思想战线》2009年第5期，第74~80页。
⑥ 龙迪勇：《梦：时间与叙事》，《江西社会科学》2002年第8期，第22~35页。

3. 叙述的定义

建立广义符号叙述学这门新学科的压力，不仅来自符号学界和叙述学界，更来自当代文化的实践。这就是近几十年在人文社科各门类中出现的"叙述转向"。下文第五小节将对此做详细介绍。这里先谈其学术后果。

经过叙述转向，叙述学就不得不面对既成事实：既然许多先前不认为是叙述的体裁，现在被视为叙述体裁，而且是重要叙述体裁，那么叙述学就应当自我改造：不仅要有处理各种体裁的门类叙述学，也必须有能总其成的广义叙述学。很多专家在做门类叙述学，有时候与门类符号学结合起来（例如饶广祥的《品牌与广告：符号学叙述学分析》），至今已经有极为丰富的成果。事实证明，门类叙述学绝不是"简化小说叙述学"就能完成的：许多门类的叙述学提出的问题，完全不是小说叙述学所能解答的。因此，门类叙述研究迫使叙述学打开边界，从小说叙述学的茧壳中破蛹而出，成为一门广义叙述学。

但是广义叙述学的学理，不可能靠门类叙述学叠加而成，叙述的种类面广量大，必须考虑一系列极不相同的体裁，从中找出共同规律，因而不得不处理一系列高度抽象的概念。必须承认，叙述种类之多，要找到一个能普遍适用的定义，很不容易。鲁德鲁姆认为："只要一个文本被常规地当作叙述来使用，我们便可以稳当地称之为叙述"，这就干脆不需要探讨这个题目了。[①]

但是一门广义叙述学，必须从定义开始，本书的出发点是给叙述一个最基本定义，符合这个定义的，就应当是本书的研究范围。什么样的文本才是叙述文本？瑞安提出如下条件：

1. 一个叙述文本必须创造一个世界，其中有人物和物件。

---

① David Rudrum, "On the Very Idea of a Definition of Narrative: A Reply to Marie-Laure Ryan", *Narrative*, Vol. 14, No. 2, 2006, p. 198.

从逻辑上说，此条件意味着叙述文本的基础是肯定这些个体存在的命题，以及赋予这些存在者一定品质的命题。

2. 此文本指称的世界必须经历非常规的事件造成的状态变化，这些事件可以是意外的事变，也可以是人的有意行为。这些变化创造了时间向度，使叙述世界落在历史的流变之中。

3. 这文本必须允许在叙述周围重构一个目的、计划、因果的解释网络，这个网络给予叙述中的物理事件一致性与可理解性，从而把这些物理事件变成情节。①

瑞安提出的这几个要点，作为定义实在是太长了一些，一个"底线定义"，必须言简意赅，不然难以作为标尺。其内容笔者大致是同意的。不过有两个关键点恐怕需要补充：第一条，瑞安没有提叙述文本是如何形成的，这样文本与"经验"，情节与"事件"就可能相混。第二条，瑞安要求叙述情节是"非常规事件"（nonhabitual events），这一问题本书将在第三部分第二章讨论"可述性"时详加论析。非常规实际上是相当大的一部分叙述的要求，但并非所有的叙述都要求情节中的事件必须出格。

瓦尔特·菲歇的定义比较清楚："（叙述是）具有序列的符号性行为、词语或事件，对于生活在其中的人，创作的人，以及解释的人，具有序列性和意义。"② 这与笔者下面将提出的定义相当接近。但是他对叙述文本的描述，实际上是认为叙述文本不一定必须有"事件"，这个定义要求可能太低，会使叙述失去基本形态。

为了使本书的讨论有一个可以不断回顾的基础，笔者建议，任何叙述应当符合如下底线定义。一个叙述文本包含由特定主体进行的两个叙述化过程：

---

① Marie-Laure Ryan, "Introduction", Marie-Laure Ryan etal (eds.), *Narrative Across Media: The Languages of Storytelling*, Norman：University of Nebraska Press, 2004, pp. 8–9.

② "symbolic actions-words and/or deeds that have sequence and meaning for those who live, create, or interpret them", Walter Fisher, *Human Communication as Narration: Toward a Philosophy of Reason, Value, and Action*. Columbia：University of South Carolina Press, 1987.

1. 某个主体把有人物参与的事件组织进一个符号文本中。
2. 此文本可以被接收者理解为具有时间和意义向度。

这个定义实际上是笔者"最简符号文本"定义的细分。文本不是一堆符号，文本是文化上有整体意义的符号组合，携带着意义等待解释。笔者在《符号学原理与推演》一书中，给符号文本下了如下底线定义：

1. 一些符号被组织进一个符号组合中。
2. 此符号组合可以被接收者理解为具有合一的时间和意义向度。①

叙述文本，必定是由某个主体有意图地组成的文本。沃尔什（Richard Walsh）认为："必须承认每一个叙述都有叙述行为（narrating instance）。"② 而相当多符号文本是非人工制造的，没有发送主体的"自然符号"。③

与符号文本不同的是，叙述必然有一个叙述主体，具有情节意义的叙述文本不可能自然发生，叙述文本的发送者也可能是叙述者构筑的，例如"天狗吃月亮"；例如许多历史学家把火山爆发毁灭了庞贝城的史实，看作上帝对庞贝罗马人骄奢淫逸的惩罚。此时，符号的发送主体是符号文本接收者构筑的，例如古代政治家热衷"望气"，或"夜观星象"，他们是在构筑"天意"这个发送主体。这就成为一个完整的叙述过程，因为已经追加了（哪怕是"想象的"）叙述主体。因此，接收在此扮演了至关重要的角色。叙述文本携带的各种意义，需要接受者的理解和重构加以实现。这一点非常重要，是本书判断某种意义活动是否为叙述的标准。接受主体不一定必须是不同于发送者的另一个主体：自叙述（如日记、梦、自己赌咒发誓等），接收者就是

---

① 参见笔者《符号学原理与推演》，成都：四川大学出版社，2023年版，第48页。
② Richard Walsh, "Who's the Narrator?", *Poetics Today*, Vol. 18, No. 4, Winter 1987.
③ 参见笔者《符号学原理与推演》第二章第5节，成都：四川大学出版社，2023年版。

发送者自己。

　　符号文本与叙述文本，这两个术语唯一的不同，是叙述讲的是"有人物参与的变化"。"人物"与"变化"缺一不可，两者兼有的符号文本，才是叙述，不然只是某种"陈述"，而不是"叙述"。实际上，本书关于叙述文本的讨论和分类，有时候对于"陈述"也适用，只是叙述再现的是"人物在变化中"，借克尔凯郭尔的名言："存在的主体不断地处于成为（becoming）的状态之中。"[①] "成为"是人生的基本存在状态，"卷入人物"就是说人物的"成为"，因此叙述是文化的人的更根本性的表意行为。

　　本书的这个定义虽然短，实际上牵涉 8 个因素：某个叙述主体把人物和事件放进一个符号组成的文本，让接受主体能够把这些有人物参与的事件理解成有内在时间和意义向度的文本。

4. 叙述是否必须卷入人物

　　所谓"人物"（character），是一种"角色"情节元素。这个概念边界有点模糊：拟人的动物，甚至物（例如在科普童话中，在广告中）都可以是人物。一个文本可以描述动物经历的变化，如果该动物并不"拟人"，它是否算"人物"，该文本是否构成叙述，就是一个难题。我们基本上可以说，动物不具有"人物"的主体特征，动物哪怕经历了某种事件（例如在描述生物习性的科学报道中）也不能算叙述，而是陈述。叙述中的"人物"，必须是"有灵之物"。也就是说，他们的经历具有一定的伦理取向。例如"舐犊情深"就是叙述，因为母牛被赋予人性。

　　再例如广告中的牙膏，为某种伦理目的（例如保护人类的牙齿），"甘愿"做某种事（例如改变自己的成分），这时牙膏就是"人物"，这类广告就有叙述，只说某某牙膏获得了新的有效成分，就不是叙

[①] Merold Westphal, *Becoming A Self: A Reading of Kierkegaard's Concluding Unscientific Postscripts*, West Lafayette, IN: Purdue University Press, 1996, p. 56.

述,而是陈述。同样,讲北极熊因为生态变化而死亡,不是叙述,是生态科学报告;而讲北极熊因为环境变化而悲伤,就是叙述,因为这是人性。自然风光电影《帝企鹅日记》是叙述,因为解说把企鹅家庭人性化。

应当说明,叙述究竟是否必须卷入人物,至今大有争议。有不少学者提出的"最简叙述"定义,没有涉及人物这个必要元素。语言学家莱博夫的定义是:"最简叙述是两个短语的有时间关系的序列。"① 他认为:"一个叙述必须包括至少一个时间转换点(temporal juncture)。"② 哲学家丹托的定义——一个叙述事件包含以下序列:

在第一时间 X 是 F;
在第二时间 H 对 X 发生了;
在第三时间 X 是 G。③

莱博夫与丹托这两个定义没有把叙述局限于"有灵之物",如此定义的叙述显然可以在科学中找到,例如化学实验报告。普林斯认为"最简故事"(minimal story)应当是:仅仅讲述两种状态(states)和一个事件(event)的叙述,如(1)一种状态在时间上先于事件,事件在时间上先于另一种状态(并且导致其发生);(2)第二种状态构成了与第一种状态相反的方面(或者改变,包括"零"改变)。但是他接着举的例子却牵涉人物:"'约翰心情愉快,后来见到彼得,结果心情很糟'是一个最短小的故事。"④ 还有学者认为,卷入动物的事件也应当是叙述。阿瑟·A.伯格认为:"叙事即故事,而故事讲述

---

① William Labov, *Language in the Inner City*, Philadelphia: University of Pennsylvania Press, 1972, p. 360.
② William Labov. "Some Further Steps in Narrative Analysis", *The Journal of Narrative and Life History*, 1997, p. 34.
③ Arthur C Danto, *Analytical Philosophy of History*, Cambridge: Cambridge University Press, 1965, p. 236.
④ "最短小的故事"(minimal story)条,载杰拉德·普林斯:《叙述学词典》,乔国强、李孝弟译,上海:上海译文出版社,2011年版,第76页。

的是人、动物、宇宙空间的异类生命、昆虫等身上曾经发生或正在发生的事情。"① 若真如此,为什么叙述不能讲述发生于细菌甚至非生物的事件?

笔者认为人物(人,以及"拟人")是叙述绝对必需的要素,不然叙述与陈述无从区分,如果呈现"无人物事件变化"的各种陈述,例如实验报告、生理反应、机械说明、化学公式、宇宙演变、生物演化、气象观察记录等也能视为叙述,叙述研究就失去了最基本的形态,我们就无法讨论叙述的一系列本质问题。加拿大学者马戈林(Uri Margolin)认为人物是构筑叙述世界中首要并且必需的成分。他解释说:"人物是一个广义的符号成分,不依赖于任何语言表达,也与语言表达有本体论上的不同。"②

也有一部分论者反其道而行之,认为叙述不仅要有人物,而且人物必须卷入比较复杂的行为。

格雷马斯的行为者(actantial)理论,更进一步区分过程事件(event-process)与情节事件(event-action),要求人物有所"行动"。如果只是回答"发生了什么",那就只是一个"过程",因为其中的人物只是一个"受动者"(patient);如果回答"他做了什么",那才是一个"情节"(action),他才是一个"行动素"(actant)。因此,"他病了"不是情节,"他笑了"是情节。前句的动词是"状态动词",后句是"事件动词"。因此,在格雷马斯的叙述语法体系中,关键的是人物要"造成发生"某情节(faire)。③ 应当说,作为叙述的底线定义,这个要求太高。

似乎为了说明格雷马斯对叙述的要求,范迪克(Van Dijk)提出一个叙述"目的论"的定义。他认为叙述是"某个(自觉的)人,有

---

① 阿瑟·阿萨·伯格:《通俗文化、媒介和日常生活中的叙事》,姚媛译,南京:南京大学出版社,2000年版,第5页。
② Uri Margolin, "Characterisation in Narrative: Some Theoretical Prolegomena." *Neophilologus*, No. 67, 1983, pp. 1—14.
③ Therese Budniakiewicz, *Fundamentals of Story Logic: Introducing Greimasian Semiotics*, Amsterdam: John Benjamin B. V., 1992, pp. 37—40.

意图地造成某种事态变化，目的是造成某种意向的事态或事态变化"①。赫尔曼进一步解释说：叙述情节必须是"人物＋情节＋目的"，例如"虫是一种低等动物"，不是叙述，"他变成虫"也不是叙述。"早晨，格里高利发现自己变成了一只甲虫"也不是叙述。只有"格里高利用嘴打开卧室的窗，想与办公室经理说明一下情况"才是叙述，因为有目的。这样的目的论要求，未免把叙述的范围规定得过窄。"他会变成虫"已经是合格的叙述。

至今有不少学者沿着这个方向推进：赫尔曼（David Herman）区分"甲型事件"与"乙型事件"，格奥尔加科泊鲁（Alexandra Georgakopoulou）区分"小故事"与"大故事"，荣格区分"大梦"与"小梦"（本书第一部分第三章将会谈到）。不重要事件与重要事件的区别，在于故事是否精彩，它们都卷入人物。而没有人物，不卷入人的遭遇，此种事件的报告基本上属于科学知识的范畴。

可以看到，叙述研究者们对"卷入人物"的要求很不相同，从无需人物，到"生命要求"，到"行动者要求"或"目的论要求"。笔者的主张是取法乎中：叙述必须卷入人物，但这是对叙述文本的底线定义。我们不能要求人物必须用某种特定方式卷入事件。例如山石砸伤了某人，不能说此人没有符合格雷马斯说的"造成发生"情节，或是如范迪克说的此人没有做达到某种目的的行动，因而就拒绝承认描述此类事件的文本（例如新闻）是叙述文本。

我们可以看到，认为叙述不必卷入人物的大多数是哲学家、逻辑学家。叙述学界对这个问题始终没有论证透彻，但是笔者坚信，叙述必须卷入人物。为什么人物会影响文本的本质？为什么人物会决定文本的"情节性"？因为叙述的情节一旦卷入人物（人与拟人），情节就具有主观性，叙述文本就成为"弱编码文本"，具有人的意识带来的不确定性，也获得了人文品质，给叙述文本带来认知、感情、价值这

---

① "A change of state brought about intentionally by a (conscious) human being in order to bring about a preferred state or state of change", Teun A. van Dijk, "Narrative macrostructures: Cognitive and Logical Foundations." *PTL: A Journal for Descriptive Poetics and Theory of Literature*, Vol. 1, 1976, p. 500.

些因素，从而让二次叙述者能对人物的主观意义行为有所理解，有所呼应。下面第二部分第二章会谈到"人文性"，是"二次叙述"可能并且必要的根本原因，而科学变化的描述必须遵循规律（例如水何时结冰），自然事件的报道必须符合可以验证的观察（例如某某火山何时爆发过），它们都不允许接收端有任何二次叙述化的变异，只需要接收者做出对应的理解。

不卷入人物，就不成情节，讲述它的文本也就不是叙述，只是陈述："公元79年维苏威火山爆发"不是叙述，是自然史的事件描述；"公元79年维苏威火山爆发，全城几乎无人幸免"构成叙述，因为是人类历史事件，具有人文与社会的后果。

布鲁纳（Jerome Bruner）则进一步提出，人有两种思考方式：论辩式（argumentative）、叙述式（story）。他解释说："一个好故事，与一个组织良好的论辩，是非常不同的。二者都可以用来说服，但是说服的东西本质上不同：论辩以真相说服我们，叙述以栩栩如生说服我们。"因为叙述处理的是"人或类似人（human or human-like）的意图、行动、变化、后果"。①

人性主体问题，不仅牵涉叙述意识的本质，而且关系到叙述接收理解方式。现象学着重讨论主体的意识行为，讨论思与所思（noetico-noematic）的关联方式，利科把它演化为叙述与被叙述关联方式。利科在三卷本巨作临近结束时声明：关于时间的意识（consciousness of time）与关于意识的时间（time of consciousness），实际上不可分："时间变成人性（human）的时间，取决于时间通过叙述形式表达的程度，而叙述形式变成时间经验时，才取得其全部意义。"② 叙述如何相应地重现意向中的时间，把叙述"变成人性的时间"，将成为贯穿本书讨论的主题。

---

① Jerome Bruner, *Actual Minds, Possible Worlds*, Cambridge, MA: Harvard University Press, 1986, p. 13.

② Paul Ricoeur, *Time and Narrative*, Chicago: University of Chicago Press, 1984, p. 52.

5. "叙述转向"：叙述成为文科普遍对象

叙述学从 20 世纪初开端，发展了一个多世纪，基本上没有超出小说范围。当然人们都意识到许多领域（例如历史、新闻、电影）研究对象都是叙述，但是它们的叙述似乎相当"自然"，不必进行独立的叙述学研究。这种情况，直到近年才发生巨大变化。

近二十年在各种人文和社会学科中出现了"叙述转向"，社会生活中各种表意活动（例如法律、政治、教育、娱乐、游戏、心理治疗）所包含的叙述性越来越彰显。但叙述学至今以小说为核心体裁，只是在与小说叙述学的比较中进行某些体裁（例如影视、历史等）的叙述分析。这种以小说为中心步步为营地扩展叙述学的方式，很难使各种叙述研究有一个共同的理论基础。

最早开始自觉地用"叙述化"改造一个学科的行动，是从新闻学、历史学这样的"叙述性"学科开始的，因此是"增加叙述性"，或称"小说化"趋势：卡波特（Truman Capote）1966 年的《冷血》（*In Cold Blood*）开创的"新新闻主义"，即所谓主观性新闻，与小说向新闻靠拢的"非虚构小说"或报告文学双向对进，成为小说与新闻的一系列中间体裁。

真正的叙述转向，始自 20 世纪七八十年代的历史学，一般都认为海登·怀特出版于 1973 年的《元史学》[①] 开创了用叙述化改造历史学的"新历史主义"运动。此后，闵克、格林布拉特、丹托等人进一步推动，促成了一个影响深远的运动。闵克 1987 年的著作《历史理解》[②] 清晰地总结了历史学叙述转向的基本点。这个运动的影响溢出历史学，冲击了整个人文学科。

叙述转向发生的第二个重要领域是社会学与心理学。1987 年布

[①] Hayden White, *Metahistory: The Historical Imagination in Nineteenth-Century Europe*, Baltimore: Johns Hopkins University Press, 1973.

[②] Louis O. Minke, *Historical Understanding*, Ithaca: Cornell University Press, 1987.

鲁纳发表两篇重要论文《生命与叙述》①《现实的叙述构建》②，提出"没有叙述就没有自我"这个重要命题。③ 社会学家普伦默1983年的书《生活文件：人文主义理论问题与文学导论》④开创了记录叙述方式的社会学新研究法。叙述转向对社会调查和救助领域冲击极大，尤其是关于苦难病痛的讲述，自我建构就成为救助关键。此后叙述转向进入非常专门的领域，例如体育与旅游。⑤

叙述转向在政治学中的发生，使政治策略从由政治天才掌握的复杂韬略，变成具有操作性的方法。霍顿于1996年编辑出版的论文集《文学与政治想象》⑥以文学叙述作为政治的样本。叙述转向在法学中的发生，应当说是最令人吃惊的，因为法律一向以依据事实量刑为己任。布鲁克的著作《恼人的供词：法学与文学中的述罪》⑦把法庭上各方关于犯罪的叙述比拟于文学叙述。

叙述转向最终在医学中发生：讲故事被证明有治疗作用。⑧ 进入"自然科学"，应当说是叙述转向成功的最终证明。著名文学批评家哈特曼特地为《文学与医学》刊物撰写了论文《叙述及其后果》。⑨

叙述转向在21世纪终于形成声势，开始出现从哲理方面综合研究叙述转向的著作，例如心理学家布鲁纳2002年的《编故事：法律、

---

① Jerome Bruner, "Life and Narrative", *Social Research*, No. 54, 2007, pp. 11-32.
② Jerome Bruner, "The Narrative Construction of Reality", *Critical Enquiry*, 18, pp. 1-21.
③ 2007年奥尔森的著作《布鲁纳：教育理论中的认知革命》对布鲁纳的贡献做了出色的总结。David Olson, *Jerome Bruner: The Cognitive Revolution in Education Theory*, London: Continuum, 2007.
④ Ken Plummer, *Documents of Life: An Introduction to the Problems and Literature of a Humanistic Method*. 1983, London: George Allen and Unwin.
⑤ Brett Smith, "The Potential of Narrative Research in Sports Tourism", *Journal of Sport and Tourism*, Vol. 12, 2007, pp. 249-269.
⑥ John Horton (ed.), *Literature and The Political Imagination*, London: Routledge, 1996.
⑦ Peter Brooks, *Troubling Confessions: Speaking Guilt in Law and Literature*, 2000.
⑧ Dan McAdams, *The Redemptive Self: Stories Americans Live By*. New York: Oxford University Press, 2006; *The Person: A New Introduction to Personality Psychology*, New York: Wiley, 2006; *Identity and Story: Creating Self in Narrative*. New York: APA Books, 2006.
⑨ Geoffrey Hartman, "Narrative and Beyond", *Literature and Medicine*, Fall 2004, pp. 334-345.

文学、生活》①，2008 年雷斯曼的《人类科学中的叙述方法》②，都试图跨越学科寻找叙述化的规律。在那么多学科中发生的"叙述转向"，实际上包含了三层意思：（1）把人的叙述作为研究对象（在社会学和心理学中尤其明显）；（2）用叙述分析来研究对象（在历史学中尤其明显）；（3）用叙述来呈现并解释研究的发现（在法学和政治学中尤其明显）。不同学科重点不同。

近十年叙述转向最具有本质意义的发展是在人工智能方面：计算机开始模仿人脑编故事的能力，大量文献与多次国际会议使叙述学与人工智能融合成一个特殊学科——"叙述智能"（Narrative Intelligence）。③

有论者提出：小说中也出现了"叙述转向"，不过意义略有不同，指的是小说重新重视情节。既然整个潮流的开端是新闻与历史的"小说化"，近年小说"回归小说"也就不令人惊奇了：以法国"新小说"为代表的先锋小说，严重忽视情节。而 20 世纪 70 年代之后，小说开始"回到叙述"，重新注重情节。在法国，小说"叙述转向"的主要标志是图尼埃作品的风行：图尼埃特别擅长重写旧有传说故事。在英语世界中，美国的罗斯、德里罗，英国的麦克尤恩等，都擅长讲故事。小说研究者的眼光，也开始从博尔赫斯、卡尔维诺、罗布-格里耶等先锋作家转向"讲故事的好手"，如狄更斯、巴尔扎克、亨利·詹姆斯等，以及侦探小说、冒险小说等类型小说。

类似局面在电影中更为明显：20 世纪五六十年代电影"反情节性"，如雷奈的《广岛之恋》，戈达尔的《筋疲力尽》，费里尼的《八部半》，伯格曼《野草莓》，成为攻读电影史才看的"经典"，而现在连法国电影界也开始赞美《这个杀手不太冷》（Leon）等电影的导演贝松（Luc Besson），说他堪称法国的斯皮尔伯格。

当今中国文化与全球文化一样，已经大量叙述化。无论是国学

---

① Jerome Bruner, *Making Stories: Law, Literature, Life*, New York: Farrar Straus Giroux, 2002.
② Catherine K. Reissman, *Narrative Methods for the Human Sciences*, Thousand Oaks: Sage Publication Inc, 2008.
③ Michael Mateas and Phoebe Sengers (eds.), *Narrative Intelligence*, New York: John Jameson, 2003.

热、旅游热、古迹热，还是奥运热、消费热、品牌热，甚至食品安全忧虑，都借叙述而获得意义关注。"说好中国故事"成为我国对外工作的重要环节，我们的文化实际上已经历了重大的叙述转向，只是我们自己没有意识到而已。因此，叙述是中国文化获得现代性的客观需要，对叙述文本特点的掌握，也就成为当今文化研究的关键一环。

6. 伦理转向与叙述转向

许多学者认为近年批评界的重要趋势是"伦理转向"（Ethical Turn）。[①] 又是"叙述转向"，又是"伦理转向"，这两个转向是什么关系？表面上看，叙述转向是个文本形式问题，而伦理转向强调内容或意识形态。实际上，它们是一个问题的两个方面。麦康奈尔指出：

> 你是你自己生活故事中的英雄。你要讲给自己听的那类故事，就是你有能力成为或变成的那一类人要干的事。你会听到（在书中读到，在电影中看到）别人的故事，那只是因为你知道，在一些基本的水准上，你也能成为，或将成为，那些故事中的英雄。[②]

正是因为叙述化，伦理问题才彰显。叙述化不仅是情节构筑，更是借叙述的情节化彰显伦理目的。有不少学者指出，只有用叙述，才能在人类经验中贯穿必要的伦理冲动：叙述的目的是意义，首先是道

[①] 近年学界尚有其他各种"转向"的说法：符号学界有"伦理转向"，心理学有"语用转向"（Pragmatic Turn）、"讲述转向"（Discursive Turn），法学上有过"阐释转向"（Interpretative Turn）。这些都与叙述转向有关联。

[②] Frank McConnell, *Storytelling and Mythmaking: Images from Film and Literature*, NewYork: Oxford University Press, 1979, p. 59.

德意义。1995年文学批评家牛顿的名著《叙述伦理》①已经提出两个转向的合一。叙述学家费伦在与中国学者唐伟胜的对话"伦理转向与修辞叙事伦理"中,也提出这两个转向是同一个转向的两个方面:读者的伦理判断是阅读(读者的"叙述化")过程中不可能减省的部分。②

可以看到,出现叙述转向的文科学科,基本上都是以追求"真相"为己任,不可能摆脱伦理考量的科目。"真相"独立存在的观念早就过时,但是心理学、历史学等,依然需要追索对象中包含着的"有效性"(validity)。由此,"真实性"就变成了"故事的可信度"问题。通过叙述,才能获得把握经验"有意义地联系"的方式。

为什么叙述能达到伦理化的目的?因为叙述不可能"原样"呈现经验事实。在情节化过程中,主体意识不得不进行挑选和重组。生活经验的细节之间本是充满大量无法理解的关系,所谓"叙述化",即在经验中寻找"叙述性",就是在经验细节中寻找秩序、意义、目的,把它们编成情节,即构筑成一个具有内在意义的整体。

一旦情节化,事件就有了一个因果—时间序列,人就能在经验的时间存在中理解自我与世界的关系。因为获得了事件中的意义,叙述就起了一般的陈述所不能起到的作用:叙述是构造人类的"时间性存在"和"目的性存在"的语言形式。情节将特定事件的诸种要素连为一体,构成道德意义。叙述性并不提取抽象原则,不把意义从时空背景中抽离出来,因为人与世界的特殊联系,就植根于故事的体验之中。③

最后说明一下叙述转向与20世纪初开始的"语言转向"的关系:某些论者认为叙述转向是20世纪语言学范式相继更迭的结果:从结

---

① Adam Zachary Newton, *Narrative Ethics*, Cambridge, MA: Harvard University Press, 1995. 神经心理学家加扎尼加2005年的著作《伦理头脑》[Michael Gazzaniga, *The Ethical Brain* (Dana Press, 2005)]一书中总结得更为清楚。这本书跨越了科学、哲学、人文学的界限,引起人们广泛的注意。

② Tang Weisheng, *The Ethical Turn and Rhetorical Narrative Ethics*,《外国文学研究》,2007年第3期,第9~18页。

③ D. E. Polkinghorne, "Narrative Configuration in Qualitative Analysis", in *Life History and Narrative*, J. A. Hatch and R. Wisniewski (eds.), London: Falmer, 1995, pp. 5—13.

构主义语言学（经典叙述学）、生成叙述学（文本语法）、语义学和语用学（言语行为理论）、文本语言学（会话分析、批评话语分析），到现在的认知语言学（认知叙述学）。① 这话实际上是说，叙述转向是"语言转向"的最新一环，人文思考所特有的意义价值，改造了"语言转向"，最终转化为一种与"伦理转向"结合的"叙述转向"新形式。

7. 叙述与人的生存意义

自从后结构主义把主体视为零散碎裂不可复原之后，学界进入了一个虚无主义时代，无主体的话语成为虚空中的声音，后现代人的自我也就无从整合。后现代理论摧毁了自我主体，但人类文化的延续不得不靠主体精神和意向性的支持，"叙述转向"至少为各种意义表达活动找到了各种活跃的叙述主体，尤其是本书将重点讨论的"隐含作者"（第四部分第一章）与"叙述者"（第二部分第一章），及其如何作为主体在起作用。叙述转向后，至少自我可以安身在叙述的中心，叙述给了自我暂时立足的一个支撑点。这个从叙述文本这一"后门"进来的自我，至少让后现代完全没有着落的破碎主体有了一些依持。

哲学家罗蒂 1989 年出版的名著《偶然，反讽，友爱》指出"叙述转向"的重大意义：基于"客观真实"的分析方法已经无法处理当代文化的困境。他所谓"友爱"（solidarity）是从实用主义出发接近社群主义，是一种建设性的利他的后现代主义。而在当代社会，要达到这个道德目标，罗蒂认为只能通过"类似普鲁斯特、纳博科夫、亨利·詹姆斯小说"的叙述。② 这是当代思想界寄予叙述转向的最大希望。

从"叙述转向"引发的思想方式变化可以看出，很多时候，我们对于"故事讲得好"的要求，要高于"故事是真的"。叙述作为人类

---

① 参见唐伟胜：《〈叙事〉中国版：第四辑》，广州：暨南大学出版社，2012 年版，第 37 页。
② Richard Rorty, *Contingency, Irony, and Solidarity*, Cambridge: Cambridge University Press, 1989, p. xvi.

的一种基本思维方式，代表的是对形式之"美"的寻求，它要求有序、齐整，有明确的开头、清晰的线索、动人的高潮、完整的结尾，但是它也要求形式上的完整，引向道德上的完成。可以说，"叙述转向"的动力，正是对意义推进和伦理诠释的圆满之美的渴求。

8. "新叙述学"如何到位？

声势浩大的叙述转向，应当是历史悠久的叙述学发生革命性变化的契机，从目前局面看来，反而给叙述学带来难题。

所谓"新叙述学"，又名"后经典叙述学"（Post-Classical Narratology），意思是叙述学在一个世纪的发展之后，进入了一个崭新的阶段。但是"新叙述学"有没有准备好提供一套有效通用的理论基础、一套方法论，以及一套通用的概念，来涵盖各个学科的叙述呢？不管是什么样称呼的叙述学，都必须迎接"叙述转向"的挑战。叙述学家有没有迎接这个挑战的愿望呢？

对此，叙述学家各有不同的回应方式。赫尔曼在为《新叙述学》一书写的引言中认为："走出文学叙述……不是寻找关于基本概念的新的思维方式，也不是挖掘新的思想基础，而是显示后经典叙述学如何从周边的其他研究领域汲取养分。"[①] 这位新叙述学的领军人认为叙述学依然以小说为主要对象，只是从各种其他叙述体裁的研究中"汲取养分"。

弗鲁德尼克在讨论叙述转向时，态度几乎是无可奈何的容忍。她说："非文学学科对叙述学框架的占用往往会削弱叙述学的基础，失去精确性，它们只是在比喻意义上使用叙述学的术语。"[②] 本书的看法正好相反：叙述转向使我们终于能够把叙述放在人类文化甚至人类

[①] 戴卫·赫尔曼：《新叙事学》，马海良译，北京：北京大学出版社，2002年版，引言，第18页。

[②] 莫妮卡·弗卢德尼克：《叙事理论的历史（下）：从结构主义到现在》，见 James Phelan, Peter J. Rabinowitz 主编：《当代叙事理论指南》，申丹、马海良、宁一中等译，北京：北京大学出版社，2007年版，第40~41页。

心理构成的大背景下考察，在广义叙述学真正建立起来后，将会是小说叙述学"比喻地使用"广义叙述学的术语。

而建设一门广义叙述学，是世界叙述学界至今未能完成的任务。在叙述转向发生后，这个任务已经迫在眉睫。本书当然不可能完成这样一门新学科的建设，本书能做到的，只是提出这个任务，并且试图勾勒出一个可能有用的框架。

要做到这一点，首先要做的就是改变叙述的定义，"扩容"以涵盖所有的叙述。一个典型例子，就是小说的所谓"不言而喻的过去时"（past by default）是否应当取消。新叙述学的领袖之一费伦斩钉截铁地表示：

> 叙事学与未来学是截然对立的两门学科。叙事的默认时态是过去时，叙事学家如同侦探家一样，是在做一些回溯性的工作。也就是说，是在已经发生了什么的叙事之后，他们才进行读、听、看。①

另一位新叙述学家阿博特也强调：

> 事件的先存感（无论事件真实与否、虚构与否）都是叙述的限定性条件……只要有叙述，就会有这一条限定性条件。②

过去性一直是小说叙述学的立足点，柏拉图和亚里士多德认为模仿（mimesis）与叙述（diegesis）对立，戏剧不是叙述。而要建立广义叙述学，就必须打破这条边界。近到普林斯，都顽强地坚持过去性边界，但是他们已经遇到难题：坚持过去时，就排除了戏剧这种现代

---

① 詹姆斯·费伦：《文学叙事研究的修辞美学及其它论题》，尚必武译，《江西社会科学》，2007年第7期，第25页。

② H. 波特·阿博特：《叙事的所有未来之未来》，见James Phelan, Peter J. Rabinowitz主编：《当代叙事理论指南》，申丹、马海良、宁一中等译，北京：北京大学出版社，2007年版，第623页。

之前最重要的叙述类型。

大部分叙述学家在这个问题上态度犹豫，阿博特认为哪怕"现场报道的赛事或新闻"也是过去："我们在阅读或听的同时也能意识到报道中介涉及的瞬间，这些瞬间发生在时间的踪迹从随时消失的绝对现在进入表达它们的媒介之时。"① 阿博特这段话是说：从"绝对现在"进入"媒介表达"有个"瞬间性的"时间差，使现场也成为过去。然而不久，他就开始抱怨电子游戏，认为游戏与"委员会会议、战斗、大会、有咖啡间歇的研讨会、滚石乐、派对、守夜、脱口秀"等相同，都"体现了一种对叙述已知性的烦躁不安"。② 阿博特幽默地列举的这些叙述形式，在本书都归于"演示类"，这些都具有本书第一部分第二章将讨论的"现在时"特征。

叙述学要不要坚持"过去性"？应当说，排除以戏剧为代表的"现在时叙述"，实际上就把大部分叙述（包括电影电视、口述叙述、电子游戏等绝对重要的体裁）排除出叙述研究，只保留以文字与图像为媒介的记录类叙述。这个做法直接否认了广义叙述学的必要性，在当前这个传媒时代已经完全行不通。

近年来，许多叙述学者不得不在这个问题上显示出松动态度。我们可以看"经典叙述学"的一本经典参考资料，普林斯的《叙述学词典》。该书第一版出版于1987年，其中最重要的一条是对"叙述"（narrative）的定义。旧版的定义是：

> 由一个或数个叙述人，对一个或数个叙述接受者，重述（recounting）一个或数个真实或虚构的事件。

普林斯补充三条说明：第一条就是叙述要求"重述"，而戏剧表

---

① H. 波特·阿博特：《叙事的所有未来之未来》，见 James Phelan, Peter J. Rabinowitz 主编：《当代叙事理论指南》，申丹、马海良、宁一中等译，北京：北京大学出版社，2007年版，第623页。

② H. 波特·阿博特：《叙事的所有未来之未来》，见 James Phelan, Peter J. Rabinowitz 主编：《当代叙事理论指南》，申丹、马海良、宁一中等译，北京：北京大学出版社，2007年版，第626页。

现是"台上正在发生的",因此不是叙述。① 他与全体西方叙述学界一样,承袭亚里士多德以来的看法:戏剧不是叙述,因为戏剧是"台上正在发生的"。② 而一旦排除"正在发生的"戏剧,也就排除了电影、电视、广播新闻、电子游戏等当代最重要的叙述样式。

在此书 2003 年的新版中,普林斯给出了"叙述"条目的新定义:

> 由一个、两个或数个(或多或少显性的)叙述者,向一个、两个或数个(或多或少显性的)受叙者,传达一个或更多真实或虚构事件(作为产品和过程、对象和行为、结构和结构化)的表述。③

他避开了欧美叙述学特有的"过去时"陷阱:新版定义把原先的"重述"(recount)改成了"传达"(communicate),就不再有"说的是已经过去的事"的意味。就敢于修改西方自柏拉图以来的陈说这点而言,普林斯走得远远比许多"后经典叙述学家"更为超前。

因而,本书不得不一开始就提出最简叙述的底线定义,即"有人物参与的事件被组织进一个文本中",用了一个完全没有时间意义的"组织"一词。西方学界受制于西语的过去时方式,中国学者完全不必跟着走进这浑水,哪怕它已经流淌了几千年。从这个角度看,广义叙述学,理应更符合中国文化的需要。

---

① Gerald Prince, *A Dictionary of Narratology*, Aldershot: Scolar Press, 1988, p. 58.
② Gerald Prince, *A Dictionary of Narratology*, Aldershot: Scolar Press, 1988, p. 88.
③ 杰拉德·普林斯:《叙述学词典》,乔国强、李孝弟译,上海:上海译文出版社,2011 年版,第 136 页。

第一部分 叙述的分类

第一章　文本意向性

1. 作为叙述分类原则的文本意向性

本书"导论"给出了叙述的底线定义,辨析了与其他叙述学者的定义之异同。在这个定义的基础上,我们可以对活跃于人类文化的各种叙述体裁做一个全域分类。这个分类方式的基本标准,就是在符号学界称为"模态",在语言哲学界称为"语力",而本书称为"文本意向性"的文本品质。在进入分类之前,先介绍一下这几个问题讨论的历史。

文本是体现了主体间关系的符号组合,在叙述主体与接受主体之间,有一定的意向关系,体现为意义和时间的方向性:本书前面在给叙述一个基本定义时指出,叙述文本被接受主体理解为具有"内在的意义与时间向度",这就是"文本意向性"这一术语的主要含义。所有的叙述文本,都靠意向性才能执行最基本的意义表达和接收功能。

在展开讨论前,首先要说清楚的是:本书讨论的意向性,并不是人的心灵意向性,而是文本的意向性。这两者之间有联系,但更有区别,关于此问题的详细探讨属于现象学的范畴,本书只能先说清"文本意向性"(textual intentionality)是什么。至今国内外学者还没有人用过这个术语,但是不少人接近过这个概念。艾柯称之为"文本的意向"(text's intention),他指的是作者的意向必须表现在文本中才能被解读[①],即符号学中所说的,在发送意义、解释意义之间的文本

[①] Umberto Eco, *Interpretation & Overinterpretation*, Cambridge: Cambridge University Press, 1992, p. 64.

意义。① 凯·米切尔则称之为"形式的意向",她指的是文学文本形式具有某种意向性②,她的想法与本书的讨论比较接近。

塞尔对此概念做过一个说明(虽然他没有用"文本意向性"这个词):"一般来说,为了解意向,我们可以问'这行为者想干什么?'那么,他做一个声明时想干什么?他想用再现某物为某态,来造成此物为某态。"③ 塞尔这话不容易懂,实际上却是我们每天在做的事:靠再现(例如言语描写)某人为坏人,来造成此人是坏人的局面,如此再现就是文本意向性明确的表现。

因此,文本意向性是符号文本表意中的品格,不是胡塞尔现象学说的作为"意识的基本品格"的个人意向性。但是两者都保持了这个术语的启用者布伦塔诺心目中的"朝向某个方向"的强烈意义。④ 因此,文本用"意向性"以强调方向性,而不用许多论者选用的汉译"意图性"。

意向性是任何符号表意文本的普遍问题,因此本书的有关讨论对一般符号学也有意义,只是在叙述文本中,这种意向性更加重要,也更加明显。本书的目的是,关于文本意向性这种看来抽象的讨论,最后可以落实到叙述文本的体裁分类上。

例如一段描写一对青年男女游览海边的文字或影像,似乎讲的是同样的故事,在主导意向性不同的叙述体裁文本中,就会有完全不同的意义:

> 出现于过去向度的记录(例如日记、书信、照片)中,是记录某段经历(例如恋情);

---

① 关于符号意义的三个阶段,请参见笔者《符号学原理与推演》第二章第3节,成都:四川大学出版社,2023年版。

② Kaye Mitchell, *Intention and Text: Towards an Intentionality of Literary Form*, London: Continuum, 2008, p. x.

③ John R. Searle, "He is trying to cause something to be the case by representing it as being the case", *Intentionality: An Essay in the Philosophy of Mind*, Cambridge: Cambridge University Press, 1983, p. 172.

④ Ronald McIntyre, David Woodruff Smith, *Husserl and Intentionality: A Study of Mind, Meaning and Language*, Dordrecht and Boston: D. Reidel, 1982.

出现于现在向度的演出（例如戏剧、电视、游戏）中，是某种情景的当场演示；

出现于未来向度的许诺（例如旅行社广告）中，是某种可以期待的事件。

因此，文本意向性是"文本自携元语言"的一个重要组成部分，也就是文本对接受者如何解释自己的要求。① 对于叙述文本的整体意义来说，文本意向性比单纯的情节内容更为重要。如果我们把文本意向性看成是形式问题，至少在类型意义上，形式比内容重要，体裁归类决定意义。

赵宪章教授说过一个他的亲身经历。2001年9月11日晚上他打开电视看《晚间新闻》时，看见大楼爆炸等壮观的"警匪片"场面，他觉得镜头做得很逼真。但是他想到《晚间新闻》不可能改放电影，再仔细看下去才发现是轰动性的真实事件报道。他惊叹"'文体类型错位'，居然能够引发如此完全不同的认知！"他的结论是：所谓文类，其实就是文学的"先验形式"。②

各种"体裁"差异中最重要的一个不同点，是文本意向性不同。许多理论家讨论过与此相关的问题。这些论者中有语言学家、符号学家、文学批评家、分析哲学家，因此，关于文本意向性问题，现代思想史上积累的材料极为丰富。本书面临的困难是，论者各有各的术语，各有各的说法，论点散乱，甚至没有人用"文本意向性"这个术语。只有仔细剔抉，才能明白他们讨论的核心问题。而且，大部分论者讨论的都是命题，不是文本，很少有人把这个问题应用于文本的研究，更无人用此讨论叙述体裁的分类。本书的任务首先是一一梳理他们的看法，然后指出这些方向的诸多理论，只有加以延伸后，才能与各种叙述体裁构成相应关系。

---

① 关于"文本自携元语言"，请参见笔者《符号学原理与推演》第十章第4节，成都：四川大学出版社，2023年版。

② 赵宪章：《文体形式及其当代变体刍议》，《上海师范大学学报（哲学社会科学版）》2008年第6期，第57～63页。

2. 模态

20世纪70年代之前，符号学的主流是语言符号学。许多论者是从语言学出发，扩大到符号范围来讨论问题。符号学的"模态性"（modality），来自语言学的语气（mood）概念。① 句法学的语气比较清晰，只有陈述、疑问、祈使、感叹四种；话语分析的语气则讨论"命题"的可信度、可欲度、强制度、真实度，有现实性、必要性、认知性、目的性、义务性等。②

但是语气如何与叙述文本相关联呢？1958年，雅柯布森在美国印第安纳大学的一次语言学讨论会上做了一个"结束发言"，提出了著名的符号六主导功能论。③ 雅柯布森指出，他的"六功能"之说，三个借自他在布拉格学派时代就熟悉的德国语言心理学家卡尔·毕勒（Karl Buehler）的"功能"说（function）。毕勒首先提出"语言的传统模式有着下述三种功能：情感功能、意动功能和指称（指向具体事物）功能"④。

雅柯布森的"功能说"，与句法学中的"语气"概念密切相关。

> 祈使句与陈述句有着根本的不同：后者应服从实在的检验，而前者则不用服从。……陈述句与祈使句的另一个根本不同之处是，陈述句可以变换为疑问句，如"某人喝水了吗？"、"某人要

---

① F. R. Palmer, *Mood and Modality*, Cambridge: Cambridge University Press, 1986.

② 多勒采尔认为"叙述模态"有三种：义务体系（deontic system）、道德体系（axiological system）、认识体系（epistemic system）。其中的义务体系，涉及目的（命令、期盼、催促等）等，这三个"体系"共同构成叙述文本的意义－价值。Lubomir Dolezel, "Narrative Modalities", *Journal of Literary Semantics*, Vol. 5, No. 1, Jan, 1976, pp. 6—7.

③ 罗曼·雅各布森：《语言学与诗学》，见赵毅衡编选：《符号学文学论文集》，天津：百花文艺出版社，2004年版，第169~184页，原文见 Roman Jakobson, "Closing Statement: Linguistics and Poetics", in Thomas A Sebeok (ed), *Style and Language*, Cambridge, MA: MIT Press, 1968.

④ 罗曼·雅各布森：《语言学与诗学》，见赵毅衡编选：《符号学文学论文集》，天津：百花文艺出版社，2004年版，第177页。

喝吗？"、"某人常常喝吗？"，祈使句则不能。①

雅柯布森实际上把陈述、疑问、祈使三种语态句式扩大为三种符号主导功能，而且敏锐地指出：陈述句与疑问句可以互相变换，而祈使句比较特殊。这与下文将讨论的叙述文本三种类型完全一致：记录类叙述与演示类叙述经常可以变换（例如小说改编成戏剧），但是要让意动性叙述（例如预言）与记录类、演示类叙述转换，就难得多。

国际符号学会（IASS）的首届主席班维尼斯特在其名著《一般语言学诸问题》中提出的模态性分类，非常清晰简明。② 班维尼斯特认为语句的陈述（declarative）、疑问（interrogative）、祈使（imperative）三种语气，具有传达表意的普适性，无论在哪一种语言中，在"任何地方"，都是如此。他说：

> 任何地方都可以认出有陈述声言、疑问声言和祈使声言，三种声言尽管可以是相同的谓词，它们的区分各有特殊的句法和语法。这三种模态性只不过是反映了人们通过话语向对话者说话与行动的三种基本行为：或是希望把所知之事告诉对话者，或是想从对话者那里获得某种信息，或是打算给对方一个命令。话语的三种人际功能刻印在句子单位的三种模态性上，每一种与说话者的某种态度相应。③

因此，模态来自说话者的语气，而模态有两种表达方式：一是文

---

① 罗曼·雅各布森：《语言学与诗学》，见赵毅衡编选：《符号学文学论文集》，天津：百花文艺出版社，2004年版，第177页。

② 笔者至今没有考实究竟是雅柯布森受到班维尼斯特影响，还是相反。雅柯布森的"六功能"，讲话时间是1958年，但出版却是在1968年。而班维尼斯特《一般语言学诸问题》前后两卷分别出版于1966年与1974年，其中收集的诸文却是他25年中陆续发表的。看来这两位符号学的开拓者独自得出了他们的结论。

③ Emile Benveniste, *Problems in General Linguistics*, Coral Gable: University of Miami Press, 1971, p. 110.

本之内语法词法上的，用动词变位，或用情态动词（modal verbs，即"将要""会""能"等）来表现，另一是用语气、场合、语境（例如祈祷、预测、宣讲、发誓）等文本外因素，用语境条件来表达的，因此语态性是广义的"全文本"品格。这种品格超出文本，是说者与接受者之间的一种意向性交流：说者用某种方式标明他发出的文本有此种模态性，而接受者则被期盼用相应的方式来理解之。

模态意向性这种双边确定法，在班维尼斯特同书中另一文中说得更明白，他称为"符号"及其"程序"：

> 说话者一方面挪用（appropriates）语言的形成机制，用特殊的符号，另一方面使用第二程序（secondary procedure）点出他作为说话者的站位……任何言述（enunciation），或隐或显地是一种言语行为，它点明了接收者。①

因此模态实际上是一种"全文本"功能（关于"全文本"，本书第四部分第一章会详细讨论），即包括符号文本与其所有的"伴随文本"。② 班维尼斯特选中的三种语气，代表了三种最基本的意向性。他的这个语态分类非常杰出，为本书的讨论提供了一个基本的分类方式。

对模态理论做出极大贡献的另一个符号学家是格雷马斯，以及受他影响而形成的所谓"巴黎学派"，包括格雷马斯的同事合作者库尔泰斯（Joseph Courtes）、封塔尼耶（Jacques Fontanille），他的学生科凯（Jean-Claude Coquet），以及理论立场比较接近这个学派的荷兰话语分析学家范迪克（Teun van Dijk）。③

他们的基本观点是：文本与语句的基本结构是相似的，因此文本

---

① Emile Benveniste, "The Formal Apparatus of Enunciation", *Problems in General Linguistics*, Coral Gable: University of Miami Press, 1971, p. 82, p. 91.
② 参见笔者《符号学原理与推演》第六章"伴随文本"，成都：四川大学出版社，2023年版。
③ 关于格雷马斯学派与范迪克理论立场之相近，可以参见 Irmengard Rauch, *Semiotic Insights*, Cambridge, MA: MIT Press, 1999, p. 97.

可以被看作语句的"大结构"(macrostructure)。① 格雷马斯认为文本是语义学上一贯的整体,其构成的基本轴线是四个情态动词,即愿望(vouloir)—知道(savoir)—能够(pouvoir)—做到(faire),这样一来,发出者不仅必须是"认知主体"(sujet-savant),而且是"有能力的主体"(sujet-puissant),即有意向能力的主体。上述模态系列的最后环节则是"做到",因此模态理论的核心问题是"表现"。②

模态是命题的类别标准,但是不同文本模态强烈程度非常不同。为此,封塔尼耶发展出另一个概念,即"张力度"(tensivity)。模态造成的表意意向,"在组合上(力量、能量、感觉等)是有强度变化的,在聚合上(数量、展开、空间与时间、感觉等)有广度的变化"③。张力度概念很有用,可以说,陈述式-记录叙述中的张力度,一般来说并不明显,疑问式-演示叙述的张力度已经相当强烈,而祈使式-意动叙述的张力度特别强烈。

从语气概念发展出来的模态论,可以导向一系列目标不同的叙述学研究:模仿语气而发展出来的文本分析范畴。热奈特《叙述话语研究》提出的小说叙述学分析体系,一再借用"语气"观念。他指的是引语形式(直接、间接引语等)和"聚焦"形式(内视角、外视角等),以及由此形成的叙述者与受述者之间的"距离"与"角度"(perspective)问题。④ 中国学者李显杰借用热奈特的叙述学"语气"范畴(他称为"语式")讨论电影中的镜头处理(景别、景深等),他是在镜头修辞层面上展开讨论的。⑤ 他们的论述非常有意义,只是本

---

① Teun van Dijk, "Grammaires textuelles et structures narratives", C. Chabrol (ed.), *Semiotique narrative et textuelle*, Paris: Larousse, 1974.

② A. J. Greimas, "Les actant, les acteurs et les figures", C. Chabrol (ed.), *Semiotique narrative et textuelle*, Paris: Larousse, 1974.

③ Jacques Fontanille et C. Zilberberg, *Tension et signification*, Bruxelle: Mardaga, p. 224, 转引自张智庭:《激情符号学》,《符号与传媒》2011年第3辑,第8页。

④ 杰拉尔·日奈特:《论叙事文话语——方法论》,见张寅德编选:《叙述学研究》,北京:中国社会科学出版社,1989年版,第194页。

⑤ 李显杰:《电影叙事中画面构图的"语式"功能》,《华中师范大学学报(哲学社会科学版)》1995年第4期,第80~94页。

书关心的是决定文本体裁的"语态",是上文说的关系到体裁分类标准的"大结构",而不是叙述修辞的"微结构"。

3. 语力

分析哲学也讨论类似文本意向性的问题,讨论的历史比语言学与符号学更长。虽然这是两条不同的学术传统,讨论的本质上是同一个课题,即文本的意向性问题。只是在分析哲学中,这个问题常被称为"语力"(force)。

分析哲学的发展、演变极为复杂,语力问题却贯穿始终,可见这是他们关心的核心问题之一。从分析哲学的最早开拓者弗雷格,到分析哲学最近一位大师塞尔,都讨论过这个概念,所以这个问题,常被称作弗雷格-塞尔假定(Frege-Searle Hypothesis),又称"语力独立原则"(Principle of Force Independence)。

弗雷格最早使用语力这个术语[①],他认为语句有两个必须有的部分,一个部分可以称为"含义"(sense),另一部分则是语力(force):含义关系到语句是否成真,而语力是语句在说出来时具有的某种特征,也就是语句在交流时的特定功能。弗雷格以"陈述语力"(他称为assertoric force)为例:"陈述语力很容易去除,只要将句子变成疑问句,因为我们可以用陈述句和疑问句表达同样的意思。"[②] 他的这个看法,与上引雅柯布森的看法非常一致:语力可以表现在很多地方,但最明显的是表现在语式(陈述、疑问、命令)上。不过这个问题在弗雷格的体系中占的位置很小,他并没有充分展开。

对语力概念做出最大贡献的,是分析哲学在20世纪50年代流变成的"日常语言分析",尤其是奥斯汀的言语行为说。奥斯汀于1955

---

① Michael A. Dummett, "Sense, Force and Tone", S. L. Tsohatzidis (ed.), *Foundation of Speech Act Theory: Philosophical and Linguistic Perspective*, London: Routledge, 1994, pp. 195–202.

② Michael A. Dummett, Frege, *Philosophy of Language*, Cambridge, MA: Harvard University Press, 1981, pp. 308–309.

年在哈佛做系列演讲时提出言语"施行"(performative)理论①;奥斯汀不久后去世,后继者塞尔对言语行为理论做出了很大贡献,把它转变成当代语言哲学思想的一个重要派别②。奥斯汀的言语行为三分型说,与本书讨论的"意向性"分型非常一致,不同的只是奥斯汀讨论的是语句的品质,而本书讨论的是叙述体裁的主导品质。奥斯汀提出的言语行为三类型是:

1. 以言言事(locutionary acts),中文又译为"说话行为""语谓行为"或"言内行为",即说出一句有意义的话,表达一种意义。

2. 以言行事(illocutionary acts),中文又译为"施事行为""语用行为"或"言外行为",它完成交际的任务:说事、做事、起效;

3. 以言成事(perlocutionary acts),中文又译为"取效行为""语效行为"或"言后行为",是通过说某事而造成或获得某种结果,例如说服、劝说、吓唬等。③

奥斯汀术语的各种中文译法,虽然混乱,却让我们了解了三种类型的大意。这个三分式,实际上就是"语句意向性"分类。他认为言语行为的产生,并不取决于句法和语义,甚至与字面意义可以不应和,二者是互相独立的。他还指出言语行为的类型是有标记的,此种标记可以分成两大类:一种在语句外部,如语气、语调、手势;一种在语句内部,例如动词、副词、连接词。塞尔更认为词序、标点符号等都参与语力的形成。这种语力的内外标记论,与上一章说的班维尼斯特模态的内外标记论惊人地相似,笔者称之为"全文本"解释法

---

① J. L. Austin, *How to Do Things With Words*, Oxford: Oxford University Press, 1975, p. 6.

② John R. Searle, *Speech Acts: An Essay in the Philosophy of Language*, Cambridge: Cambridge University Press, 1969.

③ 参见邱惠丽:《奥斯汀言语行为论的当代哲学意义》,《自然辩证法研究》2006年第7期,第37~41页。

（见第四部分第一章）。

弗雷格重点讨论的是"陈述语力",而奥斯汀讨论的重点却是另一种方向,即以言行事语力（illocutionary force）。本书下面将讨论到,这种理论对分析演示类叙述特别有用。塞尔对语力理论加以普遍化,指出任何语句都具有语力,语力是一种普遍现象。既然不同语力的语句可以有相同的内容（即弗雷格说的"含义"）,那么分析的重点就应当从含义转向语力的分布、分类、强度。塞尔认为,信息意义是从意向性派生出来的:

> 说话人的思想的原初的或内在的意向性被转换成语词、语句、记号、符号等等。这些语词、语句、记号和符号如果被有意义地说出来,它们就有了从说话人的思想中所派生出来的意向性[①]。

为什么语力能够在听者身上产生意动效果,令其产生采取某种相应行动的心理冲动,甚至真的去做言语劝说或要求他去做的事?

迈克尔·约翰逊提出心理学的解释,即"语力－格式塔完形"说。[②] 塔尔米近年从认知科学角度提出"语力－动势"说[③],众说纷纭,说明理论尚未完备,因此关于语力的论述至今称为"假说"。如何论证是另一回事,语句,尤其是具有强力语力的取效诸型语句,的确在听众心里改变了某种思想、情感状态,令其产生做某种事的压力,许多理论家已经讨论了这个事实。而本书的任务,是把它移用到广义叙述的分类中来。

因此,"语句是用来传达信息的"这种传统观念,就受到了严重挑战:符号文本要求一定的解释方向,是用来取得某种符用（pragmatic）效果的。

---

① 约翰·塞尔:《心灵、语言和社会:实在世界中的哲学》,李步楼译,上海:上海人民出版社,2001年版,第135页。

② Michael Johnson, *The Body in the Mind: The Bodily Basics of Meaning, Imagination and Reason*, Chicago: University of Chicago Press, 1987.

③ Lionel Talmy, *Toward A Cognitive Semantics, Typology and Process in Concept Structuring*, Cambridge, MA: MIT Press, 2000.

4. 模态-语力与文本

符号学家与分析哲学家,学术路径很不相同,不约而同地朝一个方向思考,取得了大致相似的结论。但这两个思考路子始终就没有综合起来,最近才有学者认为这两边讨论的论题,应当合成一个"语气-语力关联论"(mood-force correlation)。[①] 也有人提出联合的方案,例如赛蒙斯提出:分析哲学可以引出多种命题分类,其中的"传达再现范畴"(communicative representational categories):符号学家的陈述、提问、命令模态三分,分别对应了分析学者的判断、疑惑、意愿三种语力。[②]

应当说,这两个学术传统有相当大的隔阂:分析哲学主要是英美思想潮流,至今依然在英美哲学界占据主流地位;而20世纪70年代之前,居于符号学和叙述学顶峰的一直是法国学者,他们继承的是欧陆哲学体系。幸亏有些学者没有门户之见:班维尼斯特虽然是索绪尔的隔代弟子,却并不排斥英美哲学。1963年他就指出分析哲学,甚至刚出现的奥斯汀的言语行为理论,与他的思维路子有相通之处。[③]

另一位着意结合两种潮流的是阐释学家利科。可能是因为对叙述学的长期兴趣,以及与格雷马斯的长期交往,利科在20世纪70年代的著作,就已经指出过奥斯汀理论的言语施为理论是解决某些难题的钥匙,例如对"许诺"(promise)的理解[④],想法已经很接近本书提出的"意动研究"(见第一部分第四章)。

另一位学术整合能力很强的学者哈贝马斯,已经看到意动-语力

[①] 见马歇尔 D. 维尔曼:《语气、语力以及语法在比较哲学中的作用》,张卜天译,《社会科学杂志》2008年第11期,第130~135页。

[②] Peter Simons, "New Categories for Formal Ontology", Rudolf Haller (ed.), *Investigating Hintikka*, Amsterdam: Rodopi, 1995.

[③] Emile Benveniste, "La *Philosophie* analytique et le langage", *Études Philosophiques*, 18 (1963): pp.3-11. 英译文 "Analytical Philosophy and Language", *Problems in General Linguistics*, Coral Gables: University of Miami Press, 1971, pp. 231-238.

[④] Paul Ricoeur, *The Rule of Metaphor*, Toronto: University of Toronto Press, 1977, p.77.

问题对当今社会面临的许多问题有重大影响力。他提出,要建立合理的人际关系,建设他理想中的"公共领域",充分认识语力是非常重要的:因为语力在语句的纯语言意义上添加了语用功能,语力能够把语言与主观世界、客观世界以及交往世界联系起来。①

雅柯布森在为符号双轴运作原理辩护时,曾在脑损伤症状中找原因,以提出"神经生理科学"的根据。近年来,也有人对言语行为的分类做同样尝试,找出大脑左半球的不同区域,分别处理断言、疑问、要求、命令。②

也有学者有不同意见,他们认为话语类型造成的区别没有如此大,而且在语言实践中经常混合。神经生理学家吉莉安·爱因斯坦说:"作为一个人的自我感觉并不完全在于认知记忆,也在于意动成分,以及两者的混合。我说我很高兴,并没有报告我做了什么,我只是说我的感觉,这感觉与我做了什么同样重要。"③ 这个看法显然是对的,一旦我们从典型性的命题例子转向文本表意实践,上面讨论的诸种文本意向性就不可避免混合重叠,非典型类别也经常出现。例如电视剧中的植入广告,显然是意动情节素,而本书讨论的是体裁,如果植入广告没有改变电视剧的体裁,电视剧的主导叙述模式依然是"记录演示类"。反过来,"清扬"牌洗发水制作的"广告电影",拍得很"艺术",长度也超过了一般广告所需,但它并没有隐藏做广告劝导购物的目的(片中商品的地位主导性地突出),所以依然是广告。

而我们回顾学术史,最关心的问题是:尽管提出得如此散乱,而且学科与学派的隔阂妨碍了其整合,文本意向性依然形成一个重大的理论问题。而且,既然意向性可以被用来作为语句、命题、文本分类,为什么没有论者意识到,它可以作为体裁的分类的标准?

其实早就有人朝类似方向做过思考。威尔士女批评家贝尔西

---

① Re Christina Lafont, *The Linguistic Turn in Hermeneutic Philosophy*, Cambridge, MA: MIT Press, 1999, p.167.

② Nachum Soroker et al, "Processing of Basic Speech Act Following Localized Brain Damage: A New Light in the Neuroanatomy of Language", *Brain and Cognition*, 2005, Vol.57, pp.214—217.

③ Gillian Einstein and Owen Flanagan, "Sexual Identity and Narratives of Self", Gary Fireman (ed.), *Narrative and Consciousness*, London: Oxford University Press, 2003, p.211.

(Catherine Belsey)早在1980年的《批评实践》一书中,就发现班维尼斯特的三种语式,可以与三种典型的文学风格相对应。贝尔西认为经典现实主义是"陈述",因为是在告诉读者发生过什么事,读者的接收站位固定,叙述文本具有真实性,并且靠这种真实性打动读者。为做到这一点,叙述行为本身在文本中不露痕迹,因此,"文本性"是程度不同地隐藏的。贝尔西高度赞扬"疑问式文本",认为是先锋文学的特色,是阿尔都塞式的文本,旨在质疑读者对现实稳定的幻觉:

> 疑问式文本……阻止读者认同合一性的讲述主体,文本中作者的位置是在疑惑,是自我矛盾……读者受到文本的挑战,事实与文本保持距离,而不是完全被吸纳到虚构世界中。①

贝尔西这本书的主题,是推崇疑问式文本。她的理解很精彩,可惜她三言两语打发了祈使式:她认为最典型的"祈使式文本"是宣传作品,目的是推动读者做某种事。而且她认为祈使式的宣传作品,与陈述式的现实主义,都是制造整体性,只有疑问式才是开放意义的作品。② 贝尔西的分析,有其意识形态偏重,而且更重要的是,她的分类并不是全域性的,除了这三种"典型",还有其他各种体裁。她没有跟上班维尼斯特,没有做全域性分类。

中国学者胡亚敏首先注意到班维尼斯特语态模式在叙述学上的意义,她在《叙事学》一书的注解里提及此理论。③ 真正把语式展开到体裁研究的,反而是研究广告的学者。汉娜-凯萨指出祈使式强调说话者的当下影响力,因此应当与感叹式结合:"考虑到祈使式实际上是未来的镜像(mirroring the future),言说的当下情景就成为言说明显的源

---

① Catherine Belsey, *Critical Practice*, New York: Methuen, 1980, p. 91.
② 凯瑟琳·贝尔西:《解构文本》,见赵毅衡编选:《符号学文学论文集》,天津:百花文艺出版社,2004年版,第576~585页。
③ 胡亚敏:《叙事学》,武汉:华中师范大学出版社,1994年版,第99页。

头,我们强调言说的现在进行时态,同时意指未来的情节。"① 她的这个见解很卓越。也有中国的广告学者,把塞尔的语力说应用到广告研究中。② 此外,奥斯汀的"施行"(performative)字面原意为"演示",无怪乎有戏剧学者看到奥斯汀理论与戏剧表演的关系。③

近年来对语式与叙述文本关系做出比较实质性解说的,是加拿大叙述学者乌里·马戈林,他在一篇长文中仔细讨论了各种语式与一些实验小说的关系,指出语句的各种时态、体式、语气都可以延展成全本的小说。④ 例如普林斯说的"否叙述"(disnarration)是否定句式的扩展,布鲁克-罗丝的《阿玛尔伽门侬》(一位教师面临辞退,一直在计划此后的生活)是将来时的扩展,卡尔维诺《寒冬夜行人》、杜拉斯《死亡的疾病》(全书用"如果……那么……"写成)都是条件句的扩展,洛莉·莫尔《自助》(读起来如恋爱指南)则是祈使句的扩展。⑤ 马戈林的文章,证明当代西方实验小说的文体实验的确五花八门,几乎穷极了语言的各种可能性。他在文章中已经提及时态与某些叙述体裁可以关联,例如电视现场直播是"现在进行时"。虽然马戈林已经意识到塞尔的分类对于叙述研究有启发,但是他并没有提出一个叙述体裁类型方案,只是说某本小说的个案例子是某种句式的扩展,这与本书的全域体裁分类旨趣不同。

---

① D. Hanna-Kaisa et al, "Addressing the Consumer in Standardized Advertisements", *Journal of Intercultural Communication*, No.12, 2006.

② 唐淑华:《论"语用预设"对广告语言语力的制约与促进》,《哈尔滨学院学报》2010年第3期。

③ 最早把言语行为三分型与戏剧相对比的是 Kari Salosaari。见埃罗·塔拉斯蒂:《表演艺术符号学:一个建议》,段炼、陆正兰译,《符号与传媒》2012年第五辑,第231页。

④ 乌里·玛戈琳:《过去之事,现在之事,将来之事:时态、体式、情态和文学叙事的性质》,见戴卫·赫尔曼主编:《新叙事学》,马海良译,北京:北京大学出版社,2002年版,第89~113页。(此书与其他中译叙述学著作一样,把这位学者姓名女性化,译成"乌里·玛戈琳",其实 Uri 是犹太男性名字。)

⑤ 乌里·玛戈琳:《过去之事,现在之事,将来之事:时态、体式、情态和文学叙事的性质》,见戴卫·赫尔曼主编:《新叙事学》,马海良译,北京:北京大学出版社,2002年版,第102页。

5. 叙述体裁分类

本书检查各种文献，对文本意向性问题的学术发展做一个简略回顾。各家理论、观点相当一致，只是论述重点有所不同。奥斯汀以言行事讨论，可能最为清晰；格雷马斯可能更为多变；雅柯布森可能更为全面；但是班维尼斯特理论或许最简洁明了——三种语态与三种时间对应，使体裁比较整齐地分为三种。

本书建议，叙述的所有体裁，可以按照班维尼斯特的三语式论，分成以下三种时间向度：过去、现在、未来。这三种时间向度，在分析中不仅是可能的，而且是必需的，因为它们把所有的叙述整齐地分成记录、演示、意动三个基本型。没有这样的三种时间向度关注，叙述就无法为接收者提供基本的文本意向性。

第一种：记录类叙述诸体裁，以小说和历史为代表。其中起主导功能的模态，是班维尼斯特说的"陈述"，主导的语力是奥斯汀说的"以言言事"：言说本身就是目的（按奥斯汀的解释，"以言言事"注重"说话行为本身"）。不是说记录类叙述不可能用来达到什么目的，目的性并非叙述的内在部分，而是意义的符用延伸："以叙言事"这种功能占据了表意过程的主导地位，其他目的虽然在作品中也存在，但作为体裁类型，叙述的目的就是言事。这种叙述——以历史、小说、新闻、壁画等为最典型体裁——倾向于使用文字、图像等人造的"特制"记录媒介，因为记录类的叙述朝向过去，以记录为主，媒介的持久性就可以保留给后代的接收者阅读。

第二种：演示型叙述诸体裁，以戏剧、比赛、游戏为代表。主导模态是班维尼斯特说的"疑问"，主导语力则是"以言行事"，是"为施行某目的而叙述"（按奥斯汀的解释，"以言行事"是"说话中演示的行为"）。因此，"以演行事"也可以理解为"演示中演示的行为"。演示固然可以达到其他目的，一旦剥夺了演示的现在在场意义，演示就失去了最基本的情节推进动力。正如贝尔西对"疑问式文本"的描写："哪怕这种文本不是如班维尼斯特所说的'试图从读者那里得到某种信息',它们也是在邀请读者对文本提出的问题做出回答。"① 此类叙述——以戏剧、比赛、游戏为典型——使用"非特有"媒介(即不是特地制造作为符号传送用的媒介),例如身体姿势、表情、言语、实物等。而心像作为幻觉与梦的叙述媒介,也可以算成演示类叙述的一个亚类。

第三种:意动型叙述诸体裁,以预言与宣传为代表。主导模态是祈使,主导语力则是"以言成事",是"为促使听者实行某目的而叙述"(按奥斯汀的解释,"以言成事"是"用说话演示的行为",说话即为了达到目的)。意动叙述的"以言成事"可以理解为"用叙述达到某种目的"。意动性叙述体裁——以预言、祈愿、宣传、命令、广告等为典型——由于其意向张力特别强,不会因为媒介的物理性质而改变,所以可以用文字、图像等过去性媒介,也可以用身体、实物等现在性媒介,更可以用胶卷与电子等"过去现在"媒介。马戈林指出:"在预示叙述里,时态与情态基本上交织在一起(有人甚至会说,未来本身就是一种情态)。"② 的确,未来本身就是一种独立的模态,借用封塔尼耶的术语,这是意向的张力度最强的一种体裁。

瑞安在《故事的变身》中提出一个三联式,即"回顾式—同步式—前瞻式",③ 这种看法与本书的"过去—现在—未来"三时态不谋而合,只是瑞安的分类依据是媒介的性质,而本书从"文本意向性"出发,试图找出更深层次的原因,即叙述文本体现的"模态—语力",模态—语力与媒介性质在本书的分类中是基本重合的。在现代符号学—分析哲学发展出来的命题理论里,三种模态—语力、三种时间方向,与三种媒介,三三对应,覆盖了各种叙述体裁与媒介。由此可以列出这样一个相当整齐的表格,这是从本书开头总表中拉出来的分表:

---

① Catherine Belsey, *Critical Practice*, New York: Methuen, 1980, p.90.
② 乌里·玛戈琳:《过去之事,现在之事,将来之事:时态、体式、情态和文学叙事的性质》,见戴卫·赫尔曼主编:《新叙事学》,马海良译,北京:北京大学出版社,2002年版,第101页。
③ Marie-Laure Ryan, *Avatar of Story*, Minneapolis: University of Minnesota Press, 2006, p.12.

表三　叙述的"语气-时向-媒介"分类表

语气	陈述式	疑问式	祈使式
时间向度	过去	现在	未来
媒介	人造特有媒介	现成非特有媒介	（不限）
叙述体裁	记录类	演示类	意动性

试用文字解释一下此表。按内在时间向度，本书对叙述文本做出以下的划分：

1. 陈述式过去向度（记录类）叙述：历史、小说、照片、文字新闻、档案等。
2. 疑问式现在进行向度（演示类）叙述：戏剧、行为艺术、互动游戏、超文本小说、音乐、歌曲等；及其现代媒介化变体过去进行向度（记录演示类）叙述：电影、电视、录音、录像等。
3. 祈使式未来向度（意动性）叙述：广告、宣传、预告片、预测、诺言、未来学等。

这三种叙述文本的区分，在于文本意向性（不是叙述的内容）指向的时间方向：过去向度着重记录，因此是陈述；现在向度着重演示，意义待决，因此是疑问；未来向度着重规劝，因此是祈使。它们的区别，不在于被讲述事件（内容）发生的时间：就被讲述事件的发生时间而言，可以用在完全不同的叙述之中。各种叙述文本讲的"故事"可以相似，文本体裁的内在意向性，却让它们的意向指向了不同的方向，叙述文本也就有了完全不同的意向性。

正如弗雷格和雅柯布森都提到过的，陈述句很容易转换成疑问句，同样，记录类叙述也可以转换成演示类叙述，反过来也一样。柏拉图与亚里士多德努力区分"叙述"（diegesis）与"模仿"（mimesis），对西方叙述学界形成了很久难以逾越的障碍。西哲智者千虑必有一失，以历史与小说为核心的西方叙述学，一百年来一直难以从"叙述必过去"的公式中脱身，直到最近才有个别学者放弃这个不必要的"原则"。^①而在本书中，演示类占据了相当核心的地位，这不仅是理论上的纠偏，更是当代文化发展的要求。

应当说明，表三中对应的媒介，是现代之前的媒介。现代胶卷、模拟与数字电子技术，把演示类媒介记录了下来，形成电影、电视、录音、录像等新的体裁，它们记录了现场表演，供后来者接收，这样就打乱了演示与记录两大类，形成了一个新的大类——"记录演示叙述"。此类叙述，实际上是置于过去的现在，类似于语句的"过去进行时"：在记录的当时，这些叙述文本是演示式进行时，本质上依然是现在。无怪乎许多电影学家坚持说电影的本质时态是现在进行时，这点将在"广义叙述时间"一章中详谈。

此外，表三更不包括当代文化花样百出的"多媒介"叙述（例如展览或旅游叙述，其中文字图像、演示、实物之混合）。媒介复杂化后，会有很多混杂情况出现。但对于媒介的基本模式，表三的对应还是能成立的。

---

① 参见赵毅衡"代序"，杰拉德·普林斯《叙述学词典》"叙述"条目，乔国强、李孝弟译，上海：上海译文出版社，2011年版，第Ⅳ～Ⅴ页。

第二章　演示类叙述

1. 演示类与记录类

演示类叙述，即用身体、实物等作符号媒介的叙述，是人类最古老的叙述方式，戏剧是其最典型的体裁；其变体如影视、电子游戏等，已经成为当代最主要的叙述门类；近年来短视频之风盛行，"互演示"之普及，几乎改变了当代文化的面貌。①

演示叙述有"展示""即兴""观者参与""非特有媒介"等特点，与其他两大类叙述（记录叙述和心像叙述）很不相同。所有这些问题，必须从容仔细讨论。由于历史原因，演示类叙述至今没有得到叙述学界足够的注意。本章的讨论，如果引发争议，也是可以意料的。

人类的"叙述史"，与人类的诞生同时开始：凡是有人，就会用身体，用言语，用实物演示故事，它们是人与生俱来的本能。而人类四万年前才开始有岩画，五千年前才开始有文字，用这些媒介表现的"记录类叙述"，在历史上是晚出的。至今各地的部落，可能没有书写、绘画等记录叙述，却必定有歌舞表演等演示叙述。

现当代叙述学发展得相当成熟，却至今没有人系统地研究演示叙述，这里有理论误区，更有许多文化共同的"重文传统"造成的缺憾。② 某些叙述学家也讨论戏剧叙述，但他们的研究对象实际上是剧

---

① 关于"朋友圈"与"短视频"造成的文化冲击，请参见笔者《符号美学与艺术产业》第三部分第四章，成都：四川大学出版社，2023年版。

② 不少叙述学者承认"演出至今没有在叙述学领域中得到系统的处理"。Ute Berns, "Performativity" (Paragraph 1), *Living Handbook of Narratology*, Hamburg: University of Hamburg, http://hup.sub.uni-hamburg.de/lhn/index.php/Performativity, 2013年4月2日访问。

本，对以表演为基点的演示叙述关心者不多①，各种无需剧本的演示叙述则很少在叙述学中讨论。这个重大缺漏应当尽早弥补，广义叙述学势必着重探讨这一叙述大类。

上一章已经讨论过，所有的叙述可以按其媒介构成的品质分成三大类：记录类叙述、演示类叙述、意动叙述。分辨这三类叙述的不同点，直接关系到我们如何理解各类叙述的本质。

演示类叙述是用"现成的"的媒介手段讲述故事的符号文本，可以用于演示的媒介种类有身体、言语、物件、音乐、音响、图像、光影等。演示类叙述种类极多，最大一类是"表演型"的表演，如戏剧、舞蹈、歌唱、演奏、魔术、展览、演讲、口述、沙盘推演、仪式等。演示类叙述也包括"竞赛型"的叙述，即为求得胜而举行的比赛、赌博、决斗等；也包括各种"游戏型"叙述，即无目的，或只有虚拟目的（例如快乐，例如得分等）的游戏与电子游戏等。

表演型的叙述比较容易理解，它们都在演示一个故事。竞赛和游戏，看起来似乎不太像讲故事，但是表演、竞赛、游戏都适合本书对叙述的底线定义"文本再现卷入人物的事件，并可以被理解为具有意义和时间向度"，因此都是广义叙述学不得不研究的对象，它们是再现"卷入人物的变化"的符号文本，也是在叙述事件。它们并非直接面对生活经验，而是类似戏剧那样演出一个情节。②从仪式、戏剧，到足球比赛，到电子游戏，都是落在一定叙述框架中的文本，其情节有控制地按一定方式展开：它们不是打架、战争那样"本来状态"的生活经验，而是媒介替代再现。虽然其媒介（人的身体、手中的武器）几乎与真实经验中的身体与武器相同，但是媒介化的再现与经验有本体性的不同。

人类文明中的叙述数量极大，演示类叙述的特点必须与其他叙述大类对比，才得以彰显。叙述的第一个大类是记录叙述，这种叙述文

---

① Karel Vanhaesebrouck, "Towards a Theatrical Narratology", *Image & Narrative*, October Issue, 2004, 已经要求从"文本中心"转向"演出中心"。

② Nate Ewert-Knocker, "Why We Should Be Comparing Games to Theatre?" *Venturebeat*, July 18, 2012.

本媒介可存留给后人检阅。其主要样式有"纪实型"叙述（例如历史、日记、报告、新闻、纪实型图像），和"虚构型"叙述（例如叙述诗、小说、剧本、连环画），等等。所有这些记录性文本，有以下共同点：

1. 记录类叙述的文本可以（不一定由同一作者）再三加工，例如文字的润色推敲，图画的添色加彩，雕塑的琢磨等；
2. 记录类叙述的媒介适合于长期保存，因此能让此后的接收者反复读取；
3. 接收者读到的记录叙述文本，其叙述行为发生在过去，而记录的事件则发生在"过去的过去"，历史是典型例子。

记录叙述根本的时间方式是记述过去的事件。像小说这样的"虚构型"记录叙述，其叙述行为也是虚构的一部分，因此叙述行为可以发生在"任意"的虚构时间（例如将来），但其被叙述的事件必定发生于相对于该叙述时间的过去。例如未来小说，讲述的是未来的过去。剧本经常作为文学体裁来读，这时戏剧的演出性质被悬搁，因此剧本不具有展示、即兴等演示类叙述的特点。与记录类叙述正成对比，演示类叙述具有以下三个相反的特点：

1. 叙述文本（哪怕是古装戏那样讲述"过去"的故事）当场展开，当场接收。可以事先排练准备，但是当场演出之后，不可能再加工。
2. 其文本不保存，演示已经当场完成，在下一刻文本可以消失，无需让不在场的接收者反复读取。
3. 正由于此，演示叙述的最大时间特点是再现方式上的（即与"故事内容时间"无关的）现在进行时——此刻发生，意义在场实现。

由于记录类与演示类叙述如此重大的差别，亚里士多德在《诗学》中坚持认为希腊史诗是"叙述"（diegesis），而希腊悲剧是"模仿"（mimesis）。西方叙述学界至今对"演示叙述"这个概念感到犹豫，他们认为叙述"不言而喻的时间性"是过去向度，戏剧不能示文。普林斯在《叙述学辞典》中的定义犹豫再三，煞费苦心，本书"导论"中已经讨论过。在此书1988年版中，他对叙述定义特地做了一个补充说明，强调戏剧表现是台上"正在发生的"，因此不是叙述。[①] 从叙述中排除戏剧，也就是排除了所有的演示类叙述。

这两类叙述的时间性差异，遇到一个大难题：在现代摄影与电子媒介发展起来后，各类型演示经常被胶卷、磁带、电子设备记录下来。录下的音乐，拍摄后的戏剧或影视，或是录音后的口述故事，时间形态出现了变化：它们明显地已经被加工成记录下来的叙述。因此，一张DVD与一本书，时间性就非常相似，都是供后来者读取的某种记录。上文中所说的演示叙述的几个特点，此时几乎都被推翻：

首先，原先演示叙述没有事后加工，而录音或录像可以事后加工，电影则完全靠"后期加工"才成形；

其次，演示叙述媒介不能存留，而新媒介就是为了长期保存而发明的；

最后，被现代技术记录下的文本，唯一的接收方式就是让不在"此地此刻"的接收者事后读取。

正因为如此，现代媒介造成了一个非常令人恼火的叙述学混乱：现代媒介使演示叙述与记录叙述趋于同质。有的叙述研究者甚至转而认为：电影本质上不同于戏剧，而与小说属于同一类。[②] 但是，"新媒介"是人类文化中刚发生一百多年的现象，不是人类文化的常态。新媒介承载的演示叙述，本质依然是演示叙述，只是添加了存储功

[①] Gerald Prince, *A Dictionary of Narratology*, Aldershot: Scolar Press, 1988, p.58, 普林斯在此书2003年新版中对此定义有所修正。

[②] Ute Berns, "Performativity", *Living Handbook of Narratology*, (Paragraph 5), Hamburg: University of Hamburg, http://hup.sub.uni-hamburg.de/lhn/index.php/Performativity, 2013年4月2日访问。

能。录下的演示叙述,其叙述的"此地此刻"本质实际上没有变:哪怕被叙述的故事是过去的,哪怕叙述行为也已经过去,叙述行为与叙述文本的关联依然是同时的。例如一段抗日战争的(记录或故事)影片,事件是过去的,胶卷有事后重印读取功能,但是拍摄却是在事件发生(纪录片)或表演(故事片)的"此地此刻"进行的。这与描写抗日战争的记录叙述(例如一部文字或图片的《抗战史》,或一部描写抗战的小说)的"过去的过去"时间性有根本的不同,这点不可不察。

正因如此,接收者在读取这些"记录演示类叙述"时,直觉上依然认为文本正在展开,情节正在发生,而不是已经成为旧事记录。电影学家拉菲提出:"电影中的一切都处于现在时。"[1] 麦茨进一步指出这种现在时的原因是:"观众总是将运动作为'现时的'来感知。"[2] 影视画面的连续动作,给接收者的印象是"过程正在进行"。出于这两个原因(影视的叙述时间是被叙述的"此刻此处",而读取时有正在进行的直觉"现场感"),新媒介存储的演示叙述"时间性"本质上依然是现时的。[3]

因此,本书开头提出的演示叙述的定义,应当修改一下,以说明现代新媒介造成的局面:演示叙述,是用身体-实物媒介手段讲述故事的符号文本,它的最基本特点是:演示叙述文本可以被接收者视为"此时此刻"展开,它不一定(虽然可以用特殊媒介录下)存留给此后的接收者读取;与之相反的是,记录叙述肯定是在"彼时彼刻"讲述,而且肯定是留给后来的接收者读取。

心像叙述(包括梦、白日梦、幻觉、错觉)与记录叙述、演示叙述都不同,非常特殊。心像叙述与演示叙述的共同点是现时性:例如

---

[1] Albert Laffay, *Logique du Cinéma:Création. et Spectacle*, Paris: Masson, 1964, p.18.
[2] 麦茨:《电影语言:电影符号学导论》,刘森尧译,台北:远流出版社,1996年,第20页(Christian Metz, *Essais sur la signification au cinéma*, Paris: Klincksieck, 1972)。
[3] 新浪科技讯 2012年8月30日消息:"研究人员已经研制出一种头盔,该装置会让佩戴者产生错觉,认为给他们展示的电视场景是正在发生的真实场景,但实际上它们是事先录制的。甚至研究人员将它的机理进行了详细说明,一些试验参与者仍无法分辨场景的真假。"实际上,人们看电影时混淆场景的"现时性",不一定需要戴这种头盔才会发生,头盔只是增强此种效果而已。

梦叙述只能在此时此刻接收（所以做梦经常"如看戏"）；而两者最大的不同，在于演示叙述的参与者有非常大的控制权，而梦者几乎完全被动，无法控制梦叙述的进程。由于其媒介独特，不太容易与演示类和记录类弄混，所以本书放在下一章单独讨论。

2. 演示类叙述的展示方式[①]

演示叙述的各类型，媒介虽然都相似，都是身体、言语、实物，但是其叙述的根本意向可以有很大的不同。演示叙述根据意向性，可以分成如下三型：

1. 表演型：仅为演示目的而进行的演示，如戏剧、仪式、歌唱、演奏、口述等。
2. 竞赛型：为竞争胜出、赢取各种目的物而举行的比赛、赌博、决斗等。
3. 游戏型：似乎无目的或仅具有虚拟目的的各种游戏（包括电子游戏）等。

演示叙述的三型虽然有重大差别，它们的共同点依然超过其他叙述：所有的各型演示叙述文本，在以下几个特点上，与记录叙述和心像叙述很不同。

第一个特点是展示：展示意味着文本的空间朝向是面对观众，把故事"直接"演示给观众看。各型演示叙述都需要观众在场，只是对观众的需要程度不同，但哪怕某些游戏（例如一个孩子独自玩游戏、一个人弹琴、单人纸牌游戏等）不演给观众看，玩家自己也是观众。这话听起来似乎是诡辩，但是对比记录性叙述（文字、图画）就能明白：记录性文本，只是有让读者（包括自己）以后读取的潜力，哪怕

[①] 关于"展示"作为符号表意的较抽象层次讨论，请参见笔者《哲学符号学：意义世界的形式》第五章第1节，成都：四川大学出版社，2023年版。

最终无读者读取,也不损害其记录叙述本质。而演示叙述不同。观众在场,成为这类体裁的本质条件,演示的意义必须由观众(哪怕是自己)给予此时此地在场实现。

戏剧导演彼得·布鲁克(Peter Brook)在1968年关于实验戏剧运动的著名小册子《打开的空间》中,提出"最简戏剧"的定义:"一个人从空台上走过,另一个人在看着,这就成了戏剧"①;提倡"残酷戏剧"的先锋戏剧家安托南·阿尔托(Antonin Artaud),革新过许多戏剧程式,他极不喜欢取悦观众的戏剧,但是他无可奈何地承认观众对戏剧之必要:"倒并不是怕用超越性的宇宙关怀使观众腻味得要死,而是用深刻思想来解释戏剧表演,与一般观众无关,观众根本不关心。但是他们必须在场,仅此一点与我们有关。"②

戏剧学所谓三堵墙,强调了一个再现的场面的透明性叙述框架,一旦这个框架设立起来,被叙述世界就与经验世界隔开,只留下"第四堵墙"是透明的,供观看的。这里说的"第四堵墙"只是比喻:古希腊剧场座位是半圆形;古罗马剧场四面坐观众;中国的庙会台子,三面坐着观众;轮盘赌台观众围列以示公开;拳击、摔跤、足球,观众四面观看,以求清晰;电子游戏型叙述则如电影一样,平面敞开。演示叙述需要一个在其中展示的框架,但同时这个框架必须有一个展示(给接收者看的)维度。而其他叙述没有这个空间关系:记录叙述无须观众当场观看,心像叙述中主体加入叙述的情节之中,都没有一个确定的观看维度。

3. 情节不可预测与即兴

各种演示叙述的第二个共同特点是即兴,哪怕有剧本、乐谱等,哪怕竞赛和游戏有规则、有程序,哪怕事先经过严格排练,都不能替代表演者(玩家或演员)的临场发挥。因此演示叙述展开的特点是悬

---

① Peter Brook, *The Open Space*, London: McGibbon & Kee, 1968, p. 4.
② Antonin Artaud, *Theatre and Its Double*, New York: Grove, 1958, p. 93.

疑，任何事都有可能发生。杂技令人屏息凝神，是因为随时有失手的危险；脱口秀大受欢迎，是因为随时会有难以回嘴的困窘——下一步不可预知，是演示的最基本动力与魅力。

相声表演中有所谓"现挂"，考验演员的急智。20世纪50年代，侯宝林与郭启儒演出《婚姻与迷信》。说到旧时婚礼，举了姑娘出嫁到婆家时举行"迈火盆"仪式的例子：

> 侯：就是一个炭盆，把它点着了，旁边站个茶房，手拿一杯白酒，新娘迈的时候，茶房把酒往上一泼，乘这火苗子一起，新娘往过一迈，这叫"火火炽炽，旺旺腾腾"。
>
> 郭：新娘迈过门儿以后，他们家日子好过。
>
> 侯：这多危险哪！要把衣服烧了呢！再引起火灾来……

正说到这儿，可巧，剧场外边响起救火车笛声，有许多靠近窗户的观众站起来往外看，场内乱哄哄。侯先生不慌不忙，顺势对观众说："这不定谁家又结婚哪！"观众哄堂大笑，注意力又被引到演出这边来。①

与之正成对比的是：记录叙述无法即兴发挥，因为已经定稿；梦叙述也没有即兴发挥，因为其演示不受梦者控制。即兴发挥是演示叙述的本质，即兴与规则抗衡。即兴越多，叙述的意外因素就越多。这就是为什么民族史诗或话本小说，口头承传表演，年代越长，文本就越长，每一代都加上新的即兴段子，一旦成书，即成固定。某些戏剧，例如20世纪六七十年代欧美盛行的"发生剧"（Happenings），完全即兴，表演前连情节提纲都不准有。而竞赛则靠运动员临场表现之精彩，靠取胜的悬念赢得观众；电子游戏的乐趣，则是玩家得意于自己的超水平发挥。

2007年北京电视台春节联欢晚会现场，某歌手出场后演唱，不小心摔倒，没有料到现场的音乐甚至她的歌声都并没有停止，由此爆

---

① 这是西南交通大学王长才老师在叙述学课程上提供的例子，特此致谢。

出假唱风波，这是不可预知性的未预知后果，也把不可预知性本身变成了一场戏剧。至于 F1 赛车、飞行表演等的不可预知，导致事故之惨烈，常使在场的观众受到伤害。

魔术表演过程中，魔术师都会找观众上台查验或者做临时助手以示魔术师不可能作弊，从而体现魔术临场发挥的奇迹。这本是假象，但是作为演示类叙述，却让过程充满了更多的不可预知。美国影片《致命魔术》中，魔术师请观众上台见证自己魔术的神奇，不料对手假作观众上台。此对手深谙魔术原理，当场破坏了魔术道具。眼看魔术即将失败，不料魔术师已在后台偷天换日，预置水箱，以妻子假作溺死水箱"自杀"来陷害对手。这场电影中的魔术，把演示叙述的不可预知性推到了极点。①

固然，电影、录音等演示叙述的现代媒介制成品已经没有即兴余地，但接受者在观看欣赏时，依然能"感觉到"原先表演时的即兴。这就是为什么在音乐会现场录制的录像或录音，音响效果远不如录音棚或摄影棚内的录制品，却更受听众欢迎：录制下来的现场气氛效果，以部分指向整体，指向了面对观众表演的即兴性。

究竟即兴可以发生在演出叙述文本的哪个环节？音乐符号学家塔拉斯蒂认为雅柯布森说的六个环节都可能发生即兴：发出者（音乐演奏者）似乎可能随心情任意发挥；听众对出乎意料特别兴奋，反过来激励即兴；语境可以即兴，例如街头演出；媒介也可以即兴，例如在嘉年华狂欢中任何器具都被当作乐器；最后符码也可以随意变化，例如模仿前人名曲的"串串烧"。②

4. 受述者参与

上述的两个特点——展示，因此必有观众；即兴，因此文本必有变化——引出演示叙述的第三个特点：观者参与，即可以让受述者加

---

① 这是 2012 级符号学研究生陈蓉提供的例子，特此致谢。
② 埃罗·塔拉斯蒂：《音乐符号》，陆正兰译，南京：译林出版社，2015 年版，第 187～189 页。

入到文本中来。固然，记录类叙述也要求接收者参与，那是在读者反应的意义上，即文本的意义最终要在读者的理解中实现，这是所有叙述相同之处，记录类叙述过程本身并不需要读者参与。而演示类叙述不同，它们要求观者以各种不同的方式参与到叙述过程中来。

可以看到，三种演示类叙述都需要观众参与，只是体裁不同，观者参与方式有所区别。首先，所有的演示叙述，都有一个叙述框架（参见第二部分第一章）。这个框架邀请第二层次的叙述者（副末开场、希腊悲剧合唱团、说书人、电影画外音叙述者等）出来讲述故事，也邀请演员或玩家扮演角色表演故事。我们可以把所有这些参与叙述的人格，称作"表演者－次叙述者"。

而且，在演示叙述中，允许甚至要求接收者－观众参与到叙述文本中来：观众能够打断戏剧表演，能喝倒彩，甚至能冲进舞台"砸场"，让表演或比赛无法进行下去。这种"台上台下"的互动，加强了演示的即兴成分：中国戏曲的观众能为演员唱功出色喝彩打断演唱，西方芭蕾舞演员能在观众为精彩舞段欢呼时鞠躬致礼，而球赛的"主场气氛"经常是制胜原因。从莫扎特时代起，德国和奥地利的歌剧院台口长期挂着牌子"观众禁止与歌者一起歌唱"[①]；现在的音乐会，歌手反而鼓励观众一道唱起来。可见观众参与是一种自然冲动，也是演示叙述的常规。

竞赛或游戏，也一样需要观众。实际上竞赛的对手是竞赛型叙述的第一观众，没有这个观众，竞赛无法进行，完全独自投篮是锻炼或自娱，不是演示。游戏经常有玩伴或对手，例如儿童的"过家家"或"抓强盗"；如今的网游，对手是虚拟的，可以独自游戏，前面已经解释过，独自游戏时为什么自己可以被理解为在场观众。例如电子游戏叙述文本的接收者，是玩家本人：他观看自己的精彩表演，欣赏自己得到的好分数。

老特拉福德是英格兰最大的俱乐部球场，可容纳76000人。不过

---

① 埃罗·塔拉斯蒂：《表演艺术符号学：一个建议》，段炼、陆正兰译，《符号与传媒》2012年第5辑，第160~175页。

球场大反而不容易做到气氛好，不少小球场的气氛都比老特拉福德热烈，球迷声浪大。在一些比赛中，甚至几千客队球迷的声音都能压过曼联几万主场球迷。2008年新年曼联主场对伯明翰后，弗格森抱怨到场的"曼联球迷死了，就像一个葬礼"。他的意思是球迷参与不够，导致比赛进行不利。

当代电子游戏有向戏剧电影等表演型叙述靠拢的趋势，这主要体现于近二十年盛行起来的所谓"角色扮演游戏"（RPG）中。在此类游戏中，玩家自己并非人物，他借助电脑程序"代入"并控制一个人物。这与戏剧演员"扮演"一个人物很相似，只是游戏玩家比戏剧演员更为自由：戏剧演员不得不受身体条件（性别、年龄、外貌等）的限制，而电子游戏玩家可以扮演自己喜欢的任意角色。

5. 非特有媒介

演示叙述的最后一个特点，是其媒介的"非特有性"，以及由此要求必须有的"框架隔断"。演示叙述的文本符号载体[①]，与人们日常生活经验中所用之物没有什么不同：身体依然是这个身体，在舞剧中身体做出的动作，在日常生活中可能不会经常做，却无根本差别；言语依然是这些言语，在表演时言语讲出的语句，在日常生活中可能不会经常说，但是言语相似；动物依然是这些动物，在马戏中聪明的动物，在日常生活中不会经常见到，却依然是这些动物；在竞赛中使用的运动器具，在日常生活中不会经常用，但与日常物无根本差别。身体动作作为符号，与身体动作作为经验，两者并无区分。真的握手拥抱，与演出握手拥抱，动作可以完全一样，意义完全不同。

与之相反，记录叙述的媒介是"特有的"：文字与图画是专为记录叙述设计的媒介。我们拿起一本书，就明白文字在讲述一个记录下来的故事；梦或错觉叙述的心像也是特有的——一个人入睡，或昏

[①] 一般说的"媒介"，实际上是符号表意的两个要素不加区分地使用：符号载体，以及信息传送媒介，但是在研究中二者经常不分。参见笔者《"媒介"与"媒体"：一个符号学辨析》，《当代文坛》2012年第5期，第31~34页。

迷，就指明此后的所见所闻都不再是实在经验。演示叙述没有这样明确的媒介转换，就必须有一个与日常经验区分的"框架隔断"：演示需要一个明确的叙述框架作为区隔指示符号，说明此后发生的一切都已经进入了文本，成为被叙述的故事的一部分。

因此，叙述框架是演示叙述的最重要成分，有了框架标记，叙述才能开始。这在任何演示叙述中都是最关键的一环，它把身体和物件这些日常物品转换成演示媒介：帷幕升起、光线转暗、裁判吹哨、棋牌落位，都可以是这种隔断。儿童知道，从某一刻起，他的泥团和竹片就成为坦克和士兵。

这种媒介的"非特有性"的最集中表现，是演示媒介的身体性。所有的演示类叙述都以身体为中心展开：言语、歌声、吼喊等，是身体的功能；乐器、武器、器具等，是身体的延伸；乐音或其他声音，是用器具产生的人声替代；化妆、衣着等，是身体的配备；道具、场面、光影等，是为展示身体功能而添加的设置。

这一方面是演示叙述的起源所决定的：古人除了身体与随手之物，没有其他叙述媒介可用。另一方面则是演示叙述的人性本质所决定的：叙述既然表现的是"卷入人物的事件"，人必然是叙述的中心。如果人的身体没有卷入周遭世界的变化，这种变化就无法被演示出来，因此，无论是表演、竞赛还是游戏，都需要身体作为媒介。身体性成为演示性叙述的一个最突出特点，近年来得到学界重视，引发很多哲理思考。实际上它是演示类叙述媒介非特有性的延伸：舞台上人与道具结合成姿势动作，人与乐器结合成乐音，证明此二者本为一个概念。

由于这四个特点（展示、不可预测、接收者参与、非特有媒介），演示类叙述可能是与人性最相契的叙述方式。而且，随着当代文化越来越重视身体的符号表意，演示叙述正迫使我们给予学理的注视。

第三章　心像叙述

1. 为什么梦是叙述

心像叙述，包括梦、白日梦、错觉、各种原因引发的幻觉。叙述学界对诸种心像叙述，严重缺乏关注，甚至一直没有把它们看作叙述类型。对照本书"导论"中提出的叙述的定义，它们是叙述：首先它们是媒介化（心像）的符号文本再现，而不是直接经验；其次它们大都卷入有人物参与的情节，心像叙述者本人就直接卷入情节。因此，它们是叙述文本。

应当特地说明的是：回忆、想象，并不是叙述，因为它们是主体主动地有控制的行为，它们可能是"卷入人物的事件"，而且是被"心像"媒介化的，但是回忆与想象不符合本书提出的定义之第二条——"此文本可以被（另一个）主体理解为具有合一的时间和意义向度"，也就是说，回忆和想象只有一次叙述，没有二次叙述的地位。

与之相反，梦是叙述，因为梦本身就是二次叙述，虽然其一次叙述的机制，即梦的成因，至今没有被学界弄清楚，却不能否认一次叙述主体的存在。因此，梦、白日梦、错觉、幻觉，符合叙述的定义。同样原因，由各种机制引发的"感应"，例如所谓"心传"，是叙述，因为有二次叙述环节。

哈特曼曾建议把人的"认知意识"分成四个阶段："精神集中的清醒思考"（focused waking thought）、"清醒遐思"（loose waking thought）、"幻觉与白日梦"（reveries and daydreaming）、"梦"（dreaming）。这个说法，把白日梦看作"非清醒"，非常正确。笔者认为白日梦者基本上已经不用作为精神集中特征的语言来思考，而是通过心像、心感、心语等媒介被动地接受文本，这个二次叙述是我们做判断的关键。①

心像叙述没有记录的文字或图像媒介，也没有演示的肉身-实物媒介，它们的媒介是心灵感知的视觉图像（心像），以及其他心灵感觉（心听、心触、心味、心语等）。我们可以观察到心像叙述的以下几个特点：

1. 在被动型心像叙述中，梦者、幻觉者不是心像叙述的源头，而是心像叙述的接收者、感知者。心像叙述是一种自身叙述：意识的一个部分，展现给意识的另一部分。对于主动型心像叙述，我们至今了解甚少，但是回忆与想象者，有一定主动性，对情节有一定选择权。

2. 心像叙述必然是某个主体自身独自接收，任何人无法代别人接收，也无法窥探别人的心像叙述。

3. 心像叙述者参与叙述之中，是一个叙述"事件卷入的人物"。

本书说的心像叙述，不包括梦者或幻觉者醒来后对别人讲梦境，或对自己讲梦境（回忆或日记），也不包括记录叙述（小说）或演示叙述（戏剧、电影）叙述梦境或想象。所有这些都是心像叙述的"再述"。再述失去了心像叙述的本质特征，因为媒介已经变化，脱离了心感媒介。只剩心像叙述的内容，无其形式，就不再是心像叙述。另外要说明的是，所谓"意识流小说""意识流电影"，都是用另一种媒介，对"清醒遐思"（上文哈特曼所说的第二阶段）不加控制地自由联想之模仿，它们与"说梦""演梦"一样，是再述，而且由于媒介相同，例如都用文字、形象，它们原本的媒介特征淡化，这才让读者觉得与白日梦相似。

---

① Ernest Hartmann, "Outline for a Theory on the Nature and Functions of Dreaming", *Dreaming*, Vol. 6, No. 2, 1996.

心像叙述很难是纪实型的,接收者无权将文本与实在世界对证。例外的只有一种,即我们称为"心灵感应"或"心传"(telepathy)的现象:在心传时,我们的心像通过非感官途径,了解到相隔甚远的旁人(经常是自己亲人)的情况。此类报告例子甚多,至今心理学界无法证明其有,也无法证明其无。① 本书开始的表格给了它一个位置,作为参照。也就是说:如果确有其事,它就应该占领这个位置。心传与梦相通的地方,在于我们只是被动地接受,无法主动得知;心传与梦不同的地方在于它是"纪实"的,它让接收者有查证的权利或需要。

由于梦最为常见,其文本叙述性的情节构成(见第三部分第二章第二节"叙述性")比起幻觉等较为稳定。本章以梦为心像叙述的典型分析对象。

梦因为过于缺乏形式规律,一直不是叙述学研究的对象。本书首先必须证明梦具有独特的文本性和叙述性,因此是一种叙述文本。梦叙述,与梦的再次叙述很不相同:梦者醒来后对别人讲梦境(例如对精神医生),或对自己讲梦境(例如回忆或日记),也不包括某种叙述讲到一个人物的梦境(小说中写到人物做梦)。所有这些叙述方式,都可以说是梦的"再次叙述"。再次叙述失去了梦叙述的许多重要特征,实际上只保留了"情节梗概",媒介已经变换,文本已经换了一个叙述者人格。

梦作为叙述体裁的重要性,首先表现在数量上:梦是人类接触最多的叙述。就人的生活本身而言,梦也远比一般想象的更为重要。平均每个人一昼夜要做梦两个小时,做六至七个梦,从几秒到20分钟不等。也就是说,人的一生有六年时间花在做梦上。

梦对于人类的重要性,古人就熟知,这从远古典籍中关于梦的记录之多就可得知。五千年前巴比伦楔形文字记录的史诗《吉尔伽美什》中,巴比伦英雄国王做了不少梦,他的母亲是详梦女神,为他解

---

① 《美国科学家首次宣布实现人与人"心电相通"》,《中国新闻网》,http://world.people.com.cn/n/2013/0829/c157278-22736828.html,2013年8月29日查询。

说即将发生的事。这是现存人类第一个详细的梦记录及其解读。中国早期古籍中梦记录数量极大,古文献集《逸周书》记录有大量文王、武王、周公的梦境,看来以梦为政治行为指导,被古人认为是治世有道。正因为梦的情节光怪陆离、神秘莫测,不符合人类文明生活的逻辑与常识,因此一直被视为了解神意的途径,至今被认为可以借此预知未来。在现代,心理学者认为梦是窥见人的主体精神奥秘的钥匙。

对于梦的好奇,是任何文化中关于人的思索的重要环节。但是梦始终没有成为叙述学研究的重要课题,相当重要的一个原因,是学界对梦的"叙述性"及其形成机制至今不得其解。中国叙述学界在这方面做的工作更少,龙迪勇十年前撰有《梦:时间与叙述》一文。①

很多学者认为梦是直接感知经验,并不是叙述,因为只有用某种媒介重述以后才成为叙述。例如普林斯完全否认梦是叙述。② 吉尔罗强调:"正在做的梦是经验,不是文本",因为"文本有边界,形成整体结构"。在同一文中她又说:"有的梦文本是叙述,并非全都是叙述。"③ 她的意思是只有一部分梦是文本,而其中更少的一部分是叙述文本。此观点可能是在呼应荣格:荣格把梦分成"小梦"与"大梦",后者又称"有意义的梦"(significant dream)。据荣格说此类梦可以揭示许多重要内容,是"我们心理经验的宝贵财富",经常是"终生难忘"。④ 而"小梦"是没有记住的,无关紧要的,不值得解释的对象。吉尔罗的说法是:每个梦"都有内容,只是某些有信息"。⑤

研究梦的著名学者,例如弗洛伊德和荣格,都只把梦的语言再述文本作为研究对象。弗洛伊德明白再述会造成困扰:"梦的世界无法

---

① 龙迪勇:《梦:时间与叙述》,《江西社会科学》2002 年第 8 期,第 22~35 页。
② Prince, Gerald. "Forty-One Questions on the Nature of Narrative." *Style*, No. 34, 2000, pp. 317-327.
③ Patricia Kilroe, "The Dream as Text, The Dream as Narrative", *Dreaming*, Vol. 10, No. 3, 2000.
④ Carl Gustav Jung, "On the Nature of Dreams", R. F. Hull (ed.), *Dreams*, Princeton: Princeton University Press, 1974, p. 76.
⑤ Patricia Kilroe, "The Dream as Text, The Dream as Narrative", *Dreaming*, Vol. 10, No. 3, 2000, p. 4.

形之于语言。"① 但是他们把梦再述看成研究梦本身的唯一途径，几乎从来不讨论这两者的区别。梦的重述被（语言、文字或图像）媒介化，获得了非常明显的文本性与叙述性，梦本身的叙述性就可以存而不论。而本书将集中讨论梦本身的文本性与叙述性，不涉及梦的再述。在此我们不得不重申梦作为叙述文本的若干特征。

首先，梦本身是已经被媒介化的文本，这媒介是梦者的心像（心灵感到的形象、言语以及其他感觉）。经验面对的是世界，梦者面对的是被心像再现的世界。固然，心像媒介缺乏通常符号媒介的物质性，但是符号载体本来就不一定要有物质性，载体只是传送携带符号意义的感知，这种感知不一定是物质性的。②

梦的符号载体（最主要是各种感官渠道的心像）可以非常生动地再现世界的经验。有时甚至比电影更生动，更让人觉得是"身临其境"的经验。但经验中的感知是纯粹直观的，并不是媒介化而携带意义的符号，而梦的对象不是直观感知，是心像符号。弗洛伊德说："梦里的每一个符号都可以被视作代表另一个符号。"③ 因此，再现符号组成梦叙述的文本。

维特根斯坦反对弗洛伊德理论，他认为"梦无特定目的，无本质，因为梦的种类如此之多"。④ 他的看法是对的：任何一种理论只能解释一部分梦。梦叙述有意义，其意义不一定是人类现在的知识水平所能理解的。古代的详梦，现代的精神分析，当代的梦心理—生理研究，每个方法都扩大了我们的理解范围，但至今学界还是无法解决梦释义的一些基本问题。这不是说梦没有意义，而是说梦并没有人类清醒的叙述活动的目的论意义：梦（至少迄今为止）无法达到某种设计的意义传达。从古至今有所谓"梦孵化术"（dream incubation），即让人睡前接收某种暗示，这些方法只能增加梦到某种内容的概率，

---

① Sigmund Freud, *The Interpretation of Dreams*, New York: Avon, 1965, p.10.
② 关于符号载体可能的"非物质性"，参见笔者《符号学原理与推演》第一章第1节，成都：四川大学出版社，2023年版。
③ Sigmund Freud, *The Interpretation of Dreams*, New York: Avon, 1965, p.13.
④ Ludwig Wittgenstein, *Lectures and Conversations on Aesthetics, Psychology and Religious Belief*, Cyril Barrett (ed.), Berkeley: University of California Press, 1966.

却无法决定梦会得出某种意义。

梦有文本性和叙述性的构成要素,即选择(聚合轴操作)与组织(组合轴操作)。① 梦的材料显然来源极广,并不一定是弗洛伊德所说的"压抑的欲望"。其中相当大的部分来自个人过去经历的记忆。做梦时受到的刺激,混合着这些材料的想象。② 这些材料远不是都能进入梦的,最近的、最显著的材料(例如心理学家称为"创伤"的记忆)相对优先。虽然我们至今不太了解这个选择机制,但选择之存在却是明显的。梦的乱(incoherence)、怪(bizarreness),是其特有的选择与组合共同作用的结果。

关于梦文本的组织,不少学者已经指出了梦文本结构的一些重要特征:例如有开端、发展、高潮,却经常无结局。荣格认为"有意义的梦"起承转合俱全,才符合对"大梦"的要求。③ 绝大部分梦不是这种大梦,因为在高潮时,梦者往往惊醒,或是梦境转向别的"线索"。没有结局,是梦的模糊表意方式的重要特征。有结局是清醒叙述的目的论标志,总是携带着重大伦理意义,无结局是梦的文本意向性不足的标志,却不能否认梦是叙述。

就以上各点(媒介再现、内容意义、文本结构)而言,梦不是直接经验或感知,而是典型的再现叙述文本,具有明确的媒介性和叙述性。梦者自己是梦叙述的主角,是梦叙述必然卷入的人物之一。因此我们说,虽然解释梦至今困难重重,但任何梦都符合叙述文本的底线定义。

2. 梦的叙述者

梦的叙述很神秘,是因为梦者对梦中所见,既无法指挥,亦无法

---

① 就这点而言,弗洛伊德为人所津津乐道的"浓缩"(condensation)与"置换"(displacement),要总结梦在聚合轴与组合轴上的复杂操作,远远不够。

② H. Hunt, *The Multiplicity of Dreams: Memory, Imagination, and Consciousness*, New Haven: Yale University Press, 1989.

③ Carl Gustav Jung, "On the Nature of Dreams", R. F. Hull (ed.), *Dreams*, Princeton: Princeton University Press, 1974, pp. 74—75.

躲避，似乎它们并不是自己的头脑所产生的。① 萨特指出过，梦者的一大特征是"失去反思自觉"（loss of self-reflective awareness）②，无法明白自己存在的虚实。梦者既无处理环境的能力，也无能力检查或调节自身反应。王充的描写很准确："当其见也，其人不自知觉与梦，故其见物不能知其鬼与人。"③ 因此梦者无主体性，而是梦叙述的被动接收者。

上文已经说过，梦的内容是经过选择和调整的，是叙述组织的产物。那么组织这些材料的是谁，哪里找拥有主体性的"梦叙述者"呢？详梦师认为梦叙述另有主体：掌握命运神秘的某种力量，把梦植入梦者的头脑；精神分析学派认为是梦者受自己的潜意识控制，梦在完成梦者清醒时未能实现的愿望。弗洛伊德认为这种愿望源于爱欲与死亡本能，荣格则说是人类头脑中的原型意识。

当代梦研究的主要力量，已经从精神分析学转向神经生理学。④ 1977年霍布森与马卡里提出：梦是前脑（forebrain）处理从脑干（brain stem）发出的神经元信号的产物，由此他们提出"激活—综合假说"（activation-synthesis hypothesis）。但是，梦不完全是生理的，而是生理与心理的复杂组合。霍布森在20世纪90年代后的研究，开始带上强烈的心理学色彩。他指出："做梦的头脑是一个自行组织的体系，无需一个高一层的控制。"梦的情景怪异，组织混乱，正是因为这种自我组织能力有限，很难把各种元素植入一个"前后一贯的叙述"。⑤ 梦叙述没有一个完整独立的主体控制，因为控制组织梦的就是同一个头脑。他的绝妙比喻是，做梦就像一台电脑不工作时，屏幕上显示的是同一台电脑生成的"屏保图像"（screensaver）。⑥ 心理学

---

① Ernest Hartman, *The Function of Sleep*, New Haven: Yale University Press, 1973.
② Jean-Paul Sartre, *The Psychology of Imagination*, Secaucus, NJ: Citadel Press, 1980.
③ 王充：《论衡》，陈蒲清点校，长沙：岳麓书社，2006年版，第45页。
④ J F Pagel et al, "Definitions of Dream: A Paradigm for Comparing Field Descriptive Specific Studies of Dream", *Dreaming*, Vol. 11, No. 4, 2011, pp. 195—202.
⑤ David Kahn & J Allan Hobson, "Self-Organization Theory of Dreaming", *Dreaming*, Vol. 3, No. 3, 1993.
⑥ John Allan Hobson, *The Dreaming Brain: How the Brain Creates both the Sense and Nonsense of Dream*, New York: Basic Books, 1998.

家达马西奥也认为"大脑的故事没有讲述者,只有一个可以称为'讲述者效应'(teller-effect)的东西,一个只能在叙事母体中出现并生存的自我"①。也就是说,叙述者是自我的一部分。

这些论者的"自我组织"理论,都承认叙述的发出者与接收者是头脑的两个不同部分。任何叙述都是一个主体把文本传送给另一个主体,但是在幻想、错觉、白日梦、梦境这样的心像叙述中,是主体的一部分,把叙述文本传达给主体的另一部分。

3. 梦与想象

梦与讲故事的虚构,相似的地方很多。弗洛伊德称作家的创作过程类似做白日梦。② 斯台茨认为用形象连接成为故事,是人的内在能力,用经验材料组成情节的能力,却因人而异,因此做梦与讲故事实际上是同一种活动的不同类型,讲故事只是另一种条件下的做梦。③

梦的内容,有个重大特点,就是"负面题材"占绝大多数。加菲尔德曾经调查统计全世界各民族从古至今的梦记录,发现都有 12 种最常见的共同题材,都是不愉快的:被追打,跌落淹水,落入盘陀路找不到方向,被剥光,伤病死亡,灾难临头,考验失败,误船误机走不脱,丢失财物,设备失灵,被鬼魂追逼。④ 东汉王符《潜夫论》列梦十种:

> 阴雨之梦,使人厌迷;阳旱之梦,使人乱离;大寒之梦,使人怨悲;大风之梦,使人飘飞。春梦发生,夏梦高明,秋冬梦熟

---

① 转引自保罗约翰·依金:《阅读自传时我们在读什么》,见唐伟胜主编:《〈叙事〉中国版·第三辑》,广州:暨南大学出版社,2011 年版,第 67 页。

② Sigmund Freud, "Creative Writers and Daydreaming", 赵毅衡、傅其林、张怡编著:《现代西方批评理论》,重庆:重庆大学出版社,2010 年版,第 94~101 页。

③ Bert O. States, "Authorship in Dream and Fiction", *Dreaming*, Vol. 4, No. 4, Dec 1994, pp. 237-253.

④ Patricia Garfield, *The Universal Dream Key: The 12 Most Common Dream Themes Around the World*, New York: Harper Collins, 2001.

第一部分　叙述的分类

藏……阴病梦寒，阳病梦热，内病梦乱，外病梦发。①

虽然动因各异，大部分梦境的确是不愉快的。

这些是人类梦的共同"情节原型"（ur-plot），可以称为梦的原型。斯台茨进一步得出结论："梦的专门领域，就是不愉快经验"，梦有一种"显著的负面性"（pronounced negativity）。② 梦之所以如此重要，人类三百万年的进化史没有能把梦从人类机体中清除出去，甚至没有能弱化这个机能，肯定有其积极功用。但是梦究竟在人的生命中起什么功用，却是言人人殊，至今不知其详。斯台茨猜测这功用就是警示危险："由于梦中终无大碍的反复灾难演习，人们才不至于开车冲出悬崖。"③

同样，人的各种叙述，大部分内容也是悲剧性的，是对各种危险的警示。巴尔特《叙述结构分析导言》的最后一句说得很隽永："差不多在相同时间（约三岁左右），幼小的人类'发明'了句子，叙述，和俄狄浦斯故事。"④ 他的意思是原始人类发明叙述是为了平复心理创伤；中国人耽读历史叙述，司马迁说《春秋》"贬天子，退诸侯，讨大夫"，史书中记录的确实大部分是坏事；至今新闻大部分报道的也是灾祸。叙述与灾难似乎有特别的关系：有学者调查，社会性的大灾难之后，"梦像"更为紧张。⑤ 不仅灾难后叙述多了，而且在平时，历史、新闻、小说、电影也都热衷于把灾难作为题材。

但是我们读到的其他叙述体裁，大部分有个惩恶扬善的报应结局，这样的《春秋》写法才能让"乱臣贼子惧"。所以普罗普的"民间故事

---

① 王符：《王符〈潜夫论〉释读》，高新民、王伟翔释注，银川：宁夏人民出版社，2009年版，第56页。
② Bert O States, "Dream, Art and Virtual Worldmaking", *Dreaming*, Vol. 13, No. 1, March 2003.
③ Bert O States, "Dream, Art and Virtual Worldmaking", *Dreaming*, Vol. 13, No. 1, March 2003, p. 10.
④ 罗兰·巴尔特：《叙述结构分析导言》，见赵毅衡编选：《符号学文学论文集》，天津：百花文艺出版社，2004年版，第438页。
⑤ Ernst Hartman and Robert Basile, "Dream Imagery Becomes More Intense After 911/01", *Dreaming*, Vol. 13, No. 2, 2003.

情节类型"研究,主人公"陷入圈套""被追捕""面对难题",但最后总能战而胜之;依据格雷马斯的情节行动元模式论,主人公必然面对"反对者"及其帮凶,最后总能完成人生使命。这是因为其他叙述与梦不同,叙述大多是一种"社群文体",必须承担一定的社群责任,首先要让听者能懂、能感兴趣,要让听者得出伦理结论,尊崇社群的规范与期待,故事使人满意的结局是这种社会责任的具体体现。

而梦是完全个人性的,无须负任何群体责任,因此无法用结局来惩恶扬善,来提供善恶报应。荣格已经说到梦的结尾经常付诸阙如。① 斯台茨总结梦叙述的结构说:梦总是"从中间开始"(in medias res beginning),展开中充满了难以解释的错落断裂,最后没有结尾就结束,哪怕有"结尾",也是无结论的不结之结。②

梦者是主体分裂后的产物:在梦中,梦者并不认为自己在做梦,在梦的世界中,"我"实际上并不在做梦。而在幻想中,主体也是分裂的:"现实世界的我"并不进入幻想,在幻想的我无法进入幻想。分裂出来的第一人称"我",在幻想中不可能意识到"我"是在一个被上层主体"我"创造出来的世界中经历幻想。

如果对于半清醒意识的幻想,这一点还比较难于理解的话,对于梦,这一点就是常识:做梦的"我"实际上没有看到梦,而梦中的"我"没有感觉到自己在做梦,"我"被"我"自己的分裂隔成两半。我们把后者称为"梦者",这个"我"不是清醒的我,"我"是梦世界中的存在。在此可以用上一个全世界知道的中国典故:

> 昔者庄周梦为蝴蝶,栩栩然蝴蝶也,自喻适志与! 不知周也。俄然觉,则蘧蘧然周也。不知周之梦为蝴蝶与? 蝴蝶之梦为周与? 周与蝴蝶则必有分矣。(《庄子·齐物篇》)

---

① Carl G Jung, *Dreams*. From *The collected works of C. G. Jung*, Trans. R. F. C. Hull. Princeton: Princeton University Press, 1974, p. 80.

② Bert O. States, *Dream and Storytelling*, Ithaca, NY: Cornell University Press, 1993, p. 75.

实际上，在任何梦中，都"必有分矣"。

这是叙述主体的普遍规律，笔者称之为"二我差"（见本书第三部分第一章第5节的详解）。"二我差"典型地表现在"第一人称"小说中，尤其是描写成长经历的小说中：我说我的故事，是一连串过去的"我"的经历。在第一人称小说式的格局中，"二我差"最终会渐渐合拢、消失，因为人物渐渐成熟，渐渐接近叙述者"我"。而任何"心像叙述"，都是在"二我差"中进行的，此我非彼我。彼我是另一个被创造出来的世界中的我，在那个世界中，只存在彼我。例如陀思妥耶夫斯基的小说《一个荒唐人的梦》，主人公想自杀，但是没有勇气。在梦中，他自杀成功，体验了死亡及入土安葬的全过程。清醒的叙述者，与不由自主的梦者，形成了"二我差"。①

这就牵涉梦的特殊时间性问题。梦与幻想，与讲故事不同：讲故事是事后回溯，因此其情节在过去展开，讲述事件必在故事之后；幻想与梦，并不是事后的回顾，而是此时此刻地感知当场发生的事件，因此其时间永远是此刻，正如演出叙述（戏剧、电影等），其事件永远是此地此刻。因此，本书把梦与幻觉称为"类演示"叙述。

梦总是此刻的再现构成事件，心像永远处于现在进行时。梦的情节是绵延的此刻心像再现的组合。心像不能存储，不能记录，梦叙述不能回溯（除非梦中人物讲故事），也无法预言（除非梦中人物做预言）。哪怕梦的情节"跳断"（这是梦中经常发生的事），或者是梦者自己另做一梦（像电影《盗梦空间》那样的"二阶梦"），依然不能判断是否回溯过去。②

梦创造"现实之外"可能世界的本领使人惊叹，而且让我们随时可以造访，这就极大地丰富了人的精神世界。在梦中，我们具体地越出我们存在的边界，到达与所在世界平行的世界。没有梦，人类就没有艺术，没有宗教，也不会讲述故事。有了梦，以及如梦的幻觉，人

---

① 这个例子是2012级研究生黎永娥在作业中提出来的，特此致谢。
② 龙迪勇认为："像其他叙述一样，梦也呈过去时态，它也是对失去的时间的追寻，因为只有过去才能让人切切实实地感觉到自身的存在。"这个论断可能需要商榷。龙迪勇：《梦：时间与叙述》，《江西社会科学》2002年第8期，第35页。

类就不仅仅是拘谨守成，只看到眼前的"脚踏实地"的两足动物。

在人类几百万年的进化中，梦作为一个重要生理－心理功能保留下来，肯定有一个原因，关于梦的研究迄今找不出为何要保留这个累赘的原因。

本书行文至此，或许可以回答这个难题：人类在进化中之所以没有淘汰梦，是因为梦有力地加强了人的叙述能力。梦帮助人类越过日常所需的层次，成为一个能靠讲故事整理经验，并且能用幻想超越庸常的动物。①

---

① 关于"超越庸常"作为艺术的本质定义，请参见笔者《艺术符号学：艺术形式的意义分析》第一部分"艺术的定义"，成都：四川大学出版社，2022年版。

第四章　意动类叙述

1. 普遍与特殊意动性

"意动"(conation)这个术语，源自拉丁文 conatio，意为去做某事(an act of attempt)。本部分第一章讨论"文本意向性"时已经说过，最早是雅柯布森在他关于符号文本六功能的论文中提出"意动"主导功能，这观念很接近班维尼斯特的"祈使式"(imperative)"模态"理论，也接近奥斯汀语力分类的第三种"以言成事"(perlocutionary)。

本章的讨论，以意动（conative）综合所有这三种理论立场，把三者看作同一种叙述体裁，即未来叙述的特征。未来叙述，不仅是叙述未来的事情，而且是预言这种情节将要发生，来劝说或要求接收者采取某种行动。这一类叙述数量极大，包括诺言、广告、预言、测算、警告、劝告、宣传、发誓，等等，然而这一个叙述体裁大类，始终没有得到过叙述学界的讨论。

这一类叙述最大特点，是承诺某事件会发生，或是否定性承诺，即恐吓警告，其目的都是要求接收者做出某种相应的行为。文本的这种品质，是叙述发送与叙述接收之间的意向性联系，期盼接收者在接收文本之后采取行动以"取效"。宣传叙述中的故事是出于"如何避免某种灾难"，广告则以"将会发生的故事"诱劝可能的购买者[①]，而预言则以将来会发生的事件，来说动接收者采取某种行动，例如投票。

[①] 广告研究者告诉我们：广告的意义不是广告灌输的，而是观众（爱好运动的少年）的意识构筑的。他们亟须用幻想中的未来，实现自我的转换。Judith Williamson, *Decoding Advertisements*, London: Marion Boyars, 1978, p. 56.

雅柯布森提出："当符号表意侧重于接收者时，符号出现了较强的意动性，即促使接收者做出某种反应。其最极端的例子是命令、呼唤句、祈使句。"① 意动性无法用经验检验，无法判断为正确与错误。意动性似乎很特殊，实际上却是许多符号过程都带有的性质。

塞尔认为，要一个说话人的言语行为有意义，需要满足三个条件：其一，说话人要说出某个语句；其二，这个语句所表达的意向与语境相符；其三，听话人应当理解这个言语行为并接受它。但当语力指向不同重点时，语句的功能就完全不同，处理问题的学科也就不同：当语力指向信息，语句目的是言事（locutionary），其研究则为语音学、语义学、句法学等传统科目；当语力指向说话者自身，语句目的是行事（illocutionary），其研究则为语用学；当语力指向接收者时，语句目的是成事（perlocutionary），在接收者身上产生的效果是主要研究对象。② 由此，塞尔提出语句的五种分类：

再现型（representative）：某种事物状态，例如宣称、肯定、相信等。

表达型（expressive）：表达某种心理状态，例如祝贺、感谢、悼念等。

指挥型（directive）：言者挑动听者某种行为，例如建议、邀请、请求等。

保证型（commissive）：言者保证做某种事，赌咒、发誓、承诺。

宣称型（declarative）：在社会文化条件下引出某种后果，例如洗礼、宣战、就职、签约等。③

---

① Judith Williamson, *Decoding Advertisements*, London: Marion Boyars, 1978, p. 56, p. 177.
② John R. Searle, "A Classification of Illocutionary Acts", *Language in Society*, Vol. 5, No. 1, April 1975, p. 5.
③ John R. Searle, *Expression and Meaning: Studies in the Theory of Speech Acts*. Cambridge: Cambridge University Press, 1979, p. 34.

我们可以看出，这五种句式的分布非常有意思，塞尔的五分类中的后面三种应当说都是"以言成事"或"取效"。他的分类，看起来接近雅柯布森的主导功能六分类，只是雅柯布森处理的是文学艺术文本，"意动"只是类型之一。而塞尔的分类把重点放在语力的取效作用，这种研究应当称作什么，对此塞尔没有说明。这个没有名称的研究方向，恰恰是奥斯汀－塞尔言语行为理论的重点所在。笔者称之为"意动研究"（建议英译 conativics）。

别的文本会不会有"取效"意向呢？应当说，意动性是普遍的，是所有的叙述或多或少共有的。这表现在两个方面：

第一，所有的叙述，例如小说、历史等记录性过去叙述，哪怕是戏剧、电影等演示性现在叙述，哪怕是游戏，情节都寓有一定的道德教训，而这种教训当然期望在未来起某种作用。例如，说"这里很冷"，听者根据语境就明白他应当去关窗。① 只是这句话本身，并没有"以言成事"专用的祈使句形式，"应该关窗"是听者的延伸理解。因此，研究言语行为理论的学者萨多克提出"以言成事"是"传达行为的副产品"。② 也有论者指出各种体裁的叙述都有祈求功能，例如有"见证祈求"（testimonial imperative），大屠杀存活着的证词，是对人类未来的警示。③ 也有论者指出各种主题的文本，都有祈使意义，例如利科说的"爱的祈使"并不能归结于康德的道德律令。④ 这就是所有叙述文本的"普遍意动性"伦理背景。

第二，意动是人类心灵的"基本三功能"之一。柏拉图与亚里士多德首先提出这一点，他们指出的三功能，是"情绪"（affective）、"认知"（cognitive）以及意动，即情绪和认知如何导向行动。在后世，这一概念得到某些哲学家的发挥，其中最主要的是康德。康德的

---

① Richard J. Watts, *The Pragmalinguistic Analysis of Narrative Texts*, Tuebingen: Narr, 1981, p. 34.
② Jerrold Sadock, *Toward a Linguistic Theory of Speech Act*, New York: Academic Press, 1974, pp. 8−9.
③ Risa B. Sodi, *Narrative and Imperative*, London: Peter Lang, 2007, p. 2.
④ David Hall, *Paul Ricoeur and the Poetic Imperative: The Creative Tension Between Love and Justice*, New York: SUNY Press, 2007, p. 2.

《纯粹理性批判》（1781）、《实践理性批判》（1788）、《判断力批判》（1790），可以大致上与上述心灵三功能相对应：纯粹理性＝认知，判断力＝感情，实践理性＝意动。应当说，"实践"与"行动"在西方思想史上，比较不受重视。因此"conation"这个词，在西方成为僻词，大部分人不知其意。[①] 一直到20世纪下半期，神经生理学家才积极地寻找大脑中指挥行动的部分。在这种传统中，西方叙述学界忽略意动叙述，从来没有把它当作一种独立的体裁，甚至没有这样一个概念，也就可以理解了。

这些讨论都是就内容而言的，而我们探讨的"意动叙述"是就叙述形式而言的。这就是为什么笔者认为"未来小说"（novel of the future）不是意动式的未来叙述（future narrative）。未来小说的时间方式很特殊。普通小说的叙述，似乎是自然的经验重组方式：讲往昔者，类似历史讲述；叙现今者，类似新闻报道。未来小说，却不像预言那么自然。预言的发表，立足于此刻；而未来小说，叙述时间却立足于未来某个时刻，讲述在那个时刻已成往事的未来。

内容的未来性质，不能否定叙述形式的过去性质。杰克·伦敦撰于1907年的未来小说《铁蹄》，叙述者艾薇丝在1932年"二次革命"时，以回忆录方式回忆1917年"一次革命"时开始的美国工人阶级与法西斯的斗争，因此"未来小说"依然是过去向度叙述。内容情节固然发生在写作时的未来，形式上却发生在叙述的过去。因此，《铁蹄》按媒介类型是过去型叙述。这本书有意推动工人阶级革命，而且情节时间也放在未来，显然有预言的意图，因此具有意动性。

这种意向性关系，暗合了现象学的看法：文本背后的主体关注，是一种"主体间"关联方式。胡塞尔对"交互主体性"有如下解说：

> 我们可以利用那些在本己意识中被认识到的东西来解释陌生意识，利用那些然后在陌生意识中借助于交往而被认识到的东西

---

① 中文中，"意动"是现代语法家研究古汉语的一个概念，即把名词与形容词当作动词用。古汉语"意动"的例子，如"故人不独亲其亲"（礼记），"登泰山而小天下"（孟子），这与本书讨论无关。

来为我们自己解释本己意识……我们可以研究……意识是用什么方式借助于交往关系而对陌生意识发挥"影响",或者精神是以什么方式进行纯粹精神的相互"作用"。①

他已经意识到所有的"交往"是一种发挥意动性的方式。

"普遍意动性"是指所有的叙述多少都有以言取效的目的,但这是接收者解读具体文本内容的结果。而本书讨论的,是整个体裁的品格,而且根据"弗雷格－塞尔假定"的"语力独立原则",并不依存于叙述内容。例如广告,无论说的故事是什么指称时间,必然是劝人购物或购买服务,这是一种毫不遮掩目的的意动叙述。

顺便说,普林斯在他的《叙述学词典》2003年新版中根据雅柯布森的论文提出,既然意动文本是"焦点落在受述者身上",因此第二人称小说,就是"意动小说"。② 这种看法可能是对雅柯布森的描述的片面理解,因为第二人称小说是让受述人(narratee)显身成人物的一种特殊叙述方式,实际上没有促使对方做某种事的意味。

2. 意动叙述的形式特征

意动文本,是以命令、承诺、劝说为意向的文本,不能称之为"虚构型",因为它们叙述的情节"可能"发生在未来,尚没有发生,只是希望发生。但是,另一方面,虽然意动叙述说的尚不是事实,它们不可能是有意虚构,因为它们必然以某种令人不满的经验事实(例如夫妇无子)为背景,才能预言在什么条件下,这种情况会改变。它们的总的意向方向朝向未来,预言这些情节将成为事实,只要时间一到,或只要接收者按要求办事,目前的情况就会改变(例如贵子出生)。因此,这种叙述的指称是"透明"的,是针对"即将来到"的经验事实。意动叙述归根结底是纪实型,但是接收者对其进行事实检

---

① 倪梁康选编:《胡塞尔选集》,上海:上海三联书店,1997年版,第858~859页。
② Gerald Prince, *A Dictionary of Narratology*, Lincoln: University of Nebraska Press, 2003, p.15.

验，要等下一步，因此意动叙述可以称为"拟纪实型叙述"。

电影叙述学家博德维尔首先指出，班维尼斯特所说的"祈使句"不仅是个语态，而且必须卷入"你"这一人称，而且必是现在时。他举的例子是音乐剧《窈窕淑女》（*My Fair Lady*）中男主人公的台词"叶莱莎，给我拿拖鞋来"。他说"每个言述（enunciation）都假定一个说者，一个听者，而且说者具有用某种方式影响听者的意图"。他进一步指出，祈使形式特征很重要，如果把祈使标记略去，就会变成"历史或故事"（histoire），成为"某个时刻观察到的事实之呈现"[①]，也就是说，变成记录类叙述。博德维尔这个观察极其敏锐。

尼尔曾经详细地讨论过宣传文体，包括讲道、竞选、纪录片等。他指出此类文本的特点是邀请读者采取某种立场、某种行动，哪怕是认可现状，也需要做出努力以保持现状不被更改，目的在于让读者认同某套讲述并进行实践。[②] 贝尔西则进一步指出陈述句叙述（她指的是"现实主义"小说）的特点是虚构，而且有结尾，而"祈使句叙述"不可能是虚构，而且经常无结尾，因为必须让接收者去采取行动。[③] 她特地引用了阿尔都塞的一段话。阿尔都塞在谈到布莱希特（Bertold Brecht）的戏剧时指出："他想要把看客变成演员，来完成未结束的戏。"[④] 预言的过程是在不断提出问题，并告诉观众往下如何做，才能有一个理想的结局。

总结各家意见，意动（祈使式、以言成事）的叙述具有以下形式特点：

1. 非虚构，因为要改变某种经验事实性；
2. "我对你说"的人称关系非常清楚，而且不可改变；
3. 情节事件发生在未来，但语句可用现在时，以显示紧迫

[①] David Bordwell, *Narration in Fiction Film*, New York & London: Methuen, 1985, p. 21.

[②] Steve Neale, "Propaganda", *Screen*, Vol. 18, No. 3, 1977, p. 3.

[③] Catherine Belsey, *Critical Practice*, London: Routledge, 1980, p. 76.

[④] Louis Althusser, "Ideology and Ideological Apparatuses", *Lenin and Philosophy*, London: New Left Books, 1969, pp. 127-188.

感，敦促听者采取行动；

4. 情节无绝对明确的结尾，因为要把决定结局的能力交到听众手里。

意动叙述的"纪实型"还有一个证明：它的未来向度是实指的，当叙述指明的时刻到来，预言就不再是预言，不再有关未来：夫妇过了生育年龄，就再也无法早生贵子。而意动叙述的时间是绝对的，其预言是针对实在世界的，因此某个对未来的预言，时间过去了，就不再是预言。汉末黄巾军的预言"苍天已死，黄天当立"，在汉末之后就不再是预言，只是历史档案；玛雅预言 2012 年会发生的事，到了 2013 年就不再是预言。这种实指性，来源于意动叙述的"纪实性"，即与经验现实的直接关联。

因此，意动叙述的未来性有明确的时间，它再模糊化，也是有指称的：一个承诺文本是有时效的。老板对一个讨薪工人说"明天公司给你发工资"，这个承诺到明天是可以用事实检验的文本。那时文本可以被要求与经验验证，因为此承诺叙述，已经转换成另一个相应的"记录类过去时"的叙述文本，变成"你说过今天公司给我发工资"，未来叙述在本质上是可以验证的。

宗教预言关于地狱中对罪人诸种惩罚，要变换成《目连救母》壁画，或《神曲》中的地狱之行的诸种描写。这些都是在把一种诉诸未来的威胁，变成图像或文字的过去叙述；用虚构把未来的"非事实性"变成过去性的展现。

而"未来小说"等虚构型叙述说到未来，那就是永远不会到来的未来，过了指明的时间，依然是未来。王小波《白银时代》开宗明义："现在是 2020 年"，往下讲的故事发生在之前——2010 年，2015 年。但是到 2015 年之后，《白银时代》依然是未来小说，正如奥威尔的《1984》，至今依然是未来反乌托邦小说。因为未来小说的时间是虚构的，哪怕明确为 1984，指的也不是 1984，因为与实在世界的纪年时间不在一个轴线上，互不干扰。

3. 意动叙述的本质

意动叙述的另一个特点,是与媒介没有直接联系。它可以使用任何媒介,包括记录类媒介如文字、图像,也包括演示类媒介,如身体、言语、实物展示。例如玛雅预言,它记录在一种至今专家都似懂非懂的文字之中,记录在一种关于未来的时间性叙述之中。这与听占卜先生口头说未来有什么不同呢?没有根本的不同。可以读霍金《宇宙简史》了解地球毁灭的前景,也可以听霍金演讲说地球毁灭之日,这些媒介没有给意动叙述造成根本的区别。可能听者能当场与占卜者或未来学家交流,以进一步问清未来的情况,因此算命占卜的媒介类似演示类,玛雅预言的媒介属于记录类,但是它们的意动效果没有根本的区别。

意动类"文本意向性"之强大,可以完全改造叙述方式。科勒马桶电视广告是个绝佳例子:一个男人看到一位漂亮的女管道工走进邻居家工作,他想与美女管道工进一步接触,就冲进自家卫生间将各种东西倒进马桶,人为求一个马桶堵塞。但无论他倒入什么东西,科勒马桶都以超强冲力全部冲下。就在此人黔驴技穷往马桶倒狗粮时,被他老婆发现了,广告戛然而止,银幕出现"五级旋风超强冲力"的广告语和科勒商标。这则广告并没有按照一般广告"满足主人公希望"的套路进行,科勒马桶的超强冲力与此主人公的愿望相悖,他一路失败。但广告叙述体裁的意动性如此强大,使观众不会误会这个广告的意向。①

意动性叙述,是叙述者与接收者之间达成的对未来的理解契约。接收者在某种条件下倾听,是出于对文本发出者的信任,不管是解读玛雅预言,或是听霍金演讲,或是听人做竞选演讲,抑或请人算命,都需要对叙述发出者的人格或能力的信任。

---

① 林敏芳:《广告叙事结构的符号学分析》,《新闻爱好者(理论版)》2010 年第 1 期。转引自 2013 年叙述学班刘东的作业,特此致谢。

文本意向性，就是叙述对他人发挥影响的企图。班维尼斯特说的三种"讲述"，讨论的不只是讲述行为，也不只是讲述内容，而是讲述人希望讲述接收者回应的方式，是贯穿说话人—话语—接收者的一种态度。而在叙述的三种文本意向性之中，意动叙述的"张力度"最为强烈。

著名意大利学者阿甘本（Giorgio Agamben）甚至提出祈使语式的"本体意义"。他指出班维尼斯特早就看到，在印欧语系各语言中，动词命令式比其他变位都更接近"动词语义的裸核（naked core）"。这点在英语中最为明显，在其他语言中虽然各有变化，比较而言也是如此："Walk!"比"walks"更接近动词的原始形式，而"Be!"比"is"更接近动词的本体形式。因此，意动可能是人类存在的更根本需求，是叙述更本质的特征。[①]

至今叙述学界没有归纳出这种叙述体裁，但许多论者的讨论已经接近这样一个概念，对意动性的专门研究已经呼之欲出。"意动研究"这门子学科——如果这门子学科最后能建立起来的话——非常实用，它是劝服、说服、产生效果的背后原因之研究，其原理可以用到广告、宣传、包装、动员等许多实践之中。这门学科应当包括普遍意动性（即所有符号文本多少具有的取效性），以及特殊意动性（一大类特殊叙述体裁的品格），更应当研究为什么意动是人类表意传达行为最本质的需求。

[①] Giorgio Agamben, "What Is a Commandment?", Lecture at the Kingston University, 2011, Notes of Audio Lectures, http://www.google.com.hk/url?sa＝t&rct＝j&q＝Giorgio＋Agamben, 2013 年 3 月 5 日访问。

第五章 纪实型与虚构型：双区隔

1. 虚构与纪实

关于虚构的讨论，是人类思想史上最迷人也最令人困惑的课题之一。在尚未展开讨论之前，笔者对本书讨论范围稍做说明：

首先，本书讨论的是"虚构型叙述"（fictional narrative），不同于语言哲学的虚构命题（fiction），也不同于"小说"（西文亦作fiction），虽然这三者重叠的部分很大，但外延范围有所区别。一部虚构叙述作品中，可以有大量虚构命题或句子，也会有大量非虚构的命题和句子，只不过正如本章将集中讨论的：主导机制使虚构成为这类文本的本质特征。

第二，虚构型叙述，是相对于纪实型叙述（factual narrative）而言的，这是叙述的两种基本表意方式：明白了什么是虚构型，也就明白了纪实型。这里要特别说明的是：纪实型叙述往往被等同于非文学艺术，而虚构则等同于文学艺术。这两对概念之间有重叠有区别。纪录电影、新闻图片、纪念壁雕、广告等，往往被看作艺术，却不是虚构；梦、游戏、比赛等，是虚构，却不是艺术。为避免混淆，本书的讨论不涉及艺术与非艺术的区别。[①]

第三，本书讨论的是所有各种虚构型叙述的共同特点，即各种符号各种媒介的叙述中各种虚构型体裁，包括记录类媒介的虚构叙述（如小说、史诗），演示类媒介的虚构叙述（如戏剧、比赛、游戏），

[①] 关于艺术与非艺术的区别性特征，请参见笔者《符号学》第十四章"艺术符号学"，南京：南京大学出版社，2012年版，第294～317页。

记录演示类媒介的虚构叙述（如故事片电影、演出的录音录像），也包括"类演示类"媒介的虚构叙述（如幻觉、梦境）。最后总结的原则，必须适合所有这些体裁，因为本书的目的，是从所有这些体裁中抽象出"虚构品质"。

虚构问题之所以值得讨论，而且能够讨论，是因为几乎所有的纪实型叙述体裁都有对应的虚构型叙述体裁。可以说：虚构与纪实，是人类叙述活动甚至思维方式最基本的两个范畴。可以把两类体裁对应，列举如下，这也是从本书开头的分类总表中抽出来的：

纪实型叙述－虚构型叙述

记录类：新闻报道－小说
　　　　历史－神话
　　　　记事画－连环画
　　　　展览－装置艺术
演示类：演示－戏剧
　　　　报告－单口相声、笑话
　　　　庭辩－相声
　　　　魔术－游戏
记录演示类：纪录片－故事片
　　　　　　报告录音－故事录音
心像类：感应－梦、幻觉

首先必须说清：本书讨论的纪实型（factual）叙述，并不是要求叙述的内容为事实（fact）：在文本范围内，无法要求叙述的内容必定是"事实"[①]，只能要求叙述的内容"有关事实"（about facts）；反过来，虚构型叙述，讲述则"无关事实"，说出来的却不一定不是事

---

① 关于"真知"（truth）的详细探索，请参见笔者《哲学符号学：意义世界的形成》第五章第2节，成都：四川大学出版社，2023年版。

实。这中间的差别很细微，很纠缠，却是我们定义纪实/虚构型叙述区分的出发点。

这个区分实际上不限于叙述，所有的再现文本都有虚构与纪实的区别，例如图像也应该有虚构与纪实的基本区别，不然就不会有"周老虎"或"挟尸要价"这样的图像事件。图像文本形式本身无法决定是否虚构："周老虎"明显是摆拍，PS，依然是"纪实型"叙述，也与作者的意图无关，周正龙有意行假，正因为新闻照片是纪实型体裁。某些种类（体裁），在一定的文化语境中，就必是纪实。例如广告，再夸张也是纪实，因为广告是纪实型体裁。

2. 从风格区分二者的可能性

传统叙述学对小说的形态做了极其详细的讨论，认为小说虚构性是经验惯例，不言而喻非如此不可。也就是说，叙述学并不讨论小说的一系列特点与小说的虚构本质之间的关系。因此，传统叙述学的工作基本上留在形态描述层次上。应当说，叙述学的这种描述性工作，在一定的范围中还是非常有效的，虚构叙述与纪实型叙述有相当大的形式差别。找到这些风格上的"标示符号"，就能知道是虚构还是纪实的文本。有时候，这两种文体标示符号区分相当明显，因此区别小说与新闻经常是自然而然的事。例如，纪实型叙述有以下风格特征：

1. 不宜用直接引语方式引用人物的话语；
2. 不宜连续用直接引语形成人物对话；
3. 不宜描述人物心情，哪怕加委婉修饰语，例如"他当时可能在想"，也不宜多；
4. 不宜采用人物视角来观察情节；
5. 不宜过于详细地提供细节，除非通过见证人的报告。

以上 5 种"不宜"，出现在任何一种纪实型叙述中都会让读者起疑，"作者怎么会知道的?"从而质疑文字的"纪实品质"。作者为了让读者信服其为纪实,也就会在文体上回避这些特征性写法,从而形成一种"纪实风格"。

热奈特承认这种风格有可能因时风、因作者个性不同而出现相当大的差异。我们可以《废都》的开场为例,贾平凹的文字一向被认为避免了现当代文学的"文艺腔",比较接近中国古典叙述的平实"慕史"风格。一般来说,小说开头一段,往往是所谓"行为主义式"(behaviorist)背景描写,常常与历史传记无分轩轾。

> 一千九百八十年间,西京城里出了桩异事,两个关系是死死的朋友,一日活得泼烦,去了唐贵妃杨玉环的墓地凭吊,见有游人抓了一包坟丘的土携在怀里,甚感疑惑,询问了才知:因贵妃是绝代佳人,这土拿回去撒入花盆,花就十分鲜艳。这二人遂也刨了许多,用衣包回,装在一只收藏了多年的黑陶盆里,只待有了好的花籽来种。没想,数天之后,盆里兀自生出绿芽,月内长大,竟蓬蓬勃勃了一丛,但这草木特别,无人能识得品类。抱了去城中向孕璜寺的老花工请教,花工也是不识。恰有智祥大师经过,又请教大师,大师也是摇头。其中一人便说:"常闻大师能卜卦预测,不妨占这花将来能开几枝?"大师命另一人取一个字来,那人适持花工的剪刀在手,随口说出个"耳"字。大师说:"花是奇花,当开四枝,但其景不久,必为尔所残也。"

《废都》这第一段,心理描写、细节描写、人物视角、直接引语、人物间对话,各种小说的叙述学特征已经全部出来,不管文字风格如何,这个文本已经是非小说不可。开头三百字,上述五特征就一个不少,全书中的数量就更接近小说的一般形态。

但是风格标准经常不可靠,尤其是当作者故意标新立异,有意混淆体裁时,更难作为判断标准。某些"纪实叙述",例如"非虚构小说"或"新新闻主义",风格上很可能非常接近虚构叙述。诺曼·梅勒(Norman Mailer)的《黑夜大军》(*Armies of the Night*),副标题挑衅地称作"一部如小说的历史,一部如历史的小说"。反过来,某些小说也可能维持相当长的篇幅几乎没有这些"小说标记"。"客体主义"(objectivist)写作法,例如海明威的某些作品缺乏典型的小说标记。① 最重要的是:自传或日记,与第一人称叙述,很难靠这些标示区别,因为心理描写、人物视角、直接引语,这三者在第一人称纪实型叙述中经常可用。

同样,用风格来区分纪录片与故事片(fiction film)也很不容易。原则上说,纪录片都是用的所谓"客观镜头",也就是影片叙述者看到的实地情景,但是在创作实践中,这种界限很不分明,运用"主观镜头",即人物所见的情景,在纪录片里非常多,例如张以庆拍熊猫生活的电影《英与白》,一开始的饲养场镜头是倒的,原来熊猫喜欢仰躺,镜头是熊猫所见。纪录片用主观镜头开场,类似新闻报告用人物视角开场,不是常规做法,但是不能因此而否定其纪实品质。

甚至纪录片的拍摄过程,不一定是记录,完全可以像故事片那样"演出"。著名纪录片导演弗拉哈迪(Robert J. Flaherty)拍摄的《北方的纳努克》(Nanook of the North),让主角人物纳努克人在摄影机面前重演爱斯基摩式的捕猎过程,原因很简单:气候恶劣,无法跟踪实际捕猎者进行拍摄。1993年日本NHK电视台拍了一部"纪行片"(travelogue)《喜马拉雅深处的王国木斯塘》。此片摄影过程中有一人因高原反应倒下,当时大家手忙脚乱抢救,没有拍下,回来后"摆拍"补上。此片放出后被揭发"作假",NHK会长迫于舆论压力道歉,有关人员停职降薪。实际上这符合纪录片的制片要求:"以经验事实为基础进行再现的电影",不能说纪录片中所有的镜头都是"实拍"。风格上的"主观镜头",拍摄过程的"摆拍",都是可以允许的。但是,这样一来问题就出现了:如何保证我们面前这部电影依然是"纪实型"叙述呢?

正因为文本风格标准如此不可靠,很多论者认为从文本风格区分

---

① Gérard Genette, "Fictional Narrative, Factual Narrative", *Poetics Today*, Vol. 11, No. 4, Winter 1990, p. 762.

虚构与纪实是不可能的任务。热奈特认为只能靠风格统计区分二者。① 他没有说统计区分的数量标准如何决定，是否直接引语占引语百分比达到多少就是虚构。如果他真的提出标准，也只可能说"大致上如此"。

而且，难道纪实/虚构两型叙述之间，除了形态，没有本质性的区分原则？新历史主义认为二者（小说与历史）不能分，也不必分：不仅风格技巧上无区分，甚至体裁的本质上也无区别。怀特甚至声称历史与小说同构，"历史叙述只是语言虚构，其内容是发明的，其形式与小说相似之处远远超过与科学相似之处"。②

科恩对风格标准做了仔细检讨，她的结论也很悲观："叙述学可以提供将虚构叙述与非虚构叙述区别开来的标准，但这并不意味着它能提供一个一致的，可以完全整合的虚构理论。"③ 热奈特更进一步认为："纪实与虚构之间的互相模仿互相转换不可避免，因为没有叙述学风格学上的绝对分界，只有指示符号。""真正起作用的标注，是副文本，如封面注明'小说'。"④ 热奈特的话，实际上是宣判虚构标准问题无解，因为许多作品并不注明"虚构"，国内出版界至今封面不加"小说"两字。

在文字叙述中，这个问题实际上并不那么让人为难，各种条件综合起来考虑，感觉不出两种体裁的区别是少见的事。但如果不得不甄别文字之外的所有媒介叙述的虚构与纪实，例如区别一部纪录片与一部故事片，区别一场报告与一场演出，区别一个展览和一个装置艺术，区别一个忏悔与一个笑话，就很难只凭形态，或凭热奈特上引语中提到的"指示符号"，或凭作者自己宣称。纪实与虚构这二型基本

---

① "More Precise Comparisons Would Only Be a Statistical Matter". Gerard Genette, "Fictional Narrative, Factual Narrative", *Poetics Today*, Vol. 11, No. 4, p. 758.

② Hayden White, *Tropics of Discourse: Essays in Cultural Criticism*. Baltimore: Johns Hopkins University Press，1978，p. 82.

③ 多莉特·科恩：《论虚构型的标记：一种叙事学的角度》，见唐伟胜主编：《〈叙事〉中国版：第三辑》，广州：暨南大学出版社，2011年版，第77页。

④ Gérard Genette, "Fictional Narrative, Factual Narrative", *Poetics Today*, Vol. 11, No. 4，Winter 1990，p. 768，p. 774.

叙述范畴之间，必须有一个原则区分。但是这个原则在哪里？这成了叙述理论中一个难解之谜。

3. 用指称区分二者的可能性

对虚构与纪实的句子或命题，学界一般用"指称性"（referentiality）来区分。我们可以看到，这个标准对叙述文本很不适用。

"指称"问题的现代理解，最早是由分析哲学家提出的：弗雷格的"论意义与指称"（Gottlob Frege, "Über Sinn und Bedeutung", 1892），罗素的"论指称"（Bertrand Russell, "On Denoting", 1905），是指称问题上奠定基础的两篇论文，但他们的讨论局限于命题中的指称之真伪，在句子水平上讨论问题，没有讨论叙述文本，而完全由指称句子/非指称句子组成的叙述文本，不可能维持一定长度。

本章的论述，先以指称作为基本模式，讨论虚构的特征以及虚构体裁的特征，然后再讨论非语言文本的虚构共同特征。

什么是叙述中的指称？科恩提出：纪实型叙述，在文本之外，另需要一个"指称层"（reference level）。[①]她的意思是纪实型叙述行为，始终指向叙述之外的一种"实在"。与"实在"的关系问题，是讨论虚构-纪实的核心论题。无论本体论哲学家如何定位这个存在，称之为"纪实"亦可，称之为"指称"亦可，称之为"被再现的经验"亦可，文本与这个"实在"的关系，在叙述研究中占据最关键的位置。

是否"有关真实"与是否"有真实根据"，是两个完全不同的概念，纪实型叙述只是"与真实经验有关"。虚构叙述完全可以用经验与文献证明自己"事出有据"。白居易《新乐府序》说："其事核而实，是采之者传信也。"又说"篇篇无空文，句句必尽规……惟歌生民病，愿得天子知。"这些叙事诗不仅成为事事有据的报道，而且被

---

① Dorrit Cohn, *Transparent Mind: Narrative Modes for Presenting Consciousness in Fiction*. Princeton: Princeton University Press, 1978.

当作呈交朝廷的调查报告，叙事诗体裁风格上无法忽视的虚构特征，完全被忽视。可以说这是在现代之前，在体裁分工意识不明确时代发生的情况。但在当代，小说作家列出文献出处的，也不在少数。马尔克斯甚至幽默地说："我的任何一本书中没有任何一个字是没有事实根据的。"①

纪实与虚构之间，有一批中间体裁，具有"事实根据"。第一种是"半小说"（semi-fiction），即上面已经说过的"纪实小说"（factual fiction，或称 faction），也即具有纪实指称性的小说。诺曼·梅勒写"非虚构小说"《刽子手之歌》，声称"访问数百人，积累一万五千页素材"。

第二种是所谓"虚构自传"或"自传小说"，第一人称叙述，作者与叙述者同名。科恩认为这类小说是"作者直接引用的一个虚构话语"②，从文本本身很难判断是否为虚构。这种小说，有作者自己的"真实"生平材料作为指称层。例如郁达夫的中篇小说《茑萝行》，读起来像是写给妻子的一封家信，可能也真是由家信改写的。

反过来，"反事实历史"（counterfactual history）是虚构某种情况的"历史写作"，例如假定希特勒跨海入侵英国成功，历史会是如何走向？假定没有西方影响，中国是否会产生现代性？这种叙述"无指称事实"，应当是虚构，却有相当严肃的历史价值，应是"虚构的纪实"：情节完全是虚构，却有纪实的形式特征。

可以说虚构文本指称对象少，却无法如科恩那样用有没有"指称层"来做断然判别。指称材料的多少，也和体裁的形态特征一样，只是个程度问题。

用"指称性"作为标准的第二个大难题，是如何判断"真实"。笔者认为有两条验证文本"真值"的途径，一是直观体验，二是从文本间性获得"证据间性"。有了这两条，哪怕采用了小说的风格手法，

---

① 张国培编：《加西亚·马尔克斯研究资料》，天津：南开大学出版社，1984年版，第158页。
② 多莉特·科恩：《论虚构型的标记：一种叙事学的角度》，见唐伟胜主编：《〈叙事〉中国版：第三辑》，广州：暨南大学出版社，2011年版，第84页。

也可以是"纪实叙述"。《冷血》的作者卡波特声称:"在这本书中,凡不是我亲身观察得来的材料,不是来自官方的记录,就是来自采访有关人士的结果。"① 他在这里说得相当清楚:"亲身观察"是直观体验而得的直接经验;采访与阅读文件,是用文本间性做"证据间"互证。② 对于读者,"亲身观察"是难以做到的,因为所叙述的事件与人物已经不在,或不容易亲身接触;而证据间的互证,也因为事势的变化,原证据不再可得。这两种"证实"方式,显然都只是作者的特权,更确切地说,是作者做如此声言的特权。

在虚构研究上做出比较切实突破的,是"言语行为"理论。塞尔1975年的文章《虚构话语的逻辑地位》,提出了对虚构的新见解。③ 塞尔理论的特点是把虚构视为一种作者明知其虚而"模仿真实宣称"(imitating the making of assertion)④,是一种有意作假的言语方式。这样就把指称问题从符义学层面,提升到符用学层面:把虚构的虚假指称,归之于作者与读者(发出者与接收者)之间的共谋。玛丽·普拉特1977年出版《建立一种文学讲述的言语行为理论》⑤ 一书,进一步阐述了塞尔理论。但也有论者,例如肯达尔,指出塞尔理论无法处理所有的叙述,因为图像没有"言语行为"。⑥

如果虚构的本质特征是"假作真实宣称",那么卡波特是声称在做"真作真实宣称"。那样的话,《冷血》是虚构还是纪实,就取决于我们是否相信作者的声言,或是否信任他有从这两个方面"证实事

---

① 约翰·霍洛韦尔:《非虚构小说的写作》,仲大军、周友皋译,沈阳:春风文艺出版社,1988年版,第113页。
② "真实关联度强的符号,也叫作证据符号。"孟华:《真实关联度、证据间性与意指定律:谈证据符号学的三个基本概念》,《符号与传媒》第2辑,巴蜀书社,2011年版,第41页。
③ "The Logical Status of Fictional Discourse", *New Literary History*, Vol. 6, No. 2, 1975. 此文后来收于塞尔的著作《表达与意义》(John L. Searle, *Expression of Meaning: Studies in the Theory of Speech Act*, Cambridge: Cambridge University Press, 1976, pp. 58–75)。
④ John L. Searle, *Expression of Meaning: Studies in the Theory of Speech Act*, Cambridge: Cambridge University Press, 1976, p. 324.
⑤ Mary Louise Pratt, *Toward a Speech Act Theory of Literary Discourse*, Bloomington: Indiana University Press, 1977.
⑥ Walter Kendall, *Mimesis as Make-Believe*, Cambridge, MA: Harvard University Press, 1990.

实"的能力。但这一点显然是有争议的。不少人指责《冷血》中有大量场面、对话、情节，没有文件根据，也没有采访记录，是想象的。① 这不足为奇，对历史以及其他纪实型叙述中的场面（例如《史记》中著名的"鸿门宴"），"事实根据"的确值得怀疑。因此，对纪实叙述的信任，实际上只是对纪实规程的信任：相信作者在意向上对此种编码程式做了最真诚的遵循，相信他对此尽了最大的努力，这显然是不可靠的。

虚构作者可以很注意指称性，正如纪实叙述作者可以在"生动手法"上下功夫，由此产生各种对体裁规范的挑战：处处考证的"新新闻主义"报道，与细节特别丰富的小说难以区别；以"事实"为依据的传记，与生平材料相当贴合的传记小说难以区别；有意点实的映射小说，与标榜纪实的"调查报道"难以区别；被科技发展史证明"真实"的凡尔纳式科幻小说，与只是把知识生动化的科普小说难以区别。如此等等，不胜枚举，直到最后，即使对具有指称性的语句做统计比较，都难以区分纪实与虚构叙述文本。为区分纪实与虚构叙述，我们需要找到更有效和普遍的依据。

面对这样的局面，塞尔提出了一个非常决断的公式："一件作品是否为文学，由读者决定；一件作品是否为虚构的，由作者决定。"② 这话与上一节所引热奈特之语异曲同工，实际上是说，形态标记只是风格性的，而虚构则是作者的意向。也就是说：作者的"非指称"写法，是他的意向；读者的"艺术性"读法，是体裁的阅读期待。③ 这个说法很干脆，然而如任何"他人之心"，作者的个人意向实为不可测。我们可以把赛尔的这个提议，称为"塞尔原理"。

本书导论已经解释过，本书不讨论艺术/非艺术问题，因为这不是叙述的根本特征。这样一来，塞尔原理事实上排除了读者的作用，

---

① Elliott Parker, "Capote's Legacy: The Challenge of Creativity and Credibility in Literary Journal", *AEJMC News*, 1998, p. 19.

② "The Logical Status of Fictional Discourse", John L. Searle, *Expression of Meaning: Studies in the Theory of Speech Act*, Cambridge: Cambridge University Press, 1976, p. 59.

③ Jonathan Culler, *Structuralist Poetics: Structuralism, Linguistics and the Study of Literature*, Ithaca: Cornell University Press, 1976, p. 129.

而本书论辩的关键点在于接收者。既然本章第二节讨论了文本形态本身无法做出明确的区别，第三节讨论了作者的意向也不是明确的保证，读者如何能做到对这两类叙述区别对待？他们是如何明白应当采取不同的阅读态度？由此，"塞尔原理"把我们逼到了绝境。下面几章讨论的主要目的，就是要找出一个能够替代"塞尔原理"的，以接收者二次叙述为中心的可能的理论原则。

至此，我们还只是在文字叙述的范围中讨论问题，还没有考虑其他媒介。本书开始时所说的三类中的各种媒介的叙述，都有虚构与纪实之分，只是区分更为困难，因为上面讨论的各种语言的风格性区分都不复存在，而作者的意向也更不容易留下痕迹。

无论是塞尔的"只有作者能决定"，还是前文引述过的热奈特的"封面标记"论，或是科恩的"指称层"论，都是宣布放弃纪实/虚构区分难题。在科学界，全体学者至今无法证明的"猜想"非常多，例如1900年德国数学家希尔伯特提出的有待20世纪数学家解决的23个难题（Hilbert's Problems），至今一半无解。但是在文科理论界很少看到这种情况：一大群理论家围绕一个问题讨论了一个世纪，最后宣布无解。虽然文科几乎从来没有绝对真理，但是始终会有相对来说行得通的假说。要让文科学者集体投降，这样的课题，即使最终证明并非绝对无解，必然有极端困难之处。

4. 叙事与"经验事实"的区隔

本章前文已经讨论过，纪实叙述体裁的本质特点不在文本形式，也不在指称性的强弱，而在于接收方式的社会文化的规定性：读者可以要求纪实叙述的作者提供"事实"证据。纪实型叙述是"与指称有关"的叙述，而虚构是"与指称无关"（referentially irrelevant）的叙述。这并非因为虚构叙述内容与经验世界无关，而是其体裁程式并不要求有关。因此，虚构型与纪实型叙述的区别，在于文本如何让读者明白他们面对的是什么体裁，这不仅是靠热奈特说的"封面标注"。

为此，笔者提出一个可能比较抽象，但比较行得通的判别标准，即"框架区隔"。所有的纪实叙述,不管是否讲述出"真实",可以声称(也要求接收者认为)始终是在讲述"事实"。虚构叙述的文本并不指向外部"经验事实",但它们不是如塞尔说的"假作真实宣称",而是用双层框架区隔切出一个内层,在区隔的边界内建立一个只具有"内部真实"的叙述世界,这就是笔者说的"双层区隔"原则。

应当指出,"框架"(frame)一词本是比喻,在文本分析的各种讨论中非常多义。最早提出有点类似本书框架概念的是卡勒,他把框架理解为"某种已经多少自然可知的话语类型或模式",指出框架是阅读接收的前提条件,因为读者可以把文本中不太熟悉的地方纳入这种"已知模式框架"来理解。① 他的"框架"意义显然类似库恩的"范式"。此后玛丽·安·考斯(Mary Ann Caws)详细讨论了齐美尔、克洛岱尔、德里达等人的"框架"观,她的讨论基本上是针对阅读方式的。②

华莱士·马丁比较详细地讨论了框架的关系:"这个框架告诉我们,在解释它里面的一切时,要用不同于外在于它的东西的方式。"③

正式提出文本框架这个概念的是马克·透纳,他认为认知者"看世界时,不可能不把值得说的故事,从不值得说的背景中区分出来"④。他把这现象称为"文学心理"。对此命名,不少论者觉得以偏概全,实际上有道理,人的确不断从经验材料中"编故事"。另一个类似于透纳之说的论辩,是所谓"组块"(chunking):思维把经验事件材料转换成文本再现,再转换成虚构文本,这中间不是机械地操作,而是经过认知学的过程,把符合心理模式的细节加以组接,构成一个有意义的符号文本。这种做法很有点像电视连续剧的分集,每一

---

① Jonathan Culler, *Structuralist Poetics*, London: Routledge, 1975, p.138.
② Mary Ann Caws, *Reading Frames in Modern Fiction*, Princeton: Princeton University Press, 1985.
③ Wallace Martin, *Recent Theories of Narrative*, Ithaca: Cornell University Press, 1986. 中译文见华莱士·马丁:《当代叙事学》,伍晓明译,北京:北京大学出版社,1990年版,第238页。
④ Mark Turner, *The Literary Mind: The Origins of Thought and Language*, New York: Oxford University Press, 1998, p.145.

集说出一点名堂来。组块能力并不是显眼存在的,而是人的文化训练形成的模式化认知。

文本作为符号组合的边界,实际上是接收者在文本形态、意义解释、文化程式三者之间"协调"的结果。因此,文本形式无法清晰地回答这个问题,心理学的"完型定律"(law of pragnanz)也无法完全说明这个问题,某些语言学家建议的二者配合,也不可能完全保证文本的"界化"①,因为接收者的理解方式是由文化的体裁规定性起作用的,因此,一字诗之所以是完整的诗文本,是因为文化规定了诗的边界。"界化"问题,与区隔框架有重叠,在本书的讨论中是一个关键概念。

笔者下面要提出的"区隔框架",与上述论者的建议都不同,而与本书下一部分要讨论的"叙述者框架"更为接近。笔者认为,区隔框架是一个形态方式,是一种作者与读者都遵循的表意—解释模式,也是随着文化变迁而变化的体裁规范模式。区隔看上去是个形态问题,实际上在符形、符义、符用三个层次都起隔出再现世界的作用。上面第二章在讨论演示叙述时提出再现的最大特征是媒介化:经验直观地作用于感知,而经验的再现则必须用一种媒介才能实现,因为符号文本必须通过媒介才能被感知。

一度区隔是再现框架,把符号再现与经验世界区隔开来。一旦用某种媒介再现,被再现的经验之物已经不在场,媒介形成的符号代替它在场。再现以载体的感知取代经验,这种感知携带了意义,因此是符号。我们可以称这个一度区隔为"再现区隔"。被区隔出来的,不再是被经验的世界,而是符号文本构成的世界,存在于媒介性中的世界。

符号对经验的这种替代,在某些情况下不容易辨认,例如梦见(或幻觉到)某事物,与经验到某事物,似乎方式相同,因为"心像"作为替代性的符号,与经验感知的媒介似乎构成相同。此问题前文已经讨论过,心像媒介是"非特有",霍尔对心像"再现"的机制解释

---

① 陈兴:《事件界化和语言界化的哲学思考》,《湖南社会科学》2013年第3期,第224页。

得非常简明清晰:"你把手中的杯子放下走到室外,你仍然能想着这只杯子,尽管它物理上不存在于那里。"①这就是脑中的再现:意义生产过程,就是用媒介(在这个例子中是心像)来表达一个不在场的对象或意义。有人对心像是否为一种媒介提出挑战,因为心像"无法被其他人分享"。这个技术难题(心理显像)据说正在被破解②,但是"能被分享"并不是媒介的必要条件。

"媒介替代"是符号再现的本质,这种替代经常有言语、姿势、场合、入梦、上台、开场白、封面、标题、哨声、画框等指示符号作为区隔的边界,形成一个具体的"再现区隔"切出符号文本。应当指出,区隔框架在很多时候似乎是具形的,例如戏剧的舞台、图画的画框、比赛的场地。

但是区隔并不一定要求如此具体,区隔框架本是一个抽象的概念。街头演出无舞台,却有台上台下之分;岩画无边框,有画内画外之分。教堂庙宇的壁画"连环画",如《目连救母》,如《耶稣殉难》,各画幅之间没有明确边界,但是观者依然能看出一幅幅图景的区隔与连接。它们的边框,与其说是视觉性的,不如说是解释性的。观者的解释画出了分界,看来这是对马丁奈(Andre Martinet)"双重分节"理论的反向演绎。解释的分节("所指"的分节)反过来决定了符号文本("能指")的分节。③

本书"导论"讨论叙述定义时就已经说过,文本可以有两种:叙述文本与非叙述(陈述)文本,而叙述文本与非叙述文本的不同,只在于叙述卷入情节,例如歌曲表演有明显的再现框架,但歌曲不一定是叙事歌,因此这再现框架不一定是叙述框架。④叙述文本与非叙述文本,在再现区隔这一点上没有区别,没有独特的叙述区隔,因为它

---

① 斯图亚特·霍尔:《表征:文化表征与意指实践》,徐亮、陆兴华译,北京:商务印书馆,2005年版,第4页。

② Geoffrey Hinton, "Some Demonstration of the Effects of Structural Description in Mental Imagery", *Cognitive Science*, No. 3, 1979, pp. 231—250.

③ 关于马丁奈的"双重分节"理论,请参见笔者《符号学原理与推演》第四章第2节,成都:四川大学出版社,2023年版。

④ 陆正兰:《论歌曲的表意模式及其当代变体》,《四川戏剧》2013年第9期。

们都在再现某种经验事实。本书第二部分第一章，会说到叙述需要一个框架，那是一种准人格化的"叙述者框架"，它与再现区隔是重合的，二者只是对同一种现象不同角度的观察。

但是，一度再现区隔是"透明"的，其中的符号文本是"纪实型"的，直接指向"经验事实"。诚然，这种"透明性"是假象，是再现制造的幻象，不随时注意这一点，就会导致"再现谬见"，即忽视区隔的隔断作用，误认为再现就是现实。很多理论家对此有过于武断的说法，例如波德利亚说："影像不再让人们想象现实，因为它就是现实。"[①] 巴尔特说："摄影要表达的不是（不一定是）'已经不存在的'，而仅仅是而且肯定是'曾经存在过的……照片的实质在于认可它所反映的东西。"[②] 两位大师都把摄影再现视为现实。且不说别的，技术的边界，也是再现的区隔框架边界。

举个例子，安东尼奥尼（Michelangelo Antonioni）的电影《放大》（*Blow-Up*）中，一位摄影师偶然拍到一个凶杀场面，他以为只要无限放大，就能发现秘密，找到凶手，结果发现最后只显示粗糙的银盐粒子。这就是再现文本区隔的边界。"透明"的再现媒介总有不透明的极限，就像我们无法知道画框外的"现实"一样。一度区隔中的再现文本，只是因体裁程式而"被期盼解释为"透明，这是在本章第一节中就再三强调的。

5. 虚构叙述的"二度区隔"

在前面讨论的基础上，我们进一步讨论虚构叙述：虚构叙述必须在符号再现的基础上再设置第二层区隔。也就是说，它是"再现中的进一步再现"。本书的此种看法接近利科的"三重模仿"理论："第一重模仿指的是日常生活中对'经验的叙述性质'的前理解……第二重模仿指的是叙事的自我构造，他建立在话语内部的叙事编码的基础

[①] 让·博德里亚尔：《完美的罪行》，王为民译，北京：商务印书馆，2000年版，第8页。
[②] 罗兰·巴特：《明室：摄影纵横谈》，赵克非译，北京：文化艺术出版社，2003年版，第135页。

上……第三重模仿指的是叙事对现实的重塑,相当于隐喻。"① 利科说的三步,可以理解为"想象构思—纪实再现—虚构再现",二重区隔中的再现,就是叙述"重塑"的产物。

为传达虚构文本,作者的人格中将分裂出一个虚构叙述发出者人格,而且用某种形式提醒接收者,他期盼接收者分裂出一个人格接受虚构叙述。虚构文本的传达就形成虚构的叙述者-受述者两极传达关系。这个框架区隔里的再现,不再是一度媒介再现,而是二度媒介化,与经验世界就隔开了双层距离。正是出于这个原因,接收者不问虚构文本是否指称"经验事实",他们不再期待虚构文本具有指称性。里卡尔图很早就提醒我们,二度再现可以造成读者的"眼花"(trompe l'oeil)。他认为二度再现的目的,是"有意误导读者,让他们觉得这二度世界与一度叙述的世界没有区别",是"可证实的现实"。② 我们可以延伸前面霍尔为再现所举的简单例子,霍尔对"再现"的区隔作用解释得非常简明清晰:意义生产过程,就是用媒介(在他的例子中是心像)来表达一个不在场的对象或意义——我看到某人摔了一个杯子,这是经验;我转过头去,心里想起这个情景,是心像再现;我画下来,写下来,是用再现构成纪实叙述文本;当我把这情景画进连环画,把这段情景写进诗歌小说,把这段录像剪辑成电影,就可以是虚构叙述的一部分,它可以不再纪实,不再与原先握在手中的那个杯子对应。这个过程说起来有点抽象,实际上并不难想象,是我们经常在做的事。

下面举几种双层框架区隔的设置方式,足以推见类似机制之习用:一位演员就他的一出戏的排演过程做介绍,这是纪实型叙述;然后他用手势,或戴上面具,或是灯光集束,场内转暗,锣鼓音乐,用任何方法隔断,以进入演出,进入一场虚构型叙述,例如一出单口相声。这个区隔设置当然可以有无数变化方式,添加区隔的指示符号本身可以变得非常细微,但必有此区隔,才能使他在做一度再现(报

---

① Paul Ricoeur, "Mimesis, reference et refiguration dans Temps et Recit", in *Etudes Phénoménologiques*, 1990, p. 32.

② Jean Ricardou, *Pour une theories du Nouveau Roman*, Paris: Seuil, 1971, p. 115.

告）的身姿和言语与二度再现分开，成为虚构叙述。

莫言写的话剧《我们的荆轲》，开场有一个有趣的二度区隔：

秦舞阳：（用现代时髦青年腔调）这里是什么地方？人艺小剧场？否！两千三百多年前，这里是燕国的都城。

狗屠：（停止剁肉，用现代人腔调）你"丫"应该说，两千三百多年前，这里是燕国都城里最有名的一家屠狗坊。

高渐离：（边击筑边用现代腔调唱着）没有亲戚当大官……

秦舞阳：我说老高，你就甭醉死梦生度年华了……

高渐离：怎么，这就入戏了吗？

狗屠：入戏了！

（台上人精神一振，进入了戏剧状态。）

高渐离：荆轲呢？今天说好了要练剑术的，他怎么还不来？

秦舞阳：没准儿是失眠症又犯了。

一度区隔的再现是"指称透明"的，因此说这是"人艺小剧场"是"当真的"，而演员说颓废话，也就是真颓废。然后"入戏了"，加上"精神一振"的外形变化，提供一个区隔标记，舞台上的人就从演员转成人物。莫言很明智地将如何表现"精神一振"交给导演处理，导演的确可以在区隔方式上玩出花样。

那么，能不能直接进入虚构叙述，不用一度再现（纪实式的报告）做背景或先行，或用谢幕那样的"非叙述文本行为"做结束对照（本书第四部分第四章，会解释框架的"推入"与"收拢"只消其中之一即可）？应当说，一度再现可以缩得很短，依然能找出区隔的痕迹：例如一个演员可以一上台就直接进入小品，结束时不谢幕就离场，但上下台本身，就是区隔。

在经验世界中，这位演员是我们面对的一个人；在一度区隔中，他是演员身份，用言语身体为媒介说明某个事件；在二度区隔中，他是角色身份，用演出作为媒介，替代另一个人物（不是他自己）。虽然观众还能认出他作为演员（身体媒介）的诸种痕迹，却也明白他的

第一部分　叙述的分类

演出是让我们尽量沉浸在被叙述的"人物世界"中。就这位演员自己而言，他的身份变化了三次：经验真实之人，再现世界的演员，虚构世界的人物，这与上文引的利科三分法是一致的。

电影的开场，打出标题、演员表（角色转换提示）、免责声明之类，这是一度再现区隔，是对经验世界（创作过程）做的纪实型（纪录片式）报道，也是虚构区隔标记。之后，影片的叙述进入二度再现，即虚构型的故事片，而在结束时，片尾灯光师化妆师之类职员表，就又回到一度再现的报道。热奈特说副文本（"这是一部小说"之类说明）是虚构体裁的唯一可靠标记，他说的实际上是二度虚构区隔的痕迹。同样的情况，可以见于小说的扉页、版权页、序言、后记、书号等。

纪实性叙述（纪录片、历史报告）也有片头片尾，也有序言后记，但纪实性叙述的这些部分与正文在同一层次上，实际上是正文的一部分。例如一篇报告的正文，可以提到序言或题词中的文词，而一本小说的正文，绝对不允许提到序言中的话（除非是有意"犯框"构成元叙述，见第四部分第五章第五节的详解），因为它们处于被二度区隔成的两个不同叙述世界中。

同样的区隔，可以见于比赛的裁判吹哨开场隔断练球热身，仪式的起头隔断入场入座，电子游戏的起头信号隔断示例说明，戏剧幕布的升起隔断入座，乐队指挥举手隔断调弦准备，做梦的入睡隔断清醒思想。

影视中的穿帮镜头（或 NG 镜头，拍电影时越出框架的镜头，例如演员念错台词引起爆笑），可以有意连接组成结尾"片花"，如《大话王》（*Liar Liar*）、《杜拉拉升职记》的片尾那样，这种 NG 片花之所以让人觉得有趣，是因为它们让故事片返回了一度再现层，破坏了虚构世界的隔离，让我们看到了拍摄过程。实际上 NG 片花经常与职员表同时出现，因为同是一度纪实再现。电影《红色恋人》的片尾，革命激情达到高潮，随着镜头的拉高，摄影机及拍摄人员出现在银幕上，观众明白先前所见只不过是一部电影，往昔时代的崇高感情，今日只能供缅怀对比。再例如情景喜剧《我爱我家》，每一集结束，总

95

是将拍摄现场纳入镜头范围,演员与观众同时出现在一个画面里,形成对剧集的区隔。

以上举的例子,都是框架区隔的痕迹。应当说,这些痕迹可以仔细抹去,抹去痕迹并非说明区隔不存在。区隔可以被叙述文本"前推"表现出来(《红色恋人》),以取得陌生化效果,也可以藏得很深,几乎不露痕迹。但不管或隐或显的处理,虚构区隔依然存在:既然可以显处理,就证明隐存在。这种隔断可能只是一个微小的、几乎难以知觉的信号,但它隔开再现世界与虚构世界的功能相同。没有无区隔的再现文本,也没有无二度区隔的虚构文本。

最后,这里要讨论二度区隔的"不透明"效果:由于与经验世界隔开两层,虚构叙述不能在经验世界求证。塞尔在讨论文本意向时,举了一个有趣的例子:下雨了,一群人都到屋檐下避雨,这是每人各自的个人意向,正好趋向一致而已;如果这个集体躲雨情景发生在一场电影里,那里面的个人躲雨意向就根本不存在,因为演员想表现的,只是虚构叙述中一个集体躲雨情景①,哪怕此时剧场外面真的在下雨,他们作为个人也没有躲雨的意向。虚构框架中的真实,已经不能按框架外的"经验实在"标准来衡量。

塞尔的躲雨例子,与维特根斯坦的一句妙言遥相辉映。维特根斯坦说:"一个说梦话的人说'下雨了',哪怕真的是在下雨,而且他受到雨声的影响才做这样的梦,他依然没有说出真相。"② 为什么?因为梦叙述不是纪实型叙述,客观世界正好下雨只是巧合,或非必然原因。梦叙述的虚构体裁规定性,从入睡到入梦的双层区隔,使梦者的意识与下雨的经验现实区隔开来,梦不具有指称的透明性,因此,梦者不知道自己在做梦,他的梦也不能对照现实经验"求证"。梦渐醒时,梦者有时会意识到自己在做梦,那是"透明的梦"(lucid dream),而这种意识就是"退出区隔"的产物。清醒梦能在梦境中

---

① John R. Searle, "Collective Intentions and Actions", P. Morgan et al (eds.), *Intentions in Communication*, Cambridge, MA: MIT Press, 1990, p. 423.

② Norman Malcolm, Ludwig Wittgenstein, *A Memoir*. Oxford: Oxford University Press, 1958, p. 79.

意识到自己在做梦,如此的区隔,类似上面所引的电影《红色恋人》片尾"退入摄影棚"镜头所起的"区隔收拢"作用。

纪实型叙述一层区隔,与虚构型叙述的二层区隔,二者的戏剧性对比,可见于下面这篇报道:

> 2012年11月30日,芝加哥WGN电视台第9频道的新闻采访直升机拍到地面有一架小型飞机坠毁,机上的记者赶紧把现场情况拍下来传回台里,作为独家新闻紧急插播。从播出的画面可以看到,失事飞机左翼折断,机身在混凝土路面上砸出了一个大坑。播报完3分钟后,导播就发现所谓的飞机失事现场只不过是电视剧《芝加哥救火队》的一个拍摄现场。尽管非常尴尬,主播还是硬着头皮向观众道了歉。事发后,有眼尖的网友挑刺:电视台播出的"飞机失事"画面,现场有很多摄像设备,还有升降机和摇臂等,仔细一点就不会发现不了这是影视剧拍摄现场。①

在直升机上拍摄的摄影师,把直接经验(直观)放进一度再现(录像)之中,作为电视新闻记录发送到直播室,这录像具有透明性,因此被作为"失事现场报道"。如果画面上有摄像设备等框架痕迹,飞机失事就落在二度再现的区隔中,成为虚构叙述电视剧,不可能纪实性地再现经验世界。但是一旦忽视(摄影师没有拍到)这些区隔,电视剧就会还原成飞机失事的一度纪实再现。实际上《芝加哥救火队》的拍摄现场,经常有显眼告示"请勿打呼救电话911!"上述例子是忽视二度区隔而把叙述变成纪实型的最戏剧化暴露。

可以从符号学的双重分节原理来理解这种区隔:框架把我们的体验分隔成再现外与再现内,虚构外与虚构内。我们的感知连续带就分成了几个本体地位很不相同的独立域界。忽视区隔造成的虚构叙述变成透明,从而获得"真实性"的怪事,最有名的是1938年哥伦比亚广播电台播放H. G. 威尔斯的小说《星球大战》改编的广播剧,引发

---

① 《城市信报》2012年12月1日。

纽约居民大逃亡。该广播剧在播出过程中几次声明这是广播剧,但是在群体恐慌之中,这种虚构区隔标记被忽视,广播剧被当作一层再现的现实报道。

这种"笑话"在各个国家都层出不穷。2010年4月1日约旦《阿拉伯独立日报》在头版刊发了一条惊人消息,称外星人乘飞碟降落在沙漠小城贾夫。该消息还说,外星人身高近3米,它们不仅在贾夫市四处放火,而且整座城市的通信也被外星人屏蔽而全面中断。贾夫市市长和市民一样信以为真,派出安全部队在城内外搜索外星人。他事后对外国记者说:"学生们都不敢去上课,全城陷入恐慌,人们害怕受外星人攻击。我几乎要下令疏散城中的1.3万居民。"约旦的报纸此前极少在愚人节刊登玩笑假新闻,尤其是《阿拉伯独立日报》这种媒体,该报纸的"真实权威性"传统,成为读者忽视"愚人节区隔"的主要原因。

应当说明,我们也不可能把这种区隔绝对化,因为任何符号都有一定程度的文化规约性,也就是约定俗成的意义解释。某些区隔设置在某种文化中会被忽视,原因并不是如这位市长那样忽视区隔痕迹,而是认知方式的文化规范性已经变化。

本书开头时把神话与历史对列,因为神话现在被认为是虚构体裁,其基本叙述方式划出了虚构区隔,但对于产生神话时代的人们,口述的神话是历史,写下的神话也是历史。他们当时不可能看出神话的虚构框架。当代的"神话"依然如此:一旦接收者忽视叙述区隔,神话就从虚构叙述变成纪实型叙述,变成经验事实的直接再现。正如巴尔特说的"当代神话",如美式摔跤、职业艳舞等明显的虚构型演出叙述,对于接受神话的"当代资产阶级社会",都可以变成"纪实"的。用巴尔特的话,就是获得"难以忍受的'自然'感",获得"家常的、熟悉的属性"。[①] 这就牵涉下一章要谈的问题:虚构在什么意义上是"真实的"?

---

① Roland Barthes, *A Barthes Reader*, New York: Hill & Wang, 1982, p.88.

6. 虚构在什么意义上是"真实的"?

处在任何一个再现框架区隔中的人物,都无法看到区隔内的世界是符号再现,因为区隔的定义,就是把框架区隔中再现的世界与框架外世界隔绝开来,让它自成一个世界。巴尔特指出:"单层次的调查找不到意义。"① 因为一个叙述层次,构成一个独立的自我证实世界。

在同一区隔的世界内部,再现并不表现为再现,虚构也并不表现为虚构,而是显现为事实,这是区隔的基本目的。因此,塞尔指出,虚构文本中的"以言行事",是"横向依存"的。② 也就是说,在同一组合段中有效。对戏中的人物,戏中世界中发生的事件并不是虚构的;对于我们来说,大观园与其中的林黛玉是虚构的,但对于贾宝玉则是实在的,否则《红楼梦》中的贾宝玉无法爱上林黛玉。沃尔什指出:叙述者(笔者注:即叙述框架的人格化)的作用,就在于让作品读起来像"了解之事",而非"想象之事";像"事实报道",而非"虚构叙述"。③

正因为虚构世界中的人物并不认为自己是被虚构出来的,这些人格存在于一个被创造出来的世界中,被叙述世界对于人物来说,具有足够的存在性。例如,在经验现实中,宣布 A 与 B 结婚,这个婚姻就延续到离婚或死亡为止;在一度再现文本(例如警察报告)中,因为再现文本直接指称经验现实,宣布 A 与 B 结婚,这个婚姻有效到另有文本宣布离婚或死亡为止,或文本被证明非真实为止。而在二度虚构文本中(例如在一出戏中),宣布 A 与 B 结婚,这个婚姻不仅延伸到戏中离婚、死亡为止,也不仅到落幕为止,哪怕叙述结束,文本的"语意场"也并未终结。戏中说 A 与 B "幸福地白头百年",那么

---

① 罗兰·巴尔特:《叙述结构分析导言》,见赵毅衡编选:《符号学文学论文集》,天津:百花文艺出版社,2004年版,第410页。

② John R. Searle, "The Logical Status of Fictional Discourse", in *Expression and Meaning: Studies in the Theory of Speech Acts*, Cambridge: Cambridge University Press, 1979, p.59.

③ Richard Walsh, "Who Is the Narrator?" *Poetics Today*, Vol.18, No.4, 1997, p.34.

戏结束也无法终止这场婚姻。虚构的人物不会自然死亡，所以，用虚构叙述来证明爱情天长地久，或神性英雄不死，是最有效的。

自然，这种"横向真实性"很容易受到怀疑者挑战，而怀疑者首先怀疑的是区隔的有效性。巴尔特对20世纪60年代电影中已经开始出现的"片头直接进入故事"非常反感。影片开头就进入虚构叙述，是把区隔模糊化，直接进入二度虚构叙述，巴尔特认为这种做法是"尽最大努力消除叙述场面的编码，用数不清的方式使叙述显得自然"①。而布莱希特等实验戏剧专家，则不断点破戏剧的虚构区隔，用以向观众提醒"资产阶级艺术的欺骗性"。西方戏剧学家体会到在演员与角色之间有一个区隔。布莱希特说："（保持间离效果）这种困难，在中国艺术家身上并不存在，因为他们否定这种进入角色的想法，而只限于'引证'他扮演的角色。"② 这就是布莱希特"间离效果"理论的"中国灵感"，是一个绝对敏锐的观察，所谓"引证"即演出虚构叙述的二度性。下文会说到，在二度区隔切除的世界，会给接收者强烈的"似真性"，以及由此携带的伦理道德。布莱希特以及其他实验戏剧家，用各种手法破坏这种区隔效果，以揭穿"资本主义意识形态"的虚伪。

再现与虚构两个层次可以并存，例如戏剧与电影观众能同时接受一个人物既是演员又是角色，比赛观众能接受裁判与球赛，玩家能同时选择角色与游戏内故事。一旦过分强调二度区隔形成的虚构之"真实性"，例如玩家迷失于游戏世界，他就不得不接受网瘾治疗，如果一个演员忘记了他只是在虚构区隔中是拿破仑，在生活中就会变成笑柄。

纳博科夫虚构了《洛丽塔》，但在这个虚构世界里的写作者不是纳博科夫，而是亨伯特教授，纳博科夫已经说谎（虚构）了，他就没有必要让亨伯特再说谎。亨伯特按他主观理解的事实性写出一本忏悔

---

① 罗兰·巴尔特：《叙述结构分析导言》，见赵毅衡编选：《符号学文学论文集》，天津：百花文艺出版社，2004年版，第432页。

② Bertold Brecht, "Alienation Effects in Chinese Acting", *Brecht on Theatre, the Development of an Aesthetics*, London: Methuen, 1964, p. 94.

书，给典狱长雷博士看。在这本小说区隔出来的世界里，亨伯特教授的忏悔不是骗局。这是因为雷博士与亨伯特教授处于同一世界，亨伯特是同一世界的实在的人，而且忏悔是"纪实型"的体裁。所以小说开头有一个雷博士写的序言，他读了亨伯特的忏悔，下了一个道德判断："有养育下一代责任者读之有益。"[1]

纳博科夫将纪实叙述资格"授权"给他创造的人物，从而形成虚构叙述的最重要构筑——"委托叙述"（delegated narration）。如此做之所以可能，就是因为在再现世界中，如同在经验世界中一样，叙述文本最基本的品格是纪实型。虚构叙述在虚构区隔框架之内是纪实的，否则虚构世界中的受述者，没有理由接收这个叙述。如果典狱长雷博士认为亨伯特的临终忏悔不是实指的，他就没有必要读这份忏悔，更没有必要郑重推荐之。想象力的汪洋恣肆，文采的斐然成章，是读者阅读某文本的理由，却不是受述者接收叙述的理由。

受述者是"传播游戏"必有的一方，与叙述者联合构成了文本传播的途径。[2] 但是受述者必须有个理由才会站在这位置上：如果受述者认为文本是虚假的，信息是不真实的，他就没有理由接收，传播游戏就无法形成。[3] 这在任何框架区隔中都是如此。因此，虚构只是对虚构文本外的世界是虚构。

贝特森研究"幻想游戏"时指出：虚构与事实的复杂关系，的确是一种传播游戏。"我们现在进行的这些活动表示那些活动，大多并不表示那些活动所表示的东西。游戏性的咬表示咬，但并不表示咬所表示的那些东西。"[4] 这句话很生动，却有点难懂。笔者个人的看法是：一度再现表示"咬"；二度再现只表示"咬的样子"，甚至不表示

---

[1] Vladimir Nabokov, *Lolita*, New York: Putnam's Sons, 1955, p. 8.
[2] E. Tory Higgins, "Achieving 'Shared Reality' in the Communication Game: A Social Action that Creates Meaning", *Journal of Language and Psychology*, Vol. 11, No. 3, 1992, pp. 107—131.
[3] 参见笔者《诚信与谎言之外：符号表意的"接受原则"》，《文艺研究》2010年第1期，第27～36页。
[4] Gregory Bateson, "A Theory of Play and Fantasy", in *Steps to an Ecology of Mind*, New York: Balantine, 1972, p. 180.

"咬所表示的那些东西",也就是说,只再现"此刻"。

一度区隔的与经验的真实关系是自然显露的,二度区隔则没法给人真实的感觉,因为离经验世界过远。一度区隔是自然"纪实"的,因而操作可以显露,二度区隔则必须伪装纪实,因为其体裁是虚构的。这就是为什么纪录片与故事片有许多不同,历史与小说有种种差距。

例如,我们可以看到,镜头中的形象有不方便观看处(例如露三点,例如"嫌犯"的脸),在纪录片中可以打马赛克,马赛克是一度再现框架的标记,纪录片是再现,这点无法隐瞒,因此不能直指之处必须打上马赛克。而在虚构的二度再现中,在故事片里,再现就必须指称透明性,露三点(不能打马赛克)要遮蔽必须用另外方式(例如家具挡住视线),而"嫌犯"无嫌须避,所以不会采用马赛克这样一度再现过程的手法。虚构对经验事实不透明,只对叙述的世界维持真实感,因此不需要"避实就虚"的马赛克。

一旦虚构框架区隔暴露,虚构的"内真实"就被破坏。电影《楚门的世界》(*The Truman Show*)就是虚构框架区隔痕迹暴露(他周围的事情不合理地重复)。主人公发现了再现痕迹(他死去的父亲竟然又出现),开始明白他生活在一个被叙述世界中:他的生活被拍下作为纪实电视片而转播,是一度再现。但当他发现这个拍摄过程被隐藏地拍下,在区隔中他的生活与周围环境被"伪装纪实叙述",这就成了二度区隔的虚构框架:楚门与他周围人的不同,在于他是被二度区隔隔离的唯一人物,周围人是存在于一度区隔(纪录片)中的人物。当他发现他与周围人,包括他的家人,竟然是不同世界的人物,他就不得不去设法冲破框架,追寻区隔外的"真相"。而他最后找到的总导演竟然对他说"你是真的,所以大家都爱你"。只要局限在二度区隔框架里,不去"犯框"(本书第四部分第五章第五节会详细讨论"犯框"),框架内的人物与事物互相之间就是真的。

电影曾描述楚门与施维雅初恋,他们在海边长吻一分钟,全世界都看到了。施维雅在恋爱中,不惜挑破区隔,说"人人都清楚这一切,人人都在假装",于是她被她的父亲强行拉走。施维雅是用楚门世界的标准来衡量感情的真假，对于她自己的世界（演出者的世界），这个初恋演出只应当是演出虚构。

同样，在游戏世界里，游戏的叙述是"纪实的"，电影《感官游戏》（*eXistenZ*），主人公为避开杀手，躲进游戏世界里；这个世界在电脑程序编出的叙述文本内是纪实的。电影《黑客帝国》（*Matrix*）纠葛的是电脑程序与"现实"究竟是在哪一个母体的基础上再度创造了另一个世界。《盗梦空间》（*Inception*）则是在纠缠如何摆脱梦的"事实"。可以说这些都只是电影虚构出来的故事，但在电影虚构区隔出来的世界中，正如我们在经验现实中，只有当一度再现是纪实的，才能将二度再现的虚构故事说出来。纪实型是叙述最基本的特征，任何叙述对于落在同一区隔内的世界，都是纪实型的。

以上详论"二度区隔论"，目的是替代上一节说的"塞尔原理"：塞尔认为读者只能判断文体是否具有文学性，而是否为虚构只是作者心中的意图。笔者认为文化程式使读者能识别一度再现区隔框架与二度虚构区隔框架。例如看一场电影、一场戏，观众首先注意到的，不是文本风格的文学性-艺术性，他首先觉察到的是开场锣鼓后的场面、片头后的场景，他首先觉察的不是塞尔说的"文学性"，而是他面对的是一度再现的"纪实"，还是二度再现的"虚构"，然后他对此叙述做好了相应的解读准备，这是理解此文本的先决条件。

接收者这种识别，根据的是文化程式与阅读经验，他的识别不一定是绝对准确的，本书第四章将讨论框架被破坏被混淆的各种可能。但塞尔以作者的意向作为虚构的标准，观众对此不得而知只能猜测。相比猜测作者意向而言，观众对虚构叙述区隔的这种程式化识辨，就可靠得多。

这就是虚构与谎言的根本不同点之所在：两者都无指称性，用指称性解决不了两者的根本区别。但谎言在一度再现框架中展开，被要求有指称性而无之；虚构在二度区隔中展开，二度区隔具有不透明性，因此读者对虚构文本不会有指称性要求。谎言之所以是谎言，因为它是"纪实型"的一度再现。用塞尔原理的"作者目的"衡量，谎言与小说，两者是一样的（作者都不想说实话）。就本书提出的二度区隔原理来说，二者是完全不同的：虚构不是谎言，因为二度区隔使它对经验现实不透明，也迫使读者不能要求它透明。

正因为此，忏悔可以翻案，因为是纪实型叙述，不然无案可翻；流言之所以可以证明是造谣，因为是纪实型叙述。而虚构叙述无法被证明为作假、翻案、造谣，也无案可翻，因为它们根本就不是纪实型的。流言的叙述者必须对是否对应经验事实担责，固然他可以设法以"听说"等为借口逃避担责，但是堂皇的纪实型叙述（例如审判书、历史、预言），发出者也一样可以以各种借口逃避担责：逃避担责，本身就是对体裁担责要求的反应。

同样原因，魔术可以说是一种纪实型的叙述，因为激起观众去寻找奇特演示的"情节"背后的真相。如果大部分观众找不到真相，或是搞错了"机关"，这与听者寻找流言、谎言背后的真相一样，找到找不到，不是叙述学考虑的理由，体裁本身期盼甚至激发接收者的这种需要，这种"求证"冲动，就是这个体裁归属的标准。

上文描写的虚构文本内在"真实性"，是虚构叙述期盼读者"搁置不信"的理由，也是作品对读者产生"浸没"（immersion）效果的来源。既然虚构叙述的作者无论如何设置区隔，区隔内的世界依然被该世界的人格当作经验事实，那么读者也可以认同区隔内的受述者，忘却或不顾单层或双层区隔。一旦用某种理由有意搁置框架，虚构叙述文本本身与纪实型叙述文本，可以有风格形态的巨大差异，而没有本体地位的不同。

这就是文学各种"虚构真实性"悖论的根源："现实主义"小说的大量细节真实（《战争与和平》的真实细节可以与历史相比），"现实主义"绘画的栩栩如生（列宾的《库尔斯克省的宗教行列》之细妙入微可以与摄影相比），只是能帮助读者搁置虚构区隔。此种风格的助推力量不是决定性的，不能保证读者搁置虚构区隔。对产生"浸没"起决定作用的是读者感情上的投入，而这种感情投入，又来自读者认同虚构作品最下功夫处理的"道义"。"真实性"的产生，最主要原因是道德情感的强大力量，它会如橡皮一样擦抹掉虚构框架区隔，把一切还原成"真实"。这就是为什么当代观者对电视剧如此偏爱，因为细节上与生活一样琐碎,而道义问题(谁犯罪?)又使观众心灵浸没。

此时,读者觉得自己生活在真实的经验之中,感同身受,任何明显的区隔标记(例如热奈特要求的封面说明是"小说"),任何风格形态的差异标记(例如人物视角的个人化),甚至任何情节的怪诞(例如《冰河世纪》中野兽的爱情故事),任何不现实的媒介(例如动画电影),只要能"感动"接收者,区隔都能被擦抹掉,变成经验事实。无论何种区隔内的叙述文本,其底线的"纪实"品格,为这种认知接收心理效果提供了基础。

尼采说:"我们始终认为,一个正常的观众,不管是何种人,必定始终知道他所面对的是一件艺术品,而不是一个经验事实。"[①] 可是,如今我们天天见到的人,"不管是何种人",经常把媒介再现当作经验事实。看来一个多世纪以后的人,在面对艺术品时反而更天真了,或是因为今日媒介表现手段更为老练,区隔更容易被漠视?

7. 虚构与纪实何者为标出项?

"标出性"(markedness)是符号学概念,指对立的两项中比较少用的一项所特有的品质,因为有此标出品质,某种符号在与非标出项对比中居于次要地位。[②] 任何二元对立都有这个问题,而且文化标出性把二元对立变成三元互动。

那么,在纪实型/虚构型叙述之间,何者为正(非标出项)?何者为偏(标出项)?这个争论已经超出书斋学理,成为当代文化思潮中一个具有方向性的问题。

这场争论的起因,来自新历史主义者"历史为虚构"的主张,以及解构主义对文本本质的理解,他们在学界形成一股潮流,认为所有的叙述,所有的意义,都是人为的构造物,都是强加在话语之上的模

---

① 弗里德里希·尼采:《悲剧的诞生》,周国平译,南京:译林出版社,2011年版,第31页。
② 关于"标出性"参见笔者《符号学原理与推演》第十三章,成都:四川大学出版社,2023年版。

式。这样，虚构就成为非标出的正常文本；相反，纪实型叙述就成为一种伪装的语言方式，成为标出的非正常文本，因为任何叙述不可能有本体的真实地位。极而言之：小说的批评，与小说一样是虚构的、"自由的"，用诺里斯的话来说："现在，批评正逐渐化为文学……并以无比的热情呈现出一种解释的自由。"①

支持德里达立场的卡勒，认为"如果真实只是一种其虚构型被忘掉的虚构，那么文学就不是一种偏离正道的、寄生性的语言，相反，其他话语却可以被看作一种普泛化了的文学，或原初文学"；② 新叙述学家瑞安也认为虚构－非虚构叙述的对立中，虚构是非标出的（正常的），因为虚构"产生典型的叙述情景"，而非虚构是边缘化的叙述形式。③

20世纪80年代中期，学界就虚构的本质展开了一场辩论。一边是拥护德里达解构主义立场的耶鲁学派以及其他人，另一边是奥斯汀－塞尔理论及其拥护者，还有文学批评家如艾布拉姆斯，哲学家如哈贝马斯。艾布拉姆斯、哈贝马斯、塞尔等为一方，指责德里达及其他解构主义者瓦解了文学与科学－日常生活之间的区别，也混淆了虚构话语与事实性话语的区别。艾布拉姆斯批评"德里达的阅读想表示：任何关于哲学文本的讨论、指涉、结论都有赖于一个不可或缺的立足点，但最后却发现，文本本身反倒是没有立足点的"。也就是说，哲学文本也变成了虚构的。④ 哈贝马斯指出：在这股风潮影响下，出现了"虚构空间（的膨胀），源于以言行事行为的约束力和沟通理想化的失效"。⑤ 哈贝马斯对卡勒上述的"任何话语都是文学"的意见，郑重地表示严重抗议："我反对卡勒对德里达的重建，坚决主张把常

---

① Christopher Norris, *Deconstruction: Theory and Practice*, London: Methuen, 1982, p. 93.
② Jonathan Culler, *On Deconstruction*, Ithaca: Cornell University Press, 1983, p. 181.
③ Marie-Laure Ryan, *Avatar of Story*, Minneapolis: University of Minnesota Press, 2006, p. 85.
④ 艾布拉姆斯：《以文行事》，赵毅衡、周劲松译，南京：译林出版社，2010年版，第278页。
⑤ 于尔根·哈贝马斯：《现代性的哲学话语》，曹卫东等译，南京：译林出版社，2004年版，第105页。

规形式的语言与派生形式的语言区分开来。"①

至少从这场辩论之后,学界对消除虚构与实在话语的区分态度就谨慎得多,例如罗蒂也要求消除两者的差别,但是指出其中有个模式转换。笔者认为,在虚构叙述与实在叙述的对立中,虚构叙述是标出项,是笔者所说的"异项"。② 原因不同于哈贝马斯的文化政治,不同于塞尔的语义逻辑,也不同于艾布拉姆斯的文本伦理,而是本章再三阐明的符号叙述学原理:任何叙述,底线是纪实型的。

虚构成为标出性的叙述类别,还有更深层的原因:当一个文本落在虚构与纪实之间,"非此非彼,亦此亦彼",亦即成为文化符号学中所谓"中项"的情况,或是区隔被有意忽略以至于很难确定纪实/虚构归属时,叙述往往被视为纪实,而不是视为虚构。诺曼·梅勒的"一部如小说的历史,一部如历史的小说"的书《黑夜大军》,一直被视为报告文学,1968年得到的荣誉也是"一般非虚构"(General Non-Fiction)类普利策奖。

这种"非此非彼"的中项文体,可以表现为三种形式:当双层区隔被忽视时,虚构变成纪实;当区隔被绝对化时,区隔内虚构世界,因为文本的横向真实,被加强变成"同世界真实";当接收者情感过于投入,区隔内世界就会变成经验事实。原因可以很不相同,但只要搁置或漠视二度区隔,这个在虚构框架的叙述世界就是纪实的。

因此,在德里达解构主义引发的这场辩论中,笔者站在塞尔-艾布拉姆斯-哈贝马斯一边:叙述以纪实型为基本形态,虚构型是标出的、特殊的。

---

① 于尔根·哈贝马斯:《现代性的哲学话语》,曹卫东等译,南京:译林出版社,2004年版,106页。

② 参见笔者《符号学原理与推演》,成都:四川大学出版社,2023年版,第319页。

第二部分 叙述的基本构筑方式

第一章 叙述者

1. 广义叙述者的二象

叙述者,是故事"讲述声音"的源头,导论中给出的第一种,所谓"叙述主体",即叙述的发出者。至今一个多世纪的叙述学发展,核心问题是小说叙述者的各种形态,以及小说叙述者与叙述的其他成分(作者、人物、故事、受述者、读者)的复杂关系。卡勒说:"识别叙述者是把虚构文学自然化的基本方法……这样文本的任何一个侧面几乎都能够得到解释。"[①] 这种看法适用于任何叙述体裁:找到叙述者,是讨论任何叙述问题的出发点。

但是叙述者身份,至今似乎只是个小说研究的课题,走出小说,从历史新闻,到戏剧电影,到幻觉梦境,叙述者就几乎无影踪可循。如何在每一种体裁中找到叙述者,是争论不休的难题。而要建立一般叙述学,就要找到一般叙述者,即找出各种体裁的叙述者的综合形态,这就更为困难。一旦走出小说,我们就像走出充满生命的莽林,突然看见大片沙滩蓝天,一切都似乎单纯透明,但是叙述者似乎完全消失了。原先的各种纠缠讨论完全不适用,叙述学在这无限的空旷前,几乎哑口无言。

叙述者是叙述的发出者,但叙述学界一百多年来,未能找到一个普遍的叙述者形态规律,对各种叙述就只能做描述,而无法说明它们的本质。如果我们不能在一场梦、一场法庭庭辩、一出舞剧、一部长

[①] 乔纳森·卡勒:《结构主义诗学》,盛宁译,北京:中国社会科学出版社,1991年版,第299页。

篇小说之间找到共有的叙述者形态（不管差异有多大），我们就不可能为各种叙述建立一个共同的理论基础，也就不可能建立一门广义叙述学。诚然，分门别类讨论各种叙述体裁，这种做法已经延续了一个世纪，延续下去也无妨，但是理论思维应有的求索精神，不允许我们这样敷衍了事。更重要的是，只有找出这样一个叙述源的共同形态，才能看到特殊体裁与总体规律的关联方式。

寻找叙述者，是建立一般叙述学的第一步，却也是最困难的一步。在全球学界，建立广义叙述学的努力至今没有进展，至少原因之一，是无法找到叙述者的一般形态规律。① 这个被叙述学界称为"源头叙述者"（originator，或 illocutionary source）或垫底叙述者（fundamental narrator）② 的功能，是叙述之所以为叙述的先决条件之一。找到这个一般叙述者，我们理解叙述本质的工作就开好了头，下面的推演就能步步清晰。

从信息传达的角度说，叙述者是叙述信息源头，叙述接收者（即"受述者"）面对的故事必须来自这个源头；从叙述文本形成的角度说，任何叙述都是叙述主体选择经验材料，加以特殊安排才得以形成，叙述者有权力决定叙述文本讲什么，如何讲。布斯说："作者可以在一定程度上选择他的伪装，但是他永远不能选择消失不见。"③ 这话说得太对。只是在小说叙述研究中，已经不容易说清，在广义叙述中情况更为复杂，更不容易说清变体的规律。

从这个观点检查各种体裁，我们可以看到叙述者呈二象形态：有时候是具有人格性的个人或人物，有时候却呈现为叙述框架。两种形态同时存在于叙述之中，框架应当是基础的普遍形态，而人格叙述者是特殊形态，在某些体裁中，在特殊时刻，人物形态会"夺框而出"。

---

① "广义叙述学的最根本任务，是寻找不同传统、不同时期的各种叙述共有的模式"，Patrick Colm Hogan, *Affective Narratology: The Emotional Structure of Stories*, Lincoln & London: University of Nebraska Press, 2011, p.12.

② Andre Gaudreault, *From Plato to Lumiere: Narration and Monstration in Literature and Cinema*, Toronto: University of Toronto Press, 2009.

③ 韦恩·布斯：《小说修辞学》，华明、胡晓苏、周宪译，北京：北京联合出版公司，2017年版，第18页。

究竟什么时候呈现何种形态，取决于体裁，也取决于文本风格。这种二象并存，有点像量子力学对光的本性的理解：光是"波—粒二象"，既是电磁场的波动，又是光子的粒子束。二者似乎不兼容，却合起来组成光的本质。

检查各种体裁中叙述者的存在，首先要说清什么是叙述。本书导论中已经详细讨论过：自然状态的变化不是叙述，对自然事件的"经验"也不构成叙述，自然现象如火山爆发、地震、雪崩，如果不被媒介化为符号文本，不可能成为叙述。而且，叙述作为一种文化表意行为，必须卷入人物：描述不卷入人物的自然变化，是科学报告，不构成叙述。也就是说，某种符号（文字、言语、图像、姿态等）的组合，表述卷入人物的事件，才形成叙述。由此产生第三条：叙述必然是某种主体安排组织产生的文本，用来把卷入某个人物的变化告诉另一个主体。

叙述包含两个主体进行的两个"叙述化"过程。第一个叙述化把某种事件组合进一个文本；第二个叙述化在文本中读出一个卷入人物的情节，两者都需要主体有意识地努力。两者是否相应，是很难肯定的，但是解释出文本中的情节，是叙述体裁的文化程式的期盼。叙述文本具有可以被理解为叙述的潜力，也就是被"读出故事"的潜力，所以许多单幅图像（例如漫画、新闻照片）文本中似乎无情节进展，但只要能被读出情节，它们就是叙述。

由于二次叙述是关键，叙述文本本身就不一定能告诉我们叙述源头在哪里。乌里·马戈林提出可以从三个方面寻找文本叙述者：语言上指明（linguistically indicated）、文本上投射（textually projected）、读者重建（readerly constructed）。[①] 马戈林是在小说范围里讨论这个问题的，小说的叙述者必定在场，所以他要求"语言上指明"叙述者（即是所谓"第一人称"与"第三人称"人称代词）。对于非语言的叙述文本，这个源头叙述者无法用同样的方针处理，但可以变通一下，从以下三个方面加以考察：

---

① 见 *Living Handbook of Narratology* (University of Hamburg) "Narrator" 条。

"文本构筑"：文本结构暴露出来的叙述源头。

"接受构筑"：受述者对叙述文本的重构，包含着对文本如何发出的解释。

"体裁构筑"：叙述文本的社会文化程式，给同一体裁的叙述者某种形态构筑模式。马戈林说的"语言上指明"，应当泛化为"体裁规定性"。

叙述者就是由此三个环节构筑起来的一个表意功能，作为任何叙述的出发点。当此功能绝对人格化时，他就是有血有肉的实际讲述者；当此功能绝对非人格化时，就成为构成叙述的指令框架。叙述者变化状态的不同，是不同体裁的重要区分特征。本书开始时提出的叙述分类表，其中的横向分列（纪实与虚构），与纵向分列（不同的文本意向性），可以综合起来，按叙述者的形态排成以下序列：

1. "纪实型"叙述（历史、新闻、庭辩、汇报、忏悔等），以及拟"纪实型"叙述（诺言、宣传、广告等）；
2. 书面文字虚构型叙述（小说、叙事诗等）；
3. 记录演示类虚构叙述（电影、电视等）；
4. 现场演示类虚构叙述（戏剧、网络小说、游戏、比赛等）；
5. 内心拟虚构型叙述（梦、白日梦、幻觉等）。

这五种分类，要求五种完全不同形态的叙述者：其排列大体上从叙述者极端人格化，到叙述者极端框架化。

2. 作者─叙述者人格合一：纪实型

任何纪实型叙述，无论是书面的（新闻、历史）还是口头的（庭辩、报告等），或是记录演示类（纪录片），或是意动类叙述（诺言、宣传、广告等），所有这些叙述体裁，都具有合一式的叙述者——作者即叙述者。历史学家、新闻记者、揭发者、忏悔者等各式人等，文本就是他们本人说出或写下的，整个叙述浸透了他们的主观意志、感情、精神、意见，以及他们对所说事情的判断，如果叙述中有偏见，也是他们的偏见；哪怕文本中有谎言，也是他们的谎言，无法推诿于别人。除了文内引用他人文字，没有其他人插嘴的余地。与纪实型叙述正成对比的是：在虚构型叙述中，所有的话都是叙述者说的，没有作者说话的余地，因为作者被双层区隔拦在虚构文本世界之外。

纪实型叙述的"作者－叙述者"可以反悔，可以推诿，可能声称讲述该文本时"受胁迫""受蒙骗""一时糊涂"等。主体意图会随时间变化，因此应当说纪实型叙述的叙述者，是作者在叙述时的"第二人格"，即叙述时的"执行作者"，不一定是作者的全部和整体的人格。但是就写作时刻而言，作者即叙述者。

纪实型叙述具有合一式的叙述者：叙述者即执行作者。既然此文本的所叙述内容被理解为事实，则必须要有文本发出者具体负责。本书第一部分第五章已经仔细讨论过，所谓"纪实型"，不一定是"事实"。"事实"指的是内容的品格，而"纪实型"是文本体裁的本体定位。具体说，是文化的表意程式规定：受述者被期盼把此文本看成在"讲述事实"。

此种约定的理解方式，是文本表意所依靠的最基本的主体间关系。内容是否为"事实"，不受文本传达控制，要走出文本才能验证（证伪或证实）。可以用直观方式提供经验证实（例如法医解剖），或是用文本间方式提供间接证实（例如历史档案）。不管是否去证实，作者－叙述者必须为纪实型叙述负责：法庭上的证人，对他的案情叙述负责；新闻记者，对他的报道负责。对于非纪实型叙述的文本（例如说者言明"我给你们说个笑话"），就无法追责，也无法验证。

有一段时期，"泛虚构论"（panfictionality）盛行。提出这个看法的学者，根据的是后现代主义的语言观："所有的感知都是被语言编码的，而语言从来总是比喻性的（figuratively），引起的感知永远是歪曲的，不可能确切（accurate）。"① 也就是说，语言本身的"不透明本质"使文本不可能有"纪实型"。这个说法在学界引发太多争议。很多历史学家尖锐地指出，纳粹大屠杀无论如何不可能只是一个历史学构筑②，南京大屠杀也不可能是。多勒采尔称之为对各种后现代历史叙述理论的"大屠杀检验"。③ 历史叙述必须是纪实型的，也就是说，历史学家有权把李鸿章说成是卖国贼，或把李鸿章说成是爱国者，但历史文本的本体地位来自"与经验事实的关联"。尽管历史学家对引证材料必然有选择性，或者说有偏见（不然历史学家之间不会发生争论），但体裁上既然为"纪实型叙述"，哪怕"编造"历史，也必须作为"事实性材料"提出。在法庭上，原告方、被告方、证人，他们有关事件的叙述可以截然相反（因此不会都是"事实"），却都必须是纪实型的，都要受到对方的质疑，最后根据叙述中的道义问题，受到法庭的裁决。

固然，在纪实型叙述中，作者－叙述者可以有各种规避问责的手段：例如记者转引见证者，律师传唤证人，算命者让求卦人自己随机取签。这些办法都是让别人做次一级叙述者。不管用什么手法，作者－叙述者依然是叙述源头，此人格依然必须对文本整体的纪实品格负责。

那么，如何看待所谓"匿名揭发"或"小说诽谤"？此时法庭就必须裁定该文本已经超出虚构的界限，成为纪实型叙述。涉及诽谤的如果是传记、历史、"报告文学"等文体，庭审就直接按案情处理，不需要做文体鉴定这道手续。

因此，哪怕是蒙混过关的检讨、美化自己的自传、文过饰非的日记、逻辑狂乱者的日记，体裁上依然是纪实型的（虽然叙述出来的不是"事实"），因为这是体裁要求的文本接收方式。也就是说，接收者

---

① Marie-Laure Ryan, "Postmodernism and the Doctrine of Panfictionality", *Narrative*, Vol. 5, No. 2, 1997, pp. 165-187.

② Jeremy Hawthorn, *Cunning Passages: New Historicism, Cultural Materialism and Marxism in the Contemporary Literary Debate*, London: Arnold, 1996, p. 16.

③ Lubomir Dolezel, "Possible Worlds of Fiction and History", *New Literary History*, No. 4, 1998, pp. 785-803.

面对这个叙述，已经签下"文化契约"，把它当作事实来接受的。正因为如此，他才能心存怀疑，才有权利去检验此叙述是否撒谎。

正如上文已经解释的，谣言或八卦也是一种纪实型叙述，人们对已经宣称不是事实的故事，哪怕感兴趣，也是对虚构故事技巧和想象力的特殊兴趣。2011年7月默多克集团的《世界新闻报》卷入窃听丑闻，其中一项罪名是用电话窃听来"确认流言"。一旦确认了流言之实在，该报社就会拿原"流言"去讹诈有关的名人给他们集团的报纸独家采访权。① 正因为流言是纪实型叙述，流言是否与事实对应，才值得去确认。

日记或笔记这种写给自己看的叙述，依然是纪实型叙述。如果写作者出于某种目的（例如留下假造的证据），捏造一个故事记在日记里，此段日记是否依然是纪实型叙述？这就像上面说的法院判某本小说犯诽谤罪，首先要确定的是对体裁规定的破坏。这种日记的叙述者-作者心里明白，他在写的已经不是日记，而是在虚构：他在做一个超越体裁规定性的叙述犯规，但是既然称作日记，那就还是纪实型叙述。

预测、诺言、宣传、广告，这些关于未来事件的意动叙述，事件尚未发生，因此谈不上是否是"事实"，但是它们依然"与事实相关"。作为解释前提的时间语境尚未出现，因此叙述的情节并不是"事实"；但是这些叙述要接收者相信，就不可能虚构。它们不可能是虚构型的，因为发送主体不希望接收者把它们当作虚构。因此，预言将来会发生某种事件的文本是"拟纪实型叙述"，其叙述者就是作者本人。广告的"名人代言"，就是让名人用其公众影响力（他的"人格力量"）来让大众放心。在意动叙述中，叙述者高度人格化为叙述的发出者，是其"纪实"品质的保证。正因为叙述者用自己的人格担保，而且听者也相信预言者的人格（例如相信算命者的本领），才会听取他们的叙述，不然不会信以为真。

---

① 《中国经济周刊》2011年7月26日。

3. 分裂式叙述者：记录类虚构叙述

任何叙述的底线必须是"纪实型"的，如果不具有纪实型，叙述就无法要求接收者接受它。一旦叙述是"虚构型"的（即以小说为代表的大量虚构文本），受述者没有必要听一篇自称的假话。那么，如何解释人类文明中如此大量的虚构叙述呢？的确，虚构叙述，从发送者意图意义到文本品质，都不具备纪实性。此时，叙述必须装入框架，把它与再现世界隔开，更与"实在世界"双重隔开。在这个框架内，叙述保持其纪实性。例如小说，作者主体分裂出来一个人格，另设一个叙述者，并且让读者分裂出一个受述者当作纪实型的叙述来接受。此时叙述者不再等同于作者，叙述虽然是假的，却能够在两个替代人格中作为纪实型叙述进行下去。

鲁迅虚构了《狂人日记》，但是小说正文的叙述者不是鲁迅，而是曾经患被迫害狂症的"某君"，此人写出一本日记，留给他的兄长出示给"余"。书中说的事实是不是"实在的"？必须是，因为日记这种文体，不管在实在世界中，还是在虚构世界中，都必是纪实型的。在这本小说框架内的世界里，狂人某君的日记不是虚构，而是非常纪实的文献，哪怕是"荒唐之言"，也是责有所归的荒唐，病者"真实地"做记录，并在病理学上为此负责。所以《狂人日记》有"余"写的序，说是其纪实品格，足以"供医家研究"。鲁迅已经说谎（虚构）了，他就没有必要让"某君"再说谎。

麦克尤恩的小说《赎罪》，叙述手法的魅力正在于此。叙述者布里奥妮小时候因为嫉妒，冤枉表姐的恋人强奸，害得对方入狱并被发配到前线，使她一生良心受责。第二次世界大战期间，她有机会与表姐和表姐夫重新见面，她同意去警察局推翻原证词以赎罪。但是到小说最后，她作为一位已经年老的女作家承认，这一段是她脑中的虚构，表姐和表姐夫当时都已经死于战争。

此处的纪实与虚构的悖论纠缠，正是这本小说的主旨所在。无论实在段落，还是虚构段落，都是小说中的虚构，上述那一段"悔罪"，是"虚构的纪实型叙述中的非纪实型段落"。但是,哪怕在这个小说虚构世界中,赎罪依然必须用纪实型叙述才能完成,既然负罪的当事人(作为人物)已死,就无法做到这一点。叙述者做这一段叙述时,是靠想象让自己的人格再次分裂出另一个自己作为叙述者,她对自己编出一段"作为事实的虚构",用来欺骗地安慰自己的良心。作家的职业是虚构,但是她要赎罪,依然必须纪实。

我们百姓在酒后茶余,说者可以声明(或是语气上表明):"我来吹一段牛",听者如果愿意听下去,就必须搁置对虚假的挑战,因为说者已经如钱锺书所言"献疑于先"[①],即预先说好下面说的并非实在,你既然爱听就"当作"真的。所有的虚构都必须明白或隐含地设置这个"委托叙述"框架。此时发送者的意思就是:你听着不必当真,因为你也可以分裂出一个人格来接受,然后我怎么说都无"不诚信"之嫌:我分裂出来一个虚设人格作叙述者,与对方的虚设受述者,两个人格之间进行"纪实型"的意义传达。

4. 框架叙述者:演示类虚构叙述

叙述文本的媒介可能是记录类的(例如文字、图画),也可能是演示类的(舞台演出、口述故事、比赛等),两种媒介都可以用于纪实型的或虚构型的叙述。上文第一节已经说过,如果是纪实型叙述,无论是记录类媒介(例如文字新闻)还是演示类媒介(例如口头讲述),情况相同:叙述者与文本的实际发送者人格合一。

一旦用于虚构叙述,记录类媒介与演示类媒介情况就很不同,上一章已经讨论过以小说为代表的记录类媒介。演出类媒介的虚构叙述,表演者不是叙述者,而是演示框架(例如舞台)里的角色,哪怕他表演讲故事,他也不完全是"源头叙述者",而是与人物合一的次叙述者。

---

① 钱锺书:《管锥编·太平广记卷一九六》,北京:生活·读书·新知三联书店,2007年版,第1343~1344页。

我们可以从戏剧这种最古老的演示类叙述谈起。戏剧的叙述者是谁？不是剧作家，他只是写了一个稿本；不是导演，他只是指导了表演，他和剧作家在演出时甚至不必在场；不是舞台监督，他只是协调了参与演出的各方；这个"叙述者"也不是舞台——舞台是戏剧演出的空间媒介。

再看属于"记录演示类"的电影：电影的叙述者是谁？是《红高粱》中那个说"我爷爷当年"的隐身的声音？或是《最爱》中那个已经死于艾滋病的半现身鬼魂孩子？或是《情人》中现身讲述自己年轻时的故事的作家？这些讲故事的人格〔例如电影的画外音（Voice Over），例如希腊悲剧与布莱希特戏剧的歌队，元曲的"副末开场"〕，都是"次叙述者"（sub-narrator），而不是整个文本的源头叙述者。可以设置，但是不一定必须设置。大部分电影没有画外音叙述者，哪怕有画外音叙述者的也只是用得上时偶然插话，其叙述并不一直延续，因此这个声音源不能被认为是叙述文本须臾不可离的"源头叙述者"。

在电影理论史上，关于叙述者问题的争论，已经延续半个多世纪。1948年马尼提出的看法是：电影如小说，导演－制片人（film-maker）就像小说家，而叙述者就是摄影机（camera）。① 这看法很接近阿斯特鲁克的"摄影机笔"（Camera-Stylo）之论，他认为导演以摄影机为笔讲故事。② 20世纪五六十年代盛行"作者主义"（Auteurism）理论，巴赞是这一派的主要理论家，他认为"今天我们终于可以说是导演写作了电影"③。以上理论，忽视了故事片作为虚构叙述的特点。如果是纪录片、科教片等"纪实型"叙述，才可以这么说：影片的拍摄团队集体组成的"电影作者"，就是影片叙述者，纪录片必然有的画外音讲述者，是代表这个集体性作者－叙述者的声

---

① Claude-Edmunde Magny, *The Age of the American Novel: The Film Aesthetic of Fiction between Two Wars*, UNKNO, 1972.
② Alexandre Astruc, "The Birth of a New Avant-Garde", Peter Graham (ed.), *The New Wave*, New York: Garden City, 1968, p.17—23.
③ Andre Bazin, *What Is Cinema?* Berkeley: University of California Press, 1967, p.18.

音。但是故事片、动画片等虚构电影,叙述源头就复杂得多,画外音叙述者只是一个说故事的角色。

20 世纪 70 年代后,"作者主义"理论消失了,出现了抽象的"人格叙述者"理论。科兹洛夫提出:电影的叙述者是一个"隐身讲故事者",可以称作"形象创造者"(image-maker)[1];麦茨在当代电影理论的经典之作《电影语言:电影符号学》一书中认为,电影叙述者类似戏剧中的司仪(虽然可以不出现),他称为"大形象师"(grand imagier)。[2]

当代西方电影理论家,在电影这种重要叙述的叙述者形态上,有两种截然相反的意见:一种是"机构叙述者论",例如博德维尔认为电影的叙述者,应当"被理解为构筑故事的整套指令(cues)"[3]。另一派则拥护"人格叙述者论"。布拉尼根认为:"理解文本中的智性体系,就是理解文本中的人性品格。"[4] 20 世纪 90 年代列文森提出电影叙述者应是一位"呈现者"(Presenter),这个叙述人格"从内部呈现电影世界"。[5] 古宁则把这个人格称为"显示者"(Demonstrator)。[6]

按照本书的"叙述者人格-框架二象"论,这两种意见并非不可调和,而是相辅相成。博德维尔的"指令集合"机构叙述者论,与列文森等人的"呈现者"人格叙述者论,可以结合成一个概念:电影有一个源头叙述者,他是一个做出各种电影文本安排,代表电影制作"机构"的人格,是"指令呈现者"。电影用各种媒介(一般认为是八个媒介:映像、言语、文字、灯光、镜头位移、音乐、声音、剪辑)

---

[1] Sarah Kozloff, *Invisible Storyteller*, Berkeley: University of California Press, 1988.

[2] Christian Metz, *Film Language: A Semiotic of Cinema*, Chicago: University of Chicago Press, 1974, p. 21.

[3] David Bordwell, *Narration in the Fiction Film*, Madison: University of Wisconsin Press, 1985, p. 62.

[4] Edward Branigan, *Point of View in the Cinema: A Theory of Narration and Subjectivity in Classical Film*, Berlin: Mouton de Gruyter, 1984, p. 66.

[5] Jerold Levinson, "Film Music and Narrative Agency", in (eds.) David Bordwell et al, *Post-Theory: Reconstructing Film Studies*, Madison: University of Wisconsin Press, 1996, pp. 248-282.

[6] Tom Gunning, "Making Sense of Films," *History Matters: The U. S. Survey Course on the Web*, http://historymatters.gmu.edu/mse/film/, Published online February 2002.

传送的叙述符号，都出于他的安排，体现为一个发出叙述的人格，即整个制作团队"委托叙述"的一个人格。

非虚构的纪录片，与上文（第一部分第五章第四节）描写过的故事片叙述者不同。纪录片也有创作班子，也有各种媒介如何结合的指令集合。拍一部纪录片，所有拍摄下来的材料，在本质上（不是在美学价值上）都可以用进片子里。而拍一部虚构的故事片，不能进入叙述框架的镜头，必须剪掉。

体育比赛也属于此类演示叙述：比赛指令有严格的规则，但是在框架内，运动员是"次叙述者兼参与者"，可以努力影响比赛的叙述进程：运动员只能在这个框架内尽力表现，争取按规则做到"血洗""屠城""横扫"的胜利。但是，一旦超出虚构的"作假"原则，例如拳王泰森咬伤对手的耳朵，曼联队队长基恩踩断对方的腿，就破坏了虚构叙述的框架。裁判的任务就是努力把个人的表现限定在框架之内。

在戏剧中已经出现的"戏剧反讽"张力，在比赛或游戏等互动叙述中进一步延伸，成为必须依靠受述者参与才能进行下去的叙述。

所谓"戏剧反讽"，是充分利用演示叙述的"受述者干预可能"设置的手法。例如莎剧《罗密欧与朱丽叶》，罗密欧误以为朱丽叶已死，绝望而自杀；当饮了迷药的朱丽叶醒来，发现罗密欧已死，只能真的自杀。人物不知底细，被"情景"误导，但是观众知道，戏剧力量就在于让观众为台上的人物焦急，甚至冲动到大喊出声，希望可以影响剧情发展。此种"戏剧反讽"只出现于演示类文本的接收中：结果未定，才能引发接收者的干预冲动。

演示叙述可以有人格化的观众，观众处于叙述框架的外面，是场外的受述者。演示叙述有一个特点，就是可以被这种场外受述者打断。这在戏剧、相声等口头表演中非常明显，场下观众可以干扰叙述的进行。著名的"枪打黄世仁"就是个例子。郭德纲表演相声，说一个盗墓者，正说到开棺的紧张关键时刻，他说"这时手机响了"，原来此时观众席上有手机铃声，郭德纲顺势甩一个包袱，这是无奈的互动。

演示类叙述的这种"被干预潜力",在互动式诸亚型中被发展到极端。最典型的是游戏(包括历史悠久的各种游戏、运动、赌博、比赛,以及当代的电子游戏),包括邀请读者参与的互动文本如"超小说"(包括互联网上的"可选小说")。此类叙述在框架中没有完成,究竟如何进行下去要靠受述者参与。受述者不只是欣赏叙述,而是参与叙述进程,与叙述框架联动。《神雕侠侣》等电子游戏,让游戏者选择做什么人物,用什么装束和武器,一步步练成自己的"武功等级",推动叙述前进。最后演变出来的叙述,是受述者参与到叙述框架里来互动的结果。

新媒体叙述学家阿尔塞特称游戏叙述为"遍历各态文学"(ergodic literature)。这是一个生僻难懂的物理学与统计学术语,意思是指过程各阶段状态均衡。他认为赛博文本(cybertext)的特点是"读者必须做出并非'无意义'(non-trivial)的努力才能读遍这种文本。在'非遍历各态文学'(例如小说)中,读者要读遍文本,就没有'超意向对象性'(extranoematic)的责任,只需要动动眼球,不时翻一下书页"[①]。阿尔塞特的意思是,在其他叙述的接收中,接收者读取文本时,无须做一番与意义相关的行为(只有理解文本时,才需要对文本做有意识的努力)。而在赛博文本(例如超小说、电子游戏)中,读者每一步都必须做出有意义的行为,例如发出指令,文本才能进行到下一步。因此,"遍历各态文学",就是接收者必须参与其中的文学,接受者干预成为叙述行为不可缺少的部分。

5. 受述者主导:心像虚构叙述

受述者扮演主要角色,在梦等心像叙述中最为极端,以至于对梦叙述(梦、白日梦、幻觉等)无法追寻叙述者。我们说:做梦像"看"电影,这种直观的感觉是对的。梦者与幻觉者不是叙述者,而

[①] Aarseth Espen, *Cybertext: Perspectives of Ergodic Literature*, Baltimore: Johns Hopkins University Press. 1997.

是受述者；我们说自己在"做梦"，是因为梦的叙述者也在我们的主体之内，是主体的另外一部分，隐藏得很深，需要详梦家或精神分析家来探寻。梦者接受的梦，是梦主体发出的叙述。梦中的情节再杂乱，也是经过"梦意识"这个叙述者的挑选、组合、加工的结果，渗透了叙述者的主体意识。因此从远古起，详梦就是一个重要的窥见主体秘密的途径。

对梦叙述的叙述者，我们了解最少，因为无法直接观察。梦者经常并没有意识到自己处于做梦状态，但是有时候梦者朦胧地意识到在做梦（所谓"透明的梦"），但是依然无法控制这个梦中的任何情节。梦的受述者不可能改变叙述的内容，有点像无法改变"戏剧反讽"局面的观众。梦的叙述者必然是梦者主体意识的一部分，却隐而不显。

因此，梦叙述是梦者（梦受述者）获取的叙述，类似电影观众所得到的叙述。梦叙述者却无法探究，因此，从定义上说，梦的叙述者隐身于叙述框架之后。这并不是因为学界研究得不够，而是这样一个无意识的人格，从定义上说就无法全部揭示，对其本质的探查本身，是用意识语言来解释无意识，就改变了这个叙述源的构成。

因此，梦叙述是机制复杂的叙述，至少从追寻叙述者的角度来说是最复杂的。一方面，梦者不是叙述者，而是受述者，梦如看电影。梦叙述不是梦者的正常自我在起作用，而是自我的一部分主体（可以称为"心眼"）在感知。另一方面，我们又说自己在"做梦"，因为梦的叙述者也在我们的主体之内。

梦者只具有感觉到梦叙述的意识，因此梦者是梦叙述的受述者。梦者经常并没有意识到自己处于做梦状态，有时候梦者感觉到自己在做梦（在所谓"透明的梦"之中），但是依然无法控制这个梦中的任何情节。意识只是梦叙述的受述人。这部分意识不可能用任何梦修辞改变梦叙述的内容。梦者醒来后对梦做二次叙述，只能是尽可能回忆并复述这部分意识的感知，而由精神医生来处理与第一层次的关系。因此有学者提出"我梦见"是自我矛盾的，应当改为"当现实之我完全让位于虚构之我时,后者感知到某事件"。①

梦的叙述源头,弗洛伊德称为"梦工作"(dream work)的梦意识,是梦者自身意识。因此,梦叙述是类似记日记那样的自身叙述。日记是今日之我写给明日之我看,梦是意识的一个部分,把故事演示给意识的另一部分看。至今我们对梦叙述的发出意识了解太少,因为无法直接观察。

弗洛伊德认为,梦的形成实际上是两种力量起作用的结果,一种力量择取了梦材料,另一种对这些材料进行处理。这过程很像电影制作,对大量拍摄的镜头做剪辑加工。只是这种使用了各种"修辞手法",使梦者感觉到的梦或幻觉经常是扭曲的、不连贯的。梦叙述者的加工,不一定全都是弗洛伊德所说的"审查""遮蔽"掉过分暴露的性内容。一位梦者告诉笔者,她在某次广泛报道的公交车火灾灾难之后,做了一个噩梦,梦见自己落在燃烧的车里,但是燃烧时,意识跳了出来,从空中看到这辆燃烧的车,然后又回到车里,直到把自己吓醒。② 如果害怕身陷火灾是愿望,加工的方式却并不一定是弗洛伊德说的"压制"与"替代";相反,正如这个例子所示,梦的叙述方式可以使情节更加显豁清晰。

正因为梦是叙述加工的结果,不是自然的经验流程,从远古起,详梦就是一个重要的窥见秘密的孔眼——不管想看到的是什么秘密。这也就是为什么梦叙述,与白日梦,与幻觉(包括伤病致幻、临终感觉、药物致幻、灵感致幻、精神病者的感觉等)非常相似。此时清醒的意识主体被悬置了,虽然难以完全隔绝清醒意识:做梦时往往卷入意识感知到的经验,例如周围环境的声音(风雨或人声呼喊),例如冷暖和触觉,但是梦无法用清醒意识理解之,只能激发出相应的幻象:"阴气壮,则梦涉大水而恐惧,阳气壮,则梦涉大火而燔焫……藉带而寝则梦蛇,飞鸟衔发则梦飞。"(《列子·卷三》)

梦者的叙述主体与接收主体同居一个大脑,实际上分裂成两个部

---

① 高松:《梦意识现象学初探:关于想象与梦与超越论现象学》,《现代哲学》2007年第6期,第89~96页。
② 此例子是2009级研究生吴近宇在作业中提出的,特此感谢。

分,与清醒时,尤其理性主导时主体的合一状态:梦叙述的叙述者,可能非常人格化,因而每人梦不同。但是这个叙述者人格却隐而不显。这可能并不是因为学界研究不够,而是因为这样一个人格本质上是无法探查的:探查的意识本身就改变了这个无意识叙述源的构成。

对这样一个"梦内叙述者"的存在,弗洛伊德倒是有所理解。他把梦分成"显梦"与"隐梦",认为显梦(即显示给梦者的梦)是隐梦变形的产物。"在梦中,有个心理力量在起作用,这种力量创造了表面的连接,从而对梦工作创造的材料进行'再度加工'。"① 显梦是经过叙述加工的,其过程类似于再述梦境时进行的整理,即在材料中建立文本所需要的序列与整体感。② 近年梦生理学的进展,似乎揭示了这样一个梦加工器官的位置,索尔姆斯发现,脑顶叶(parietal lobe)受损伤者,不再做梦。③

6. 叙述者二象与区隔论

以上讨论可以引出一个结论:作为叙述源头的叙述者,永远处于"框架－人格两象"。究竟是"框象"更明显,还是"人象"更明显,因叙述体裁而异,无法维持一个恒常不变的形态。但是两象始终共存:"纪实型叙述"(新闻等)叙述者几乎完全等同于作者,记录类虚构(小说等)分裂人格叙述者,演示类虚构(戏剧等)"指令呈现者",互动性叙述(电子游戏)的内外参与,最后只有受述者面对框架的梦叙述。

这五种叙述者,不管何种形态,都必须完成以下功能:

1. 设立一个"叙述者框架",把叙述文本与实在世界或经验世界隔开。在框架内的任何成分都是替代性的符号,而把直观经验连同其对象现象世界,隔到框架外面。

---

① Sigmund Freud, *The Interpretation of Dreams*, New York: Avon, 1965, p.486.
② Sigmund Freud, *The Interpretation of Dreams*, New York: Avon, 1965, p.537.
③ Mark Solms, *The Neuropsychology of Dreams*, Mahwah NJ: Erlbaum, 1997, p.34.

2. 这个框架内的材料，不再是经验材料，而是通过媒介再现的携带意义的叙述符号。

3. 这些叙述元素必须经过叙述主体选择，大量"可叙述"元素出于各种原因（例如为风格化，为道德要求，为制造悬疑，等等）被"选下"。

4. 留下的元素则经过时空变形加工，以组成卷入人物与变化的情节，此即"（叙述者的）一度叙述化"。

5. 受述者把叙述文本理解成具有时间向度与伦理意义的情节，此即"（受述者的）二度叙述化"。

本书已经在第一部分第五章讨论过框架的区隔效果，即上面第1、2两点，本书将在下面两章讨论第3点"叙述者选择"，与第4、5点"二次叙述化"。在任何叙述中，叙述主体在不同程度的人格化，但是依然保留在框架的格局中，才能完成叙述行为。没有这样一个底线叙述框架，任何叙述人格都无法单独执行如此复杂的叙述者功能。叙述者框架必须存在，这是叙述成立的底线。对每一个具体叙述文本，或对每一种叙述文体来说，叙述者可以在人格—框架这两个极端之间位移。不同体裁的叙述文本，叙述者人格化—框架化程度不一样。哪怕是在一篇控告或忏悔中，哪怕叙述者必须等同于作者，叙述框架依然作为背景存在。

例如具有故事情节的电子游戏（如《仙剑奇侠传》《古剑奇谭》），本身皆是一个整套的叙述，它们的叙述者往往隐藏在幕后，让玩家在游戏的过程中接受其叙述并且在一定程度上参与叙述。叙述者在故事情节框架之上，似乎隐身。但是在游戏的过程中，如故事中人物来到了一个迷宫，或是要打开某个机关，需要用键盘或者鼠标进行具体相关操作时，这个隐身的叙述者就必须露出头来，对游戏做出相关提示和说明，或是给予一定奖励。因而，此类游戏要让玩家满意，就必须保证这样一种偶然现身的隐身叙述者存在。①

---

① 这个例子是2012级博士生苏智提供的，特此感谢。

甚至，我们最熟悉的叙述体裁，即小说，实际上是"人格－框架"叙述者最典型的表现形式，其不同变体在展示叙述者的二象品格。小说叙述学一直在讨论的叙述者基本变体——第三人称（隐身叙述者）与第一人称（显身叙述者）——就是这种"二象"。哪怕在同一篇小说作品中，两种叙述者形态可以互相转化，但是不管如何转化，两者永远同时存在。第三人称叙述，实际上是"非人称"框架叙述，其中经常有人格叙述者冒出来；而在第一人称小说中，人格叙述者获取了全部叙述声音的控制权，却依然无法完全掩盖叙述框架的存在。

有论者不理解这个二象原则，认为第三人称小说"没有叙述者"。班维尼斯特下面这段话经常被论者引用，他认为"第三人称叙述"是"某个时刻观察到的事实之呈现，没有说话者与讲述的任何干扰"，因此在这种叙述中"实际上没有叙述者，事件如何发生的就如何说。在此种文本中无人说话，事件叙述自身"。[①] 班维尼斯特是把叙述者的功能窄化到只是讲述事件，实际上本书将会讨论到叙述者的许多其他更重要的功能（例如选择与时间加工）。

哪怕就把叙述者看成仅仅是"说话者"，我们依然能看到，在"第三人称叙述"中，叙述者的声音会突然地，似乎从空虚中冒出来，叙述者可以现身成各种形态。例如在干预评论中，在预述中，只是此时不如在"第一人称叙述"中叙述者稳定地人格化。的确，其实在小说这种最典型的叙述中，叙述者的二象变换最清楚，虽然至今没有学者注意到叙述的这个基础问题。

上一部分讨论的区隔框架与本章讨论的叙述者框架论相比，实际上完全一致，只是功能不同。上一章讨论的是其区隔功能，本章讨论的是叙述的源头功能。这个区隔框架，与叙述者框架是一致的。也就是说，这框架同时起了两个作用，一是作为纪实型叙述的一度区隔，或是虚构叙述的二度区隔，另一个作用是作为叙述者框架。

---

① Emile Benveniste, *Problems in General Linguistics*, Coral Gables, Fla.: University of Miami Press, p. 208.

纪实型叙述，就是一度区隔再现叙述，上一章说过，它是"透明"的，与经验现实有直接关联。其叙述者必须对"事实相关性"负责，因此必须与发出者－作者人格合一，不然接收者无法要求叙述者负责。

建立二度区隔，有多种方式，共同点是树立框架。在这个底线框架中，可以有进一步的人格化次叙述者，例如小说的"第一人称叙述者"，电影的"画外音叙述者"，戏剧的"副末开场"，或者梦叙述的受述者显身。各种虚构叙述的这个叙述框架，也就是上一章说的二度区隔。我们可以说：虚构之所以为虚构，就是因为有这个明显的"叙述框架－二度区隔"，由于这个框架，虚构才形成对文本外经验现实的不透明性，叙述者的讲述才不必对经验事实负责，虚构的一切特点由此而生。

第二章　二次叙述化

1. 叙述化，二次叙述化

一次叙述化，简称叙述化（narrativization），发生于文本构成过程中。叙述化在一个文本中加入叙述性（narrativity），从而把一个符号文本变成叙述文本。叙述化的具体内容，是情节化加上媒介化，其过程非常复杂，本书整个第三、四部分，将详细讨论这个问题，本章只谈二次叙述化（secondary narrativization）。

二次叙述化，发生于文本接收过程中。只有叙述化，只有叙述文本，而没有接收者的二次叙述化，文本就没有完成叙述传达过程，任何文本必须经过二次叙述化，才能最后成为叙述文本。这个过程并不只是理解叙述文本，也并不只是回顾情节，而是追溯出情节的意义。利科对这点说得很精到：文本不是已经"被构造好的"（structured），而是"不断构造的"（structuring）。① 这个"构造好的"，是叙述化，而"不断构造"过程，生动地体现在二次叙述中。

那么是不是二次叙述能够把任何文本叙述化呢？如果二次叙述是某种个人的幻想力量，就对文本本身的叙述性几乎无要求，因为个人的想象能力、解释能力，没有任何形态化的规律可循。个人能从天上飞翔的一堆乱云中看出龙虎搏斗，能从一团乱麻中看出某种人生启迪。把阐释标准完全放到读者身上，不太能说服人。

弗鲁德尼克认为叙述性"不是文本内在的品质，而是读者强加于

---

① W. David Hall, *Paul Ricoeur and Poetic Imperative*, *The Tension Between Love & Justice*, Albany: SUNY Press, 2008, p. 56.

文本的特征，读者把文本当作叙述来读，由此把文本叙述化"①。这种看法或许夸大了二次叙述的重要性：任何二次叙述不可能把完全没有叙述性的文本变成叙述文本。

关于意义的标准，说法非常多，本书无法过多地进入各派理论的辨义，但大致可以把它们的看法分成三种：意义在作者意图中（赫施等人）②，意义在文本里（"新批评"派），意义在读者的阅读中（读者反应论，接受美学）③。也有人试图调和，例如艾柯主张前两者的调和：意义无法穷尽，并不意味着对意义的解释没有限定和标准。艾柯的提醒，把"无限衍义"从一种可能的误用中解救出来。

解释无标准，导致文本开放、无限衍义，固然是好事，但是解释有标准，才能讨论文本结构，讨论表意过程诸特点。不然无法讨论文本的意义地位，无法构建隐含作者，也就无法讨论叙述者的可靠性。因此解释是个动态的开放概念，既有标准，又无绝对标准。任何研究探索能追究的，不是这种个人化、"原子化"的相对主义情景，而是如斯坦利·费什所建议的，一个社会文化中的"解释社群"在接收文本时大致遵从的规律。④

我们要从二次叙述中找到并且衡量意义的"真值"，只能把文本中的叙述因素（时间、人物、情景、变化等）加以"落实"，把文本的意义潜力给予实现。本书主张的是后二者的调和，即读者用一定的

---

① "(Narrativity is) not a quality inhering in a text, but rather an attribute imposed on the text by the reader who interpretes the text as narrative, thus narrativising the text", Monika Fludernik, "Natural Narratology and Cognitive Parameters", David Herman (ed.), *Narrative Theory and the Cognitive Sciences*, Stanford: CSLT Publications, 2003, p. 244.

② 赫施在《解释的有效性》中则提出，要"保卫作者"。为了达到这个目标，他提出"本文含义（meaning）始终未发生变化，发生变化的只是这些含义的意义（significance）"这句话中。含义指的是"作者用一系列符号所要表达的事物中"存在的那种东西，而意义则是指"含义与某个人，某个系统，某个情境或某个完全任意事物之中关系"。赫施：《解释的有效性》，王才勇译，北京：生活·读书·新知三联书店 1991 年版，第 23 页，第 268 页。

③ Iser 根据 Ingarden 的图式提出的现象学模型。认为隐含读者是"文本结构期待的读者"，预期的阅读和解释。既不是具体读者，也不是抽象概念。隐含读者是文本呼唤出来的，因此是邀请结构（inviting structures）形成的"反应网络"（network of response）。

④ Stanley Eugene Fish, *Is There a Text in this Class?: The Authority of Interpretive Communities*, Cambridge, MA: Harvard University Press, 1980, p. 56.

方式读出文本中的意义。我们可以把二次叙述要完成的这个任务，按其复杂性，分成以下四个等次：

对应式二次叙述，这是最简单的一种：文本原来就顺畅地"自然"，期盼接收者被动接收并尽可能"忠实"地复制叙述文本，这种情况见于"人文性"相当弱的叙述，例如情报信息的传达。

还原式二次叙述：对情节比较混乱的文本，需要重建文本的叙述。

妥协式二次叙述：对情节非常混乱的文本，需要再建文本的叙述。

创造式二次叙述：对情节自相矛盾到逻辑上不成立地步的文本，需要创建文本合情合理的叙述。

既然二次叙述的主体是拥有文化条件和认知能力的"解释社群"。因而不是所有的读者、观众都可以成为上述二次叙述典型方式的主体。只有属于这个"解释社群"的成员，才有能力做此二次叙述表现，也就是大致同意这样的阅读方案。二次叙述能力并不是天然的，部分可能来自"人性"（人类讲故事的能力），更大的部分来自社会文化修养，此种能力是某个文化中的人长期受熏陶的产物。因此，本节讨论的二次叙述能力，是集体性的、社会文化性的。

这种属于解释社群的二次叙述能力，虽然是非个人的，却并不是一成不变的。例如，与一个世纪前相比，可以说当今电影"解释社群"的二次叙述能力，远非发展早期的电影界所能想象的。而这种二次叙述能力，反过来促成了电影叙述方式的巨大变化：当今许多电影叙述方式，放在20世纪上半期，观众很可能会完全看不懂；进展更为神速的可能是广告叙述，当今电视观众，尚未成年已经观看过难以计数的广告，对广告的各种叙述花样耳熟能详。这也让当今的广告设计师获得了巨大的自由度，让二十年前的广告显得笨拙可笑。

二次叙述能力下降的情况也很多，当今小说的文本复杂性，普遍不如大半个世纪之前福克纳、乔伊斯、博尔赫斯时代,当今流行文学读者的浅平阅读习惯,使他们没有能力读懂当年"高度现代派"的小说。二次叙述能力是文化培养的,我们没有理由相信人类文化会永远朝复杂化方向"进化"。

2. "还原"式二次叙述

二次叙述需要重新加以构筑的,首先是文本中的情节。情节是一个伞形总称,覆盖着许多组成因素,其中有四个因素组成两对最重要的构成环链:时间—因果,逻辑—道义。笔者的这个理解,与巴尔特在《S/Z》中讨论的五种"符码序列"观点有些接近,而巴尔特之所以把情节素称"符码"(codes),可能是认为读者的解读情节素(motifs)的方式,类似对文本进行解释所需的符码。叙述文本对这四个方面会提供多少不等的材料,但永远不可能填满所有的环节,也不可能按照"事件原来状态"的方式提供。需要二次叙述再建、重建、创建的,正是这些环节。

假定有理想状态的叙述文本,其情节链应当列成如此形态:

时间上线性排列,每个行为所占据的事件,以及行为之间的序列,处于"自然状态";因果环链与时间环链相一致,也就是"前因后果"顺序分明,连贯而中间无空缺无跳跃;逻辑上所有的线索有个令人满意的收结,因而道义上正邪分明,善恶有报,各得其所。

如果面对的叙述文本,其时间—因果链、逻辑—道义链,步步有序,一丝不乱,那么文本只需要照单全收的"对应式"理解。什么样的叙述能满足这些条件呢?恐怕没有:甚至儿童听的床头故事,或属于"民族幼年期"的传说故事,也不会完全不需要二次叙述的再建。当一个孩子成长为"文化的人",或是一个民族文化成熟了,逐渐学会复杂的重建,叙述文本就会在这四个环链上越来越严重地变形。

因此,"还原式"二次叙述,即按文化规约找出叙述的"可理解性",是最常见的要求。乔纳森·卡勒1975年的《结构主义诗学》一书提出"自然化"（naturalization）这个概念，有的中译又作"归化"。①卡勒此说泛指全部二次叙述活动，笔者下文会谈到，相当多的叙述文本无法"归化为自然而然"，此词至少容易引起误会；1996年德国叙述学家莫妮卡·弗鲁德尼克的著作《建立一种"自然的"叙述学》，进一步提出"自然化"的标准是口述故事传达，叙述文本一旦能被读者"归化"到像口头讲述那样"自然"，文本的各种紊乱理顺，就取得了可理解性。弗鲁德尼克此说让二次叙述又一次成为热烈争论的问题，理查森等一批学者对此激烈反对，针锋相对提出"非自然"叙述学。②他们认为很多叙述完全无法归化到像口头讲述那样"自然"，也就是说"理不顺"。

本书给"还原"二字打上引号，正如弗鲁德尼克给"自然"二字打上引号：因为没有一个自然而然的文本形态，二次叙述无法把文本还原，或是"归化"到一个事件的原始形态。二次叙述能做的，只是把叙述理顺到"可理解"的状态，而"可理解"的标准，则是人们整理日常经验的诸种（不一定非常自觉的）认知规则，所谓"还原"是还原到"似真"，即整理到与理解日常经验相似的方式，这就是本书提出的二次叙述"常识"原则：二次叙述不是"归化"到弗鲁德尼克的"口述自然性"上，而是"归化"到常识上。

"还原性"二次叙述，在以下三个环链上，重新构筑文本叙述性：

时间上，把文本中弄乱的事件序列，按先后"顺序"理解。例如侦探小说犯罪电影，总是先说尸体，再追查杀人的过程，二次叙述就必须弄懂某一段是倒叙还是预叙。时序颠倒严重的叙述，尤其是"谜题电影"（puzzle film），如《燃烧的平原》（*The Burning Plain*）、《穆赫兰道》（*Mulholland Drive*）等，时序相当混乱，但依然有可以理顺的潜力。只要文本留下了足够标记，二次叙述总能做出"还原式"处理。

---

① 乔纳森·卡勒：《结构主义诗学》，盛宁译，北京：中国社会科学出版社，1991年版。盛宁把 naturalization 译成"归化"，相当传神。

② Jan Alber, Henrik Nelson, Stefan Iverson, and Brian Richardson, "Unnatural Narration, Unnatural Narratology: Beyond Mimetic Model", *Narrative*, May 2010. 中译文见《〈叙述〉中国版：第三辑》，2011年版，第3~26页。

因果链上，弄明白某一段故事被省略了，总可以补出。电影剪辑，和小说省略一样，必须跳过某些场面（例如起床后接着就走进办公室），以加快情节展开的速度。被省略的镜头，在二次叙述中得到填平补全（理解他去办公室的行程被省略了）。虚构叙述的另一个最基本的改造，是"叙述者代言"。作品设置了叙述者这个假定的声音源（例如由格列佛说出小人国故事），听故事的儿童不会意识到故事的委托"叙述"是值得怀疑的，相反，会觉得故事更可信；成人接收者会觉得可疑，但是一旦故事吸引人，就会搁置对此种取代正当性的怀疑。

道义伦理是二次叙述中最困难的部分，"还原式"的二次叙述只是在文本没有明白说出其道义原则时，从整个文本加以推断。例如某人有好报，生活事业取得成功，显然是对他的道德品质的奖励。叙述文本不需要明说，大部分情况下也不会直接说这是"好人好报"，二次叙述会对此进行"还原"，以得出文本本有的道德价值观。不过，一旦叙述违反了道德原则，马上就会显出接收者道德能力的重要：接收者会感到"难以接受"这个叙述文本。好莱坞的"大团圆"结局公式，维持了几乎一个世纪无法改变，因为重视家庭的观众，无法二次叙述违反此道德公式的文本。

"还原"式二次叙述增强文本固有的叙述性，也就是说，二次叙述与一次叙述在因果与道德上基本合一，二次叙述的过程是在一次叙述的期待之中的，只是处理一次叙述有意留下待二次叙述补充或纠正的空当，故意扭曲的时序，或有意不说清的价值评判。

3. 妥协式二次叙述

当文本情节混乱到一定程度，二次叙述不得不用妥协式，也就是用几个方案联合解释，寻找一个合适的方案，搁置，或分区轮流搁置不适用道德或常识原则的方案。

首先，在时间上，文本可能没有提供一个情节过程，再现的事件没有时间跨度，例如单幅图像。此时就需要二次叙述来再建前后过程。有的叙述学研究者认为单幅图像构不成叙述。例如美国学者阿瑟·阿萨·伯格（Arthur Asa Berger）非常明确地说："人们并不认为单幅的画包含叙事内容。"① 赫尔曼在《新叙事学》中说道："叙事就是对连续事件的再现。"② 他们的说法可能过于简单了，本书对叙述的定义是："可以被理解为有时间向度的文本。"实际上单幅图像完全可以被二次叙述化重建成叙述，方式是假定这个图像场面是"过度剪辑"的后果。经过剪辑极端缩短的电影，能被理解为叙述，经过"过度剪辑"的单幅画同样能被理解为叙述。例如下面这幅广告：

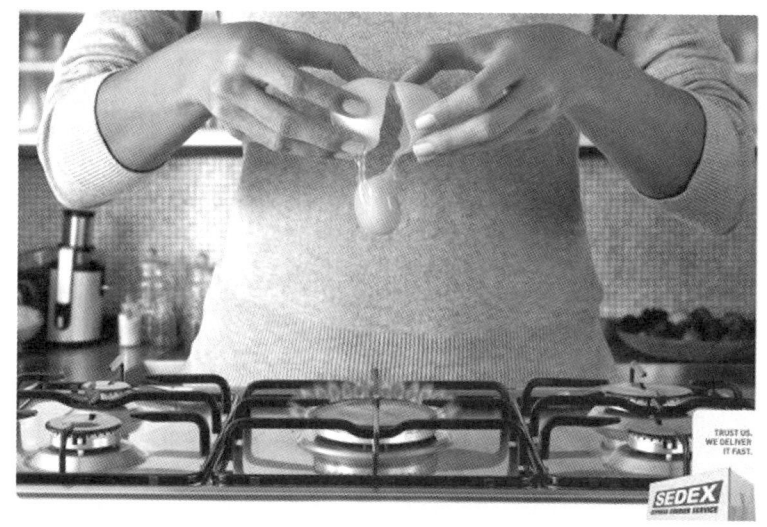

画面只有一幅单独的图像和一个快递公司的招牌，读出其中的叙述，需要把两个方案（煎蛋与快递）合成一个方案，而这种需要做出努力的"二次叙述"，正是此类叙述文本（广告）的理解过程，也就是广告的目的所在。

阿尔伯对二次叙述提出五种"阅读方法"，其中"分合脚本法"

---

① 阿瑟·阿萨·伯格：《通俗文化、媒介和日常生活中的叙事》，姚媛译，南京：南京大学出版社，2006年版，第6页。
② 戴卫·赫尔曼：《新叙事学》，马海良译，北京：北京大学出版社，2002年版，第24页。

(blending scripts)① 可能是最有效的,即把虚构叙述世界看成是两个可能因果链的混合:鲁迅《狂人日记》是一个疯子的狂言,也是一个先知对中国社会的剖析;方方《风景》是一个死者说话,也是一个兄弟说家里的事。当二次叙述者发现日常生活准则无法支撑叙述文本,就只能把文本的发生原因分为几条,其中一者是可以"还原"的,借此就可以把整个叙述文本基本上理顺,然后就能把不合理的环节(例如"鬼魂对我们说话")打折扣理解。

妥协式的二次叙述,即部分应用自然化方式,部分放弃生活经验和文化规约提供的准则。固然成人读者不是孩子,他会质疑格列佛在小人国经历的可能性,而有条件地接受这精彩的故事。这就是本书在下一章第四节将讨论的"分合脚本式"阅读,即把文本分成两部分或更多部分,分别加以不同方式的二次叙述化。

妥协式二次叙述困难的地方,是面对道义伦理有意说得黑白不分是非错乱的文本。许多叙述,伦理问题上也要求妥协式阅读。好莱坞大量为黑手党领袖树碑立传的电影,如《教父》(*The Godfather*)、《美国往事》(*Once Upon a Time in America*),之所以大获成功,是因为二次叙述中分开了"家庭人伦很温馨"与"黑手党杀人贩毒危害社会"这两种道义,并且在让前者优先控制接收时搁置后者。妥协式二次叙述,并没有与社会道德准则正面冲突:此种电影只能出现在黑手党已经不再能大规模危害社会后。同样,把德国士兵表现得相当勇敢的《兵临城下》(*Enemy at the Gates*)只有在第二次世界大战伤口已经相对愈合的今日才能映出。

对二次叙述最严重的挑战,可能是处理不可靠叙述。二次叙述者必须看出叙述中说的很可能是反话。明白叙述者"所言非所指",才能把整个叙述隐蔽的伦理态度弄懂,不用诸方案妥协就做不到这一点;二次叙述在叙述活动中的最大贡献,是用文本中的价值观建构隐含作者人格。这些问题将在讨论"不可靠叙述"的专章(第四部分第

---

① Jan Alber, "Impossible Storyworlds: And What to Do with Them", *Storyworlds: A Journal of Narrative Studies*, Vol. I, 2009, pp. 79—96.

二章）仔细探讨，此处从简。这里只指出：所有的不可靠叙述，必须依靠妥协式二次叙述，文本提供的是矛盾冲突的意义－价值观，只有解读者知道如何"纠正"，让理解向隐含作者靠拢。但是，这种妥协式解读又是解释社群成员共有的，并没有脱离文本提供的根据。例如，《红楼梦》的叙述和叙述者评论，对于贾宝玉的离经叛道颇有微词，但是《红楼梦》的解释社群成员都知道这些批评并不可靠，也都知道隐含作者对贾宝玉充满同情。这就是二次叙述的魔术。

4. 创造式二次叙述

当文本内部的叙述因果－逻辑环链更加混乱，接收者很可能以"不懂"为理由中断二次叙述的努力。但是没有接收环节，文本就不能成立。此时二次叙述的任务就相当艰巨，既无法"还原"，因为无原可还；也无法妥协，哪怕用"分合脚本"方式，几种可能性不相容，互相取消，不能共存。此时的二次叙述必须在文本提供的极少线索上，"悬置"无法达到目的的"归化"，给予解读足够的创造空间。这样的二次叙述，已经在改造叙述文本，放弃解读的"客观性"追求，文本不再是解读的对象，而是再创造的跳板。

当叙述文本中有"另叙述"（denarration），就迫使解读进入创造性二次叙述。"另叙述"是一种特殊的叙述手法：先说了一个情节，然后说这个情节没有发生过，不算数。此种手法主要出现于后现代先锋小说和当代电影中。例如电影《罗拉快跑》（*Run Lola Run*）、《源代码》（*Source Code*），主人公的努力一次次受挫，但是前面不算，再来一次，直到成功。使用这个手法最多的小说家可能是罗伯－格里耶：《幽会的房子》写到一半，突然说前面的情节只是剧院舞台上的演出；《纽约革命计划》写到中间，说上半部的情节只是一张海报。①

---

① 王长才：《阿兰·罗伯－格里耶小说叙事话语研究》，成都：巴蜀书社，2009 年版，第 93~96 页。把 denarration 译成"叙述改辙"，我个人觉得非常妥帖，比其他人用的"消解叙述"明白。但是本书最后决定译为"另叙述"，如此更为清晰。

马原的《虚构》最后干脆说整个事情从没有发生过。①

既然这些情节在叙述文本里已经被取消了,那么如何做二次叙述?二次叙述就必须找出一个理由,让被"擦抹掉"的情节,在某种情况下依然发生。文本已经自己否定了这些部分,接收者却不可能否定其意义。既然在文本中写道,就必须给这些情节以存在的理由。实际上,"擦抹"情节,正是这些叙述之所以成为叙述的原因。"擦抹"本身就是主题所在。这问题本书将在"另叙述"专章(第三部分第二章)细讲。

另一种创造性二次叙述,是处理在道义伦理上过于"犯忌"的文本。某些叙述明显违反道德和文明准则,但是又不得不接受之,此时就必须找出文本的"代偿价值"。任何叙述必须以道义立足,要想让犯忌的主题立足,就必须更新社会的道义准则,这在文学史上已经是屡见不鲜。挑战"性规范"的如霍桑的《红字》、劳伦斯的《查特莱夫人的情人》、米勒的《北回归线》,讲述与未成年人不伦之恋的《洛丽塔》,同情杀人者的如电影《沉默的羔羊》。如此叙述作品,道德上无法"还原",也无法妥协,二次叙述就必须创造新的道德理由来接受之,比如说"人性所需高于禁忌",或是"受冤屈者不得不报复"。

"创造式"二次叙述是最严峻的考验,把二次叙述者的忍耐力与道德能力推到极端,如果接收者甚至整个解释社群承受不起,就会选择放弃,叙述交流就此中断。此时就必须假以时日,文化有可能让解释社群得到足够的"教育培养",改变接受态度。例如今日的解释群体,可能用妥协方式接受《北回归线》《查特莱夫人的情人》《洛丽塔》,甚至用还原方式(全盘接受)接受《红字》的道德观。

5. 还原优先与创造优先

上一节开列的四种二次叙述化方式,与霍尔提出的"三种解码"

---

① 例如马原的中篇小说《虚构》,主人公"我"在一个麻风病区待了三天,出来后发现依然是进去的当天。

（主导－霸权式解码、协商式解码、对抗式解码）[①] 有什么不同呢？霍尔认为，观众对任何电影文本都可以采用三种不同读法，得出三种不同的意义。而笔者讨论的三种二次叙述化方式，是面对不同文本，接收者不得不采用的策略，是把不同文本读出意义来无法挑选的方法。霍尔着眼于读者决定用什么方法，笔者讨论的是文本要求用什么方法。

上面说的大多是小说与电影的例子。不同的叙述体裁，对于二次叙述的要求非常不同。纪实型叙述，例如新闻、历史、庭辩等，期盼二次叙述必须能"还原"。虽然我们无法要求这些文本说出"真相"，但这些叙述的目的，就是试图用真实经验的法则，提供对"真相"的某种说法。而文本的"纪实"，指的实际上是叙述主体与接受主体之间的关联方式，即要求二次叙述者把文本看作叙述者在做有关某种事实的讲述。

纪实型叙述的接收者，例如读考察报告的科学家，或是读检举信的检察官，绝对不允许"叙述者代言"；关于未来的纪实型叙述，例如广告、宣传、预言、承诺，也不能让叙述者代言，它们是"拟纪实型"文本。对这类文本，接收者依然不能忍受其中有因果－逻辑混乱，哪怕是可以整理清楚的形式混乱，也总是让读者起疑，觉得其中可能藏着有意"不说实话"的伏笔。例如算命者卖关子，说"天机不可泄露"。

无论"纪实型叙述"能否引向对"真相"的了解，其二次叙述在体裁契约的压力下，必须朝"真相"方向努力，因此必须用"还原"式。只有考古或情报分析之类情节材料极端稀少，不能支持稳定的叙述文本，才能用妥协式二次叙述，以补上关键情节。而创造式二次叙述，不太可能用于纪实型文本，哪怕是情报分析，都难以使用。

一旦文本中出现无法还原的矛盾，即需要用妥协式（即"分合脚本"）来做二次叙述，此时的叙述纪实已经难以成立。纪实型叙述本

[①] Stuart Hall, *Culture, Media, Language: Working Papers in Culture Studies*, London: Hutchinson, 1972, pp. 128—138.

来就不能用"人格叙述者代言",例如一封揭发信,哪怕"匿名",作者也不能逃避以自己的人格作为叙述的出发点。纪实型叙述的叙述人格必须是作者自己,因为这个人格必须具有"问责能力",他不能是一名死者,不能是一个病中的疯子。一旦读者不得不用妥协式二次叙述,来对付某篇历史传记、新闻报道、发言人回应、法庭辩词,或"拟纪实型"叙述如竞选诺言、广告宣传,此时的叙述纪实品格已经失效,文本地位无法恢复。例如我们对不可信的野史、"秘史"等的阅读,只能用妥协式阅读,或许才能"选择性"汲取某些部分的资料,或当作虚构型叙述,读取文字之美。

如果纪实型文本包含"另叙述",或其他自我矛盾之处,二次叙述者严重怀疑解读努力的必要性,或取得成效的可能性。上级法院否定下级法院的判决,往往是指出判决中的自相矛盾之处。既然妥协式二次叙述会破坏文本的基本纪实特性,那么纪实型叙述文本只能用还原式二次叙述。

以上是对文字媒介的记录类叙述而言的。演示类叙述则很不相同,其叙述文本与二次叙述的解读,有一种意义-价值观上的严重不对称。一场球赛前的预测,一般说不得不极其简单(如赌球的"赔率");相反,对于一场已经结束的足球赛,足球界"权威人士"的评价,体育记者的评论,或是每位球迷回顾总结的"经验教训",却是连篇累牍,头头是道,此时我们能读到许多理由十足的总结。对赛事这个演示类叙述的二次叙述,往往淡化甚至忘却赛事"文本"中各种偶然因素,运气因素:一切都似乎是必然的,进行过程是符合情节规律的。

一场球赛作为一个演示叙述文本,极其繁复,线索歧出,超出控制范围的因素过多。"事后诸葛亮",是把"创造性"二次叙述发挥到极致,与预测的简单形成极其鲜明的对比。这不仅适用于戏剧、表演、球赛,实际上赌博、游戏等,凡是"演示类叙述",文本进程都难以控制,但二次叙述却都"必须说出个道理来",需说出的不仅是因果-逻辑的道理,更主要是伦理的道理,例如说导致戏剧演出失败的是"过犹不及""失去节制";导致比赛失败的是"将士二心""士气颓丧，败犹自取"；导致赌博失败的是"贪得无厌"，甚至"作孽报应"；等等。大部分叙述"道理"据说都表现在文本里，但是文本的演示进程与接收同时。二次叙述在伦理解释方面就不得不用创造式。把变化多端的文本"说出一个名堂来"，这是人作为道德动物，必然采用的解读方式。

而梦叙述的二次叙述，是妥协式的范例。梦境、白日梦等叙述文本，接收者是梦者自己，做梦过程就是叙述。梦叙述的头绪杂乱，诸多情节不连贯，梦者除了对应式接受（感受）没有其他方式：梦者无法做任何主观认知上的调整。哪怕文本完全不可解，梦者也只能对应接收，没有选择整理的主观能力。

对于任何叙述，二次叙述总是能够不断延伸，成为符号学中所说的"无限衍义"[①]，例如书评、影评、球评，尤其典型的是详梦。当梦者回忆梦境时自己设法理解，或对别人讲述梦境，寻求听者详梦或做精神分析，此时才会出现对这种回忆或讲述的二次叙述。因为梦境充满了自相矛盾，不合"经验常理"之处，甚至逻辑也不可能会一再出现，因此"详梦"的二次叙述，不仅要把叙述整理出一个清晰的时间环链、可理解的情节环链，最主要的是从似乎无理可循的混乱情节中说出一个因果与伦理价值。传统的详梦者，与今日的精神分析师，都是二次叙述专家。

详梦者的二次叙述，基本上是创造优先。但是他们说出来试图要人相信的解释，却是"妥协式"的二次叙述。他们搁置一部分文本，用一种解释串接其余情节："你这样想就可以理解了。"弗洛伊德的名著《梦的解析》充满了"妥协式"解读：

> 一位年轻的医生……在做梦的前一天填报了他的收入数目。由于此时他收入甚微，所以他就据实地填报。但他却梦见他朋友告诉他税务委员们对于他的收入申报数字表示怀疑，以为他以多报少，以便逃税，因此将罚以重金。其实这梦只是伪装了他的一

[①] 参见笔者《符号学原理与推演》第四章第4节，成都：四川大学出版社，2023年版。

大愿望——希望成为收入丰盈的名医。这同时又使我想起,在某个故事中的一位陷入爱河而不能自拔的小姐,当人家劝她决不要嫁坏脾气的家伙,不然婚后她是会挨揍的,她却毅然回答:"我但愿他肯揍我!"她对婚姻的愿望强烈到使她在婚前即已考虑到这些不幸,甚至还把它当为愿望呢!①

弗洛伊德做梦分析二次叙述,实际上用的是"分合脚本"解释法,即暂时搁置别的线索,讲通一条因果线索。弗洛伊德称之为"梦的改装":用一个比较浅层的故事,掩盖一个藏得更深的故事。实际上是用一个据说基于"经验"的比较实际的故事,取代梦中的奇怪故事,所有的详梦师做的都是这样的妥协式二次叙述。

6. 二次叙述的作用

二次叙述,是叙述作为符号表意承担应有的社会作用之关键一环:没有二次叙述,叙述作为传达就不能完成。作为一个必需的传达环节,二次叙述还极大地丰富了人类的文化表意活动。

首先,二次叙述使符号文本意义播散,使发送者意向不至于扼杀解释的自由度。这种意义播散,在"对应式"与"还原式"中极为有限,而在"妥协式"与"创造式"中丰富了文化表意:文本变成开放式的,意义多元而且催动无限衍义。文本发出者的"意图定点"②,往往是为了得到确定解释,但是这种意向很难实现,因为二次叙述采用的方式实际上无法控制:哪怕对纪实型叙述文本,接收者依然可以拒绝做对应式二次叙述。

意义不确定性,是叙述文本在人类文化中存在的本质方式,本书导论在谈到叙述为什么必须"卷入人物"时强调了这一点。一书导论

---

① 弗洛伊德:《梦的解析》,丹宁译,北京:国际文化出版公司,1998年版,第156页。此书第四章题为"梦的改装"。

② 关于"意图定点",请参见笔者《符号学原理与推演》第八章第六节,成都:四川大学出版社,2023年版。

中引过社会学家布鲁纳的讨论：

> 两种认知功能，两种思维方式，为了整理经验，建构现实，说服对方，有两种完全不同的方式：论述（arguments）试图说服人相信一个"真相"，叙述（stories）试图说服人接受一个"似真"（lifelikeliness）。①

布鲁纳的这个区分非常重要，它使叙述文本摆脱了讲述"真相"的不可能的任务（因为经验世界的事件中并无确定的意义－价值观），而让叙述发挥其善于引导似真的长处：讲述人物在变化中的命运，会引发接收者的同情。由此，二次叙述就不纯粹是技术性的，而常是情感－道德性的，由二次叙述及其延伸造成的意义播散，成就了叙述的社会功能。

其次，二次叙述是解读多媒介叙述之必需，当文本通过一系列媒介传播时，媒介之间很容易出现"各言其事"而不协调的情况，多媒介符号文本在信息接收者头脑中要做最后的拼合：此时各种媒介表意不一定对应，接收者不得不对各媒介传送的意义分别进行解释，然后综合起来。例如戏剧中说话与表情不一致，歌曲的词与曲调不一致，音乐的曲调与标题不一致，电影的画面与语言不一致，这时候根据哪个媒介的信息决定解释，就成了需要斟酌的事。

在多媒介文本中，经常有一个媒介是在意义上定调，否则当媒介信息之间发生冲突，解释者就会失去综合解读的凭据。此时，何者为意义"定调媒介"，往往是由体裁的文化程式决定的，并不取决于此媒介的"重要性"，而是取决于此媒介传达的文本清晰程度，用麦克卢汉的术语，取决于媒介的"热度"。例如一幅画的意义，往往靠标题这样的副文本；一首乐曲的意义，往往靠歌词，因为标题与歌词是意义比较清晰的文字，它们常常成为多媒介文本的"定调媒介"。②

---

① Jerome Brunner, *Actual Mind*, *Possible Worlds*, Cambridge, MA: Harvard University Press, 1986, p. 30.

② 参见笔者《符号学原理与推演》第五章第 3 节，成都：四川大学出版社，2023 年版。

此时的二次叙述,就不能纯粹技术性地还原文本,因为文本本身并没有指明不同媒介之间的意义从属关系。二次叙述根据文化沿承的体裁惯例,在若干媒介的不同信息之间重新整理,把某些媒介的信息视为主导性的,其余媒介的信息是辅助性的,或是反衬性的。

而且,只有二次叙述才能使叙述成为艺术,成为人性的存在方式。艺术的本质在重读中才能显现。巴尔特说重读是在对抗商业社会的意识形态,"重读不再是消费,而是游戏(这游戏是差异的回返通道)……其欲获得者,非实在的文,乃一复数的文"[①]。游戏阅读,即创作式二次叙述,是让叙述文本实现其艺术性的唯一途径。

对二次叙述文本进行延伸(评论关于文本的讨论),效果与重读相仿,是文化性二次叙述。对于比较难于"重读"的叙述文本,对于文本意义不清晰的比赛、游戏、梦境,评论与讨论是更经常采用的重读办法。通过重读或回顾进行的二次叙述重复,达到一定程度,就形成了所谓"熟能生爱";群体性的重复二次叙述,即评论、批评、争辩、赞美,其足够数量的积累,能把某一部作品推上意义无限丰富的"经典"地位。

没有二次叙述,以上列举的各种文本的文化地位变异就不可能出现,人类文化就不可能以我们生活于其中的样式出现。二次叙述对文化的塑形作用,文化的人二次叙述能力的演变,是广义叙述学的重要课题。

[①] 罗兰·巴尔特:《S/Z》,屠友祥译,上海:上海人民出版社,2000年版,第77页。

第三章　底本与述本

1. 术语的困扰

整个现代叙述学以底本/述本双层原理为基础，甚至整个一百多年的现代批评理论以这个分层原理为起点之一，偏偏这也是一个最容易受攻击的软肋。抨击叙述分层观的芭芭拉·H. 史密斯（Barbara H. Smith）很明白她瞄准的是什么，她说双层模式（dualistic model），"不仅是叙述学，而且是整个文化理论的脚手架"[①]。如果这个基础真如沙子般散乱，在这基础上构筑的宫殿早就该垮塌。耐人寻味的是，此基础至今无可取代，大厦至今没能摧毁：也许它本来就很坚实，只不过是我们至今不清楚它是如何构成的。从重新审视这个基础开始，我们可以找到广义叙述学，乃至整个批评理论的再出发点。

叙述双层论是俄国形式主义最先提出的，他们称为法布拉－休热特（фабула-сюжет）分层。[②] 什克洛夫斯基最早提出这个观点，他认为法布拉是素材集合，构成了作品的"潜在结构"，而休热特则是作家从艺术角度对底本的重新安排，体现了情节结构的"文学特性"。[③] 对这一对术语做了最明确讨论的，是托马舍夫斯基的名著《主题学》，他认为：法布拉中的事件是"按自然时序和因果关系排列"，而休热

[①] Barbara Herrstein Smith, "Narrative Versions, Narrative Theories", *Critical Inquiry*, 1980, p. 224.

[②] 因为斯拉夫字母与拉丁字母的转写有几种不同的系统，这两个俄文词的拉丁字母对写不能确定。фабула 转写比较稳定：fabula，但是 сюжет 的拉丁字母转写法有多种：sjuzhet, sjuzet, suzet, sjuzhet, syuzhet 等，最后一种用的人似乎较多一些。

[③] Victor Shklovsky, "Sterne's *Tristam Shandy*: Stylistic Commentary", in *Russian Formalist Criticism: Four Essays*, Lincoln: University of Nebraska Press, 1965, p. 56.

特强调对时间的重新排列和组合。① 自20世纪60年代学界"重新发现"俄国形式主义开始，几乎每个叙述学家都从分层概念出发进行讨论，托多罗夫（Tzvetan Todorov）、巴尔特（Roland Barthes）、里卡尔图（Jean Ricardou）、布瑞蒙（Claude Bremond）、恰特曼（Seymour Chatman）、热奈特（Gerard Genette）、里蒙－凯南（Shlomith Rimmon-Kenan）、巴尔（Mieke Bal），甚至抽象地讨论叙述哲学的利科（Paul Ricoeur）②，无不如此：整个叙述学体系，都建筑在这个双层模式上面，毋庸讳言。笔者三十年前在讨论小说叙述学时，也是采取这个立场③，这是应当声明的。

这对术语的各国翻译或变体，很不固定。法文学界曾是叙述学的大本营，对此双层的对应译法，每位论者不同，里卡尔图称之为 fiction-narration，巴尔特称之为 récit-narration，托多罗夫称之为 histoire-discours，热奈特称之为 histoire-récit。④ 英文中大多用恰特曼的命名 story-discourse。但也有人用词不同，例如巴尔在英文本《叙述学》一书中用 fabula-story，两人的"story"位置正好相反。而中文的处理也很混乱：申丹沿用恰特曼，称为"故事－话语"⑤，谭君强沿用巴尔，称为"素材－故事"⑥。"故事"的位置也正好相反。

术语难以固定还不是真正的困难所在，最大的困难在于：所有这些英文、法文词汇，与中文的"故事""话语""情节""素材"一样，都是极常用词，在叙述学的讨论中，非术语与术语混用，经常造成误

---

① Boris Tomashevsky,"Thematics", in *Russian Formalist Criticism: Four Essays*, Lincoln: University of Nebraska Press, 1965, p. 67.

② Paul Ricoeur, *Time and Narrative*, Chicago: University of Chicago Press, Vol. 2, 1985, pp. 61—69.

③ 参见笔者《当说者被说的时候：比较叙述学导论》，成都：四川文艺出版社，2013年版，第85页。

④ Paul Ricoeur, *Time and Narrative*, Chicago: University of Chicago Press, Vol. 2, 1985, pp. 17.

⑤ 申丹、王丽亚：《西方叙事学：经典与后经典》，北京：北京大学出版社，2010年版，第13页。

⑥ 米克·巴尔：《叙述学：叙事理论导论》，谭君强译，北京：中国社会科学出版社，2003年版，第89页。注意在她的用法中，story与许多叙述学者的用法正好相反。

会。需要每次都打上引号，表示此"故事"非一般说的故事。① 在许多学科交叉场合，例如叙述学与文体学，或与话语分析交界之处，哪怕打上引号都无法避免混乱。② 固然论者各有不同的定义解说，但没有人提出足够理由，让我们处处明白此"故事"非彼故事。

德里达在1979年就嘲弄叙述学界说，"故事"太让人糊涂了：

> 每个"故事"（以及每次出现这个词"故事"之自身，即每个故事中的故事）是另一个故事的一部分，使这个另一部分比它大又比它小，它包括又不包括（或包含）自己，它只管与自己认同，因为它与它的同形词不相干。③

德里达说的"同形词"指非术语的"故事"，的确这个双层结构被太多的术语弄得够混乱的。德里达说弄不清"另一部分比它大又比它小"，的确点中要害：叙述学者一直没有说清"二层谁大谁小"这样最简单的问题，本章后文会试图做一个不含糊的回答回应德里达。

为了避免术语混乱，不少人主张回到俄文原文，例如电影学家博德维尔就直接用俄语拉丁化拼写。④ 博德维尔的中译者跟着译成"法布拉－休热特"。⑤ 这样做，对一般读者记住外文发音的能力要求太高，本书建议译为"底本/述本"⑥，无非求个意义清晰而不会与常用非术语混淆。⑦ 述本就是"叙述文本"的简称，容易理解；"底本"

---

① Gerald Prince, *A Dictionary of Narratology*，在"story"一条下，列举了5个定义之多，在第一个定义中又分列了5个理解。(Lincoln：University of Nebraska Press, 2003)

② 米克·巴尔说："班维尼斯特用了'故事'（histoire）与'话语'（discours）这两个术语。由于这些术语已经出现混乱，我在此避免使用。"

③ Jacques Derrida, "Living on Border Lines", in (eds.) Harold Bloom et al, *Deconstruction & Criticism*, New York：Seabury Press, 1979, pp. 99－100.

④ David Bordwell, *Narration in the Fiction Film*, Madison：University of Wisconsin Press, 1985, pp. 49－50.

⑤ 例如李迅译博德维尔《古典好莱坞电影：叙事原则与常规》，《世界电影》1998年第2期。

⑥ 参见笔者《当说者被说的时候：比较叙述学导论》，北京：中国人民大学出版社，1994年版。

⑦ 类似的命名并非无先例：有人建议称之为Telling与Told，(Nelson Goodman, "The Telling and the Told", *Critical Inquiry*, Summer 1981)。

并非"文本之底",而是叙述之所"本",应当被理解为述本形成之前的叙述形态。① 笔者并不认为这两个术语有多么高明,只是目前叙述学界的乱局不利于讨论,本书先行清理术语,并非无事生非或是刻意求新,只是为了讨论的清楚方便。本书所引用的各家论者的话,各家用自己中意的一套术语。为了避免处处做解释,弄得行文拖沓不堪,笔者不揣冒昧,全部改为底本/述本。

20世纪七八十年代,许多结构主义者开始突破结构主义,他们把"底本/述本"看作结构主义的基本理念(即表层结构/深层结构)在叙述学中的应用,痛加抨击。实际上"底本/述本"观念并非来自索绪尔的语言-言语说,叙述学也不是结构主义的一部分:结构主义被宣判死刑后,三十年来叙述学更加兴盛。自20世纪80年代起,这个分层观念被攻击整整三十年,至今依然在受攻击,这反而证明攻击没有达到效果。而且,至今没有一本叙述学著作能放弃这对分层概念另起炉灶。例如巴尔1987年的名著《叙述学》,整本书就是两大块:底本编、述本编。四十年来电影理论发达,远如麦茨②,近如博德维尔③,学者们都继续使用这个双层模式。

看起来,全体叙述学家达成默契:面对反驳,不必辩白,也不必修正;修正双层理论等于投降,放弃整个事业。巴尔甚至在书中列举了反对双层论的各家的看法,然后只说了一句话就打发他们:"我完全同意这些分析,但是我拥护双层论。"④ 她的态度非常典型:哪怕承认你说得有理,你批你的,我论我的。这个奇怪的"各说各话"局面至今依然:批判虽然言之成理,叙述学却不想也不能摆脱这个出发点。虽然"经典叙述学"已经被突破成"后经典叙述学",在许多方

---

① 笔者曾经建议英文用 Narrated 与 Pre-Narrated(《当说者被说的时候:比较叙述学导论》,中国人民大学出版社,1994年版,第17页)。

② Christian Metz, "Story/Discourse: Notes on Two Kinds of Voyeurism", in *Movies and Methods*, Vol. II, Berkeley and Los Angeles: University of California Press, 1985, pp. 543—548.

③ David Bordwell, *Narration in Fiction Film*, Madison: University of Wisconsin Press, 1985.

④ Mieke Bal, *Narratology, Introduction to the Theory of Narrative*, Toronto: University of Toronto Press, 1987.

面有新的发展，至今笔者没有见到后经典叙述学家试图抛弃这个基础，不过也没有后经典叙述学家给予充分辩护。

在当今批评理论的学科融合趋势中，很少见到这种论战几十年依然以邻为壑的局面。这局面对学术发展没有好处：叙述学现在正处于发展的瓶颈上，借批判之力，回顾这个基础，有可能找到出乎意料的前行方向。本书的讨论将从分层说主要的批判者的观点谈起，看今日的叙述学可以如何自辩：如果我们不能自辩，就应当服从真理，对叙述学做出修正，哪怕撼动学科根基，也在所不惜。

2. 几个述本能否共用一个底本

1980 年美国女批评家芭芭拉·H. 史密斯发表长文《叙述诸变体，叙述诸理论》，系统地批判分层观念。①

史密斯指出：提出底本这个概念，一个目的是解释为何同一个故事拥有（或可以有）各种不同的改编或重述，或者说，为什么许多故事可以被认为是同一个底本的不同述本。她举了民俗学收集到的全世界各种"灰姑娘"故事作为案例，看起来应当是同一个底本的不同述本，其中的变异却实在太大：北欧的灰姑娘，甚至把"恶姐妹"煮了吃。史密斯举出华人学者丁乃通（Nai-Tung Ting）的发现：最早的灰姑娘故事可能出自中国与越南接壤的地区，源头未免太远。② 甚至有人提出狄更斯的小说都是灰姑娘模式，如此扩大，伊于胡底？

史密斯提出：如此多故事竟然都可以是"灰姑娘"变体，"只能说明我们惯于用'情节提要'名义表演抽象、减缩、简化"，也就是把简写当作"底本"，最简单的情节公式就成了最基础的底本。她认

---

① Barbara Herrstein Smith, "Narrative Versions, Narrative Theories", *Critical Inquiry*, Autumn 1980, pp. 213—236.

② Ting Nai-Tung, *Cinderella Cycle in China and Indo-China*, Helsinki: Academia Scientiarum Fennica, 1974, p. 40. 日人南方熊楠最早提出《酉阳杂俎》的"叶限"故事，是典型的灰姑娘故事。有学者认为"叶限"音近梵语 Asan（灰，英文 Ashes 的词源）。但是这就成了故事"传播"，而不是异地自生。著名汉学家韦利（Arthur Waley）在 1947 年据此发表论文"The Chinese Cinderella Story"。

为，没有任何一个叙述是其他叙述的"根本性基础"。① 每个述本都是独立的，一个述本不可能与其他述本共享某个底本，只存在一连串或许相关的叙述，"没有任何叙述能独立于讲述者与讲述场合的特殊需要"。因此，任何情节相似的叙述（哪怕明确说是"改编"），无论简繁，都是平行的，没有从属关系。

史密斯指出：底本这个概念的提出，第二个目的是解释为什么对同一事件，可以从不同角度讲述。针对恰特曼所说述本是对底本的"时间变形"，她反驳说：认为述本与底本不同，是假定底本的时间是"零度变形"的线性叙述，而其他各种述本构成了一个变形程度的序列。例如热奈特认为民间故事"比较按照时间顺序"展开，而文学作品（例如《伊利亚特》）则常常"从中间开始"。史密斯认为热奈特这说法没有根据，"非线性"是叙述常态，不是例外。甚至人对事件的经验或回忆，作家的构思，也一样零碎散乱变形，不存在"原时序事件"。②

史密斯的结论是：任何形态的述本都不是底本，双层模式"经验上成问题，逻辑上脆弱，方法论上混乱"③，不能成立，也没有必要。

当时正值恰特曼《故事与话语》（*Story and Discourse*）一书出版不久④，此书标题就标明叙述双层结构正是全书主旨（虽然此说法及其论证都有待商榷），只是恰特曼的书成了史密斯的主要靶子。紧接着恰特曼就发表文章，对史密斯提出激烈的抗辩，却基本上是在说拥护分层论者极多，这不成其为有效的反驳。⑤ 史密斯本人于1983

---

① Barbara Herrstein Smith, "Narrative Versions, Narrative Theories", *Critical Inquiry*, Autumn 1980, p. 221.

② 热奈特到十年之后，即1990年，才详细反驳史密斯，他说《伊利亚特》的例子不好，中间开场的例子应当是《奥德赛》。但是他指出，究竟哪种体裁更遵循"年谱顺序"（chronological order），不能举例说明，靠统计才能说明。Gerard Genette, "Factual Narrative, Poetics Today", *Fictional Narrative*, Vol. 11, No. 4, 1990, pp. 755—774.

③ Barbara Herrstein Smith, "Narrative Versions, Narrative Theories", *Critical Inquiry*, 1980, p. 231.

④ Seymour Chatman. *Story and Discourse: Narrative Structure in Fiction and Film*. Ithaca, NY: Cornell University Press, 1978.

⑤ Seymour Chatman, "Critical Response: Reply to B. H. Smith", *Critical Inquiry*, 1981, pp. 802—811.

年到北京参加"首届中美比较文学双边会议",大会发言就是这个题目,可见她本人重视此论文。她发言后,我曾简短地提问:"如果灰姑娘故事没有共同点,为什么还把它们称作灰姑娘故事?"史密斯回答说这种提问恰恰就是在坚持"天真柏拉图模式",这也正是她对恰特曼的指责。大会人多,我没有能接着谈这个问题,到现在才有机会讨论个水落石出。不过既然把这个问题压了整整三十年,就暂且留一下,到本章结束时看看能否给出一个比较清晰的回答。

应当说史密斯至少在一个方面说得非常有道理:每个述本都是独立的,各述本之间不会共用一个底本,更没有任何叙述可以被当作另一个叙述的底本,哪怕"情节提要"也不是。恰特曼似乎也同意此点,但是他接着又提出另一个双层说的存在理由:"同一个底本甚至述本,可以在不同媒介中实例化,例如灰姑娘的民间故事、芭蕾、连环画等。"① 这么说,不同媒介的述本,应当可以合一个底本?史密斯没有讨论这一点,看来这个问题远没有解决。

3. 情节究竟在哪里形成?

1981年,与史密斯文章几乎相同的时间,乔纳森·卡勒(Jonathan Culler)出版了他的名著《追寻符号:符号学,文学,解构》,此书第九章"叙述分析中的故事与讲述",集中批驳了叙述双层模式。卡勒批评的主要对象是荷兰叙述学家巴尔1977年用法文出版的《叙述学:四本现代小说中的叙述表意》一书。②

卡勒对分层模式的抨击,主要集中在底本与述本的关系上。按照分层理论,既然述本是对底本的变形再现,那么底本时间上发生在

---

① Seymour Chatman, "Critical Response: Reply to B H Smith", *Critical Inquiry*, 1981, p. 803.

② Mieke Bal, *Narratologie:essai sur la signification narrative dans quatre romans moderns*, Paris: Klincksieck, 1977. 此书是她后来在1985年用英文出版并广为流传的《叙述学:叙事理论导论》的前身。

前,至少"在逻辑上先于述本存在"①,而且其中的事件序列是"真序",述本中再次出现的只是为了再现生动而设置的"假序"。②

为此,卡勒仔细分析了索福克勒斯名剧《俄狄浦斯王》。俄狄浦斯被生父忒拜国王拉伊奥斯抛弃在山上,由柯林斯国王抚养长大。他在一个十字路口与拉伊奥斯及其随从发生冲突,杀了所有的人。然后他娶了母亲约卡斯塔,成为忒拜国王。这大致是"底本"故事。而述本就像侦探小说:俄狄浦斯国王决心彻查此案,结果发现自己"杀父娶母真相",震惊之下弄瞎了自己的双眼,离开宫廷自我放逐。

卡勒指出,这个述本有个大漏洞:戏剧开场时,俄狄浦斯国王已经登基多年,与前王后养育了几个子女。这一天他下令彻查当年国王拉伊奥斯被杀一案,但是他心存犹疑,因为他多年前曾经单独一人在路口杀死一个老人与其随从。王后安慰丈夫说有一个山中牧人见证了此事,曾对全城人说过,他看到"一群强盗"杀了前国王与侍从,因此不可能是俄狄浦斯杀了前国王。于是一切取决于找到此证人。但当证人应召到来时,俄狄浦斯根本没有问当年杀人者究竟是"一群"还是"一个",而是发现此牧人与自己的身世有关,一味追问自己的身世。卡勒说:"当他听说自己就是前国王的儿子时,马上得出结论:是他杀了拉伊奥斯。他的结论不基于新证据,而是述本自身的意义逻辑……事件不是主题(意义)的原因,而是其效果。"③卡勒说他当然不是想证明三千年前的俄狄浦斯无罪,他是说述本必须有意义,情节逻辑自身的压力(而不是底本的"真实事件")迫使俄狄浦斯必须发现自己犯下弑父娶母大罪,不然这个戏就不成戏。

卡勒的进一步推论更具有摧毁性:如果在事件中,俄狄浦斯不认

---

① A. J. Greimas,转引自谭君强:《叙事学导论:从经典叙事学到后经典叙事学》,北京:高等教育出版社,2008年版,第6页。

② Jonathan Culler, *In Pursuit of Signs: Semiotics, Literature, Deconstruction*, Ithaca: University of Cornell Press, 1981, p. 170.

③ Jonathan Culler, *In Pursuit of Signs: Semiotics, Literature, Deconstruction*, Ithaca: University of Cornell Press, 1981, p. 174.

识生父，那么"俄狄浦斯很难说有弗洛伊德描述的俄狄浦斯情结"①。俄狄浦斯在证据不足情况下如此直认其罪，只能证明故事的主题要求情节演示俄狄浦斯情结：对叙述的展开而言，不是底本，而是叙述意义优先。述本中俄狄浦斯竟然忘了为自己解脱罪名，不是因为底本中已经规定事情是他"一个人"做的，而是述本必须按"一个人"来展开。

接着，卡勒举出一系列例子，进一步说明"意义压力推进述本"。乔治·艾略特的小说《丹尼尔·德隆达》（*Daniel Deronda*）中，主人公不是犹太人，却积极参与犹太社区文化与宗教活动，到小说结尾主人公果然发现自己有犹太血统。

总结这些例子，卡勒的结论是，叙述双层理论有内在矛盾：

> 如果说叙述中两种先行关系可能都在起作用，一个自洽的、一贯的叙述解释就成问题了：一边是寻求叙述语法的符号学，一边是显示此种语法之不可能的解构式解读。②

他所谓"寻求叙述语法的符号学"，就是叙述学的双层理论。

卡勒的批评细腻而敏感，的确有道理：传统理解的"底本/述本"分层结构，的确暗示底本先于述本，述本只是把底本中已经存在着的故事说得有趣一些。但一旦认识到述本必须有独立意义，就可以发现其结构、其展开方式，甚至其描述的事件、情节的发展都为这个意义服务。申丹曾经反驳过卡勒的观点，提出卡勒对《俄狄浦斯王》的分析并没有推翻双层理论，而是提出底本比述本更加"根本"这观念站不住。③ 由此出现关键疑问：情节究竟是在底本中原先存在的，还是在述本展开中才出现的？

---

① Jonathan Culler, *In Pursuit of Signs: Semiotics, Literature, Deconstruction*, Ithaca: University of Cornell Press, 1981, p.175.

② Jonathan Culler, *In Pursuit of Signs: Semiotics, Literature, Deconstruction*, Ithaca: University of Cornell Press, 1981, p.176.

③ Dan Shen, "Defence and Challenge: Reflections on the Relations between Story and Discourse", *Narrative*, Vol.10, No.3, 2002, pp.222—243.

第二部分　叙述的基本构筑方式

4. 什么样的述本无底本？

20世纪八九十年代，对双层模式的挑战连续不断，例如辛西娅·切丝（Cynthia Chase）标题有趣的论文《论叙述模式：机械玩偶与爆炸机器》，作家、批评家布鲁克－罗丝（Christine Brooke-Rose）与叙述学家里蒙－凯南（Shlomith Remmon-Kenan）的争论等。本书篇幅有限，无法一一介绍。但有关底本/述本的争论至今仍在延续，本书跳到近年发生的一场争论，因为卷入了中国学者，讨论也比较切近本书要做的回答。

布莱恩·理查森（Brian Richardson）主要研究后现代先锋小说，他于2001年发表《小说中的"另叙述"：贝克特与其他作者小说中对故事的擦抹》一文①，开始了他对叙述双层模式的一系列抨击。他的主要论点可以总结为一句话"述乱无底"：当述本"脱臼"（out of joint）到一定程度，就无法找出底本。中国学者申丹对此持不同意见，申丹认为后现代小说有可能找不出底本，是因为述本中某些成分"同时发生在底本中"②，也就是说某些情况下"双层叠合"。双方争论的核心问题是：底本是非文本的，只能通过读者对述本情节"自然化"，即用二次叙述，从述本中构筑出来，那么当述本过于复杂无法"自然化"时，底本在哪里？

理查森说的"另叙述"，是小说中一种特殊的叙述手法（本书第三部分第二章将详细讨论）：先说了一个情节，然后说这个情节不算，另一个情节才对。这种情况主要出现于后现代先锋小说以及当代电影中。理查森举的例子是贝克特的《莫洛伊》，小说描写了一个牧场情景，然后突然说"或许我把不同的场合混到一起了"，前面说错了，小说中无此牧场。理查森提出的问题是：当某情节在述本里被取消

---

① Brian Richardson, "Denarration in Fiction: Erasing in the Story in Beckett and Others" *Narrative*, No. 9, 2001, pp. 168—175.

② Dan Shen, "Defense and Challenge: Reflections on the Relation between Story and Discourse", *Narrative*, 2002, p. 67.

了，那么在底本里是否存在过呢？

应当说，这是一个很尖锐的观察和提问。此后理查森有一系列文章，认为后现代小说的其他手法也颠覆了分层模式。2002年他发表《超越底本与述本：后现代与非模仿小说中的叙述时间》。① 此文引起了申丹的回应：《辩护与挑战：关于底本与述本关系的思考》。② 此后理查森再予以回应：《叙述时间的一些反常》；③《叙述》刊物同期也刊登了申丹再次的反驳：《时间反常如何影响底本/述本区分》。④

争论双方就一个看起来是"形式技巧"的问题如此反复讨论，在国际学术界也是少见的，但似乎谁也没有能说服谁。申丹的论点，最后比较系统地总结在她 2009 年的著作《叙事、文体与潜文本》（尤其是第 4 章），以及 2010 年她与王丽亚合写的《西方叙述学：经典与后经典》（第 1 章与第 11 章，均出于申丹手笔）中。

本书上一部分已经讨论过，所谓"自然叙述"，是德国学者弗鲁德尼克（Monika Fludernik）1996 年出版的著作《建立一种"自然"叙述学》中提出的，该书认为叙述学应当以"自然的"口头讲故事为基本模式。理查森这批学者则针锋相对，提出"非自然叙述"，认为后现代小说已经无法用"自然叙述学"来处理。理查森则进一步发展其说，发表在 2008—2009 年在欧美召开的一系列主题为"不自然叙述学"（Unnatural Narratology）的讨论会上。2008 年他与一批关心这个方向的学者联合发表了论文《不自然叙述，不自然叙述学：超越模仿模式》，此文专门探讨"多述"（paralesis）问题，即述本中关于

---

① Brian Richardson, "Beyond Story and Discourse: Narrative Time in Postmodern and Nonmimetic Fiction", in *Narrative Dynamics: Essays on Time, Plot, Closure and Frames*, Columbus: Ohio State University Press, 2002, pp. 47—64.

② Dan Shen, "Defense and Challenge: Reflections on the Relation between Story and Discourse", *Narrative*, 2002.

③ Brian Richardson, "Some Antinomies of Narrative Temporality: A Response to Dan Shen", *Narrative*, 2003, pp. 234—236.

④ Dan Shen, "What Do Temporal Antinomies Do to the Story-Discourse Distinction? A Reply to Brian Richardson's Response", *Narrative*, 2003, pp. 237—241.

某事"说得太多",导致矛盾,接收者构筑底本成为不可能。①

理查森举出库佛的小说《保姆》(*Babysitter*)为例。小说中有14个并列的不同情节(保姆杀了孩子,保姆与主人通奸,保姆自杀等)。这些情节在逻辑上不能共存,是比"另叙述"更极端的自我矛盾。理查森指出:"到头来,我们只能肯定,叙述者告诉我们的,与真正发生的事相去甚远。"② 底本在此种"不自然叙述"中不再存在,因为底本是"真正的事情",而《保姆》之类反复自我取消的述本,背后不可能有"真正的事件"。

申丹提出"双层叠合"论,认为底本本来就是读者构筑出来的,万一重构不再可能,此时底本与述本合一,述本的说法就是底本的情况,读者无须再追寻底本中另一种"真正发生的事情"。实际上"在现代派小说中,话语与故事的重合屡见不鲜",例如卡夫卡《变形记》,人变成甲虫只是"话语层面上的变形、夸张和象征,实际上在生活中我们根本无法建构一个独立于话语,符合现实的故事",因为此时底本与述本已经"合一""构建了一个新的艺术上的'现实'"③。

因此,两人的看法虽针锋相对,却都同意:底本是读者从述本构筑出来的"真正发生的事情"或"符合现实的事情"。当述本过于混乱,理查森认为"述乱无底",无法构筑底本;申丹认为"述乱即底",此时述本的情节就是底本的情节,双层结构就消失了。

5. 符号双轴与叙述双层

本书引述一些研究者反对叙述双层模式的论辩,他们都是主张一元,即只有述本。申丹、王丽亚认为底本与述本经常合一,也是朝一

---

① Jan Alber, Henrik Nelson, Stefan Iverson, and Brian Richardson, "Unnatural Narration, Unnatural Narratology: Beyond Mimetic Model", *Narrative*, 2010. 中译文见《〈叙述〉中国版:第三辑》,2011年版,第3~26页。

② Brian Richardson, "Denarration in Fiction: Erasing in the Story in Beckett and Others" *Narrative*, No.9, 2001, p.169.

③ 申丹、王丽亚:《西方叙事学:经典与后经典》,北京:北京大学出版社,2010年版,第23页。

元模式靠拢。

以上反对双层模式的意见,应当说都有道理,也说明支撑叙述学达一个世纪的"底本/述本"双层结构论,的确至今漏洞太多。史密斯说得很对,每个述本都是独特的,任何简写都不是另一个述本的"底本";理查森也是对的,一旦文本内矛盾过多,底本很可能无法重构;卡勒也说得很对,述本并非只是加工底本,而有自身的意义逻辑,前一节引用过他的意见,他认为这里牵涉符号学,但究竟牵涉符号学的什么原理,他语焉不详。本节就是回答他没有说清的问题,那就是双轴关系。[①]

这些批评者让我们看到,底本不那么简单:底本不是俄国形式主义所说的"未曾变形的故事",不是恰特曼所说的"述本形式表达的内容",也不是巴尔所说的对抗述本变形的"符合经验逻辑的进程",也不是理查森所说的述本背后的"真正发生的事情",也不是申丹说的"符合现实的故事"。面对德里达的简单问题"孰大孰小",所有这些看法,实际上给的相同回答是:"底本比述本小",因为述本在底本上添了许多形式花样。

绝大部分述本有一种结构上的整齐,让读者觉得是对底本进行整理的结果,因此底本才是实在的、可靠的、自然的,述本在表现形式上玩了花样而已。麦茨批判"资产阶级电影"时说:"传统的电影把一切表现为底本,而不是述本……述本有效性的原则无他,即是消除任何表达痕迹,把一切伪装成底本。"[②] 麦茨如此批判,是因为一般认为,只要是"底本里的",就是"事情本来面目",而"传统电影"给人感觉是在"描述真实世界"。

博德维尔对"好莱坞经典电影"的分析,也是认为其叙述方式让

[①] 关于双轴关系的原理,请参见笔者《符号学原理与推演》第七章第1节,成都:四川大学出版社,2023年版。

[②] Christian Metz, "Story/Discourse: Notes on Two Kinds of Voyeurism", Bill Nichols (ed.) *Movies and Methods*, Vol. ii, Berkeley and Los Angeles: University of California Press, 1985, p. 544.

人感到"底本好像在叙述之前就已经存在"。①而巴尔特把这个"实在指向"问题扩大到所有叙述,他把这种符合底本的"幻觉"称为"资产阶级艺术"的特点:小说中用找到日记、收到书信、发现手稿等超叙述,电影用情节开始片头,都是"资产阶级使叙述自然化的企图"。正是此种分层模式与叙述本质的契合,引发这种追求"逼真性"的幻象。在他们看来,双层问题,有个意识形态维度:这个模式是在为"底本即真实"张目。

面对这种种批评,叙述学界必须承认:底本是一个更复杂的东西,我们至今没有真正理解它。假如我们不愿放弃叙述学的事业,我们就必须重新理解底本与述本的本质特征。笔者提议,或许从符号学角度出发,有可能对底本取得一个比较有意义的理解。从符号叙述学的观点看,述本可以被理解为叙述的组合关系,底本可以被理解为叙述的聚合关系。底本是述本作为符号组合形成过程中,在聚合轴上操作的痕迹:一切未选入、未用入述本的材料,包括内容材料(组成情节的事件)以及形式材料(组成述本的各种构造因素)都存留在聚合之中。如此理解,从底本到述本的转化,最主要是选择,其次是再现,也就是被媒介化赋予形式。雅柯布森称这双轴为"选择轴"和"结合轴",是非常有道理的。②博德维尔认为"述本只呈现底本的一小部分,因而底本是由观众通过**假设和推论**来支撑的一个**潜隐**结构"。③底本与述本相比,完全不像一个故事,因为它有两个特点:它是一个供选择的材料集合(因此它比述本大得多),它是尚未被媒介再现的非文本。

底本与述本没有先后的差别。在文本形成的操作中,选择与组合同时进行,叙述因素在组合文本中的位置,决定了它如何从各种可能性中被选择;而决定哪些元素进入文本,也影响了组合的方式。一旦

---

① 波德威尔:《古典好莱坞电影:叙事原则与常规》,李迅译,《世界电影》1998年第2期,第12页。

② Roman Jakobson, "The Metaphoric and Metonymic Poles", in Roman Jakobson and Morris Halle, *Fundamentals of Language*, The Hague: Mouton de Gruyter, 1956, pp.76—82.

③ David Bordwell, *Narration in the Fiction Film*, Madison: University of Wisconsin Press, 1985, p.50.

文本形成，文本组合就是聚合轴上的选择操作的投影，聚合操作就是文本组合的背景，底本只是叙述操作所形成的聚合背景，是叙述的"备选备组合相关元素库"。

所有的符号文本，都由聚合与组合两个轴上的操作构成。叙述文本也不例外。凡是符号文本必然有双轴关系，虽然只有叙述文本可以称之为底本/述本关系。从这个理解出发，笔者对底本/述本关系提出几个基本原则。

第一，底本/述本分层是普遍的。由于符号再现的"片面性"原则[①]是所有的符号文本不可免的，在分层普遍性这点上，除了上面列举的反驳者，甚至赞同的叙述学家都会有不同的看法。申丹认为戏剧无双层结构："舞台上发生的事，只要观众亲眼所见，必定成为'真正发生的事'。"[②] 她的意思是：经验事态变化，即是事实，即是底本。小说只是用文字媒介叙述遮蔽了底本，读者必须透过文字，构筑背后的经验事实。因此戏剧这样视觉经验到的叙述，就只有底本，没有述本，只有小说这种文字媒介叙述才有双层模式。可是我们上面引用的卡勒的讨论，偏偏就是《俄狄浦斯王》这出戏剧，而且不是作为文学文本的剧本，他讨论的是舞台演出的"述本意义压力"。博德维尔也再三强调"（电影的）底本是建构出来的，不是在叙述再现之前就存在"；巴尔明确认为分层理论"适用于民间故事、宗教仪式、礼仪、食谱"等各种叙述。[③] 这样看来，双层模式就具有普遍性。

第二，每个虚构述本各有其底本，虚构的底本与述本，是叙述过程同时创造的。我们必须同意史密斯的意见，看起来同一个"故事"的改编本，并不共享一个底本。张爱玲的中篇小说《倾城之恋》，与邹静之改编的32集电视剧《倾城之恋》，并不享有同一底本：电视剧用了许多集篇幅说白流苏的家世与过去的经历，而小说《倾城之恋》

---

① 关于符号表意的"片面性"原则，参见笔者《符号学原理与推演》第一章第5节，成都：四川大学出版社，2023年版。

② 申丹、王丽亚：《西方叙事学：经典与后经典》，北京：北京大学出版社，2010年版，第26页。

③ 米克·巴尔：《叙述学：叙事理论导论》，谭君强译，北京：中国社会科学出版社，2003年版，第213页。

的聚合轴上，不太可能存在这种元素。任何"改编"，不仅改编了述本，也改编了底本。

第三，底本与述本互相以对方存在为前提，不存在底本为"先存"或"主导"的问题。我们必须从述本窥见底本，原因并不是底本先出述本后出，而是因为底本是非文本的。只有述本是显形的，批评操作也就只能从述本出发。一旦出现"另叙述"，同一文本就包括了几个不同的述本，这个文本也就有几个底本。库佛小说《保姆》14个情节并列，就应当有14个底本，因此就没有合一的底本。理查森认为不可能得出这样一个底本，是对的，不过原因在于不需要合一的底本。

卡勒也曾谈道：要想把述本看成相对于底本中的"真序"的"假序"，有时候做不到，例如罗伯-格里耶的《窥视者》（Le Voyeur）无法加以理顺找到"真序"。① 尤其是经过再三的"另叙述"，结构非常混乱的小说，很难"复原"成一个合一的故事。那并不是因为述本复杂到找不到底本，也不是"双层叠合"而不必再重构底本，而是述本和底本同时复杂化。理查森说的"无法重构故事"的小说的确很多，不等于这些小说没有底本：底本本来就不是一个故事。

笔者以上的三个理解，分别采纳了卡勒、史密斯、理查森等人对分层模式的三种挑战中的合理成分：如果我们同意他们的批驳有一定道理，叙述学就应当做相应的理论变动。

6. 叙述在选择中产生

如此理解后，我们就可以用底本/述本模式作为基础，重新审视一些批评者们提出的难题，设法回答几个理论上的困惑。

第一个问题是卡勒提出的，情节在哪里产生？情节承载着叙述的意义，它究竟是底本原有的品质，还是述本变形改组的品质？

---

① Jonathan Culler, *In Pursuit of Signs: Semiotics, Literature, Deconstruction*, Ithaca: University of Cornell Press, 1981, p.172.

不少论者徘徊于两者之间：恰特曼认为底本是内容，述本是形式，这样情节就出现于底本。但是他又说"每一种安排都会产生一个不同的情节，而很多不同的情节可能源自同一个故事"①。这样说，情节又是述本的产物。博德维尔研究经典好莱坞电影，认为情节整齐的述本，"使底本的世界成为一个有内在一致性的构成物"②。他们的意思是：虽然述本本来就要对情节进行裁剪，可是一旦裁剪得过于整齐（例如经典好莱坞叙述的"大团圆结局"），就影响了对底本的构筑，使我们觉得底本也具有如此让人愉悦的"一致性"。所以他们两人都认为情节可以出现在底本与述本中，只是安排方式不同。

　　某些中国论者把述本称为"情节"，意思是底本只有细节而无情节，是述本把事件"情节化"（变得有意义）。从这个观点看，某些中国学者的术语翻译比较接近本书的立场，例如谭君强用"素材－情节"③，乔国强用"素材－素材组合"④，他们把底本看成是"素材"库，而把情节看成是述本的品质。

　　申丹进一步认为情节出现在对底本的阅读构筑中：情节"是对故事（底本）本身的建构，而不是在话语（述本）层次上对故事（底本）事件的重新安排"⑤。或者说，情节发生在读者的阅读（二次叙述）对底本的"建构"中。在这一点上，笔者认为申丹看法有理，只是她认为情节出现于从述本重构底本的过程中，而笔者认为出现于从底本构成述本的过程中，这是从两个不同方向理解同一过程，但是我们必须承认述本中已经有情节，不然本书第三部分"时间与情节"讨论就没有文本根据。

---

　　① Seymour Chatman, *Story and Discourse: Narrative Structure in Fiction and Film*. Ithaca, NY: Cornell University Press, 1978, p.43.

　　② 波德威尔：《古典好莱坞电影：叙事原则与常规》，李迅译，《世界电影》1998年第2期，第12页。

　　③ 谭君强：《叙事学导论：从经典叙事学到后经典叙事学》，北京：高等教育出版社，2008年版，第7页。

　　④ 杰拉德·普林斯：《叙述学词典》，乔国强、李孝弟译，上海：上海译文出版社，2011年版，第70页。

　　⑤ 申丹、王丽亚：《西方叙事学：经典与后经典》，北京：北京大学出版社，2010年版，第34页。

第二部分　叙述的基本构筑方式

本书的看法是，选择出情节。一旦我们把叙述理解为"为形成文本组合而在聚合轴上的选择操作"，情节就出现在形成作品的选择中。选择产生情节的方式，有时候会显现于述本层面，也就是聚合轴选择过程，变成了组合段文本说的故事，写小说过程被写成小说，聚合操作被比喻性地放到了组合中。暴露叙述痕迹的叙述，这种手法往往被称为"元叙述"，一般认为是先锋小说的特点，实际上"暴露选择"相当常见，大多不足以把作品变成"元叙述"（关于"元叙述"，请见本书第四部分第五章）。鲁迅《阿Q正传》花了不少笔墨说为什么选择"正传"二字，就是聚合轴的选择操作显现于文本；《列子》中邻人盗斧的故事，清楚地显示了在形成述本的过程中，叙述对底本"元素材料库"进行选择，而产生两个不同述本，说明三千年前中国就有"另叙述"。

如此暴露的选择过程，足以证明选择是情节形成的关键：电影《罗拉快跑》，罗拉两次救男友未成，就跑了第三次，一定要把男朋友救下为止。电影的主题意义可以是"女性为爱情敢作敢为"，或是"人生可以再来一次"，或是"不要屈服于命运"。不管是哪一个，这主题就是在三弃二选一中出现的。《罗拉快跑》，可以看成是选择的寓言：底本材料是无穷的，甚至可以说，底本是没有边界的，只有相关性逐渐稀薄的边界地带。主人公罗拉的选择也是无穷的，因此要写罗拉的故事，任何作者或叙述者不可能把能收集到的（能想象到的）罗拉可能做的事全部讲述出来，但这里的三个情节都有意义，而且不能只选一则来说，只有把三者都说出来，它们的意义才能呈现清楚，因此，在电影中罗拉就是跑了三次。不存在哪次是"真实的跑"，哪次是"幻想的跑"这种区别，因为三次跑都在叙述文本中再现出来。

香港作家刘以鬯的著名"极短篇"《打错了》：一个人正常出门，遇到车祸死亡；他走出门前接到一个打错号的电话，晚了几秒钟，车祸就擦肩而过。这两个述本并列，每个述本各有一个底本，合成一个文本，才引出了"命运无常"这个主题。

从卡勒对《俄狄浦斯王》的分析中，我们可以看出这也是个叙述选择问题：对"一群"还是"一个"的选择，本来在述本形成时就应当消失，但是上面举的例子说明，叙述中也可以保留选择操作痕迹，而述本中最后选择"一个"而不是"一群"，恰恰就是因为"俄狄浦斯情结"出现于情节形成中。述本写出了选择过程，卡勒认为此述本在主题压力下自行推进，这个压力就是选择。

因此，底本根本上就是"选择可能之集合"，这种多选择经常显露在述本中：例如历史著作，会并列对比几种史料的说法，最后说某种史料更应当采信，请读者判断。例如饭店菜单列出各种可选择的元素，烹饪教科书更是写出选择操作的方法。本应隐藏的聚合选择在组合层面上显现，是符号文本中经常出现的情况。[①]

至今，对双层模式的挑战或误解，大多是由于叙述学把底本真的理解为一个"原本"的故事，或是类似故事的一个存在。哪怕叙述学者从理论上认识到底本不是另一个叙述文本，在追寻底本时，依然会不自觉地把它想象成一个故事。这就是为什么笔者不嫌麻烦，顶真到底，要求把"故事"这个概念更名的原因。

任何符号表意，同时在双轴上展开，没有哪个轴是在逻辑上先导的，虽然文本完成后，组合段显现，而聚合隐藏。写诗时要选字，选字时要明白诗句这个位置需要一个什么字，字要放进文本看是否合适；一场演出，要决定某个环节选用何人的表演，同时要明白整场演出如何布局。这是一个来回试推的操作，没有时间或逻辑前后：双轴是同时运转的，组合不可能比聚合先行，聚合也不可能比组合先行，不可能不考虑组合的需要进行聚合选择。例如，好莱坞电影要求有个大团圆结局，叙述才会在聚合材料库中选择可以满足此条件的元素组合起来。

笔者同意卡勒对歌德《浮士德》中读圣经一段的解释：浮士德不满意《创世纪》中说的"太初有言"，而改为"太初有行"。卡勒认为这两者——讲述与事件——实际上不可分："因为叙述本身是自我解构的结果……事件或讲述的优先总会在自我解构中颠倒过来。"[②] 的

[①] 参见笔者《符号学原理与推演》第七章第3节，成都：四川大学出版社，2023年版。

[②] Jonathan Culler, *In Pursuit of Signs: Semiotics, Literature, Deconstruction*, Ithaca: University of Cornell Press, 1981, p. 183.

确，就底本/述本关系而言，二者都有初始性，二者并列出现。

7. 底本里有哪些元素？

分层模式面临的另一个问题，是哪些东西只能存在于述本中？哪些东西只能存在于底本里？哪些东西能同时发生在底本与述本里？恰特曼说述本就是形式，就是表现；底本就是内容，就是事件。① 那样的话，双层模式就太容易出现混乱，因为形式与内容经常很不容易区分。卡勒的抨击就击中了这个要害：《俄狄浦斯王》的述本不只是形式，述本对情节的进程提出了决定性的要求。

那么，到底底本的构成元素，与述本的构成元素，有什么根本区别？里蒙－凯南认为述本在三个方面是"独立于底本的"（底本所无的）："写作风格"（例如方言色彩）、"语言"（不同文字的译文）、"媒介"（语言、影像、姿势等）。② 申丹指出后两者是同一回事，底本无风格，也无媒介，是纯粹状态的事件。③ 布拉尼根指出，电影的"气氛音乐"（也就是"非叙述音响"，电影情节中没有映出声源的音响），不出现于底本。④ 看来他们都同意一个看法，述本中的形式成分（例如标点符号），不是从底本取得的。

申丹进一步认为：一般情况下，形式因素只出现于述本，不出现于底本，例如先锋小说"有大量无故事内容可言的纯文字游戏"。⑤ 她更进一步认为形式因素大多如此，"一个因素同时既属于底本层，

---

① Seymour Chatman, "Critical Response: Reply to B H Smith", *Critical Inquiry*, 1981, p. 809.

② Shlomith Rimmon-Kenan, *Narrative Fiction: Contemporary Poetics*, London: Routledge, 2002, p. 7.

③ Dan Shen, "What Do Temporal Antinomies Do to the Story-Discourse Distinction? A Reply to Brian Richardson's Response", *Narrative*, 2003, p. 239；又见申丹、王丽亚：《西方叙事学：经典与后经典》，北京：北京大学出版社，2010年版，第21页。

④ Edward Branigan, *Narrative Comprehension and Film*, London and New York: Routledge, 1992, p. 56.

⑤ 申丹、王丽亚：《西方叙事学：经典与后经典》，北京：北京大学出版社，2010年版，第23页。

又属于述本层,底本与述本之间的界限变得模糊不清"。她举出的例子有"间接引语"(人物语言叙述化)、"人物视角"(属于底本的人物感知,与属于述本的叙述者感知混合),甚至第一人称小说(既是叙述者又是人物)。因此意识流小说(叙述说的一直是人物的思绪)可能从头到尾难以区分述本与底本。① 她的意思是,叙述者属于述本,人物属于底本。只要叙述者采用人物的立场,放弃叙述者的全知权力,双层就合一而消失。也就是说,述本的元素如果从底本直接取来,就不再有分层,因此述本的许多地方无法区别双层。

笔者认为申丹的敏感是对的,但或许应当更普遍化。申丹说述本的某些成分属于底本,笔者认为述本所有成分,不管是形式还是内容的成分,都来自底本。也就是说,整个述本都是与底本"双层叠合"的。述本的任何成分,都"同时发生于述本与底本"。述本中的一切,无论是形式还是内容,都选自底本,没有被选择的留存在底本之中不显现,已经被选择的显现于述本,但依然存在于底本中:述本的元素与底本中的其他元素的区别,只是有没有被选择,从而是否显现于述本而已。

在叙述行为中,被选择的不仅是事件与情节,还有形式因素,甚至包括布拉尼根说的"气氛音乐",也出现于底本中:底本并不是只提供"内容",底本提供一切可以组成述本的元素。因此,当述本决定从底本中选取间接引语表达某人物的话时,其他引语方式也在底本的备选之列。

述本中出现的一切都存在于底本之中,供选择用。《俄狄浦斯王》中"一个"与"一群",在底本中都存在,只是述本中最后选择沿着"一个"来进行。如果如卡勒所说,这是俄狄浦斯"自认其罪",证明俄狄浦斯这个人物的确具有"俄狄浦斯情结":他宁愿放弃对自己有利的辩护方式,因为他感到了潜意识中罪孽的诱惑。

---

① 申丹、王丽亚:《西方叙事学:经典与后经典》,北京:北京大学出版社,2010年版,第27~29页。

8. 底本的边界与所谓"真实性"

分层模式的另一个难题是边界。述本的边界是清楚的，开始之前，结束之后，没有叙述出来的，就在述本范围之外。但是底本的边界在哪里呢？也就是说：哪些元素是"潜在地可供选择（但是并没有被选择）的"？底本的范围究竟要多大，才能为叙述选择提供足够元素？

瑞安曾经问过一个有趣的问题：《审判》中的约瑟夫·K，他是否得过阑尾炎动过手术？虽然述本没有提及此事，底本中却可能有，因为关系到此人物的身心状态。但是哪怕底本，都没有必要提约瑟夫·K的祖父是否得过阑尾炎，因为过于遥远。什么样的元素"过于遥远"？很不可能被选择的元素。底本的边界就是"可以待选"的元素范围；被选的可能性极少的因素，落在底本领域遥远的"边境"地区。约瑟夫·K的祖父是否得过阑尾炎，与《审判》的"关联度"过于微小，所以落在边界上。因此底本实际上没有明白清晰的边界，因为聚合段没有明显的结束之处，她说底本的这个构成原则来自逻辑哲学家刘易斯的"最小偏离度原则"（principle of minimal departure）。[①]

由此可以回答笔者当年向史密斯提出的貌似简单，而理论上极度困难的问题：既然每个述本都是独立的，为什么都叫"灰姑娘故事"？我们直觉地感到一本小说，与由此改编的戏剧、电影、电视剧、连环画、节写本等各种变体之间，有一种共同的东西。史密斯说，一本小说的各种改编本之间没有任何关系，任何述本都可能会增加一些原来底本没有的东西，那么为什么可以归化在一个类型之下。

笔者现在的回答是：它们的底本有部分重叠。史密斯说它们与原作毫无关系，明显违反我们的直觉；但是说它们与原作共享一个底本，史密斯的挑战已经证明其中有无法解答的难题。应当说，它们之

[①] Marie-Laure Ryan, "Fiction, Non-Factuals, and Minimal Departure." *Poetics*, No. 8, 1980, pp. 403—22.

间确实有某种联系，在素材上，在选择上，在媒介替换与形式变化上，例如电影的底本必须提供较多的视觉材料，翻译必须提供另一种语言的语言学材料，这些是原底本所无。因此，任何改编本，只能说互相共享底本中一部分因素，也就是说他们的底本材料库有一些重合的部分，而不是说它们共享一个底本。

从这个角度看，1983年笔者与史密斯在北京的驳难，各人对了一半：各种"灰姑娘故事"不享有共同底本，它们只共享底本中某些部分，它们的底本之间，有一定的可选元素是相同的，那就是让民俗学家把它们都称为"灰姑娘故事"的成分。不管这种成分如何稀薄，依然存在，而且使得一千个灰姑娘民间故事不同于其他无数个故事，因为它们的底本材料库之间（而不是述本之间）部分重叠。哪怕这些成分稀薄到了几乎认不出的地步，例如日本某部《西游记》电视剧，女唐僧竟然与孙悟空恋爱，它与《西游记》的底本依然有一些共同的东西，如取经线索、妖魔人物、僧侣身份等。

那么史密斯抗议"所有狄更斯小说都是灰姑娘故事"的说法，有没有理由？这与上一章说的"祖父的阑尾炎"相似。如果把所有的"否极泰来"（rags-to-riches）或"时来运转"（fortune reversed）故事，都视为"灰姑娘故事"变体，我们就走到了"灰姑娘故事"的最远边境。狄更斯小说能与其他"灰姑娘故事"共享的元素已经太少：用"灰姑娘故事"理解狄更斯小说，不是违反叙述学理论，而是严重地缺乏意义，过分违反了述本"最小偏离度原则"。

我们要得出的另一个理解，可能是最根本的：究竟底本是否比述本"真实"？坚持分层模式的叙述学家中，许多人落入一种"实证指向"。巴尔说："底本与真实有同质性……与'真实生活'相对应……是根据人类的'事件逻辑'形成的……即是读者所经历的，自然而然的，合乎某种理解的周围世界进程。"① 巴尔意思是底本即是人类共同的经验规律。恰特曼认为，底本/述本，就是内容层面－表达层面，

---

① 米克·巴尔：《叙述学：叙事理论导论》，谭君强译，北京：中国社会科学出版社，2003年版，第261页，第212页。译本中"底本"作"素材"。

甚至是所指－能指。① 申丹认为找出底本，即是建构"独立于话语的现实"，找出"事物本来面目"，即"故事事实"。②

不管他们称之为什么，不管是"事实"，还是"接近事实的经验"，把底本视为比述本更接近"真实"，接近事物或经验的本质，让读者觉得述本只是底本的变形。底本是实在的、可靠的、自然的，述本中能够被归结到底本的部分，也就可以被理解为实在的、可靠的。只要能把述本的表现方式"不自然"的地方加以"自然化"，述本就落到底本的实在之上。这个看法在学界根深蒂固，正是本书强烈要求反思的。

传统的理解是：述本扭曲底本，加了各种形式花样，因此德里达嘲笑地问：这二者究竟哪个大哪个小？本书的看法是，由于述本是选择的结果，底本应当比述本大得多。可以打一个比方：叙述就像海上的冰山，看到的是露出海面的尖端，"被选下"的部分有多大，什么形状，可以猜测，但是永远看不清全貌。我们只知道没有显露的部分也是同样质料，并不比显露的部分"更加本质"。我们还可以进一步推进这个比喻：一座冰山不可能冒两个尖。理查森发现《保姆》冒出十四个并列的尖，这是十四座冰山给硬塞到一篇小说里了。同样，沃卓斯基姐弟与提克威（Lana Wachowski & Tom Tykwer & Andy Wachowski）导演的电影《云图》（*Cloud Atlas*），是从 19 世纪到人类移民别的星球的未来的人的命运六重奏，六个故事完全谈不上关联（电影中只是演员轮流在不同电影中表演不同角色），也就是把六个完全不同的底本放在一个电影里了。

9. 纪实型叙述有没有底本

以上讨论，集中于小说这个虚构体裁，间或涉及虚构电影（故事

---

① Seymour Chatman. *Story and Discourse: Narrative Structure in Fiction and Film*. Ithaca, N Y: Cornell University Press, 1978, p. 19.

② 申丹、王丽亚:《西方叙事学：经典与后经典》, 北京：北京大学出版社, 2010 年版, 第 22 页, 第 27 页。

影视)。但是分层原则对于其他文类的叙述一样适用：叙述必有分层，而且分层即双轴操作。

但是史密斯认为纪实型叙述只有底本无述本："编年史、新闻、传闻、逸事"说的是"按肯定的时序已经发生过的事"。[①] 也就是说，这些文体，虽然也是叙述文体，却没有底本/述本之分，其时间无变形。史密斯认为纪实型叙述的述本"失去了勃瑞蒙说的底本/述本之间的易形（transposability）"，因此纪实型叙述没有双层模式可言，底本问题根本不必讨论。实际上这是一种没有经过深思的实在论，其误解来自不明白底本的构成：底本不是"事实事件"，底本是"有关某事件的材料库"，这两个概念不能混淆。对于事实，我们永远不可能达到一个完美的理解，原因正是在于我们只能通过述本了解它，而各种叙述描述的"事实"可以很不相同，永远无法一致，因为符号再现永远是片面的，不同文本从底本中做的选择永远不同。

纪实型叙述（新闻、历史、庭辩、报告等），底本是有关此事件的全部材料。我们只能通过述本重构这个"事件"，因此永远不可能真正确定事实"真相"。历史、传记、新闻、庭辩与判决等，这些纪实型叙述文体，底本看起来是"经验真实"：它们围绕一个或一组事实进行叙述，而且这个事实无可置疑是先行的，本体地先在。历史哲学家不得不声明："故事在它被说出之前就存在"[②]，这个常识实际上无法违背。

但也应当指出：纪实型叙述的底本，一样需要二次叙述来追溯重建。两部同题材的历史，例如两本抗战史，因为新史料的发掘而不同，底本材料库会有很大变化。同样，原告律师与被告律师，对同一事件的叙述必然很不相同，针锋相对，原因是他们承认并强调的证据不同。如此理解，不同历史对事件或传主的评价不同，是自然的、合理的，因为评价本身是选择的结果，包含在叙述操作之中。

[①] Barbara Herrstein Smith, "Narrative Versions, Narrative Theories", *Critical Inquiry*, Autumn 1980, p.228.

[②] A. 麦金太尔：《德性之后》，龚群、戴扬毅等译，北京：中国社会科学出版社，1995年版，第272页。

因此，纪实型叙述的底本，并不是难以证实的"真实事件"，而是述本所据的"材料集合"。一部抗战史的底本，并不是抗日战争的"真实"，而是写此历史时"参阅到的"（不能说"已有的"）有关抗日战争的史料集合：对于每一部抗战史，这种集合的边界是不一样的，因此不能说是同一个底本。两位律师的庭辩，的确说的是同一件事，事件的唯一性是必须设定的：法庭上抗辩的是同一事件的不同报道，新闻争议的是同一事件的不同报道，否则各种述本完全争论不起来。但这里的原因在于它们的底本库重合的部分相当大，甚至是核心部分重合。

最后，错觉与梦境是"拟虚构型叙述"，受述者接收到的述本往往非常复杂，而且常常说不出因由，无"故事"可以追溯整合。梦境类似理查森等人对后现代小说"多述"的讨论，有大量背离情节逻辑线索的"不必要"成分。但从梦境追溯叙述行为是如何发生的，正是现当代心理学对人的意识与潜意识着力工作的地方：追溯梦叙述的底本，是许多心理学学派的出发点。不管称之为潜意识，还是称之为心灵创伤、经验残留，都是企图够及深藏的底本。梦叙述选择构成的理论之多，证明这个"底本"是一个元素库，而不是一个故事，更不是某种"真实"。

弗洛伊德主义之所以引发如此多争议，让人感到不放心，正在于挖掘出来所谓的创伤底本，太像一个情节理顺了的故事，只是比梦本身精简得多。而大部分心理学家认为造成梦境的因素比"被压抑的性力"复杂。霍布森、麦卡利的"激活－综合论"认为：做梦是"前脑将各种感性的、概念的、情绪的构造综合建构的过程，而不是弗洛伊德所说的（对现成'创伤'故事的）扭曲过程"。① 麦卡利这个看法很契合本书对底本/述本分层的讨论：梦这个述本，不是从一个预先存在于潜意识中的底本生成的，而是从梦的巨大"元素材料库"选择与组合的建构过程。

---

① J. Allan Hobson & Robert McCarley, "The Brain as a Dream Generator: An Activation-Synthesis Hypothesis of the Dream Process", *The American Journal of Psychiatry*, Vol. 134, No. 12, 1977, p. 1347.

因此，本书的看法是：如果我们把审视的范围扩大到虚构型文字叙述之外，我们就可以看到，只有分层模式，才能比较清楚地解释人类文化中各式各样的叙述的共同规律；也只有把底本理解为一个材料库，才能看出互相竞争的各种说法为什么都成立，却又都不能声称只有自己是真相。

10. 三层次论

应当承认，双层理论依然会遇到不少困难，主要是从底本构成述本，必须经过两种操作：选择、变位。二者都是从聚合到组合的操作，一旦混为一谈，会产生很多难以处理的问题。

一些叙述学者认为虚构叙述应当有三层。最早提出三层说的是热奈特，他认为叙述分解成故事（histoire）—叙述行为（narration）—文本（texte）①；里蒙－凯南的著作主要阐发热奈特体系，因此也采用这种三分法。② 按他们的看法，底本与述本之间有一层"叙述行为"。巴尔也主张三分法，她的三个层次是 histoire－récit－texte narrative③，与热奈特的看法大致相同。

申丹反驳热奈特，认为没有必要三分，至少"就书面叙述作品而言，没有必要区分'叙述话语'和'产生它的行为或过程'，因为读者能接触到的只是叙述话语（即文本）。作家写作过程中发生的事，与作品无关"④。

笔者认为述本与产生述本的过程，毕竟还是有不同的：三层次论，契合本书对叙述的理解，只是因为对细节的理解不同，本书把这三层称为"底本1—底本2—述本"。这三层次是叙述的普遍规律，从

---

① Gerard Genette, *Narrative Discourse*, Ithaca: University of Cornell Press, 1980, p. 222.
② Shlomith Rimmon-Kenan, *Narrative Fiction: Contemporary Poetics*, London: Routledge, 2002, p. 202.
③ 谭君强译为"文本—故事—素材"。见米克·巴尔：《叙述学：叙事理论导论》，谭君强译，北京：中国社会科学出版社，2003年版，第5页。
④ 申丹、王丽亚：《西方叙事学：经典与后经典》，北京：北京大学出版社，2010年版，第17页。

本章以上的讨论已经可以看到，在底本/述本的转换中，出现的是两个操作：选择与再现。这两种操作是文本形成的过程中的必要成分。很难说时间上何者为先，何者为后，但在逻辑上可以认为有这样的顺序。这可以理解为聚合轴上的连续操作：

底本1 —— 材料集合（聚合系的集合，没有情节）
↓（材料选择）
底本2 —— 再现方式集合（已情节化，即故事已形成）
↓（再现方式选择）
述本 —— 述本（上述两种选择的结果，文本化）

  笔者认为我们如果能把叙述行为视为中间过程，可能更容易理解分层理论中的各种问题。不过三层次论可能会引发一些误会：首先，叙述行为不是"作家写作过程"，叙述行为是抽象的，可以被想象为不占时间长度的抽象转换。热奈特称之为"文字叙述中一种强有力的幻象"。幻象这词用得很准确：叙述不是一个时间演变概念。[1] 虚构型叙述行为的实施者不是作者，而是抽象的叙述者，巴尔称为"表现出构成文本话语符号的那个行为者"[2]。最主要的是，承认"叙述行为"这个中间环节，就比较容易理解上面的讨论中已经出现的一个问题，即"选择"与再现"变形"的关系问题。

  因为述本是叙述唯一显形的部分，述本不可能自行"选择"自身的组成方式，只有叙述行为才能够选择，选择之后才能变形。因此，三层次论可以比较清楚地理解底本与述本之间互相依靠的关系。

  从这个三层次说，可以解释本章讨论中的一些难题。底本2，是接收者看懂了小说或电影（尤其是所谓侦探小说、"难题电影"等充满悬疑的叙述，也包括具有"另叙述"的后现代小说）之后，对各种文本变形恍然大悟，加以理顺后明白的"来龙去脉"（即很多论者所

---

[1] Gerard Genette, *Narrative Discourse*, Ithaca: University of Cornell Press, 1980, p. 222.
[2] 米克·巴尔：《叙述学：叙事理论导论》，谭君强译，北京：中国社会科学出版社，2003年版，第19页。

说的"事物本来面目")。不同体裁的改编，不同语言的翻译，如果它们严格地讲述同一个故事，没有添加太多的情节素，就共享底本2，因为此时的底本尚未文本化（外语化、图像化等）。

上面引过的各种元小说的例子，例如《罗拉快跑》，都是第一层选择的寓言：材料是无穷的，主人公可选择的命运也是无穷的。甚至可以说，底本1是没有边界的，只有相关性逐渐稀薄的边界地带。底本2在材料上已经是有边界的，已经经过了选择，只是没有再现的形态。实际上，大部分叙述学者讨论中的底本，就是底本2。

所谓叙述行为，由两种操作组成：选择与变形改组。这两种操作没有先后之分，因为它们都是双轴操作的一部分，但它们都在最后文本中留下痕迹：选择操作留下情节，再次变形化操作留下成形的文本，在分析中完全可以解开成两个不同的"底本"，这样至少在叙述学的讨论中比较清晰。

因此，我们可以用三层说重新回顾本章讨论过的各家观点，就可以发现更容易解开这些困难的纽结：

史密斯否定不同述本可以共用一个底本，全部否定了底本1和底本2的可能，但是她没有看到不同述本（不同的"灰姑娘故事"，不同的媒介改编），底本2虽然不同，在最底层的底本1上有共同之处。

卡勒否定情节产生于底本，否定了底本1，却未能否定底本2，因为在底本2中，情节的选择已经完成（《俄狄浦斯王》的"一个"与"一批"已经选定）。

理查森提出"述乱无底"，既未否定了底本1，也未能否定底本2，因为文本之"乱"，是表现问题，也是选择问题。而像《保姆》《罗拉快跑》这样的"多述"，则是具有几个从底本1选择的过程。

一旦用三层次来理解，从底本到述本，逻辑上有材料选择与形式变形两个步骤，这些是叙述文本在聚合轴上变形的必需步骤。如此，我们就比较容易理解一系列相关问题。

第三部分 时间与情节

第一章　广义叙述时间

1. 时间的各种范畴

时间问题，一直是叙述研究的核心问题，也一直是众说纷纭最难有统一意见的课题。本书作为广义叙述学，讨论所有叙述体裁中的时间问题，就更为困难，但或许对象范围宽了，问题反而容易剖析清楚。

所谓"叙述时间"（narrative time）是个模糊的伞形概念，指的是四种时间范畴：被叙述时间（narrated time）、叙述行为时间（narration time）、叙述文本内外时间间距（textual-extratextual time gap）、叙述意向时间（temporal intentionality）。这四个的时间范畴相差极大，不可不察。

叙述中的"时间"，还有三种不同形态：时刻（moment）、时段（duration）、时向（directionality）。这三者完全不同，却都被放在"叙述时间"中讨论，很难在每个场合都说得清楚。本书在讨论中将尽可能小心处理所用术语，尽可能明确说清是"时刻"，还是"时段"，如果两者兼有，才用"时间"一词。"时向"问题，更为复杂，本书在第一部分第一章第二节"模态"中已经详做讨论，本章就尽量不再涉及。

三种形态，与上面说的四个概念互相配合，形成的时间关系非常复杂。叙述是一种错综的时间意识网络：各种体裁的叙述行为，其出发点、过程、对象和接收各有时间特点，而且不同的叙述体裁，甚至每个叙述文本，都用迥异的关系网处理时间。这些时间关系的不同，是各类叙述的本质特征区别，不可不细察。本章在分析了几种可能的组合之后，会试图提出一个基本的分型方式。

本书重视时间的讨论，因为叙述在根本上是一种时间性表意活动。叙述也是人感觉时间、整理时间经验的基本方式，是人理解时间的手段，没有叙述，人无法感受时间。利科在其巨著《时间与叙述》第一卷开场就清晰地声明："没有被叙述出来的时间，无法思考时间……对时间的反思，是不确定的沉思，只有叙述活动能对此做出反应。"[①] 没有叙述事件的时间流逝，只能用物理方式衡量，无法在人的生存中产生意义：我们靠事件的叙述，才能取得时间意识。

　　这点其实并非玄谈，实际上很容易理解：一觉无梦，睡眠度过的时间就难以感知，需要看日光或钟表，即采用物理方式测定逝去的时间；而一旦有梦，我们虽不能准确知道睡眠度过的时间，却能意识到时间的消逝。所有的叙述，都描述在时间流逝中发生的卷入人物的变化，使人们对时间的意识得到充实。

　　而所有样式的叙述（哪怕是历史、日记等"时间清晰"的体裁），其时间性都与物理时间的"强编码"不同。利科说，"情节化……对时间难题的思辨，是通过一种诗性的方式"[②]。他这个词用得很对：叙述掌握时间的方式是"诗性的"，是感性的、不确定的、变化无端的，但也是人性的。是除用物理方式之外，人类把握时间的唯一途径。

　　讨论叙述时间的文献汗牛充栋，以"叙述"与"时间"关系作为主题的论著，仅标题就可以排满一本书。任何比较系统地讨论叙述的著作，都无法避免讨论时间问题。那么，本书关于这个问题还有什么新意可说？

　　本书讨论"广义叙述"的时间问题，是为了讨论所有叙述中时间的共同点与不同点，如此做的目的，是提供一套实际分析的工具，也是为了理解叙述的本质。历来关于叙述时间的文献，大多数是对特定叙述体裁（主要是小说）做出的细致分析，至今没有人讨论过能适用

[①] Paul Ricoeur, *Time and Narrative*, Vol. I, Chicago: University of Chicago Press, 1983, p. 6.

[②] Paul Ricoeur, *Time and Narrative*, Vol. I, Chicago: University of Chicago Press, 1983, p. 12.

于所有叙述体裁——电影、游戏、算命、壁画、展览、口述故事等时间上几乎无可比性的体裁——的共同时间规律,而任何单一体裁分析,都无法导向对叙述时间的根本性质的认识,因此,讨论广义叙述时间,是必要的。

小说的确是人类文明创造的最复杂的说故事方式,很多人设想,只要把小说叙述的时间特征研究透了,其他体裁的叙述,只需类推小说时间研究的成果即可。这是对广义叙述的复杂性和重要性认识不足。从下文的分析可以看到,许多叙述中的时间问题,与小说非常不同,远非借用小说叙述研究就能解决问题。

例如,近年来关于叙述时间的讨论中,许多中外学者讨论"空间叙述",这是一个非常有趣的课题。但"空间化"讨论之所以有必要,是因为一般人都把叙述看作一种时间性文本,可以从若干不同方面加以"非时间化",其结果往往被称为"空间化"。一旦我们处理广义叙述,局面就完全不一样,许多叙述媒介,尤其是图像、实物、身体,它们的文本是空间存在,而叙述本质上却依然是时间性的,此时研究者面临的主要挑战就翻了过来:这些空间媒介在什么条件下被"时间化"?

再例如,心像的一个大特点,是空间感比时间感分明得多。梦的开场通常是个场面,经常被称为"语境化形象"(contextualizing images)。[①] 此后情节的推进,依然是空间感比较清晰,时间却不分明。由此,我们可以得出一个看法:时间是清醒意识叙述的主要特征。在文字叙述中,时间是主要维度,因为文字的本质是记录。但是演示性叙述(包括梦这样的"类演示叙述"),空间感更为明显。许多研究"空间化叙述"的学者,没有注意到这种体裁区分。如果用有时态的语言来描述当前的梦境的话(即是说,梦者在梦话中讲述)必定是用现在进行时,正如人物在舞台上或者电影里描述眼前情景,也是用的现在进行时,即一种空间描述方式。

---

① Ernest Hartmann, "Contextualizing Images in Dreams: More Intense after Abuse and Trauma", *Dreaming*, Vol. 11, No. 3, 2001.

因此，本书并非现有研究的综合与改造，而是从对象材料开始，重起炉灶：不是为了追求广义化而有意扩大审视范围，而是试图到叙述学经常讨论的体裁之外，窥见叙述时间更本质的特征。

2. 被叙述时间

"被叙述时间"（narrated time），又被称为"情节时间"（event time）、"故事时间"（story time）、"所指时间"（signified time）或"底本时间"（fabula time）。这些术语都有一定道理，但都有可能导致误会："情节"与"故事"二语，使用场合太多，意义容易混乱；"底本时间"与"述本时间"相对，本书第二部分第四章已经讨论过，这对概念卷入的争论太多；"所指时间"与下文将说的"能指时间"相对，如果标明时间的能指阙如，两个概念就都会落空。因此，笔者认为用"被叙述时间"最为稳妥。被叙述时间，指的是被叙述出来的文本内以各种符号标明的时间，并不是指事件"在现实中"发生的时间，下面会说到，经验时间是很难确定的。

里蒙-凯南曾批评热奈特的细致的小说时间研究，指出他采用的"叙述时间"是一个不切实际的概念[①]，因为不好度量。其实，被叙述时间是可以"度量"的，只不过方法很复杂。叙述文本中，有三种被叙述时间标志：一是以篇幅衡量，文字长短对时间有相对的参照意义；二是以空缺衡量，在两个事件中的省略有时间值；三是以意义衡量，"三个月过去了"指明了时间间隔。这三者综合起来，才形成叙述的时间框架。

被叙述时间，往往可以用某种特殊的符号来说明，此即叙述文本中的"标记元素"（designator），有时称为"时素"（chronym）。它可以是"纪年时素"，例如年月日等时间标注法，也可以是"形象时素"，即特殊时代的打扮、衣着、建筑、谈吐、风俗、背景事件等。

---

① Shlomith Rimmon-Kenan, "A Comparative Theory of Narrative", *Poetics Today*, Vol. 5, No. 3, 1976, p. 53.

"明确时素"实际上是在指称物理时间,或称历史时间。纪实型叙述如历史、日记、传记等,提供的时素最为清晰,而且与经验世界比较容易对应;而虚构型叙述(小说等)提供的时素不稳定。某种风格的小说(例如现实主义小说、历史小说等)被叙述时间如历史一般清晰标明,而大部分虚构的小说和电影,无需清楚标明被叙述时间。但是要完全避免时素,不说明大致时间岁月的叙述文本,很少见到。而演示媒介、图像媒介的叙述,总是有服饰等形象时素。

被叙述时间的清晰程度,不仅有体裁、风格的区分,甚至因民族而异。某些重视历史的民族,比较注意标明各种叙述(哪怕神话传说)中的时间,有的民族(例如古代印度人)对时间准确性很淡然,他们对各种叙述,都不要求清晰时素。因此,被叙述时间的标明方式,也是社会文化特定的。

美国汉学家韩南曾指出:"(中国)白话小说特别注意空间与时间的安排。《水浒传》《金瓶梅》之类的小说中可以排出非常繁细的日历,时时注意时间,到令人厌烦的程度。"[1] 异族人(哪怕是汉学家)对中国小说的这个评价,可能完全出乎我们中国人意料,因为我们对小说明确时间已经非常习惯。

的确,与别的民族的小说一对比,中国各种叙述中共有的时间关注就很明显。连唐传奇的奇幻故事,也注意时间的明确性和完整性,以追求历史叙述那种时序的整饬。《古镜记》一开始就说明故事发生在"大业七年五月",以后每个片段都有时间,最后神秘的古镜消失是在"大业十三年七月十五日"。在白话小说中,把时间交代清楚更加成为必不可少的事。稍做对比就可以看出:"三言"一百二十篇小说,情节发生具体年代不清的只有三篇;而时代相差不远的意大利小说集《十日谈》一百篇中,说得出年代的没有几篇。

不同媒介的叙述文本,对时素明晰程度要求很不相同。文字媒介的童话,被叙述时间不需要很清楚,但是一旦转换媒介,有时就要求

---

[1] Patrick Hanan, "The Early Chinese Short Stories: A Critical Theory in Outline", *Harvard Journal of Asiatic Studies*, No. 27, 1967, p. 167.

时素清晰度转换。《尼尔斯骑鹅旅行记》是童话故事，童话的年代时间一般很模糊。而在其插图中，在改编的动画片中，小童尼尔斯的打扮，是我们根据写作年代估猜的，是根据瑞典女作家塞尔玛·拉格洛芙的生活年代拟设的，作者的生活时代与地点，就成为落实人物打扮的唯一依据。动画电影虽然号称"改编"，一旦变成演示媒介叙述文本，就不得不另设时素。

同样，图像叙述中的希腊神话诸神的打扮，是根据希腊人当时的打扮构想的，印度梵天诸神的打扮，也是以印度人的形象资料而定的；教堂壁画中天使长的衣着，是中世纪教士的衣着。这些都是"无根据的伪时素"，是据人画神，神话最终是历史的人的叙述。

"伪时素"往往出现在幻想情节的小说中。《红楼梦》中贾宝玉经历了"花柳繁华地，温柔富贵乡"的一段生活，要隔了"不知过了几世几劫"才有空空道人到青埂峰下抄下他的故事，如果采信了这个"被叙述时间"，贾宝玉、林黛玉生活的年代就离我们太远。虚构的被叙述时间并不需要证实，对于被叙述时间，唯一的原则就是叙述文本中说什么就是什么，谈不上准误对错。《红楼梦》自称是"无朝代年纪可考"，有意颠覆中国小说的历史癖，但书中还是有不少官职、衣装、习俗有所反映。《红楼梦》文本中伪造的故作混乱的时素不少，以避免直指清代纪年，故意避开作者时代。现在《红楼梦》的插图和影剧，用明代人物打扮，这是现代中国观众的欣赏偏好。可见时素并没有一个固定的转换规律。

而且，文字叙述一旦用了"明确时素"，就会引出被叙述时间的准确性问题。评点家姚燮（"大某山民"）《读红楼梦纲领》一文特别挑剌说《红楼梦》有不少时间错讹：

> 元妃生于甲申年，书有明文，至省亲时，实系二十九岁，宝玉是年十五岁……后元妃于甲寅年薨，系年三十一岁，今书中作元妃死时四十四岁，殊不合。三十六回"云明儿是薛姨妈生日"，时盖壬子年夏末秋初也，至第五十七回亦云"今是薛姨妈生日"，时癸丑年春二月间也，岂一人有春秋两生日耶？

往下还查出一大堆时间错误。

用这种严格时间顺序考量，没有几本小说能通得过，而且中国小说中"明确时素"比较多，反而更经不起这种考量。张竹坡发现《金瓶梅》中：

> 开口云西门庆二十七岁，吴神仙相面，则二十九，至临死，则三十三岁，而官哥则生于政和四年丙申，卒于政和五年丁酉，夫西门庆二十九岁生子，则丙申年，至三十三岁，该云庚子，而西门乃卒于戊戌。夫李瓶儿亦该云卒于政和五年。

有趣的是，张竹坡并不认为这是作者疏漏，而是说《金瓶梅》作者有意错乱：

> 此书独与他小说不同。看其三四年间，却是一日一时，推着数去，无论春秋冷热，即某人生日，某人某日来请酒，某月某日请某人，某日是某节令，齐齐整整捱去，若再将三五年间甲子次序排得一丝不乱，是真个与西门计账簿，有如世之无目者所云者也。故特特错乱其年谱：大约三五年间，其繁华如此，则内云某日某节，皆历历生动，不是死板一串铃，可以排头数去，而偏又能使看者五色迷目，真有如捱着一日日过去也。此为神妙之笔。嘻！技至此亦化矣哉！①

姚燮固然是书呆子"读账本"，张竹坡的辩解也一样不必要。本来"世情小说"不是人物传记，不必对证年月。张竹坡说"《史记》中有年表，《金瓶》中亦有时日也"，是对特定体裁的时间特征缺乏恰当理解。既然文字叙述的时间方式都如此歧出，非文字叙述（戏剧、图像等）的时素本来就很不同，更无法精确对应历史纪年。

---

① 《张竹坡批评第一奇书：金瓶梅》，王汝梅、李昭恂、于凤树校点，济南：齐鲁书社，1988年版。

3. 叙述行为时间

叙述行为时间（narration time），常又被称为"讲述时间"（discourse time）、"述本时间"（syuzhet time）、"能指时间"（signifier time）等。与被叙述时间的术语歧出一样，这些说法都有一定道理，但也有可能导致误会：叙述时间，指的是叙述文本占用的时间，术语"讲述时间""述本时间""能指时间"，上面已经说过它们的对应词不太好用的原因，因此，本书建议称之为"叙述行为时间"，至少比较明确。

叙述行为时间，是叙述时间研究中最繁复多变，也最不容易确定的一个概念。从定义上说，这本应当是最简单的：一场口述故事说了50分钟，叙述时间就是50分钟；一个电影镜头半分钟，叙述时间就是半分钟。然而，由于叙述行为时间是用来叙述的，而叙述文本又是在另一根完全独立的时间轴上延展的，因此就有了极为复杂的关系。

本来这两者不用对比，因为叙述时间与被叙述时间，是两个不同世界中的时间概念，"山中方七日，世上已千年"，两者本是无可比较。但既然两个概念都落到同一个文本中，就不得不出现对比。在不同的叙述体裁中，我们可以看到四种情况。

1. 时段同步：极端同步延展的叙述，叙述时段完全等于被叙述时段，只有在游戏、比赛、演习等特殊的叙述中才会出现。此时被叙述的时间，也就是叙述文本展开的时间，二者绝对相等。而戏剧，表面上与游戏相仿，演多少时间，也就代表了被演多少时间，实际上戏剧有改变速度的能力，可以用各种手法（灯光间隔、换衣装等）省略某些情节（例如说"天又亮了"），让叙述行为时段比被叙述时段快速。

电影（包括电视、录像等）变速与跳跃能力更强，最著名的例子是库布里克（Stanley Kubrick）的电影《2001：太空漫游》（*2001: A Space Odyssey*），猿人的第一个工具——一根骨头，扔到空中，转换成一艘宇宙飞船，横跨至少一百万年。经常可以看到更幽默的时间变形。韦兹（Paul Weitz）导演的电影《成为弗林》（*Being Flynn*），一个单身母亲的孩子在花园里反复扔垒球，每扔出一次，接球并掷回的总是换了一个男人：母亲换过许多男友，没有一个固定下来。

2. 时段弹性剪裁：对电影等媒介而言，叙述行为时间与被叙述时间极不一致，在很短时间内，可以说出被叙述时间沧海桑田几万年的事；反过来，很长的叙述时间，可以用慢镜头，或剪辑重复，说被叙述时间很短的事。实际上，两者相应的情况很少，可能只有在刻意描写时间的电影片段，例如炸弹在一分钟内就要爆炸，秒表在倒数，主人公急于手忙脚乱要在这一分钟时间内，找到拯救全人类和他自己的办法，此时才出现明确的等时。把这两种拼合在一起，就出现了风格特殊的高弹性剪裁。

萨特在一篇批评莫里亚克的文章中反对时间变形，他说："如果我把六个月装进一页，那么读者就从窗口跳出去了。"① 实际上，文本不得不做的事岂止是用一页写六个月？用半句写几百年也是可以的，一字不提而让底本的任何时间长度消失也是可以的。据布斯介绍，1958年英国曾拍过一部电影，《楼上的人》（*The Man Upstairs*）具体实践"等时现实主义"，88分钟的电影说了88分钟内发生的事，布斯说其结果实在不能看。② 雅恩（Thomas Jahn）2008年拍的电影《80分钟》（*80 Minutes*）用了80分钟表现主人公被注毒，毒药在80分钟内要发作，此人在80分钟内急忙寻找自救之法，因为全剧绝对等时，反而紧张引人。这种"等时"叙述方式能制造紧张气氛，正因为在"正常叙述"中两者大都是不等的。

从定义上说，演示叙述文本，在特定时段中，与再现的被叙述时间基本等值，情节素（motif）数量也等值。③ 就其基本单元（一个没有剪辑的镜头，一段演出）而言，戏剧与电影都是等时叙述：倒一杯

---

① Jean-Paul Sartre, *Literary and Philosophical Essays*, London: Rider, 1955, p. 67.
② Wayne Booth, *The Rhetoric of Fiction*, Chicago: University of Chicago Press, 1983, p. 52.
③ 关于"情节素"，请看参看笔者《当说者被说的时候：比较叙述学导论》，成都：四川文艺出版社，2013年版，第92页。

咖啡肯定用了倒一杯咖啡的时间；人物从房间一边到另一边走了5步，被叙述的人物跨过这个房间也需要5步；人物说一件事用了十句话，被叙述世界也用了十句话说这件事。如果要减缓，则来自对叙述文本的特殊加工，例如慢镜头。叙述时间让人感到速度比"经验时间"快，是因为跳过了许多部分，电影、戏剧、电子游戏的叙述加速，是靠了剪辑省略。因此，时段同步，只是在"情节素"的水平上能如此说，例如猿人抛出一根骨头，男孩扔出一个球。越出这个情节素，与下一个情节素的连接，就可能在"被叙述时间轴"上跳到很远的位置。

3. 篇幅比喻时段：小说、新闻、报告等文字媒介叙述，实际上是空间展开的，根本没有叙述行为时间可言。哪怕文字的阅读，有个大致的时间展开，也难以比附叙述行为时间，文字叙述不可能与被叙述时间对比。但我们可以大致上说，某些叙述段与被叙述情节在相应细节量上是等量的，例如人物说话用直接引用写入书面文字，就应当与经验中说话的"情节素"在量上相仿，我们就似乎有理由把直接引语（以及仿照心理直接引语的意识流等）看作"等时"的。同样，梦叙述的某些段落"心像活动"占用的时间，可以说与情节等时（生理学认为做梦的实际时间与梦中情景相比短得多，但这里讨论的不是生理时间，而是"接收时间"）。因此，文字叙述体裁中，叙述行为时间与被叙述时间的对比，只是一种篇幅与时间之间的比喻关系。

从根本上说，文本是用来再现的，而再现的效果是接受者对情节"二次叙述"之后得到的，因此文本的时间，与文本再现对象的时间，无须等值。但这两种时间关系的对应程度和方式，会对文本风格效果产生非常重大的影响。例如意识流小说似乎绝对尊重人物心理，完全不加叙述重组，因此给人无时间变形的印象；再例如新现实主义电影的长镜头，似乎擦抹掉了叙述行为痕迹，给人强烈的"逼真感"。

叙述能够制造一种时间幻觉，似乎被叙述的事件真的有具体物理时长。其实叙述与被叙述两个时间互不相干，最常用的办法，就是"利用"被叙述情节中的时间"空档"（dead space），把被叙述时间变成叙述时间。纪德《伪币制造者》第一部分第二节末尾："父子间已无话可说。我们不如离开他们吧。时间已快十一点。让我们把普罗费当第太太留下在她的卧室内……我很好奇地想知道安东尼又会对他的朋友女厨子谈些什么,但人不能事事都听到……"[①] 在这里,"我们"是做叙述,"他们"是被叙述,这两批人的时间完全不相干,这里是故意扰混,用叙述时间(需要停下一处才抽得出空)来衬托被叙述时间这个幽灵:叙述者要说什么,完全不用在被叙述时间中"抽空"。

斯特恩的《项狄传》中有一段,很形象地说明篇幅与被叙述时间实际上没有关系。主人公的母亲在门口偷听父亲说话,站得很累。小说中此处有一段指点干预:"我决定让她保持这个姿势五分钟,等我将同时发生的厨房那边的事情交代完了,再回到母亲这里。"但是下面再次提到母亲,要到几页之后。叙述者突然自辩说:"我该死,我忘了母亲还在那里站着。"但是下面又去说别的事,几页之后,小说才说:"然后,母亲哎呀一声,推开门。"5分钟时间无论如何无法与10页篇幅比较,况且被叙述情节中做什么,与"我"叙述用的时间无关。这是拿"篇幅比喻时间"的无奈开玩笑。

文字的时间变形能力,远远超过任何其他媒介。卡尔维诺(Italio Calvino)的小说《恐龙》(*Dinosaur*),说一个恐龙混进原始人部落中,装作一个人,最后他离开部落远行,到达米兰车站时西装笔挺,手提公文箱:从恐龙到现代人的整个进化史,不过一次旅程。

因此,记录类叙述的叙述时间,是表现在文本篇幅上的事件的相对比例和相对位置的"时段比喻",事件的实际所占时间与严格先后顺序,不可能不变形。所谓时间变形,并不是叙述行为时间与被叙述时间之间真正的差别,因为记录类叙述文本的篇幅,不是真正的时间。

4. 零时段:造型媒介(plastic medium)叙述,用的是某些静止的视觉媒介,例如图像、雕塑、陶瓷、建筑、实物、"舞台造型"等,此类叙述,被叙述时段是零,它只表现了一个时刻;叙述时段也是零,它是记录类叙述,时间是凝固的。

[①] 纪德:《伪币制造者》,盛澄华译,上海:上海译文出版社,2011年版,第22~23页。

本书在第二部分第二章"二次叙述"已经讨论过单幅图像的叙述问题。此类体裁既然是叙述，就对二次叙述有一个特殊要求，即"时段化"。叙述本质上是时段性的，是再现在一定时间流程中人物状态的变化，而造型媒介文本状态不会变化，需要文本接收者对这种"零时段文本"进行时段延展，给情节以必要的展开。

接收者的时段延展方式，主要有两种，一种是把零时段叙述文本看成是事件的缩写，用当代电脑技术的术语，就是看作"截图"，用某种方式让接受者看出它是动态文本的一个瞬间，往往是动势最强的、最戏剧化的关键时刻，接收者能把零时段文本成功地时间化、情节化。

对于单幅图像的叙述能力，论者持怀疑态度者居多。约翰·萨考夫斯基指出，摄影图像本身是无法叙事的，"在决定性瞬间发生的事情是一个视觉的而非戏剧性的高潮，它不产生故事，而是一幅照片"[1]。摄影家李元也认为："照片是按下快门一刹那间的记录，从正面来讲，它的那一刹那的情况具有长久的意义，但从反面来看则既没有解释前因，也没有预示后果，所以摄影未免欠缺一些叙事能力。"[2]

这些论者没有考虑到，单幅图像有一个重要叙述助手，即伴随文本——例如绘画的标题，例如广告图片右下角的商品说明——帮助文本在接受中展开。莱辛对雕塑《拉奥孔》的讨论，有希腊神话"先文本"[3]的帮助，不然无从谈起。"零时段"叙述文本（绘画、雕塑等），可以突破界限，描写时段情节，不过必须采取间接方式，动用伴随文本资源。

第二种变静为动的办法，是把画面隔成连环画，隔断方式经常是绘画自带的画框，但是也可以用本书第一部分第四章的"读出区隔"

---

[1] 约翰·萨考夫斯基：《摄影师的眼睛》，见顾铮编译：《西方摄影文论选》，杭州：浙江摄影出版社，2003年版，第99页。

[2] 李元：《谈美国摄影》，北京：中国摄影出版社，2001年版，第25页。

[3] 关于"先文本"，请参见笔者《符号学原理与推演》第六章第4节，成都：四川大学出版社，2023年版。

办法。唐代吴道子的《地狱变相图》，据说让长安屠夫三个月不敢动刀，惜不传。从后人在各庙宇所作十八层地狱图来看，实际上是隔成若干区幅的连环画，合起来构成情节。在欧洲大量教堂壁画图像中，情节按一定空间顺序展开：

> 拉凡纳墙上的马赛克画，人物群像行列走向东头，而上方的福音书场面则是从西到东。也可以看到牛耕式顺序（boustrophedon）图画，先是从左到右，第二行转过来从右到左。教堂门廊，其图像叙述可以从下幅开始朝上展开，高潮的场面在垂直方向上顶部。①

最后一例中，基督生平情节的选择图景，顺序向上展开，直到基督献身景象正好落在最上方。

造型叙述的文本只包含时间延展的条件，其叙述性的实现取决于接收，因此它们的叙述性无法在文本形式上完全确定。没有截图化或连环化展开，单幅图像或雕塑就无法表现情节，也就不成其为叙述文本，只能称之为静物、静物画、静态雕塑。正因为零时段文本要靠接收才能展开，静物与"造型叙述"之间很难说有绝对清楚的界限。而且，没有标题等伴随文本提示，二次叙述的时段延展很难进行。

上面说的这四种叙述行为时间与被叙述时间对应的方式，实际上把所有的叙述分成了四种时间处理方式。

> 同时时段叙述，也就是比例上最慢的叙述，两者等值；
> 而戏剧、电影等时间叙述，用的是弹性时段加以变化；
> 文字记录类叙述，实际上是篇幅空间媒介，其叙述行为时间应当是一个瞬间的"时刻"（这点在下一章会详细讨论），靠篇幅

---

① Meyer Shapiro, "On Some Problems in the Semiotics of Visual Art: Field and Vehicle in Image-Signs", *Simiolus: Netherlands Quarterly for the History of Art*, Vol. 6, No. 1 (1972–1973), pp. 9–19.

比喻转化为时段；

零时段的空间媒介如绘画雕塑，则完全靠二次叙述的"时段化"，才得以把文本读成叙述。

4. 叙述内外时间间距

第三个范畴，叙述内外时间间距——叙述文本的被叙述时段、叙述时刻、写作时段与阅读时间（时段与时刻），这四者之间的关系比前两者更为复杂，因为超出了文本范围：前两者是文本时间轴上的关系，后两者是文本外时间轴上的关系。使问题更复杂的是，这四个"时间"有的是时段，有的是时刻，有的是时段加时刻，或是被叙述时段与叙述时间之间的间隔。本书已经讨论过第一范畴被叙述时间，第二范畴叙述时间，而这二者本身都已经足够复杂，如果把二者的相应关系考虑进来，就更加繁复。我们必须按照不同体裁的类别，分别处理，避免混成一团说不清。①

演示类，叙述行为与被叙述情节二者共时：演示类没有记录类叙述的时间间距，演示叙述用"非特有性"（不是专门为此种演示制造的）的媒介（身体、言语、物件、图像、光影等）讲述故事，它的最基本特点是，面对叙述的接收者，文本当场展开，此地此刻接收，不需要"后期加工"，也不存留给不在场的接收者事后读取。演示叙述中主要的三型——表演、竞赛、游戏——共同特点是叙述时间与被叙述时间完全共时。这并不是说今日的舞台上不演古装戏历史剧（那是被叙述情节的内容，不是其展开形式），而是说被叙述文本的时间性展开，是与叙述时间同时进行的。其中戏剧演出尚有各种变时变速手法，而比赛与游戏，被叙述时间与叙述行为时间完全重叠。

记录类叙述的被叙述时间，必然落在叙述行为时间的过去，记录

---

① 关于小说与电影中的"内外时间间距"问题，可以参见笔者《当说者被说的时候：比较叙述学导论》第四章中的几种图式，桂林：广西师范大学出版社，2022年。

类叙述用文字、图像、雕塑等人造"特用"媒介，例如历史、小说、新闻、日记等。文字叙述在人类文明中长期占领主导地位，以至于叙述学长期以文字叙述类型为唯一研究对象。由此出现许多西方叙述学家至今坚持的叙述"不言而喻的过去时间"，即是说被叙述时间必定在叙述时间的过去发生，叙述永远是记录类的，这个问题我们已经在"导论"给出叙述定义时讨论过。

而且，记录类叙述的叙述行为时间只能是一个时刻，即叙述借以成立的时刻。上一章已经讨论过，文字、图画等媒介的文本没有时段展开，它与文本的真正写作时段是完全不同的概念。叙述行为时间是时刻的一点，写作时间是延展的时段；叙述时刻是文本的，属于叙述世界，写作时段是实在的，属于经验世界。

对于纪实型的记录类叙述（历史、自传、新闻等），我们可以把成稿"驻笔"的那一刻算作"叙述行为时刻"，因为这些体裁的叙述是实在的行为，作者就是叙述者，成稿时间（叙述时刻）也就是经验时间轴上的某一点。而对于虚构型叙述（例如小说、图画），叙述行为时刻是虚构的一部分，或显或隐。显的叙述行为时刻，是第一人称叙述者站出来说话的时刻，例如《月牙儿》中主人公"我"决定回忆自己的一生之时，《麦田守望者》中少年霍尔顿向精神医生讲述逃学经历的时间。而隐的叙述时间，即"第三人称"叙述框架确立的时刻。虚构叙述虽然不像纪实型叙述，能在经验时间轴上确定某时某刻，这个虚构时间点却是任何虚构叙述必然有的。

因此，记录类叙述的实际写作时段，与叙述行为时刻，是两个完全无法互相关联的概念。如果在叙述中提到写作时间，那么不管这是不是真的写作时间，我们均可认为指的是叙述行为时刻。鲁迅《狂人日记》超叙述者在结尾写道，"（民国）七年四月二日识"，而《狂人日记》的写作，的确完成于1918年4月2日。从叙述学角度看，这个时刻标记，是文本内"叙述时刻"与文本外部"成稿时间"两个不相干时刻，凑巧重合。同例，白行简《李娃传》最后写的"时乙亥岁秋八月，太原白行简云"，也只能"权作"叙述行为时刻，尽管我们知道，按中国古人写作落款的一般规律，这也就是写作完毕的时刻，也应当是叙述框架确立的时刻,但是在叙述构筑的逻辑上,二者不相干,只是凑巧重合。

很多小说在叙述中加一段落,把被叙述时间归结到被叙述时段的最后一刻,凡是如此点明的小说(例如上面讨论过的《麦田守望者》),构筑了两个时间(被叙述时段、叙述时刻)的连接。有的叙述作品把二者合流时间放在超叙述中(例如《狂人日记》),这样可使二者保持一个距离。

因此,记录类的叙述时间有三个特点:第一,被叙述时段必定落在叙述时刻的过去;第二,虚构记录类,叙述行为是个抽象的行动,而纪实记录类,叙述行为是个具体的行动;第三,二者有一点相同:所有记录类叙述文本(不管是纪实的还是虚构的)只有空间篇幅,文字和图像本身没有时间延展,因此只能叙述行为,是在被叙述时间之后的某个时刻完成的,也就是说,不管全书有多长,写作花了多长时间,其叙述行为是在瞬时中完成的。写作可以用很多年。但当叙述文本形成时,小说出现了隐含作者,那一刻就是叙述现在。

这点似乎不容易理解,但是古人却明白。张竹坡说《金瓶梅》:"此书独与他小说不同。看其三四年间,却是一日一时。"异曲同工的是马尔克斯《百年孤独》的"羊皮卷",写作者梅尔基亚德斯编写时用了多重密码,他"并未按照世人的惯常时间来叙述,而是将一个世纪的日常琐碎集中在一起,令所有事件在同一瞬间发生"[1]。看来他敏悟到了虚构的叙述行为,只是一个抽象的时刻,与张竹坡英雄所见略同。

叙述行为时刻比被叙述时间究竟滞后多少,有时是在情节里说清楚的。《孔乙己》开场不久叙述者"我"就说:"花四文铜钱,买一碗酒,——这是二十多年前的事,现在每碗要涨到十文。"白居易《琵琶行》,江州司马夜送客而遇琵琶女的情节是过去发生的事,因为诗临近接尾时说"莫辞更坐弹一曲,为君翻作琵琶行"。也就是说,即使是当场写的,也是在整个叙述情节之后。而琵琶女的次叙述讲到的

---

[1] 加西亚·马尔克斯:《百年孤独》,范晔译,海口:南海出版公司,2011年版,第359页。

自己的身世，比江头弹琵琶这过去时间更为过去。每低一个叙述层次，时间上就更早。

如果是科幻小说，谈将来的事，叙述时刻必然落在故事将来之后的将来。美国科幻小说家阿西莫夫《基地》，扉页说："本书中所用《银河百科全书》的引文均摘自该书第一一六版，银河百科全书出版公司，基地纪元1020年。引用已征得出版社允许。"小说第三部是在"基地纪元4世纪"结束，因此小说的叙述是在全部事件结束之后六百年。

虚构叙述时刻，和叙述者一样，是虚构的产物，只与叙述结构本身有关，而无关于现实中具体的时间。唯一能确定的是：叙述时刻，总是在情节的最后一个时间点之后。凡是不指明叙述行为时间的小说，只能假定叙述行为发生在情节结束之后某个不确定时刻。例如郁达夫的《沉沦》，没有写明具体叙述时间，但肯定在主人公企图投海自杀之后，不然叙述者无法讲这故事。如果主人公真的投海死去（小说的这个情节故意不说清），叙述时刻落在何处呢？这实际上不成问题，因为叙述者可以是任何身份，哪怕死者身份。因此，《红楼梦》的叙述时间，据此书第一回说，是故事情节"不知几世几劫"后，空空道人从石头上抄下来的，这个写明的叙述时刻，实在不甚可靠，但一样有效。

于是这里产生一个至今没人讨论过的时间错乱：《红楼梦》全书最后一回说到空空道人又从青埂峰前经过，发现石头上又新添了一段自述，因此单抄下这新加的一段，这应当就是后四十回的由来。

> 第一个被叙述时段：前八十回中的故事发生。
> 第一个叙述时刻："几世几劫后"，故事被叙述。
> 第二个被叙述时段："后四十回故事发生。"（空空道人说："不知何时，复有此段佳话"）
> 第二个叙述时刻："这一日"又被空空道人再抄录一番。

后四十回与前八十回的被叙述时段之间并没有任何时间差。续作者只想到重新用原超叙述,肯定一下自己所做的独立贡献,而忘了这样一来,时间就无法合拢,露出一个"几世几劫"的大缝。

5. 二我差

正因为记录类叙述的叙述时间是被叙述时间之后的某个点,就出现一个特殊局面:被叙述时段的延展,不断在迫近叙述时刻点,二者的距离不断在缩短。被叙述时间在延伸,而叙述行为时刻从定义上说无法移动,如果被叙述时间一直延伸,到最后两者会重叠合一。这是记录类叙述的普遍局面,但是一般情况下这种"追赶"局面不显著,对叙述活动并不会造成什么影响。只是在第一人称的自传、日记、第一人称小说,会出现所谓"二我差",即叙述者"我",写人物"我"的故事,而且故事越来越迫近叙述时刻。而在这一刻之前(也就是在整个被叙述时段中)同一个"我",作为叙述者,作为人物,两者之间会争夺发言权,形成主体冲突。

从叙述学角度说,叙述者"我"与人物"我"是同一个人,却不是同一个人物。叙述者"我"出现在后,在"叙述时刻";人物"我"出现在前,在"被叙述时段",此刻的我是叙述者,讲述过去的我的故事。莫言小说《红高粱家族》中选择"我"为叙述者讲述爷爷奶奶那一辈发生的故事。那时有无"我"这个人物,并不是小说叙述的必要条件。所以小说中写道:"有人说这个放羊的男孩就是我,我不知道是不是我。"

于是,在第一人称叙述中,赫然出现了完全不同的"我"。似乎叙述者"我"在讲的不是自己的故事,而是一连串不同的别的"我"的故事。有时,甚至叙述的语言都不再是叙述者的语言,而是人物的语言,这是人物"我"抢叙述者"我"的话语权。成长必然二我合拢。这是所有的成长小说(Bildungsroman)的通则:一个成熟的"我",回忆少不更事的"我",如何在人世的风雨中经受磨炼,最后认识到人生真谛。成熟的我作为叙述者当然有权利,也有必要,对这成长过程做评论、干预和控制;作为人物的"我",渐渐成长,要去掉身上许多幼稚，免不了要被成熟的"我"评论并且嘲弄。

在启悟小说式的格局中，二我差最终会渐渐合拢、消失，因为人物渐渐成熟，在经验上渐渐接近叙述者"我"。老舍《月牙儿》的最后二分之一，叙述者"我"的身份是仇恨冷酷世界、被关入监狱的暗娼。当人物"我"已成为这个恶浊世界的一员后，二我差就几乎看不见了。

因此，叙述回顾的过程，也就是人物赶上叙述者的过程，英国作家斯蒂文森（Louis Stevenson）的《化身博士》（*Dr Jekyll & Mr. Hyde*）给了一个最戏剧化的说明。这本幻想小说写的是同一人格被药物分裂为二，性格不同，长相不同，最要命的是道德感不同。因此海德作恶杀人，杰基尔博士不得不为此负责。但是"从恶如崩"，杰基尔随时可能控制不住自己变回海德。杰基尔写忏悔书，坦白一生的秘密，也就等于揭发杀人犯海德，而道德责任感不同的海德，肯定撕毁此忏悔书。两个自我必须异时存在，叙述本身之所以可能，是因为叙述者自我分裂。被叙述的人物海德，不断在追赶写忏悔书的杰基尔博士，尽管这两个人物是一个主体分裂的产物。只有阻断被叙述时段，让它追不上叙述行为时刻，才能让叙述存在下去，成为记录式叙述。因此杰基尔在最后一刹那自杀，以躲避变成海德的结果，让这份叙述文本逃离被撕毁的命运。①

德国电影《重生之门》（*The Door*）中，主人公原是一位成功的画家，七岁的女儿因为自己的疏忽（与邻妇偷情），不幸淹死于家中的泳池中，深深的自责让主人公失去了生活的勇气。后来他偶然发现了一扇神奇的"重生之门"，走进去一切回到五年前的那一刻。他进入那扇门，救回了自己的孩子，也见到了五年前的自己。在本片中，同一个叙述主体，却有两个人格：年轻的自己无法忍受此后的自己的态度与人生观。但是他再也走不出来：只有亲手杀死自己，避免"今日的"自己犯错误。② 柯里说："只有当叙述在进行时，人物身份才

---

① 罗伯特·路易斯·斯蒂文森：《化身博士》，赵毅衡译，见冯季庆选编：《英国·爱尔兰经典中篇小说》，北京：文化艺术出版社，2012年版，第155～204页。

② 这是2012级博士生赵星植举的例子，特致感谢。

成为人物的身份……故事最大的神秘之处是这个时间段（被叙述结束，尚未叙述），因为它未知、未决、未述。"①

电影《环形使者》（*Looper*）中，老年的主人公为了避免死亡，穿越到自己年轻的时代企图改变过去，从而改变自己的命运。但是年轻的主人公并不认同老年的自己的看法，于是二人互殴，叙述主体既应该是一个人，又是两个人，形成了奇特的二我差。② 这种"二我差"变成"二我斗"的桥段，在《回到未来》三部曲中已经使用。人物与叙述者的最后相遇，在正常情况下是不会出现的，因为叙述行为本身会阻断有关自身的叙述，这在本书第四部分第四章第六节"叙述悖论与自指悖论"中会仔细讨论。

这并不是说叙述者"我"与人物"我"年龄差较大时，肯定会出现主体安排的困难。如果处理得好，二我差可以变成使叙述主体复杂化并且复调化的手段。两个主体交流互相补充，使叙述富于动力，既不是叙述者我完全控制，使语言过于精明、老练，失去真切感，又不是人物我完全控制，使语言过于天真、稚嫩，失诸戏剧化，缺少内察的深度。二我差是第一人称回忆式小说的内在张力的源头。可以说，对二我差的掌握，是第一人称回忆式小说成功与否的关键。由于许多作者对此并不自觉，我们看到少数成功，也看到一大堆失败。

要尽量消除二我差制造的时间困难，一个办法是把叙述行为时刻与被叙述时段的间隔缩小。例如塞林格的《麦田守望者》，把叙述时间安排在少年主人公结束冒险经历之后不久，而不是在他长大之后若干年。这样，全文的戏谑性街头少年的语言，就同时属于两个"我"。

消除二我差的另一个办法，是坚持说两个人格之间（在某个具体问题上）前后始终一致，没有差别。例如林白《一个人的战争》：

> 阿姨扬手一拨，蚊帐落下，床就是有屋顶有门的小屋子，谁也不会来。灯一黑，墙就变得厚厚的，谁都看不见了。放心地把

---

① 马克·柯里：《后现代叙事理论》，宁一中译，北京：北京大学出版社，2004年版，第134页。

② 这是2012级博士生云燕举的例子，特致感谢。

自己变成水,把手变成鱼,鱼在滑动,鸟在飞,只要不发出声,脚步就不会来。

这种做法一直延续下来。直到如今。在漫长的日子中,蚊帐是同谋,只有蚊帐才能把人彻底隔开,才安全。

儿时的情感,与叙述者现在的感慨,在喜爱蚊帐这个具体问题上,人物"直到如今"变成叙述者了都没有变化。这样就迫使两个主体的话语权争夺暂时休战。如果小说一直维持这样的做法,也就无情节可言了。

消除二我差的第三个办法,是用成熟的"我"来纠正过去的"我",把过去的"我"的人物视角说成不可靠(关于"人物不可靠",参见本书第四部分第三章第四节)。姜文导演的《阳光灿烂的日子》(1994)就是这类典型。整部电影在成年马小军的画外音回忆中展开,这位叙述者一方面诚诚恳恳讲述那年夏天与梦中情人米兰发生的故事,一方面又不断提醒自己和观众,记忆是多么不可靠。当电影讲述马小军借生日兴头挥拳狠揍刘忆苦时,叙述者立即插话:"千万别相信这个,我从来就没有这样勇敢过,这样壮烈过……我悲哀地发现,根本无法还原事实,记忆总是被我的情感改头换面。"这样就否定了前一个"我"作为叙述主体的存在价值,此时二我差实际上被擦除了。

另一种把"二我差"戏剧性地分裂的办法,是转用另一种人称。王朔《看上去很美》用第一人称回忆自己幼年的经历,但是称呼幼年的"我"用名字"方枪枪",叙述就是"我"与"他"混合。用"我"的回忆者意识,比较客观地说"他"的故事。"我没有发现他当时有什么思想活动"[①],这个"他",是过去的"我",不是现在的"我"。这是一个很有创造性的叙述方式。

写作时间,与阅读时间处于经验世界时间轴上,与纪实型叙述事

[①] 王朔:《看上去很美》,北京:华艺出版社,1999年版,第151页。这个例子是2012级硕士陈蓉提供的,特此致谢。

件有关，与虚构叙述时间无关。写作时间与接收时间，处于作者读者的世界中，它们也都是文本之外的，这点似乎不难理解。对于文字图画等记录类叙述而言，写作时间必定先于阅读时间，二者都是实在的经验世界时间，不是虚构的产物。

在作品的文化考察中，二者的间距才是重要问题。如果写作时间与接收时间相隔很远，文本就会被认为是经典，因为历史有放大作用，千年以上无劣作。时代比较接近，崇敬程度就会降低，大师往往远隔后世才得到承认。这就是为什么接受活动本身，可以成为我们考察的对象。当两个写作时间都离当今很远，我们就会惊异，接受方式可以改变文本的"质量"。

6. 演示类叙述的时间

在当今文化中，演示类媒介的重要性急剧上升。为了醒目，本节集中说一下演示叙述的时间特点。

演示叙述的最大时间特点，是其被叙述时段、叙述时段、接收时段三者的重合。注意在虚构型演出（戏剧等）中，被叙述中的时素指的是情节"时素"，与叙述文本展开时间（即演出时间）没有关系。古装戏可以是18世纪发生的故事，演出依然是在观看现场进行的。叙述文本在观看此刻展开，没有文字等记录类媒介的回溯倒述关系。被叙述时间，就是叙述行为占用的时间。

康德称这种现时性为"现在在场"（the present presence），海德格尔发展这一概念，称为"此刻场"（the moment-site）。[①] 在现象学看来，内在时间不是客体的品质，而是意识中的时间性。叙述现在向度，不是叙述的固有品格，而是特定叙述体裁固有的接受程式，即接收文本的文化约定方式。

使问题复杂化的是电子时代新出的演示类叙述存储方式，例如电

---

① 此词德文原文 Augenblicksstatte，见 Martin Heidegger, *Contributions to Philosophy*, Bloomington: Indiana University Press, 1999, p. 235.

影、录像、录音等。现代存储手段可以把任何媒介的文本存储起来，这样的演示类文本就失去了"现时性"，成为所谓"记录演示类叙述"。

但我们讨论的是作为这些体裁载体的叙述媒介，更准确地说，是原来的"体裁期待接收方式"，也就是体裁规定的观看方式。哪怕演出是对着摄影机表演录制的，作为演示类体裁，它与"期待接收者"之间，只不过发出-接收之间的时空距离加长了而已。存储下来的演示类叙述，在接收者那里，依然是一种现时性叙述。

电影因为只能用胶卷或数字存储，没有在场演出传统，与戏剧在时间性上的区别是个理论大难题，电影学者一片混战，至今未有结论。笔者认为：它们都是演出类叙述，在意向时间方向上，与小说等记录式媒介有本质的不同；拍摄下来的戏剧，与电影之间，从文本被接受的方式上看，内在时间向度却相当一致。

说电影与戏剧本质不同的学者，认为戏剧的叙述（演出）像口述故事，叙述人（演员）有临场发挥的可能，下文有相当大的不确定性，而电影是制成品，缺少这种不确定性。由于电视电影已经成为当代文化中最重要的叙述体裁，我们在第一部分第二章引用麦茨等许多电影学者的观点，详细论证了影视的"现时性"品格。但是戈德罗和若斯特认为电影是预先制作好的（已经制成胶卷或DVD），因此"电影再现一个完结的行动，是现在向观众表现以前发生的事"，他们认为："（只有）戏剧，与观众的接收活动始终处于现象学的同时性中。"[1]

这种区别，只有对参与影视制作的人才会生效，对观众而言，"观看"的直接印象是最主要的，而观看电影与戏剧，两者的经验方式相仿。在叙述展开的时段中，接受者始终被印象中的现时性控制。主张长镜头的巴赞提出了非常有趣的看法："电影的特性，暂就其纯

---

[1] 安德烈·戈德罗、弗朗索瓦·若斯特：《什么是电影叙事学》，刘云舟译，北京：商务印书馆，2005年版，第45页。

粹状态而言，仅仅在于从摄影上严守空间的统一。"[①] 他的意思是在局部范围，单独镜头给人们的同一时空的感觉，如同戏剧，只是蒙太奇等后期加工，切割了电影本质的感觉。巴赞这种看法，有点过分夸张，在当代电影叙述的实践中，已经不可能。

戏剧与影视的对比，与口头讲述和广播的对比，很有点相似之处：口头叙述的现场展开，是多渠道传达，宋元平话，明清弹词，今日的说书、相声，所有这些现场表演式叙述，有各种"副文本"特征（姿势、声调、伴奏），有叙述人与听众的应和互动，叙述人有特权做临场发挥。听口头讲述，与听收音机广播，没有本质上不同的时间印象。哪怕懂行的听众能知道广播里放的是事先做好的录音，不是现场广播，对一般听众而言，"正在进行"的感觉印象一样强烈。

各种演示叙述，主导印象是"不确定性"，是"事件正在发生，尚未知下文"。演示，就是不预先设定下一步叙述如何进行，情节如何发展。

正因如此，在演示类叙述中，一切意义必然是"现在在场"地实现的，这样一来，情节意义随时可能被后来的情节推翻。正因为如此，才有所谓"戏剧反讽"（dramatic irony）：观众因为一路看过来了解前情，因而比人物知道得多。《罗密欧与朱丽叶》中罗密欧因误会朱丽叶已死而自杀，观众看着角色正在犯错误而扼腕顿足；而角色因为不知情，越加理直气壮地，几乎傲慢地卖弄自己的无辜，为自己的无知犯下千古大错。如果演示叙述文本不具有这种"现在在场"的时间品格，不能给观众强烈的"眼看着某种情况正在发生"的感觉，戏剧反讽就不可能出现。只有看起来灾难性后果尚未发生，观众觉得如果让他们参与（例如朝台上大喊一声）尚可设法扭转局面，观众的内心冲动也经常表现为捶胸顿足呼叫：舞台上或银幕上的叙述行为，与台下叙述接收之间，的确存在异常的张力。

这很像看运动比赛，或是玩电子游戏，它们都是演示叙述，因为

[①] 安德烈·巴赞：《电影是什么》，崔君衍译，南京：江苏教育出版社，2005年版，第51页。

下一刻未知才扣人心弦。小说和历史固然有悬疑，但因为小说内在时间是回溯的，不管什么情节，一切都已经写定，已成事实，已经结束。读者会急于知道结果，会对结局掩卷长叹，却不会有似乎可以参与进去，从而改变叙述的冲动。如果说电影观众有可能失去了这种"参与冲动"，今日的网上互动游戏却更扩大了情节的不确定性：接受者靠此时此刻按键盘控制着文本，在虚拟空间中，"正在进行"已经不再只是感觉，而是切切实实的投入理由。

第二章　情节诸问题

1. 情节与事件

情节（plot 或 action）是叙述性的来源，是任何叙述之所以为叙述的原因。任何关于叙述的学理思考，首先要处理的就是情节问题。柏拉图和亚里士多德花大量篇幅讨论与"逻各斯"（logos）相对的"迷所思"（mythos），即故事或叙述情节。20世纪叙述学的一些奠基之作——福斯特的《小说面面观》、普罗普的《民间故事形态》、托马舍夫斯基的《主题学》、格雷马斯的《论意义》、巴尔特的《S/Z》、利科的《时间与叙述》——都集中讨论情节问题。

情节也一直是叙述学的最困难问题、最薄弱环节。至今我们没有一个关于情节的基本定义，甚至对于情节研究究竟要讨论哪些问题，都没有共同的意见。整个领域就像云山雾罩的城堡，我们遥望其辉煌，却不得其门而入。然而，要建立一门广义叙述学，我们不得不面对情节问题，因为一个文本必须有情节才能成为叙述文本，它是叙述的本质性要求。

情节不同于故事，也不同于事件，情节介于两者之间，这是我们首先要澄清的问题。一般人把情节视为与"故事"同义，经常合称为"故事情节"，这个理解并不错，只是过于粗疏，应用到超越文学叙述的广义叙述研究中，会遇到难题。

西文此词比中文的"故事"意义更为散乱：英文常称新闻和历史事件为 story，法文的"故事"与"历史"则完全用同一个词 histoire。汉语不会把历史、新闻等体裁叙述的内容称为"故事"，但是无法否认它们是有情节的叙述。也就是说，至少在中文中纪实型叙述有情节而无故事，虚构叙述才可能有故事。法官不会同意他听到的申述是"故事"，但他无法否认这些是有情节的叙述。在中文中，故事应当"有头有尾"，取得一个自我完成的暂停。而纪实型叙述，大部分并不要求情节"完整"：大部分梦、大部分日记、大部分书信、比赛、电子游戏、"叙事画"（例如上一章引用的快递公司广告图片），都有情节，但是很难说有故事。

因此，情节比故事面广得多：情节是故事的基础材料，故事是有头有尾、有起承转合结构的情节。一个叙述文本，必须有情节，却不一定有故事，但只要具备情节，就有资格被称为叙述。这是因为汉语的"故事"有虚构的意思，比英语的 story（故事、说法），法语的 histoire（故事、历史），虚构意味强得多。因此本书尽量不用"故事"一词，只讨论情节。虽然在各种语言中两个词的外延各有不同，大致上，"情节"都比"故事"范围宽，情节是叙述的最基本条件。

情节与事件（event）之间，区别更具本质性。本书"导论"中说，情节的底线定义，就是"被叙述出来卷入人物的事件"。文本只要讲述这种事件，就成为叙述文本，因此，事件是情节的最基本特征。事件与情节的区别是：事件不一定发生在叙述里，而更多发生在经验世界里，因此事件本身并不是叙述的组成单元，事件的媒介化表现才是情节的单元；反过来，情节只存在于媒介化的符号文本之中，不可能发生在经验世界中。

可以简单明了地说明两者的区别：事件是事物的某种状态变化，如果不用某种媒介加以再现，事件就是经验世界的事件，不是组成叙述情节的事件。因此，情节牵涉"说什么"与"如何说"两个方面：事件之选取，即说什么；事件的叙述方式，则是如何说。这两者结合才构成"情节"。

许多叙述学家（例如普林斯）还讨论一系列差别细微的概念，例如"可说性"（tellability）、"事件性"（eventfulness）、"叙述性"、"叙述品质"（narrativeness）、"叙述质地"（narrativehood）、"可叙述性"(narratability)。① 这些概念之间的差别相当细微,但是在某些论者那里,这些细微差别有重大意义。有的论者(例如弗洛里)甚至认为相当多叙述是"无情节"的(plotless)。也就是说一部分叙述,具有叙述质地,但是叙述性很弱,因此是没有情节的叙述,他们指的主要是一些"客观的""日常的""语言学式的""无须阐释的"叙述。②

但是也有不少论者认为,凡是叙述文本,都有情节。"情节"是叙述的根本品质,例如利科就认为"情节化"(emplotment)是"叙述性"的基础表现形式。③ 本书第一节就一再强调:不卷入人物的事态变化,不是叙述的对象,不是情节。讲述这些变化的文本(如实验报告、化学公式、地质演变等),都不是叙述,而是事物演变的陈述。本书"导论"提出叙述的底线定义时,已经把这类文本划入"陈述"范围。

本书引用各家纷纭诸说,沿用他们不同的术语,以免扭曲他们的意见,实际上许多争论只是术语用法问题。本书按笔者理解的术语论证:事件是情节的组成成分,情节就是被叙述者选中统合到叙述文本中的事件具有序列性的组合,因此,所有的叙述都有情节。没有"无情节"的叙述性,只有程度不等的"弱情节"叙述性。这就首先要对"情节"做一个恰当的定义,才能让"情节"这个概念大致上能包含上述范围。或许有些论者不同意这样清晰的划分,但是如此定义可以省却许多不必要的纠缠。而且最后本书会证明这样貌似简单的定义,可以说明一连串难以解答清楚的问题。

2. "可述性"与"叙述性"

关于情节的另一个叙述学上的争论,是什么样的事件才具有"可述性"(narratability),即什么样的事件"有意义"到值得叙述者选

---

① Gerald Prince, "Narrativehood, Narrativeness, Narrativity, Narratability", in J. Pier, J. Á. Garcia Landa (eds.). *Theorizing Narrativity*. Berlin: De Gruyter, 2008, pp. 23-25. 普林斯在《叙述学词典》前后两版都没有收入这些词条,本书也不准备厘清它们的细微区别。

② William Frawley, *Linguistic Semantics*. Hillsdale: Lawrence Erlbaum, 1992.

③ Paul Ricoeur, *Time and Narration*. Vol. 3. Chicago: University of Chicago Press, 1988, p. 4.

择进入文本，并且值得接收者听取？语言学家莱博夫认为："可述性"是事件等待被叙述的潜力，是否"值得说"是事件本身的特征，而是否具有"叙述性"，则是文本进行叙述化的成功程度之别，是叙述化在不同的叙述中实现成功的程度。① 因此，"可述性"是事件的品质，而"叙述性"是文本的品质。情节夹在两者之间，成为二者的桥梁。简单地说，事件具有可述性，就能进入情节，而叙述者对情节的处理，使文本具有"叙述性"。也就是说，叙述使事件的"可述性"转化为文本的"叙述性"。

显然，"可述性"的判断相当主观，对某位作者值得说，对某位读者值得听的事件，换了别的人就不见得是可说可听的。但是，无论对什么样的人，可述性还是有一定的规律性条件，我们不得不回到笔者一再强调的"解释社群"观念："可述性"是解释社群可能有兴趣知道的事件的特征。②

亚里士多德曾经提出悲剧主人公必定要经过"命运转折""领悟""受难"三种事件③，这是对情节的高要求，适合于悲剧这种要求高度戏剧化的体裁，并非各种叙述体裁中的最低可述性。本节讨论底线可述性，也就是事件构成"最简情节"的标准。底线可述性，必定要以"不值得说"或"不可说"为背景。也就是说，从这个标准再放低一步要求，就不能进入叙述。反过来，如果任何事件都值得说，叙述者就无法进行选择：凡是被选择进入叙述的事件，总有被选上的起码资格，这个资格就是"可述性"。

叙述是讲述世界上发生的事件，布鲁纳却认为"世界上并不存在故事"，经验世界中的事件本身谈不上意义，想象中的各种事件也不一定具有意义。意义是叙述文本再现构成的，是一种"阐释的可构筑

---

① William Labov, *Language in the Inner City*, Philadelphia: University of Pennsylvania Press, 1972, p.4.

② 关于"解释社群"，请参见笔者《哲学符号学：意义世界的形式》第五章第3节，成都：四川大学出版社，2023年版。

③ Halliwell, Stephen. *The Poetics of Aristotle: Translation and Commentary*. London: Duckworth. 1987, chaps. X, XI, XIII.

性"(hermeneutic composability)。① 也就是说，情节产生，不仅是为了叙述事件，也不仅是以某种方式讲事件，更取决于叙述构筑意义的能力。② 情节，即有意义的事件描述，只出现于叙述文本之中。文本有叙述性，而生活本无叙述性，斯科尔斯说："叙述性结束之处生活开始。"③

可以说，世界上本无叙述，人的叙述意识把世界经验叙述化，把它变得可以把握。这就是为什么人要造神话、写历史、说故事、读新闻。世界只有被叙述化了，才能被人理解。英国现代女作家艾维·康普登－班奈特（Ivy Compton-Bennett）讽刺地宣称："实际生活完全无助于情节构思。实际生活无情节。我明白情节至关重要，因此我对生活很不满意。"④

那么，到底是什么样的事件具有可述性呢？赫尔曼提出，事件应当分成"无情节叙述"的甲型事件（type I events），与"有情节叙述"的乙型事件（type II events），⑤ 两种事件都值得说，可述性却不一样。"甲型事件"构成了无情节的"生活史"（例如，假定有一本书《唐代妇女生活》），乙型构成了有情节的"事件史"（假定有《玄武门之变》）。赫尔曼讨论的实际上是可述性的程度：只发生一次的特殊事件，可述性比较强，如果是普遍发生的常见事件（例如"唐朝皇帝普遍受制于宦官"），不见得就不值得加以叙述。

应当说，只能在同一体裁（上面说的是历史）中做这样的对比，不同体裁，不同风格，要求完全不同。无法要求闲聊与相声的"可述性"同一标准；无法要求风俗志与高度戏剧化的"一分钟小说"同一标准；画凡人俗事的《清明上河图》，与高度浓缩的广告，其"可述性"也无法

---

① Jerome Bruner, "The Narrative Construction of Reality", *Critical Inquiry*, 1991, No. 18, p. 2.
② Jerome Bruner, "The Narrative Construction of Reality", *Critical Inquiry*, 1991, No. 18, p. 18.
③ Robert Scholes, "Life resumes when narrativity ceases", in *Semiotics and Interpretation*, New Haven: Yale University Press, 1982, p. 64.
④ "A Conversation Between Ivy. Compton-Burnett and Margaret. Jourdain", in R. Lehmann et al. (eds.) *Orion*, London: Nicholson & Watson, 1950, Vol. 1, p. 2.
⑤ David Herman. "Events and Event-Types." D. Herman et al. (eds.). *Routledge Encyclopedia of Narrative Theory*. London: Routledge, 2005, pp. 151－152.

用同一个标准衡量。就广义叙述的最基本要求而言,任何卷入人物的事件都能构成情节,而叙述的精彩与否,并不完全取决于所述事件,因此,事件的"可述性",只是我们考量叙述的一个方面。

有不少论者认为,叙述中的事件,必须是"有违常规",这才值得一说,这是上文中赫尔曼关于事件分两类的进一步延伸。布鲁纳提出:"一个故事要值得说,就必须是关于某个隐含的常规脚本(canonical script)是如何被打破的,被违反的,或被背离的。"① 波拉尼进一步认为,只有能引发社会的、文化的或个人生活的"违规",才值得一说。② 他们的意思是:常规事件不值得说。也就是说,情节不能按我们在经验世界习见的常规发展,而必须破坏之。由此可以类推:违反常规的程度,就是情节精彩(可述性)的标准。

这个说法,是把叙述事件全部看成标出项,叙述性就等同于标出性。叙述事件必须是"人咬狗"的特殊事件,叙述成为"唯恐天下不乱"的活动。实际上,除了小说、电影、新闻、历史,这些"常规叙述体裁"才追求特殊事件,很多叙述并不追求"反常规",例如庭辩,例如祈祷,例如各种仪式。甚至小说和电影这样以"新鲜"取胜的叙述,最后依然要归于"常规",传统小说与"好莱坞模式"电影,就是明证:其情节"违规",而其结局回到"常规";事件发展超常,道德教训依旧。情节始终在反常与正常之间摇摆。因此,"违规"不是叙述性的规律标准。

显然,"有违常规"并不是唯一选取的标准,不然"好莱坞式大团圆"结局不会成为打不破的常规。情节可述性,是依"阐释群体"而异的,而文本的叙述性是相对于读者的"阐释语境"而言的:叙述者选择说的,总是心里想着接收者是否会感兴趣;但是接收者并不是都冲着听新鲜而来,他们期盼某种体裁,完成社会文化规定的表意程式,这也是一种常规性心理满足。

从"对话模式"可以看出,"违规才有可述性"理论的最大弊病,是

---

① "To be worth telling, a tale must be about how an implicit canonical script has been breached, violated, or deviated from". Jerome Bruner, "The Narrative Construction of Reality", *Critical Inquiry*, No. 18, 1991, pp. 2.

② Livia Polanyi, "So What's the Point?" *Semiotica*, Vol. 25, 1979, pp. 207—241.

把叙述情节的形成标准统一化了。想知道唐代妇女生活的读者听众，对唐太宗的宫廷政变就不一定感兴趣。叙述是否能引发兴趣，是由三个方面因素共同决定的：一是上面诸位专家说的，所叙述的事件本身是否异常；二是如何说，即叙述的方式造成文本叙述性；三是"阐释社群"的理解方式与认知满足。这三个环节都是相对的、机动的，只有配合起来成为一个符号表意环链，才会起作用。

有的历史学家就善于在这方面出奇制胜：著名汉学家史景迁（Jonathan D. Spencer）的名著《王氏之死》（*The Death of Woman Wang*）写1688年的清初社会，用的是山东郯城县志等地方资料。但是我们依然可以看到凡俗百姓生活常规中的非常规事件，例如地震及寡妇私奔。用这种反常规写出常规，是这本书的主旨。应当说，在历史学家中，史景迁独具只眼。

3. "否叙述"与"另叙述"

要特别说明的是叙述处理情节的两种特殊手法，都是说某个事件根本没有发生过，但是效果很不同。普林斯1988年著文，提出"否叙述"（disnarration）。例如："我曾经想如此如此报复，但是我没有做。"但是此术语后来与"另叙述"（denarration）混淆不清，论者各执一词。这里稍加辨义。

先谈"否叙述"，普林斯提出此概念时，指的是"某个事件并没有发生，虽然在叙述中以否定或假定方式谈到"[①]。他指的是在小说或电影中，某些情节被（事前或事后）说成是人物的幻想、做梦、想入非非、无知、未得满足的愿望、破碎的希冀、不可能的信心、失败的努力、错误的计划等。也就是说，说的事情并没有在小说的情节中"实在化"（actualized）。

问题在于，虚构叙述文本的整个基础语义域，也就是说大部分的情节，都没有"实在化"，不管人物做了还是没有做。我们可以对比纪实型

[①] Gerald Prince, "The Disnarrated", *Style*, Vol. 22, No. 1, 1988, p. 1.

叙述，这种叙述的基础语义域落在"实在世界"中，因此其情节"应当"是在经验世界"实在化"的。

因此，只有纪实型叙述，才谈得上"否叙述"有没有实在化。例如律师辩护中说某人曾有某种想法，但未曾付诸行动，不能入罪；或说历史上某人曾献一妙计，但未获接受，因此不是情节的一部分。显然这种"否叙述"之所以值得一说，是叙述策略（例如法律辩词为开脱，历史为强调个人之无奈）。这种"否叙述"的确不是情节的一部分，却是叙述的重要部分。这有点像"反事实（counterfactual）历史"[①]，只不过在文本中"否叙述"是局部化的。

虚构小说中的"否叙述"则不需要在经验世界实在化，这与纪实型叙述中的"否叙述"本体地位很不相同。因此，虚构叙述中的"否叙述"（有过某某想法但未实施），依然是情节有效的一部分，因为整个叙述的基本情节一样没有实在化，其本体地位相同。

而普林斯提出此概念，是针对小说而言的，因此立即遭到反驳。论者指出："认为否定句只能构成情节的背景，或'连带'（collateral）材料，不能构成情节事件，其实不然。"[②] 例如一部侦探小说，主人公忽然发现钻石既不如他臆想的在口袋里，也不如他猜测的在旅馆抽屉里，这是"否叙述"，因为两个想法都没有"实在化"，却形成此小说的关键情节：钻石被神偷盗走了。唐人沈既济《枕中记》（即"黄粱梦"故事），则完全围绕着"否叙述"来写，把这个概念变成叙述的主题。全文不长，录于此：

> 开成七年，有卢生名英，字萃之。于邯郸逆旅，遇道者吕翁，生言下甚自叹困穷，翁乃取囊中枕授之。曰："子枕吾此枕，当令子荣显适意！"时主人方蒸黍，生俛首就之，梦入枕中，遂至其家，数月，娶清河崔氏女为妻，女容甚丽，生资愈厚，生大悦！于是旋举进士，累官舍人，迁节度使，大破戎虏，为相十余年，子五人皆仕

[①] 关于"反事实历史"，请参见本书第三部分第三章。
[②] Suzanne Fleischman, *Tense and Narrativity: From Medieval Performance to Modern Fiction*, Austin: University of Texas Press, 1990, pp. 158—159.

宦，孙十余人，其姻媾皆天下望族，年逾八十而卒。及醒，蒸黍尚未熟。怪曰："岂其梦耶？"翁笑曰："人生之适，亦如是耳！"生抚然良久，稽首拜谢而去。

经此黄粱一梦，卢生大彻大悟，不思上京赴考，反入山修道去也。一生辉煌事业，只是"否叙述"，但是正是此梦境，是虚幻无稽之事，才是此虚构文本的主题所在。

因而，在虚构叙述中，想象也是虚构世界的一部分，某段情节只是人物的梦想，这段情节依然是"发生"过的。虚构叙述中幻想或梦见的情节，不是无中生有的"否叙述"，因为虚构本来就是无中生有。显然，普林斯所说的在实在世界"并没有发生"，并不是"否叙述"的标准。所以，笔者建议，"否叙述"的定义应当是：没有被文本世界实在化的情节。它在纪实与虚构两大型叙述中，意义完全不同：虚构叙述与经验实在区隔，因而不透明，因此谈不上是否在经验实在中"实在化"。"否叙述"指的是相对于产生它的叙述层次为虚，即是说没有在被叙述世界中"实在化"，"黄粱梦"在"邯郸逆旅"情节中是"否叙述"。电影《赎罪》的"向姐夫忏悔"一段也是否叙述，因为小说最后说这段情节"出自虚构"，指的是电影的虚构层次之下一层次叙述之虚构。

这个术语，仔细讨论，还是很有意思。但是沃霍尔在《当代叙事理论指南》中，认为"否叙述"（disnarration）这个术语，在普林斯创造出来之后，即成废词。① 于是她建议废词利用，用 disnarration 表达另一个意思，即"说一件没有发生的事"。她举了电影《只是一个吻》（*Just a Kiss*）为例：一个不当之吻，衍生的情节很悲剧，自杀、谋杀、恶性事故。最后主人公回过来"擦掉"此吻，一切皆大欢喜，团圆结局。也就是说，她建议用"否叙述"（disnarration）代替"另叙述"（denarration）。

这两个意思看起来似乎很相似，都是说某一段叙述不存在。实际上两者很不同："否叙述"的典型语句是"没有如此做"，但叙述文本却具

---

① 罗宾·R. 沃霍尔：《新叙事：现实主义小说和当代电影怎样表达不可叙述之事》，见 James Phalen, Peter J. Rabinowitz 主编：《当代叙事理论指南》，申丹、马海良、宁一中等译，北京：北京大学出版社，2007年版，第241页。

体描写了没有做的事件；而"另叙述"的典型语句是"上面这段不算，下面才是真正发生的事"，目的是改变先前的情节进程，典型的例子是电影《罗拉快跑》等。

沃霍尔建议用"否叙述"一词代替"另叙述"，而某些论者，例如理查森，还是坚持用"另叙述"（denarration）[①]，本书在第二部分第三章讨论"底本与述本"时已经仔细解释过理查森的理解。沃霍尔反对理查森的用法，她在《当代叙事理论指南》文章的注释中说：理查森"新造了一个术语"[②]，意思是她对"否叙述"（disnarration）的用法（接近"另叙述"的用法）是对的。而理查森对她的这个指责还以颜色，在他写的《劳特利奇叙述理论百科全书》的"denarration"条目中，坚持认为"另叙述"（denarration）与"否叙述"（disnarration）不同。前者指的是"叙述另选"，是"叙述中改变前说"，而后者是在叙述中没有"实在化"的情节，是一种"不可靠叙述，不同人物说同一件事，叙述者猜测，甚至作者笔误"。[③] 他参与编写的这本《劳特利奇叙述理论百科全书》，干脆取消了"否叙述"（disnarration）条目。

理查森坚持二者分开，沃霍尔坚持二者合并，而且基本上消除了普林斯"否叙述"的原义。这个争论，看来是用词之争，不见得会导致理论危机。但这两本书，*A Companion to Narrative Theory*（《当代叙事理论指南》）（2005）、*Routledge Encyclopedia of Narrative Theory*（《劳特利奇叙述理论百科全书》）（2007），都是"后经典叙述学"的集大成之书，是近年叙述学研究最重要的参考书。当然，学界看法有所不同，是正常的，这也证明叙述学虽然发展百年，未解决的问题还有许多。笔者经常遇到在术语上被这些后经典叙述学家搞糊涂的学生，所以专门说一下。

应当说，理查森是对的。"否叙述"与"另叙述"不应混淆，但

[①] Brian Richardson, "Denarration in Fiction: Erasing the Story in Beckett and Others", *Narrative*, Vol. 9, No. 2, pp. 168—175.

[②] 罗宾·R. 沃霍尔：《新叙事：现实主义小说和当代电影怎样表达不可叙述之事》，见 James Phalen, Peter J. Rabinowitz 主编：《当代叙事理论指南》，申丹、马海良、宁一中等译，北京：北京大学出版社，2007年版，注2，第242页。

[③] David Herman et al (eds.), *Routledge Encyclopedia of Narrative Theory*, London & New York: Routledge, 2007, "Dennaration"条。

是沃霍尔与理查森都想抛弃"否叙述"。实际上这个概念很有用，尤其是用来区分纪实型与虚构型叙述：在纪实型叙述中，是一种"假定式"叙述策略；在虚构型叙述中，是次叙述情节的安排方式。只是发明此概念的普林斯没有说透，导致后来叙述学者各执一说。

4. 情节选择的标准

选择，是"选下"（deselection）的结果，逻辑上只有"选下"后才有"选上"。不是底本中任何事件都能被选上到叙述中，成为"情节事件"。究竟什么样的事件能够被选上？不同的体裁，不同的风格，不同的题材，会有极大的差别。每一个文本，都有它出于自身需要的考虑，要总结出一个抽象统一的标准，实际上是不可能的。但是一门广义叙述学理论，要整合那么多种类的叙述，必须提出一个"底线标准"。一旦低于这个标准，不管什么事件，就都失去了被选择的资格。不然，我们面临的"情节构成方式"就无从说起。

因此，本节讨论的是事件的"可述性"（narratability），事件有了"可述性"，就有被选择资格，虽然最后是否被选择还取决于叙述主体的叙述方式。因此，下面说的四种"可述性"，是叙述选择可能性的边界，而不是文本构成的边界。我们在此讨论的也不是"叙述性"（narrativity），"叙述性"是一个文本变成叙述文本的品格，也有学者理解为使叙述文本变得生动的品格。简单地说，"可述性"是事件的特征，而"叙述性"是情节的特征。

如果叙述选择的准则是"对方不想听的就不说"，情节的选择形成标准就过于散乱。上面提到过，有论者认为选择情节只有一个标准："违反常规"。这样，最违反常规，就最值得一说。这实际上是行不通的，任何文化都对形成叙述选择实行多重标准。沃霍尔曾经详细讨论了"故事事件中本应当有"（即是事件可供选择），而实际上"不宜叙述"（unnaratable）的四种标准，这样就划出了事件"可述性"

的边界:[1]

  1. 次可述(subnarratable):过于平庸,过于微不足道,不值得说,"因缺场而在场"(不言自喻)的事件。

  2. 超可述(supranarratable):过于失常,超出社会文化对叙述的控制允许标准,而不允许直接说出的事件,如通奸、乱伦、血腥死亡等,需要用委婉语或迂回描写回避的场面。

  3. 反可述(antinarratable):如交媾、排泄等生理事件,社会文化规范要求不应该现诸文本的事件。

  4. 类可述(paranarratable):在经验世界中大量存在,但是对于叙述规范而言不便采用的事件,例如好莱坞电影中,非大团圆的结局都不采用。

  究竟这四种情节的排除式"筛选",遵从哪些标准,因社会文化而异,也因叙述体裁而异。某些体裁是"宽幅"的(例如虚构诸体裁,往往选择标准从宽),某些是"窄幅"的(例如纪实诸体裁,往往选择标准从严)。[2] 情节之形成、叙述之展开,的确是所有这四种"筛选"标准联合来起作用的结果。而且可以看到,筛选的标准多种多样,很多"反可述性"事件,可以做不让说,叙述禁忌不一定是社会禁忌。对某些体裁叙述是"禁忌过高",例如纪录电影不准正面露点或裸露,对于另一些体裁(雕塑、色情电影、"残酷电影")则不成问题。甚至"低可述"的庸常事件,一般故事片不能用,而自然主义的小说(例如左拉《小酒店》写一洗衣房可以用10页),或"新写实主义"电影(可以有长达10分钟的长镜头)则有意采用,以形成

---

[1] 罗宾·R.沃霍尔:《新叙事:现实主义小说和当代电影怎样表达不可叙述之事》,见James Phalen, Peter J. Rabinowitz主编:《当代叙事理论指南》,申丹、马海良、宁一中等译,北京:北京大学出版社,2007年版,第241~255页。这篇译文对这些关键术语的译法可以商榷。此中文本subnarratable译为"不必叙述",supranarratable译为"不可叙述",antinarratable译为"不应叙述",paranarratable译为"不愿叙述"。这些术语翻译整齐漂亮,但是与原义不尽相符。

[2] 请参见笔者《符号学》第七章第二节"宽幅与窄幅",南京:南京大学出版社,2012年版,第165~187页。

"贴近现实"的风格。

例如电影《星际大战》(War of the Worlds)，全部采用救女心切的父亲（Tom Cruise 饰演）的视角。但当好心收留他们的主人决心与火星人战斗，父亲怕被外星人发现，干脆杀掉主人。电影镜头此时转为小女孩视角。小女孩躲起来唱摇篮歌，什么也没有看见，因此电影没有杀人场面，显然是为了躲开这场道德上怎么也讲不过去的杀人事件。

哪怕非常值得一说的"违规"情节，也会由于重复发生，后续发生时只能省略，因为可述性降低，成为"类可述"的不便采用事件。但中国古典章回小说，对重复就没有那么排斥，相反，它们要求有头有尾，有事情就得有收拾：《水浒》第 52 回，朱仝被逼上梁山，却担心他家小的安全，在路上别人已告诉他家小早被护送上山，快到山上他又问一次，别人再说一次。再例如第 45～46 回，海和尚与潘巧云有奸情，两人设计，让迎儿设香案表示杨雄不在，让胡头陀凌晨敲木鱼"出钹"迎海和尚回寺，这件事，几乎同样语句，在七页之内竟然重复七次——

第一次：海和尚向胡头陀布置这套程序。
第二次：胡头陀依照这套程序行事。
第三次：石秀发现阴谋的这一套程序。
第四次：石秀告诉杨雄阴谋的这套程序。
第五次：石秀用刀威逼胡头陀说出这套程序。
第六次：杨雄用刀威逼迎儿承认这套程序。
第七次：迎儿被迫说出这套程序。

今天的读者，看到这七次重复，会觉得很奇怪：重复七遍，早就应当因可述性变得过低而被选下，至多简写成"如此如此"即可。此种重复可能是因为其情节在中国传统社会是严重"违规"，这套信号程序又很精彩，每次又是在刀尖下不得不坦白出来，所以可再三重复而听众与读者依然觉得津津有味。

这不是说当代小说中,重复必然使事件成为"类可述"。特殊安排的重复,哪怕一再重复,也可能带来更强的可述性。海明威获诺贝尔奖的名著《老人与海》,对主人公的某些行为、某些感想一再重复,获得了迷人的特殊风格;约瑟夫·海勒的《第二十二条军规》关于轰炸机枪手斯诺受重伤的场景,重复了五次,每次他都说"冷",这个简短而可怕的临终遗言,重复多次,令人战栗。

由此,我们能得出的唯一结论是:情节由叙述者"筛选"大量可叙述事件而形成,这种选择受制于一定的社会规范,也是特定叙述体裁对情节的要求,其标准是多重的,其目的既要让接收者感兴趣,又要完成此叙述体裁既定的社会功能。上述这四种标准虽然变动不居,但是可以说每个叙述文本的可选面,都被这些标准划出边界。

第三章　可能世界与三界通达

1. 可能世界理论与叙述学

文学艺术虚构与实在世界究竟有什么关系？这是自古典时代以来所有的哲学家和艺术理论家不得不面对的最基本，也是最困难的题目。我们凭直觉感到这两者肯定有关，但究竟如何相关，却至今没有一个有说服力的理论。本书认为"可能世界理论"或许为我们提供了一个比较说得通的理论。

最清楚的是模仿论，提出"模仿"（mimesis）一词的柏拉图却并不赞同模仿论，他认为诗（艺术）模仿的是现实，而不是现实的底蕴即理念，因此艺术的模仿是模仿的模仿，必然严重失真。后世模仿论有各种不同的翻版，模仿的对象是什么却始终是个问题：如果模仿的对象只能是实在，如何知道模仿对象肯定真实？而且大量艺术作品明显脱离经验表象，对想象经验的模仿还能不能算模仿？

模仿论的现代版，往往称为反映论，说文学艺术是真实世界的镜子，从中能看到世界的图像。意识反映的是经验的想象表象，而为了再现世界，模仿对象应当是现实的本质。不管把这本质称为"典型性"还是"整体性"，这个本质并不显露于表象，艺术用什么方式去表现世界的本质，就成了难题。各种典型论、整体论、本质论，就是在反映对象上加定语：反映表象不是"反映"。最后，"反映本质"只是伟大艺术家（巴尔扎克、托尔斯泰）才拥有的神秘能力。

亚里士多德提出著名的"或然论"，认为历史（真实的叙述）写的是真实，因而是偶然，而史诗（艺术）描述的是"或然"发生的事，或然排除了偶然，因此更贴近自然的规律。① 亚里士多德的洞见，是试图从逻辑上解答虚构世界的"非实在"本质。但这种或然（probable），与世界经验难道没有关系？为什么或然才是本质？

另一种看法认为艺术表现的不是世界，而是艺术家心灵想象的结果，那么艺术家为何要做此种而不做彼种想象，为何写此种而不写彼种想象？对此，最复杂的解释是精神分析的"白日梦论"，认为艺术表现的是人在实在世界中被压抑的欲望，实在世界是压制性的，在艺术中只能扭曲地存在。这种看法实际上放弃了探讨艺术与实在世界的关系。

而20世纪最盛行的是形式论，认为文学艺术与实在世界没有关系，强调艺术"指向自身"，下文会说到，此种说法也切断了艺术与现实的关系，实际上是逃避问题，因为艺术明显与实在有关。调和的说法，例如雅柯布森的"文本功能论"，认为符号文本具有各种功能，各种体裁的区别只在于某种功能占据主导地位。艺术只是"诗性"（自指性）功能成为主导的文本，这就是说艺术的倾向就是离开实在世界。

这些理论都似乎有一定的道理，但没有一种能一以贯之地说明各种类型的文学艺术与实在世界的关系。但是，最近十多年出现的可能世界理论，应当说是迄今为止关于文学艺术与现实关系最复杂的论辩。它并没有推翻先前的各种理论，但或许提出了一种比较有效的说法。可能世界理论至今并未完善，各家说法不同，尤其是应用于文学艺术，有许多问题至今尚在争论中，更有相当多空白点。国内讨论这方面问题的著作与参考书至今很少。② 论文数量虽多，几乎全部集中于哲学、逻辑学、语言学。即使在这些领域，论文多而论著极少，说

---

① "显而易见，诗人的职责不在于描述已发生的事，而在于描述可能发生的事，即按照可然律或必然律可能发生的事。"（亚里斯多德：《亚里斯多德〈诗学〉〈修辞学〉》，罗念生译，上海：上海人民出版社，2016年版，第45页。）

② 国内只有两本专著讨论文艺学中的可能世界理论：王阳的《虚拟世界的空间与意义》，（宁夏人民出版社，2007年版），张新军的《可能世界叙事学》（苏州大学出版社，2011年版）。西方著作尚无中译本。

明论者很难整理出清晰整饬的论辩线路。① 而国外有关论著翻译成中文的也只有一本语言学著作。② 本书将对文艺学中的可能世界理论做一个较清晰的整理，并尝试提出一些个人的看法。

可能世界理论在中国文艺学界，很少有人研习探讨，其原因可能是因为它起源于哲学与逻辑学，通过符号学－符号叙述学讨论艺术理论。此种逻辑推理方式，或许不太适合中国学界的思维习惯。本书希望证明：推演可能世界理论，可以对虚构的本质得到一个比较透彻的理解，对这个几千年的难题提出一种较新的看法。此理论的"过于逻辑"，只是一个假象，应用到文学艺术时，完全可以用人文化的方式来理解，而且可能世界理论本身，也只能从人文角度加以推进。

2. 可能世界，不可能世界

可能世界有别于不可能世界，也有别于实在世界。我们先讨论可能世界与不可能世界的区分。

思想似乎是无边界的，不受任何拘束的，文学艺术更是如此。东西贤哲早就注意到文本中有许多不可能的命题。钱锺书曾引证多种古籍予以说明，他指出不可能有几种："事物之不可能"（physical impossibility），如《大般若涅槃经》"毕竟无：如龟毛兔角"；而另有"名理之不可能"（logical impossibility），如"今日适越而昔来""狗非犬""白狗黑"。又引《五灯会元》卷二傅大士《颂》，"空手把锄头，步行骑水牛"；又引《五灯会元》卷一六，"无手人打无舌人，无舌人道个什么？"③这些命题有意挑战与实在世界的逻辑关联。

"可能世界"作为一种理论出现，源自莱布尼茨（Gottfried W. Leibniz）1710年的著作《神正论》（*The Theodicy*）。莱布尼茨用这

---

① 至今只有一本逻辑哲学方面的专著：弓肇祥的《可能世界理论》，北京：北京大学出版社，2003年版。

② 至今只见到一本语言学的翻译E.C.斯坦哈特的《隐喻的逻辑：可能世界中的类比》，黄新华、徐慈华等译，杭州：浙江大学出版社，2009年版。

③ 钱锺书：《管锥编·楚辞洪兴祖补注》，北京：生活·读书·新知三联书店，2007年版，第922~923页。

种逻辑为上帝辩护，回答神学中一个困难的伦理问题：为什么全知全能的上帝为人类创造的世界，竟然充满如此多难以理喻的灾难和痛苦。莱布尼茨辩护说：万能的上帝也是至善的，肯定会给人类一个比较起来最好的世界。既然我们居住的实在世界有各种缺陷，那么其他各种上帝"可能创造的世界"中肯定都免不了，不然上帝会给我们一个更好的世界。因此，上帝给我们的实在世界，是所有可能世界中最合适（optimal）的。由此，一个可能世界，就是"或可替代实在世界（而实际上却没有替代）的任何世界"。莱布尼茨之后，这种理论渐渐被忘却。

到20世纪中叶，哲学界和文艺学界才重新发现，可能世界理论可以用来解决当代多种学界要解决的一些难题。分析哲学家刘易斯（David Lewis）、克里普克（Saul Kripke）、雷歇（Nicholas Rescher）、辛提卡（Jaakko Hintikka）等用它来解决语义逻辑学中的"真值"问题；文艺学家如多勒采尔（Lubomir Dolezel）、艾柯（Umberto Eco）、帕维尔（Thomas G. Pavel）、瑞安（Marie-Laure Ryan）等想解决的是文学艺术的虚构品格问题；本书则希望能用此理论，找出纪实型与虚构型叙述的本质区别。

可能世界理论在文艺学中应用潜力很大，也可能更适用。参与讨论的学者越来越多，但这里有个体裁适用性问题。哲学界和逻辑学界，讨论的是命题（proposition）的指称与真值。语句命题描述的细节量相当有限，其对应物至多是"事物"或"事件"。[①] 称之为"世界"，实在过于夸张。因此辛提卡建议称命题的指称为情境（scenario）。[②] 文学艺术不同，相当篇幅的叙述（小说、电影、电视剧等），可以提供足够大的细节量，他们几乎是在做所谓的"世界建构"（world-building）。但是，哪怕托尔金（J. R. R. Tolkien）场面恢

[①] "一个语言的或心智的描述，总是不完整的。当我们思考某实体，我们只能指定一个其潜在特征的子集，只有上帝之心灵才能总括所有可能的特征，把对象处理成一个逻辑整体"。Marie-Laure Ryan, *Possible Worlds, Artificial Intelligence, and Narrative Theory*, Bloomington: Indiana University Press, 1991, p. 21.

[②] 转引自E. C. 斯坦哈特：《隐喻的逻辑：可能世界中的类比》，黄华新、徐慈华等译，杭州：浙江大学出版社，2009年版，第5页。

宏的《指环王》，哪怕左拉（Emile Zola）24卷本细节精微的《卢贡家族史》(*Rougon Marquant*)，哪怕每周演出一集达十年之久描述淋漓尽致的电视剧《老友记》(*Friends*)，细节量都无法与"实在世界"的任何有限场面相比，因为叙述再现与实在世界本体地位完全不同，也因为任何符号再现都是"片面性"的。艾柯对此有一句幽默的话，"不可能用1∶1比例尺画出一个帝国的地图"。[①]

更重要的是，逻辑与艺术不是创造一个世界，而是用符号再现构筑一个世界。实在世界与叙述世界有个本体论意义上的差别：再现是媒介化的，经验实在并不存在于媒介之中；无论多么精细庞大的再现，其细节量都是有限的。例如一张照片，无论是胶卷还是数字，放大到一定程度都降解为颗粒；而经验实在，哪怕一杯咖啡，其细节量都是无限的，可以无穷描写。卢卡奇认为现实主义小说应当能反映"现实的整体性"，可能是敏悟到两者之间有一个难以弥补的本体鸿沟。

如果不考虑这个相对的细节数量问题，可能世界理论更接近符号学的研究范畴。很多非叙述的文学艺术作品（例如诗歌、绘画、雕塑），依然适合成为本书将讨论的一系列问题的对象。而学界没有推演出"可能世界符号学"，相当重要的原因是这个细节饱满度问题。本书讨论的就是叙述再现的"拟世界"，而逻辑命题过于孤立单薄，无法构筑"拟世界"的感觉。

可能世界，首先是相对于不可能世界而言的。上面引钱锺书所说的"名理之不可能"，即逻辑不可能，是违反排中律与矛盾律的命题：排中律规定了在同命题中，两个互相否定的思想必有一个是真的，例如不能说"两人同时互相比对方高"；矛盾律则要求在同一个命题中，互相否定的思想不能同时是真的，即不能对一个对象既予肯定，又予否定，例如不能说"他来了但是没来"。矛盾律也要求一个命题中的两个描述词不能互相取消对方的基本定义，例如"方的圆""结了婚的单身汉"、1+1=3，以及钱锺书举的例子"狗非犬""白狗黑"。这

[①] Umberto Eco, *How to Travel with a Salmon*, New York: Harvest, 1994, p.11.

些不能用"白马非马"的范畴级差来辩护。冯·赖特指出:"矛盾律与排中律是思维的基本规律和最高准则……假定从某个悖论性语句或命题能够推出矛盾,这就是该语句或命题不能成立的理由。"①

这与下一章所说的四句破"双俱是"(既是又非)、"双俱非"(非是非非)有什么不同呢?四句破说的是情节推进的动力(步步否定),因此不是静态的,而逻辑的矛盾律和排中律是静态的,即某个瞬间事物状态的描述。任何静止状态的命题判断,不可能是非逻辑的。

第二种不可能,是钱锺书谈到的"事物之不可能"(physically impossible),此词经常被翻译成"物理上不可能",甚至有人理解为"生理上不可能"。②多勒采尔认为"事物之不可能,只是不可能实在化"③,并不是逻辑上不可能。因此,事物不可能,应当分成三种仔细分辨:

一种是从常识上说不可能,例如钱锺书引的"龟毛兔角"。应当说,不能认为此种不可能是真正的不可能。看到过绿毛乌龟的人,已经知道"龟毛"可能;没有见过"兔有角"的人,只要对科学技术有信心,总有一天会见到。实际上任何能想象的东西,总有一天科学上能实现,只需要有足够的时间。凡尔纳有一篇幻想小说,说到用电线传送文件。当时听来不可思议,现在知道是三十年前就已经发明的传真机。因此,所有的常识不可能,借以足够的时日,终会是可能的,至少理论上如此。

第二种不可能,常被称为"分类学上不可能"(taxonomically impossible),这在各种虚构作品中出现得太多:会思考的南瓜、会说话的汤勺、会给猫安地雷的老鼠、母羊生下人孩、变成虫的人。此类"分类学不可能",是虚构最急于突破的障碍。逻辑学家莱舍讨论过这

---

① 转引自陈波:《逻辑哲学引论》,北京:中国人民大学出版社,2000年版,第252~254页。
② 刘帅、程梦诗:《"可能世界"理论视野中的武侠世界》,《理论观察》2009年第3期。
③ Lubomir Dolezel, "Possible Worlds and Literary Fictions", Sture Allen (ed.), *Possible Worlds in Humanities, Arts and Sciences: Proceedings of Nobel Symposium 65*. New York: De Gruyter, 1989, p. 221.

种命题，认为这是一种"靠心想的非存在可能"，即缺少本体性的可能。① 瑞安认为分类学上不可能"不能说绝对没有可能，而是实现此种可能性的或然率极小"②。这可能是世界理论最难处理的问题，可以说这些是最接近不可能的可能，笔者下文会仔细讨论这种情形：它们实际上是不可能与可能的混合。

第三种，是违反众所周知而且文献上明确记载无法推翻的事实（counterfactual），例如"太平天国占领北京推翻清朝"。历史事实（既然已经称作"事实"）是不可改变的，但是历史本身的演变充满了偶然。③ 因此，真正发生的历史事件，是"实在"的许多可能的演变方式中，唯一被"实例化"的方式，它成为既成事实并无必然原因。但因为其唯一性，其他没有被实例化的事件，构成历史的"反事实可能世界"。

以"假定"为题的"虚拟历史"，已经成为历史学的一种重要亚体裁："假定太平天国占领北京推翻了清朝"中国历史将如何，中国现代化是否会更顺利一些？如果得出的结论为正面的，现代化进程会更顺利，则称为"向上反事实历史"；否，则称为"向下反事实历史"。这不是一种历史学游戏，因为它会揭示中国历史中的一些重要因素（例如辛亥革命之反满"民族主义"）究竟是否为现代化进程之必需。④ 从 20 世纪 60 年代开始，西方历史学家乐此不疲写作此种"假定（What If）历史"。"假定美国没有独立（历史会如何）？""假定希特勒 1940 年成功入侵英国（历史会如何）？"此书编者自称研究的是"混沌历史学"（Chaotic History），也有人称之为"近在肘边的

---

① "mind-dependent non-existent possibilities", in Nicholas Rescher, "The Ontology of the Possible", Milton Munitz (ed.), *Logic and Ontology*, New York: New York University Press, 1973, p.169.

② Marie-Laure Ryan, *Possible Worlds, Artificial Intelligence, and Narrative Theory*, Bloomington: Indiana University Press, 1991, p.538.

③ 斯塔尔纳克认为："没有必然的事后命题，也没有偶然的事先命题"，因为这样的命题无法讨论。Robert Stalnaker "On Considering a Possible World as Actual", *The Aristotelian Society Supplementary Volume*, Vol.75, No.1, p.141.

④ Niall Fergusson (ed.), *Virtual History: Alternatives & Counterfactuals*, London: Macmillan, 1998.

可能世界"(nearby possible worlds),即差一点实在化的可能世界。这或许是可能世界中最接近实在世界的一种,因为它与历史的实在进程有相当多的重叠之处。

总结以上四种情况,笔者想指出:可能世界范围极宽,没有物理或生理的不可能(体能上、技术上,不可能只是暂时的,只是当今条件下的判断),也没有"事实"的不可能(因为事态的发展充满了偶然性,没有必然),更没有心理不可能。只有在逻辑上可以形成"不可能世界"。也就是说,只有逻辑上违反矛盾律与排中律的"不可能"才是真正的不可能,大多数俗称为"不可能"的,只是不同程度异常的可能。

说清这个问题非常重要,因为虚构叙述是心灵活动的结果,依从的是"心理可能性":个体的心理、欲望、梦幻等,并不按逻辑或"事实"来处理,无须实在化,因此人的心理完全淹没在可能性之中。有没有"心理不可能世界"?笔者认为没有,有些论者说的"心理不可能"(psychologically impossible),意思只是"心理上不可接受"。考虑到人心各有不同,没有心理上绝对不可接受的命题,哪怕是逻辑不可能,心理活动中(例如梦中)也有可能。

几乎任何一个虚构世界(也就是虚构文本的指称世界),都是不同世界的因素(逻辑上所谓"子集")混杂构成的,从实在世界,到各种可能世界,到不可能世界,都可能出现。虚构世界,并非就等于可能世界,虽然如此的误读相当多。虚构世界的最大特点,是其"基础语义域"处于可能世界。这个问题是本章讨论的核心,将在下文详说。

3. 实在世界

可能世界的另一对立面,是"实在世界"(actual world,有些论者称为 real world),简单说就是"我们居住的世界"或者"我们的经验共享的世界"。应当承认我们居住的世界正好如此,有很多偶然性,并不完全是某种决定法则的产物,包括莱布尼茨说的上帝决定。哪怕进化论这样论辩严整的决定论,也承认许多偶然因素造成了如今的生物世界。

实在世界的第一个最重要特征,是它的唯一性。[①] 无数符合逻辑的事物形态方式,包括我们自己的生命道路,都有可能存在于此刻的世界,却因为偶然原因,没有被实在化,因为事物进程中每个实在化的事例(instance)都是唯一现存的。掷下两个骰子,构成一对数字,其他各种组合有同样的可能"实在化",却没有实现;滚出六个彩球,组成一组中奖数字,其余"10^6-1"种组合同样可能实现,却已经无法取代这个数字组合——我中了这次的彩票头奖,就排除了别人以及其他组合得到头奖的机会。

诚然,对如何认证(authenticate)这个实在世界,论者有不同看法,至今有种种争论。本书导论提出的两种"认证"方式(直观,证据间互证),只是笔者的提议。但是,无论何人都难以否认的是,我们用不同方式试图认证的是同一个实在世界。一个明显的证明就是,我的认证本身,迫使别人同意或否认。例如光的波动说,与光的粒子说,描述的是同一个实在世界现象,当二者互相不能推翻时,只能出现"波—粒二象"说。实在世界的唯一性,就不可能保证声称描写实在世界的文本(例如"现实主义"小说),独享了此世界的唯一性。如果它们真的写出了世界的唯一性,就穷极了这个世界的存在品格,显然,没有任何实在世界的媒介再现做到了这一点。

实在世界的第二个特征是"细节饱满":由命题构成的可能世界可以有无穷多,没有一个会穷极实在之物细节的饱满度。实在世界无法完全认识,对其细节的再现(例如对一杯茶的各种品质的描写)可以无穷地进行下去;而可能世界只是一种符号构筑,对其细节的再现,终止在一个文本的有限边界之内。因此,实在世界拥有认识论的"完整潜力"。既然文本世界只出现于符号再现之中,任何符号再现,

---

[①] 莱舍认为实在世界的事实可以"非限定地作为存在来谈论",由此可以"恢复现实世界的唯一性",这是讨论可能世界问题的出发点。Nicholas Rescher, "The Ontology of the Possible", Milton Munitz (ed.), *Logic and Ontology*, New York: New York University Press, 1973, p.168.

必定是片面化的。① 瑞安说，一旦作者意图描述真实，"文本实在世界"（textual actual world）就等于实在世界（actual world）。这话可以商榷，或许作者有雄心也有能力描述具有"唯一性"的实在世界，但是如此产生的"文本实在世界"，只是一个再现的世界。再现文本已经被符号"媒介化"，而媒介化的世界，细节量永远不可能比拟于实在世界，因此"文本实在世界"不可能等于"实在世界"。②

应当说明的是：说实在世界拥有认识上的"无尽潜力"，也只是潜力，因为实在世界细节饱满到任何认识与再现都无法穷尽的地步。巴维尔认为这一点证明"实在世界在认识论上不完整，而可能世界（尤其是虚构世界）本体论上不完整"③。艾柯指出："只消看看所谓百科全书（对于实在世界的最详细知识汇总）之错误百出，就明白我们只是自以为了解实在世界而已。说某物存在，是在我们共享的世界图景里存在。"④ 实在世界，相对于我们的文化，只是一个特殊的"百科全书存在"。艾柯所说的"我们共享的世界图景"，实际上只是"解释社群"的"共识"。这点至关重要，牵涉下文将讨论的关键问题。

既然实在世界的细节饱满，只能是认识上不能实现的潜力，因此出现这样一个悖论：在局部问题上，我们对实在世界的了解，或许会比不上对可能世界的了解。心灵构筑的对可能世界的描述，可以有集中生动之利，对于局部细节（例如小说或电视剧中的贾宝玉这个人物），我们的了解会非常丰满，超出我们对实在世界中人物（例如我的邻居）的了解。如此一来，我们在认识中如何能判别实在世界呢？

现象学的答案是"意识"：现象不是客观世界的"表象"，也不是"经验事实"，也不是马赫主义的"感觉材料"，现象是经验与意识的

---

① 关于符号再现的"片面化原则"，请参见笔者《符号学原理与推演》第一章第 5 节，成都：四川大学出版社，2023 年版。
② Marie-Laure Ryan, *Possible Worlds, Artificial Intelligence, and Narrative Theory*, Bloomington: Indiana University Press, 1991, p. 31.
③ Thomas G. Pavel, *Fictional Worlds*, Cambridge, MA: Harvard University Press, 1986, p. 108.
④ Umberto Eco, "Reports on Session 3: Literature and Arts", Sture Allen (ed.), *Possible Worlds in Humanities, Arts and Sciences*, Berlin: Walter de Gruyter, 1989, p. 343.

唯一对象。胡塞尔说:"被给予性就是:对象在认识中构造自身。"现象是"纯粹意识中的存有"①。查尔莫斯提出:如果有一个可能世界,一切细节都与实在世界完全一样,却没有意识,这个可能世界就是一个"僵尸世界"(Zombie-World)。② 这个近年意识哲学似乎很搞笑的术语,生动地比喻了实在世界的存在与"被意识存在"之连接点。实在世界之存在,很难用其他方式证明,但是,实在世界的最大特点,是可以由我们的意识直观地加以澄明。这个看法很接近王阳明的名言:"心之所发便是意,意之所在便是物。"

不同的学派对何者为实在世界,有不同的证明方式。符号学对这个问题的看法比较清晰:因为实在世界具有唯一性,就可以用指示符号说明。简单地说,实在世界就是"此世界""此处的世界"。实在世界只是具有符号的"指示标签"(indexical label)。"此"与"彼"两者的区别,不是一个空间距离问题,"此世界"是我们与我们的意识借以存身之处。哪怕假定有一个可能世界,竟然在认识论上与实在世界完全同质同量,两者之间也会有"此世界"与"彼世界"之悬殊,因为"此"即我们意识的对象。

而从广义叙述学的角度来看,实在世界是纪实型叙述的基础语义域:纪实型叙述不管卷入可能世界多深,甚至如"彻头彻尾"的谎言,文本全部进入可能世界,但是其语义立足点依然是实在世界。也就是说,谎言说的是"有关"实在世界的事:哪怕是谎言,也是一个关于实在世界的谎言,不然不成其为谎言。

4. 纪实型叙述的世界

叙述世界(narrative world)是文本世界(textual world)的一种,是叙述文本创造的世界。一般命题的"语义域"过于狭窄,而一

---

① 埃德蒙德·胡塞尔:《现象学的观念:五篇讲座稿》,倪梁康译,北京:人民出版社,2007年版,第34页。
② David Chalmers, *The Conscious Mind: In Search of a Fundamental Theory*, New York: Oxford University Press, 1996, p.56.

般文本的语义域也不宽，叙述文本的世界往往有一定的细节量以构成时间-因果链，相对具有较强的"细节饱满度"。为了与"文本世界"相区别，有论者更进一步夸张为"文本宇宙"(textual universe)。

"文本世界"的特点，是已经再现化，是用一定的媒介重新表现，无论是实在世界还是可能世界，一旦被符号文本再现，它们就都被"媒介化"，从而同质化了，例如都变成了文字篇节或电影形象。虽然描述实在世界的文本，其指称世界在意向性中是实在世界，但在形态上不显：一本小说与一本历史，在文本形态上没有断然的差别，只有本书第一部分第五章讨论的"双重区隔"，可作为虚构文本的区别特征。

在这里，我们只从文本"基础语义域"来讨论虚构与纪实的区别。纪实型叙述，即历史、新闻、报告、庭辩、揭发、坦白之类，它们的体裁规定性强制它们的基础语义世界必须是实在世界。纪实型叙述与虚构型叙述，两者的区分不在文本本身，而在文化的"体裁规定性"：体裁规定某些类别文本的"基础语义域"是实在世界，而某些体裁文本的"基础语义域"则是可能世界。一部历史可以满是谎言，一部小说可能说出真相，即使如此，它们的基础语义域依然不同：历史"基础性"地描述实在世界，小说基础性地描述可能世界。[①]

这样就出现一个问题：哪一种叙述文本更能告诉我们实在世界的真相？究竟是没有说出事实的纪实型叙述，还是与实在世界关联度很高的虚构（如"自然主义"的小说，或是规模大如《红楼梦》的小说，或是卢卡奇所说反映现实的"整体性"的托尔斯泰小说）？不管它们的具体"真相"之区别，这两者之间描述的对象有本体地位的不同：拿《战争与和平》与《拿破仑战史》对比，也许《战争与和平》更为生动详细，甚至更为准确，而《拿破仑战史》可能歪曲了历史事实。但是《战争与和平》的作者并不需要对细节真实负责，而《拿破仑战史》必须拿出史料证据（虽然是主观选择过的证据）。因为《战

---

① Marie-Laure Ryan，*Possible Worlds*，*Artificial Intelligence*，*and Narrative Theory*，Bloomington：Indiana University Press，1991.

争与和平》的基础语义域是一个可能世界（主人公皮埃尔的世界），而《拿破仑战史》却声称在描述实在世界。因此，对这两种叙述，只能问两种不同的问题：对历史，问的是"是否写出真相"；对小说，却不能问这个问题。

叙述体裁的区分，主要是个符用问题：只要一种体裁被常规地当作纪实叙述体裁来使用，我们便可以稳当地称之为纪实型体裁。纪实叙述与否，取决于文化程式，即接收者的"二次叙述化"方式。只有文化把某种叙述体裁程式化为纪实型叙述，例如把揭发信理解为指称实在世界，然后接收者才会去检查它是否"符合事实"，哪怕它的"真实性"甚至不如一则网络笑话段子，笑话的基础语义域依然只是个可能世界，而揭发信的基础语义域是实在世界。

5. 虚构世界

本书最关心的关键问题，是纪实与虚构叙述的"文本世界"与各种世界的关系。但是到底虚构世界与实在世界、可能世界、不可能世界这三者如何相应，讨论可能世界的学者却各有不同看法。一般的理解是"虚构文本表现可能世界，非虚构文本再现实在世界"。瑞安认为如此看法，是"浅薄而不准确的总结"[1]。不过非学界的人士，自然会有类似的看法。米兰·昆德拉认为："小说审视的不是现实，而是存在。而存在并非已发生的，存在属于人类可能性的领域，所有人类可能成为的，所有人类做得出来的。"[2]

另一种观念是认为虚构世界是不可能世界。罗依认为：哲学的可能世界是抽象的假说，未实在化却可能实在化；而文学虚构，从定义上说就是不可能实在化，因此她断然声称"虚构世界是不可能的世

---

[1] Marie-Laure Ryan, *Possible Worlds, Artificial Intelligence, and Narrative Theory*, Bloomington: Indiana University Press, 1991, p.5.
[2] 米兰·昆德拉：《小说的艺术》，董强译，上海：上海译文出版社，2004年版，第54页。

界"①。布鲁纳也有相同看法：逻辑或科学的建构可以证伪，因而可以证实，可能世界与实在世界的关系，可以证伪。而虚构世界却不可能证伪，因此也不可能用事实祛除。② 这种思想来自波普尔的证伪主义：非科学（例如信仰）无法证伪（infallible），而所有的科学论述（除了个别数学与逻辑"公理"）都是可以证伪的（falsifiable）；正因为这种可证伪性，才说明它们是真理。这种说法实际上是认为，"非科学"不可能包含真理，两个领域在认识论原则上互不相容。③

而笔者想提出第三种看法：虚构世界是心智构成的，是想象力的产物，虚构文本不会局限于一个固定的世界，这就是本章讨论的复杂性之所在。虚构文本再现的世界，是一个"三界通达"的混杂世界。一个逻辑上的可能世界，在因果和时间－空间上都是孤立的。④ 而任何叙述文本，包括虚构叙述文本，都是跨世界的表意行为。任何叙述文本中都有大量的跨界成分，此种情况称为"通达性"（accessibility），又称"跨世界同一性"（cross-world identities），即某个因素既属于此世界，亦属于彼世界。不管任何文体，其通达性永远是局部的，纪实型文本不可能毫无任何可能世界元素，虚构型文本不可能毫无实在世界元素。也就是说，符号文本不会全部落在一个世界中。这是我们进一步研究的出发点。

通达不是任意的，它起码有两个规律：

第一个是"对应"（counterparts）规律。刘易斯的几篇名文讨论"对应"，他认为可能世界的人与物，都在实在世界中有对应⑤，因为它们都是人的心灵想象的产物，而想象总有经验背景。《红楼梦》中的人物，在实在世界能找到他们的"影子"；《尼尔斯骑鹅旅行记》，

---

① Ruth Ronen, *Possible Worlds in Literary Theory*, Cambridge: Cambridge University Press, 1994, p. 51.
② Jerome Bruner, "The Narrative Construction of Reality", *Critical Inquiry*, Vol. 18, No. 1, 1991, p. 4.
③ Karl R. Popper, "Science as Falsification", Theodore Schick (ed.), *Readings in the Philosophy of Science*, Mountain View, CA: Mayfield Publishing Company, 2000, pp. 9–13.
④ David Lewis, *On the Plurality of Worlds*, Oxford: Blackwell, 1986.
⑤ David Lewis, "Counterparts of Persons and Their Bodies", *Philosophical Papers*. Vol. 1. New York: Oxford University Press, 1983. p. 54.

对应实在世界中渴望冒险的孩子，以及家禽与人的亲切关系。此种"对应"不需要完整。瑞安认为一位王子变成青蛙依然有对应，变成石头就无对应。笔者认为不见得如此绝对：格里高利变成虫子，依然会去设法打开窗子；孙悟空变成一座庙，旗杆还是竖在背后。这种对应，往往被称为"部分学式"（mereological）对应。

第二个规律是：通达是从一个世界通向另一个世界，因此必有"出发世界"（source world）与"目标世界"（destination world）之分。[①] 如果一个叙述文本世界以实在世界为"出发世界"，就是纪实型叙述，这种叙述"坐实探虚"：从实在世界探向可能世界获取某种效果（例如《史记》描写多半是可能世界的"鸿门宴"）。相反，如果一个叙述文本以某个可能世界为"出发世界"，就是虚构型叙述，这种叙述"坐虚探实"：从可能世界探向实在世界获取某种效果，例如《变形记》中变成虫的格里高利急着向上司请假。

如果"出发世界"与"目标世界"都是可能世界，就可以看到"可能到可能"的通达，往往被称为"共可能性"（compossibility）[②]，这种虚构往往被称为"跨世界综合"（cross-world synthesis）叙述，即在一个叙述文本中汇集不同虚构世界的人物或情节。此类虚构叙述非常普遍，在当代实验戏剧和小说中特别多，因为比较戏剧化。它们与历史剧的不同，只是其人物可以来自实在世界，也可以来自各种虚构的可能世界。1986年魏明伦的川剧《潘金莲》，就让武则天、安娜·卡列尼娜、当代女记者等人物与潘金莲同台。这些人物带来与名字相联的某些特征，也就是说，只是一个个有特殊"文本历史"背景的新角色。

马尔克斯的名著《百年孤独》，用"跨世界综合"来制造有根有据假象的幽默骗局，例如写梅尔基亚德斯的葬礼，说这是马孔多有史以来最宏大的葬礼，只有一个世纪后格兰德大妈的葬礼可以与之媲美，而格兰德大妈是马尔克斯另一本小说《格兰德大妈的葬礼》中的人物。

[①] Quoted in Jan van Looy, "Virtual Recentering: Computer Games and Possible Worlds Theory", *Image & Narrative*, No. 12, 2005.

[②] William L. Ashline, "The Problem of Impossible Fiction", *Style*, Iss. 2, 1995, p. 6.

"跨世界综合",在某些情况下类似普林斯说的"平跨层"(paralipsis)①,现在已经是许多小说和电影常用的手法,例如伍迪·艾伦的《午夜巴黎》,让主人公,一个不成功的作家,到达第一次世界大战后的巴黎,遇到毕加索、格屈鲁德·史泰因、海明威等人。

虚构文本必定有一定的部分与实在世界通达,因此《战争与和平》会大量符合史实,乔伊斯也说"如果都柏林被毁,可以按我的小说重建"。美术理论家格林伯格说现实主义美术与现实无距离。格林伯格在名文《先锋与低俗》中说:设想一个俄国农民进了莫斯科的艺术馆,毕加索的画使他想起东正教的民间艺术,他感到亲切。但当他转过身来,看到现实主义大师列宾,他肯定立即叹服,因为列宾把戏剧性场面画得栩栩如生,他立即弃毕加索而崇拜列宾,因为"他感到现实与艺术中间没有距离"②。任何艺术表意,想象之中必然包括实在世界因素;甚至任何幻觉梦想,超经验之中必然包含经验材料部分。荣格推进弗洛伊德关于梦的分析,认为:"梦必然抽取'经验材料层'(layer of experiential material)来平衡自我的偏向。"

6. 虚构世界中的逻辑不可能

笔者上文已经说过,只有逻辑不可能,才是真正的不可能。首先应当说,超出命题长度的虚构文本,不可能完全由逻辑不可能组成,那样的不可能世界无法展开。钱锺书引《五灯会元》的:"无手人打无舌人,无舌人道个什么?"这与乔姆斯基对语义学著名的挑战"无色的绿色思想狂暴地沉睡"(Colorless green ideas sleep furiously)有点相近。福柯认为乔姆斯基这句子在某些场合有意义,例如"对一个梦境的叙述""一段诗文""吸毒者的语言"等。③而梦、诗文、幻

---

① Gerald Prince, "Disturbing Frames", *Poetics Today*, Vol. 27, 2006, pp. 625-630.
② Clement Greenberg, *The Collected Essays and Criticism*, Chicago: University of Chicago Press, 1986, Vol. I, p. 11.
③ 米歇尔·福柯:《知识考古学》,谢强、马月译,北京:生活·读书·新知三联书店,2003年版,第97页。

觉,都是虚构想象常见的部分。诗歌符号学家理法太尔详细讨论过诗中的"不通"(ungrammaticality),其中很大的一部分就是逻辑上的不通。① 但是我们必须承认,逻辑不可能除了这些命题与"场景"之外,无法组成叙述世界。②

那么,虚构世界是否可以用通达性卷入逻辑不可能?既然心理可以进入不可能世界,那么虚构想象世界是否也可以进入逻辑不可能?

对这个问题,各论家观点很不相同,一些论者认为可以,但不可取。多勒采尔要求最为严格,他认为"文学虽然提供了建构不可能世界的手段,却以挫败整个事业为代价",他的意思是读者无法把不可能的虚构作品"自然化",即不可能用实在世界的经验模式去理解。③迈特尔也持相同意见:"不是说这种作品没有价值,而是除了高度娱乐性之外,它们使我们质疑不可能性概念本身。"④ 这两个人的话似乎是:虚构可以卷入不可能世界,但是不可取。

有些论者提出逻辑不可能出现于虚构文本之中。专门研究后现代小说的麦克黑尔,认为文学艺术的任务之一,就是对世界与世界的构筑方式提出批判,因此,逻辑不可能名正言顺地应当是虚构的一部分。⑤

众说纷纭,不如看艺术家的虚构实践。先看视觉艺术:现代视觉艺术与图像理论提供了明确的"不可能世界"的例子。艾歇的许多版画中有背景与前景,突出与凹入互换并存。⑥ 这可以说是违反矛盾

---

① Michael Riffaterre, *Semiotics of Poetry*, Bloomington & London: Indiana University Press, 1978, pp.136-137.

② 王阳认为:"想象世界中任何荒诞离奇的人、物、事,都以现实世界的逻辑为基础。"(王阳:《虚拟世界的空间与意义》,银川:宁夏人民出版社,2007年版,第188页)在另一个地方他说:"甚至于3+2等于5又不等于5的世界,'方的圆'存在的世界,其生成的背景和依据也在于被逻辑地说明的语言和想象力的性质。"(第173页)这可能夸大了"实在世界"的容忍度。

③ Lubomir Dolezel, "Possible Worlds in Literary Fiction", Sture Allen (ed.), *Possible Worlds in Humanities, Arts and Sciences*, Berlin: Walter de Gruyter, 1989, p.239.

④ Doreen Maitre, *Literature & Possible Worlds*, London: Middlesex Polytechnic Press, 1983, p.17.

⑤ Brian McHale, *Postmodernist Fiction*. London: Routledge, 1987, p.33.

⑥ 布鲁诺·恩斯特:《魔镜——埃舍尔的不可能世界》,田松等译,上海:上海科技教育出版社,2002年版。

律，因为是背景就不是非背景（前景）。这种一次解释引发双解，是违背格式塔心理学的原则的。此种图像挑战我们的视觉常识，它们不是古典意义上的"错觉"（trompe l'oeil），那是以假作真，并非一次解释中必有双解共存。

贡布里希与维特根斯坦的"鸭兔画"的不同观点，开始了这个争论。贡布里希认为："我们在看到鸭子时，也还会'记得'那个兔子，可是我们对自己观察得越仔细，就越发现我们不能同时感受两种更替的读解。"① 维特根斯坦认为并非看到鸭就不可能看到兔，看到兔就不可能看到鸭，他认为鸭兔实际上并存。② 这种双读往往与题意有关：文本主题或副文本题目的压力，迫使我们在同义词解释中"双读"，哪怕既此又彼是违反矛盾律的。③

虚构的叙述体裁（小说、电影、戏剧）情况就比较复杂了：叙述是否也像图像那么自如地描绘逻辑不可能呢？或者如艾柯所说的"能引用却无法描写"？这就接触到所谓"不可能虚构"（impossible fiction），即卷入不可能逻辑的虚构。笔者在下面列举几大类卷入不可能虚构的叙述文本，包括小说、戏剧、电影等体裁。

有两种看上去违反逻辑，却不一定是逻辑不可能的叙述。

第一种是看不出有任何必要的自相矛盾。钱锺书指出，《楚辞》多有"龃龉不安之处"，《离骚》中"为余驾飞龙兮"，隔几行说到在流沙赤水，却不得不"麾蛟龙使梁津兮"。钱锺书嘲弄道：既然是乘坐有翼之飞龙，"乃竟不能飞度流沙赤水而有待于津梁耶？有翼能飞之龙讵不如无翼之蛟龙耶？"④ 钱先生批评《离骚》"文中情节不贯，

---

① E. H. 贡布里希：《艺术与错觉：图画再现的心理学研究》，林夕、李本正、范景中译，杭州：浙江摄影出版社，1987年版，第4页。
② Ludwig Wittgenstein, *Philosophical Investigation*, London: Blackwell Publishers, 2001, p.45.
③ 关于矛盾的双读，请参见笔者《哲学符号学：意义世界的形成》第四章第3节，成都：四川大学出版社，2023年版。
④ 钱锺书：《管锥编·楚辞洪兴祖补注》，北京：生活·读书·新知三联书店，2007年版，第903页。

犹思辨之堕自相矛盾"①，既能"驾飞龙"又说不能飞。类似例子如《福尔摩斯探案集》中说到华生医生在战争中受过一次伤，但是有些小说中伤在腿上，有些伤在肩上。② 刘易斯建议读者对此怀抱"宽容"（charity），可见他认为此类矛盾只是作者疏漏。③ 任何文本中常见疏漏，只能称作"不一致"（non-consistency），但是如果我们拒绝考虑作者，那么文本世界的确出现了不可解的自我矛盾。

第二种是平行宇宙论，又称"复合宇宙"（multiverse）。博尔赫斯1941年的短篇《交叉小径的花园》，讲了平行选择的"中国式原理"。小说主人公继续他原定的枪杀任务，因为"已经做了选择就不得不进行到底"。罗伯-格里耶1965年的小说《约会之屋》（*La maison de rendez-vous*），主人公死了一次又一次。福尔斯1969年的长篇《法国中尉的女人》（*The French Lieutenant's Woman*）的"双结尾"，成为这种小说的基型。此后1998年汤姆·提克威（Tom Tykwer）导演兼编剧的电影《罗拉快跑》则把平行宇宙演绎到极致。

我们可以看到，所有这些平行宇宙叙述并不是整本小说平行，而是在某一分叉点（point of divergence）开始，出现分叉式的发展。而且不是同时展开几条线索，而是一条线索不满意，可以回到分叉点，取消先前的选择，开始新的一条。因此这类小说常被称为"擦抹叙述"（sou-rature，或erasure）④，或"重演叙述"（retake）。尤其在可以从头来起的电脑游戏普及之后，出现数量巨大的"平行宇宙"小说或电影。这是一种关于"世界构筑"的寓言：在尝试多种可能之后，选择一个比较满意的世界。所以麦克黑尔认为这类小说并不是"推翻实在世界"，而是让人物尝试多个可能世界，最后创造一个实在世界，

---

① 钱锺书：《管锥编·楚辞洪兴祖补注》，北京：生活·读书·新知三联书店，2007年版，905页。

② Arindam Chakrabarti, *Denying Existence: The Logic, Epistemology, and Pragmatics of Negative Existential and Fictional Discourse*, Dordrecht: Kluwer Academic Publisher, 1997, p. 107.

③ David Lewis, *On the Plurality of Worlds*, Oxford: Basil Blackwell, 1986, p. 1.

④ Brian McHale, *Postmodernist Fiction*. London: Routledge, 1987, p. 99.

所以这实际上是莱布尼茨理论的寓言。①

真正"不可能的叙述"也有两类。一是时间旅行,这是一个多世纪以来科幻小说热衷的构筑虚构情节的方式。威尔斯的小说《时间机器》(1895),以及马克·吐温的穿越小说《亚瑟王宫廷的康州美国佬》(1898)为其前驱。前面说过,技术上的不可能,世世代代以后总有可能实现,我们似乎也没有理由相信时间旅行绝对不可能。刘易斯早就宣称这类时间旅行是"诡异(oddities),但并非不可能"②。从现在跃入未来的虚构(例如冰冻冷藏之类),不会出现逻辑困难,因为时间本来就是前行的,虚构只是让时间进行得快一点。真正的逻辑不可能,产生于穿越回到过去,即钱锺书先生说的"今日适越而昔来"(不管是乘坐所谓"时间机器",或找到所谓"虫洞")。此时就会因为改变了过去导致"出发世界"不再存在,从而卷入因果倒置。所谓"祖父悖论"(杀死祖父)、"祖母悖论"(爱上祖母)、"婴儿悖论"(杀小时候的自己),其实对过去的任何改变,都会导致出发的此刻不可能出现。例如《环形使者》中过去的我自杀,为了阻止今日的我干坏事。③

跳出这个悖论的办法,是戏剧化地安排情节:正因为主人公改变了过去,才导致目前状况的现在,也就是说他在一系列平行可能中,"帮助"历史选择了今后的实在世界。这样就在历史的偶然中加入了必然因素,用"后理解"替代了海德格尔提出的认识所必需的"前理解"。由此虚构就卷入逻辑不可能,即某种理解既在后又在前,违反了排中律。类似的逻辑不可能也见于"倒计时"叙述:小说有马丁·艾米斯的《时间之箭》(*Time's Arrow*),电影如大卫·芬奇根据菲茨杰拉德短篇小说改编的《本杰明·巴顿奇事》(*The Curious Case of Benjamin Button*)。一旦倒计时,就会反果为因。例如《时间之箭》中临终的前纳粹医生,发现自己非但没有灭绝集中营里的犹太

---

① Brian McHale, *Postmodernist Fiction*. London: Routledge, 1987, p. 106.
② David Lewis, "The Paradoxes of Time Travel." *Philosophical Papers*. Vol. 2. New York: Oxford University Press, 1986. p. 67.
③ 这是2010级博士生方小莉提出的例子,特此感谢。

人,反而能"救活"他们。

另一种不可能虚构,即"回旋分层",本书第四部分将仔细讨论这个问题。回旋分层是逻辑不可能在叙述结构上的体现。

综观所有以上列举的各论者讨论过的"不可能虚构",可以看到前两种实际上是可能的:"平行宇宙"。实际上是几个可能世界套叠在一个文本之中,互相取消,但并不直接冲突。只有后两种,"返回过去",与"回旋分层",才在结构中卷入逻辑不可能。这两种才真正是"不可能虚构"。艾柯认为不可能世界可以想象,但是无法充分地描述,可以引用,却无法构筑。① 他的意思是说:"逻辑不可能"可以举例说明,却无法形成一个"文本世界",无法构成叙述。这个总结显然不准确,下文会说到:不可能世界恰恰可以形成结构上反逻辑的回旋分层。

因此,虚构世界可以触及并包容逻辑不可能世界,各种常识不可能,加上逻辑不可能,共同构成奇幻艺术文本中常见的"准不可能世界"②。因此虚构文本可以通达"二界"(实在世界、可能世界)甚至"三界"(通达不可能世界)。由此看来,虚构文体本身并没有与其他叙述相区分的明确标记,经常看到的形式标记是风格上的(例如比历史叙述多了很多对话),风格却不是可靠的标记;跨世界性却是虚构叙述的最大特色,是比风格更加可靠的标记。虚构叙述是靠符义,而不是靠符形与纪实型叙述相区分的。这就是为什么上文讨论的"反事实虚拟历史",实际上是虚构叙述,而不是历史纪实叙述,因为,虽然其中有大量"史实"甚至有根有据的统计数字(例如双方军力与配备),其出发世界依然明确地落在可能世界。

---

① Umberto Eco, *The Role of the Reader*, Bloomington: Indiana University Press, 1979, p. 234.

② 请参见笔者《艺术符号学:艺术形式的意义分析》第二部分第二章,成都,四川大学出版社,2022年版。

7. 通达与风格

用可能世界理论研究虚构，目的是为虚构与实在的关联方式提供一个更令人信服的解释。"跨世界通达"，是虚构问题的最重要特征。虚构世界与实在世界的通达，叙述学上又称为"锚定"（anchoring）[①]，把虚构叙述锚定在实在世界的某些点上。虚构中的通达性，不是对称的：一个虚构文本，可能没有"不可能世界"的成分，但必然有实在世界与可能世界两种成分。那么，哪些因素会蕴含着通达性呢？应当说叙述文本的任何成分都可能通达，只是方式和规模不同。

跨世界通达或许还可以解决文艺理论中一个最令人恼火的问题，即"指称难题"："麒麟""凤凰"无法从外延上加以确定，因为没有指称对象；而像罗素说的"当今法国国王是秃头"，这命题在实在世界无指称；哪怕有指称的"拿破仑"，在《战争与和平》中的使用，也无法如实在世界那样被"实在化"；而"无手人打人"这样的话头，完全反逻辑（既无手又有手），正是因为非逻辑才成为禅语。因此，很多论者认为虚构本身就表示"无所指"或"虚所指"。[②]这实际上是部分通达与部分不通达的混合。

部分通达可以很微观，词语细节[符号学上称为"时素"、"地素"（toponym）、"人素"（anthropym）]，可以有通达性。无论如何荒诞的虚构，总有一部分要素出自实在世界。克里普克提出过：许多专名是在实在世界确定指称后，沿用到虚构世界中的。[③]《战争与和平》中的人物拿破仑，延续了拿破仑这个专名在实在世界中的语义积累。即使如安娜·卡列尼娜，这个人物是虚构的，但这是个俄国女人的名字，她的丈夫叫卡列宁，19世纪的俄国有火车，这些元素也是

---

① 参见笔者《当说者被说的时候：比较叙述学导论》，北京：中国人民大学出版社，1994年版，第176页。
② 文学语言"指向纯粹观念性的客观存在，为此人们才把文学语言称为'无所指'或'虚所指'的语言"。王阳：《虚拟世界的空间与意义》，银川：宁夏人民出版社，2007年版，第134页。
③ 索尔·克里普克：《命名与必然性》，梅文译，上海：上海译文出版社，2005年版，第21页。

实在的。其实，个别的词或符号，其构成的符素（moneme），都有与实在世界通达的部分。"麒麟"的鹿字旁，通达实在世界的兽类。据说是一种祥兽，则是虚构世界的可能而已。"当今法国国王是秃头"，拆开来，每个词都有实在世界的指称，只是其"结合方式"是虚构而失去指称。拟真叙述，部分符素通达，给人真实的感觉：地素如"贝克街221B号""大槐国"；时素如电影《墨攻》画外音叙述，"春秋战国时代，革离救梁城"；人素如魔术中把人装进箱，插上许多剑。

通达成分也可以规模较大，甚至可以是情节逻辑通达，钱锺书称之为"事奇而理固有"。他比之于三段论（syllogism），艺术的不经无稽，可以"比于大前提，然离奇荒诞的情节亦须贯穿谐和，诞而成理，其而有法。如既具此大前提，即小前提与结论本之因之，循规矩以作推演"①。也就是说，情节虽然荒诞，细节却符合逻辑。钱锺书举的例子是《西游记》中二郎神与孙悟空斗法，孙悟空与牛魔王斗法，你变一兽，我变另一兽克你：变是荒诞不经，一物降一物却是顺条有理。《管锥编》再版中对此条增补了不少例子。从格林童话，到西方民谣，到卡尔维诺，到《古今小说》，到《贤愚经》。看来各民族都喜说魔术，而斗法之道必须弱强分明。

想象的汪洋恣肆，与细节的"实事求是"，成了艺术立足的两极。符合逻辑，并不是符合"真相"。为什么孙悟空如此神通，却不能带唐僧腾云驾雾，而要一步一步经历九九八十一难？《西游记》自圆的理由十足：因为此时的唐僧"凡夫难脱红尘"，重得扛不动。《格列佛游记》中小人国需要动用若干人畜车辆，才能搬动格列佛，符合"常理"的比例估计。因此，虚构叙述与实在世界的关系，不是模仿（模仿使创作和想象的地位出现问题，因为模仿的对象必是实在世界，这就使第一部分第五章所说的纪实型叙述与虚构型叙述没有根本区别），也不是延续（叙述并不是实在世界的延伸），而是"寄生"②，像水蛭

---

① 钱锺书：《管锥编·楚辞洪兴祖补注》，北京：生活·读书·新知三联书店，2007年版，第905页。

② Umberto Eco, *The Role of the Reader: Explorations in the Semiotics of Texts*, London: Hutchinson, 1981, p. 221.

的吸盘,一有机会就附着在实在世界的经验关系上,但是并不是整体都浸入现实。

分析通达性,或许还可以解决文学艺术中的一个恒久难题,即如何理解作品风格的巨大差异。不同倾向的叙述作品,在通达程度上很不一样。① 可以粗略地说:自然主义和现实主义的小说,通达点的数量极大,数量(无论是绝对的还是相对的)甚至可以超过纪实型叙述;幻想小说则是通达点数量较少,甚至卷入不可能世界。因此,虚构的可能世界与实在世界通达关系数量越大,两者距离越近,虚构叙述的"现实性"越强;② 反过来,虚构世界与不可能世界通达关系数量越大,两者距离越近,虚构叙述的"幻想性"越强。由此,虚构的跨三界关系,构成了一条极长的光谱。

在虚构中,相当多的成分只能存在于可能世界,不通达实在世界,例如组合性成分,是不通达的。布拉尼根说电影的"气氛音乐"之类"非叙述成分不能通达",实际上,虚构的大量形式组合成分,都不能通达,包括韵脚、章回、标点、分段之类形式成分,都不能通达实在世界。形式成分都不通达,因为实在世界与再现世界截然有别,不具有再现世界的各种形式。这点与第二章第三节讨论的底本/述本关系很不相同,笔者在此再强调一遍:底本不是"实在世界"。

8. 通达的社会意义

从读者-接收者的角度来看,通达性是虚构文本的某些成分的品格,它们被解释社群认为符合实在世界的情形,即在实在世界有(哪怕不完整的)指称。不是所有的论者都同意这种看法,例如雅柯布森认为艺术的"符号自指性",就是失去指称性。再例如利科说:"文学消灭了对既定实在的全部指称",而"由于第一位指称的消灭,第二

---

① Lubomir Dolezel, "Mimesis and Possible World", *Poetics Today*, Vol. 9, No. 3, 1988, p. 487.

② Marie-Laure Ryan, *Possible Worlds, Artificial Intelligence, and Narrative Theory*, Bloomington: Indiana University Press, 1991, p. 536.

位指称的解放成为可能"。① 他说的"第二位指称",指的是"虚构的叙述符号"。按他这个说法,与实在世界切断关系,成为文学语言获得非实在指称的前提。显然,文学虚构世界,并没有从实在世界全盘"解放"到如此程度,以至于能够随心所欲地获得"非实在"指称。虚构叙述文本是有指称的:它们通达实在世界的部分有指称,在有的文本(例如现实主义小说)中这些部分还很大,这是许多混乱说法的由来。

指称需要社会文化群体的认可。孔子著《春秋》绝笔于获麟,可见孔子认为"麟"是有指称的,当时的人(至少鲁国人)都认为麒麟是实在的。这一点很重要:实在世界的经验,无法验证,只能是解释社群的认同。艾柯认为:"说某物存在,是根据我们所共享的世界图景而存在于现实中。"② 在这里,"共享"一词是关键,能共享某个经验的"实在性"的,是解释社群成员。

"1939年古历八月初九,我父亲这土匪种十四岁多一点,他跟后来名满天下的传奇英雄余占鳌司令的部队去胶平公路伏击日本人的汽车队。"这是《红高粱》的开场第一句,其通达性词句的数量之大,不露形迹地锚定了一个虚构世界。而这些词中间混入的许多虚构词,以及整个句段的结合关系,混合了许多真实和虚构的时素、地素、人素。显然,只有中国读者才能有效地理解这些实在世界因素。中国读者作为解释社群的整体,能接受这个通达定位。

这就是为什么幻想小说往往难与各民族共享:金庸小说中奇异的江湖世界,总是有一定的皇朝历史通达(例如皇帝的"年号"是少不了的)。属于一个解释社群中的读者,总是用社群共同的实在世界经验,把虚构世界"读出一个意思来"。读者能在一定范围内通过"情绪浸泡"等进行"再中心化"(re-centering),也就是把虚构世界自然化为一个"可以常理理解"的世界,各种异常,甚至逻辑不可能,都可以成为常情世界。当读者发现虚构世界过于奇异,"自然化"受

---

① 转引自王阳:《虚拟世界的空间与意义》,银川:宁夏人民出版社,2007年版,第132页。
② Umberto Eco, "Reports on Session 3: Literature and Arts", in Sture Allen (ed), *Possible Worlds in Humanities, Arts and Sciences*, Berlin: Walter de Gruyter, 1989, p. 343.

阻，他们会用各种解释方式来"补充"，从而继续自然化。

前面第二部分第二章"二次叙述"讨论过的"分合脚本法"，可能是这些方法中最有效的，即把虚构叙述世界看成是几个文本的混合。例如霍克斯（John Hawkes）的小说《甜蜜的威廉》（*Sweet William*），是一匹老马的回忆录；西博德（Alice Sebold）的小说《可爱的骨头》（*Lovely Bones*），是一个被奸杀的小女孩在讲她死后家里发生的故事。这是"分类学不可能"，但读者总是把"一位死者在说话"，与"一个小姑娘在观察"这两者分开又合起来读，这样的自然化就容易进行。同样的方法也适用于《格列佛游记》《爱丽丝漫游仙境》这样奇异的幻想。

因此，本书的结论是：各种不同的叙述文本，其基础语义域与通达关系在三个世界布局不同：纪实型叙述，体裁规定的基础语义域是实在世界，却并不避免进入可能世界。虚构型叙述，其体裁规定的基础语义域必然是可能世界，而且必然需要寄生于实在世界，却可以卷入不可能世界。这种跨界通达，是纪实与虚构叙述的本质区分；同时，通达的数量级决定了文本的风格倾向。

莱布尼茨最早提出可能世界的论辩，其中贯穿着一条启蒙理性主义的原则：主体面对各种可能进行选择，必须有一定的理由作为选择的标准：上帝在各种可能世界中选择了实在世界，因此这个世界必然贯穿着理性；法官在法庭上互相竞争的各种"纪实型叙述"中选择一种，进行判决，他的选择必须符合法律与社会公认的伦理原则；而文本的叙述者从世界通达关联方式中选择了一种来讲述，他的选择也就必然卷入因果和伦理。用可能世界理论解释虚构，必然的结论就是：情节的选择标准和推进力量，来自人的道德选择。

第四章 情节的否定性推进动力

1. "四句破"模式

情节是叙述中发生的事物情态变化。情节之所以有变化，是因为某种事物状态被否定了，而这种否定导致了新状态的产生。由此可以看到，对事物旧有状态的否定，是情节推进的最重要动力，没有否定，情节不会往前推进。否定性推进，给我们研究叙述情节结构一把钥匙。本章试用东方和西方相隔遥远的年代产生的几种研究"否定推进"规律的方式，找出情节推进的共同动力。

王小波的中篇小说《黄金时代》，可以分成两半，上半篇是王二与陈清扬"搞破鞋"的前前后后，下半篇是两人为此罪名遭到农场军代表"革命群众"等批斗写交代认罪的经过。故事相接相扣浑然一体，只是从情节逻辑上可以分成两段来分析。

王二是第一人称叙述者。小说开始，农村医生陈清扬来找在云南接受再教育的知青王二。陈清扬已婚但独居，在附近一带群众中有"破鞋"名声，她要王二"证明"她是无辜的，不是破鞋，王二却想用行动证明她是破鞋。陈清扬开头很生气，后来两个人发生了性关系，经常来往。"自从她当众暴露了她是破鞋，我是她的野汉子后，再没有人说她是破鞋……大家对这种明火执仗的破鞋行径是如此害怕，以致连说都不敢啦。"[①] 连陈清扬自己也觉得得到解脱，"用不着再去想自己为什么是破鞋"。

---

① 王小波：《黄金时代》，西安：陕西师范大学出版社，2003年版，第15~16页。下面引文分别引自此书第34页、第42页、第48页、第54页。

小说第五节，他们被抓，关了起来。军代表要王二写交代，不断指责王二细节写得不够详尽，而且"只写出我们多么坏"。王二只好把一次次"非法性交"的经过详细——道来，弄得人事干部个个抢着读，然后一次次把他们捆起来"斗破鞋"。但是陈清扬不在乎，"她对这罪恶一无所知"。

王二写了很长时间交代，领导总说交代得不彻底，王二觉得他会一辈子用于写交代。最后陈清扬写出一份交代，承认她爱上了王二，"这是真实情况，一字都不能改"。由于爱情"比一切都坏"，领导找不到惩罚如此严重罪行的办法，只好放了二人。

王小波的作品之所以迷人，相当重要的一个原因是：他的叙述逻辑是暴露的。也就是说，他在小说中公开讲述他的小说依循什么逻辑展开情节，夸张一点说，他写的是"叙述理论小说"。这个做法，在别的作者笔下会成为炫技，或是画蛇添足，在王小波笔下则相反，叙述的魅力不仅在于情节，而且在于情节的构筑与分解：小说中的所谓"生活"，裂为各种元素，分解成环环连接的表意行为。

这种叙述描述叙述自身，以情节构筑为主题的小说，我们往往称为元小说，即关于小说的小说。但王小波写的不是一般的"暴露叙述痕迹"的元小说，而是关于叙述规律的讽喻。当然，也正如一切讽喻，喻的对象一旦过于直明，总是枯燥而抽象，比喻本身才是作品的兴趣所在，而《黄金时代》中的元小说主旨，深深隐藏在有趣的情节后面。这也形成一个奇怪的局面：一直没有人讨论王小波作品中的"叙述寓言"。而读不出这层意思，恐怕不能说真正理解王小波，也不会明白究竟为什么王小波自己说《黄金时代》这篇不长的作品，是他的"宠儿"。[①]《黄金时代》可以被读成一篇叙述寓言的典范，本书依据这篇小说来解析推动叙述展开的究竟是什么力量。

从本章开头的简要情节复述，可以看到，这两段情节都卷入否定，而且是连续否定，累加否定之后情节被推入新境界。黑格尔式的

[①] 李银河：《写在前面》，见王小波：《黄金时代》，西安：陕西师范大学出版社，2003年版，第1页。

"正题—反题—合题",即否定之否定演变成肯定,在这里似乎不适用,因为在《黄金时代》情节展开中,没有任何肯定,能看到的只是一个不断在否定中展开的叙述逻辑。

为了给叙述的否定展开寻找分析工具,首先我们想到的是佛教中观派哲学大师龙树(Nagarjuna,生卒约公元3—4世纪)著名的"四句破"(梵文 catuskoti,此词佛经中译名有别,另译有"四句分别""四歧式",或"四句门"等,西语一般译作 Tetralemma)。龙树借佛陀之名而推广的这个逻辑方式,把传统的二元对立,分解成四元:纯肯定、纯否定、复合肯定(佛理称为第三俱句,或双亦句),复合否定(佛理称为第四俱非句,或双非句)。观察同一事物的这四种完全对立的立场,可以总结成如下图式:

$$A 正 \xrightarrow[-A+(-B) 非正非反]{A+B 既正又反} B(即-A)反$$

"四句破"突破了形式逻辑,佛理中对任何二元对立——有与空、常与无常、自与他等——均可依此四句加以分解。佛教诸经论中,常以此四句法之形式来解释各种义理,如《阿毗达摩俱舍论》卷二十五"厌而非离、离而非厌、亦厌亦离、非厌非离"[1],《成唯识论》卷一有:"一、异、亦一亦异、非一非异。"[2]《法华文句记》卷三云:"权、实、亦权亦实、非权非实。"[3]《阿毗达摩发智论》七卷云:"有正智非择法觉支。谓世俗正智。有择法觉支非正智,谓无漏忍。有正智亦择法觉支,谓除无漏忍,余无漏慧。有非正智亦非择法觉支,谓除前相。"[4]

如果这些说得比较抽象,《华严经》举了一个容易理解的例子:如来世尊灭后,究竟是否在世,对这个问题可以有四种看法:"如来

---

[1] 《阿毗达摩俱舍论》,玄奘译,《大藏经》1558,29 册,第 6 页。
[2] 《成唯识论》,玄奘译,《大藏经》1585,31 册,卷 1,第 1 页。
[3] 《法华文句记》,湛然述,《大藏经》1719,34 册,卷 3,第 151 页。
[4] 《阿毗达摩发智论》,玄奘译,《大藏经》1544,26 册,卷 9,第 918 页。

灭后有,如来灭后无,如来灭后亦有亦无,如来灭后非有非无。"①这个说法非常精彩,而且恐怕是唯一说得清楚的看法:可以说如来灭后既在世又非在世,但最适当的看法是双否定:非有非无,根本不能以在世与否论之。

《黄金时代》上半篇中王二与陈清扬的关系的变化,几乎是一个完美的四句破关系。王二的思考方式,非常"理性",尊重亚里士多德式的形式逻辑。陈清扬要求王二为她"证明不是破鞋",王二就动脑筋从逻辑上证伪这个命题。这个二元对立在人情上虽然怪异而幽默,在逻辑上却很清晰。但是一旦卷入"生活事件",形式逻辑就不中用了,关于他们俩的新关系,出现了复杂的四种观点立场,小说中的各方各执一词:

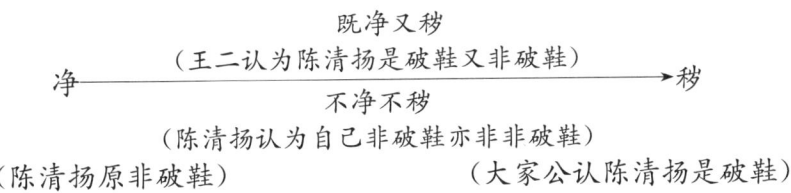

"四句破"破坏了二元对立,与黑格尔提出否定之否定对比,可以看到"四句破"复杂得多了:除了对立二相的综合(既承认肯定又承认否定),现在出现了双重否定(既不承认肯定,又不承认否定)。"第四俱非句"的双重否定,提出了一种超越二元对立的可能,超越了是非。"破鞋"的定义是"偷汉子",如果不"偷"而与某个男人有染,"明火执仗"搞破鞋,就进入"俱非句",由此陈清扬精神上得到解脱,"用不着再去想自己为什么是破鞋"。这种理解最为大气:无论周围人们对"破鞋"如何理解,如何鄙薄攻击,一旦她否定这个定义之有,也否定这个定义之无,她就站到概念的抓捕规训范围之外。

但是,四句破关系式还不是纯然的否定,只有两个半否定,也就

---

① 《大方广佛华严经》,佛驮跋陀罗译,《大藏经》0278,9册,第359页。

是说，有"第三俱句"，体现在王二身上，就是既有自己的看法（陈清扬不是破鞋），又被迫接受俗见（陈清扬是破鞋），结果是在肯定与否定之间无法自辩。

而且，随着《黄金时代》情节的进一步推进，我们发现钻石式四句破中的肯定否定，缺乏展开方式，四项之间缺少互相转换的渠道。没有各项之间的互动，情节单元就无法向前推进成叙述。

后世的佛教教理，在龙树的中观论基础上发展得很远，实际上龙树自己也一再强调四句破无法把握真理，因为真理在无而不在有，在空而不在色。空无法仅用此四句分辨而把握之，因其为空不可得。因此马鸣（Asvaghosa）提出"百非"否定式改造四句破："非有相，非无相，非非有无相，非非有相非无相。"[①]

但是如果一切从"非有"开始，就不仅无肯定项可言，甚至无起点可言。没有起点（陈清扬是干净的）的肯定，否定也就失去了依凭，进一步的否定也就落在空无上了。无起点，同样就无叙述，因为整个否定运动缺少了开始的推动。

2. 符号方阵的动态化

此时，符号方阵（Semiotic Square）的图式就可能更有用。符号方阵，又称格雷马斯方阵（Greimasian Rectangle）。格雷马斯在1966年出版的《结构语义学》（*Semantique structurale*）中第一次提出这个方阵图式，在他1970年的名著《论意义》（*Du Sens*）中又改造了这个方阵图式。百花文艺出版社2005年的译本《论意义》下册译自《论意义》1980年版本，包括了格雷马斯在20世纪70年代写的若干论文，其中反复使用此方阵，而且用来分析一些小说作品。格雷马斯说他提出这个方阵，是改造了R. Blanche的逻辑六边形，数学上的Klein群，心理学上的Piaget群，等等。[②] 看来也包括四句破传入欧

[①] 《大乘起信论》，实叉难陀译，《大藏经》1667，第32册，第586页。
[②] A. J. 格雷马斯：《论意义：符号学论文集》（上册），吴泓缈、冯学俊译，天津：百花文艺出版社，2005年版，第142页。

洲变化而成的钻石图式（Diamond Schema）。

这个方阵的图式有四个基本项：（1）A正项；与（2）B负项两个对立项；（3）—A否项；与（4）—B负否项两个否定项。在这四项之外，有六个连接：（5）AB正对拒连接；（6）—A—B负对拒连接；（7）A—B否正连接；（8）B—A否负连接；（9）A—A负正连接；（10）B—B负负连接。两相组合。这样合起来就形成十元素格局：

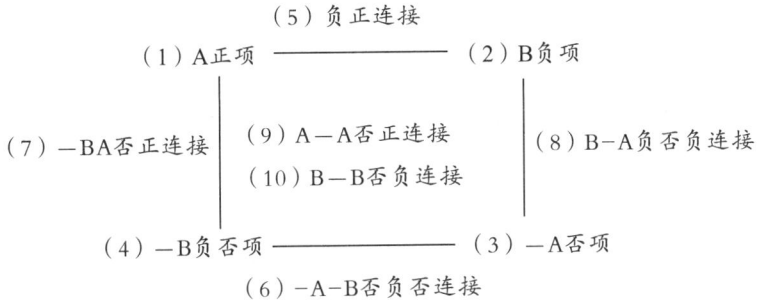

需要说明的是：以上解释不是格雷马斯原用命名法，也不是他的理解。格雷马斯自己并不认为各项连接全是否定，他对符号方阵的解释一直是静态的：他认为B—A连接与—BA连接是"互补关系"（complementariety），也就是说，—A与B，—B与A之间互相补充，并不是互相否定。[①] 格雷马斯派符号学家经常使用这个方阵，他们也并不认为这是一个纯然否定的关系图式。

笔者参照龙树从四句向"百非"延伸的意向，把这个方阵理解为否定方阵：表面上符号方阵似乎只是取消了四句破的俱亦句，分开了俱非句。实际上，方阵中不仅任何相关项都是否定，甚至所有链接也都是否定链接，由此把一对二元对立，演化成10种因素：在一个正项上，可以一层层累加否定，否定成为延续递进变化的基本构筑法。

符号方阵不仅取消了二元之间妥协的可能，而且展开了一个流

[①] Winfried Nöth (ed.), *Handbook of Semiotics*, Bloomington and Indianapolis: Indiana University Press, 1990, p. 318; 也有学者称—BA轴为"正相"（Postive Deixis）。

程，把简单的二元对立，变成十个因素的否定互动。按照杰姆逊的说法，就是"让每一个项产生起逻辑否定，或'矛盾'"（杰姆逊，1999，240），从而"开拓出实践真正的辩证否定的空间"（杰姆逊，1999，38）。经过屡次否定后，从－B不可能再转回原来的起点。因为逻辑展开有个因果级差，正如叙述展开有个时间级差。本来，在叙述中，时间链与因果链实际上是无法区分的：一个过程在时间中被连续否定，其轨迹就无法回到初始原因的地位。因此这是一种无限否定图式，方阵无法找回到肯定项。

应用符号方阵的领域很多，尤其在逻辑学、语言学、文化研究、性别研究等学科中。在小说分析方面，很多学者做过很大的努力。例如刘海波用来分析《祝福》；① 李春青用来分析三国演义中的曹刘孙与其他军阀的对抗关系；② 蔡淑玲用来分析杜拉斯《情人》的爱情与种族关系；齐泽克用来解释性虐与同性恋；③ 杰姆逊对格雷马斯方阵情有独钟，从他的成名作《政治无意识》用来分析巴尔扎克和康拉德小说开始，一直到在北大演讲用来分析《聊斋》故事中的"资本主义商品关系"④，他一直坚持在方阵中寻找辩证法的新解。而本章认为，符号方阵特别适合于广义叙述研究，之所以细读王小波的小说，是因为王小波作品是符号方阵的否定推进至绝佳例证。

大部分符号方阵的论说，都是把两元对立变成四元对峙，最后形成一个结构；用杰姆逊本人的话来说，应用格雷马斯方阵：

> 故事开始时是为了解决一对 X 与 Y 的矛盾，但却由此派生引发出大量新的可能性。而当所有的可能性都出现了之后，便有

---

① 刘海波：《挣扎在格雷马斯方阵中的祥林嫂——对〈祝福〉的另一种解读》，《济南大学学报（社会科学版）》2001年第5期，第40—43+92页。

② 李春青：《在文本与历史之间——中国古代诗学意义生成模式探微》，北京：北京大学出版社，2005年版，第67页。

③ 斯拉沃热·齐泽克：《快感大转移——妇女和因果性六论》，胡大平等译，南京：江苏人民出版社，2004年版，第54页。

④ 杰姆逊：《后现代主义与文化理论》，唐小兵译，北京：北京大学出版社，1997年版，第120～130页。

了封闭的感觉，故事也就完了。①

杰姆逊并不认为格雷马斯方阵可以产生不断延续的否定运动，他每次用格雷马斯方阵，都列出全部10项，取得对小说意识形态分析的结论。刘海波描述祥林嫂如何"挣扎在格雷马斯方阵中"，也是把这四元对峙看成一个意识形态的封闭系统。

笔者则希望把这个方阵变成一个不断运动展开的过程，而且为了适应叙述本身的多变，不至于落入封闭结构，方阵的任何一项都可以作为起点，而且情节发展可以走任何途径，因为只要每一项都被否定连接所包围，任何运动下一步必然是否定，叙述就能在运动中走向任何新的环节。换句话说，这个方阵可显示一个不断借否定进行构造的，无法封闭的过程：只要叙述向前推进，就必须保持开放的势态。这样理解，结构封闭的格雷马斯方阵，就成为"全否定"性的符号方阵。

王小波《黄金时代》的叙述逻辑，为理解"全否定"性的符号方阵提供了有趣的思路：王二与陈清扬被抓回农场，军代表布置农场当局对陈清扬进行"斗破鞋"，而王二则被勒令无穷无尽写交代，"有罪"与"无罪"可以作为向前推进的第一对立面。

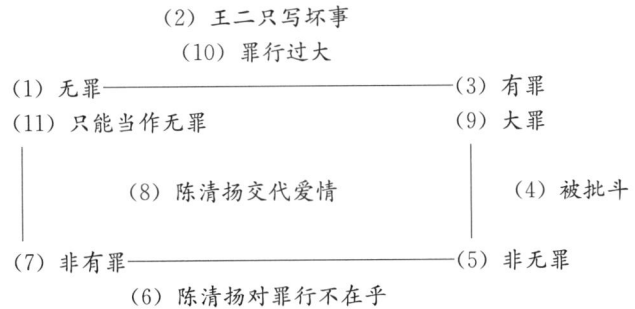

1. 王二和陈清扬的关系本来无罪。

---

① 杰姆逊：《后现代主义与文化理论》，唐小兵译，北京：北京大学出版社，1997年版，第119页。

2. 王二写交代只写坏事,
3. 把自己写成有罪,档案袋巨大。
4. 于是他们被不断批斗。
5. 陈清扬挂了破鞋准备被斗。
6. 但是她"一点不在乎",满足于并非无罪,
7. 也并非有罪的局面。
8. 结束这个局面的是最后陈清扬写了一篇交代,"从此以后再也没让我们写材料",一切批斗也结束了。陈清扬在二十年后告诉王二,她写的是她"真实的罪孽",就是爱上了王二。
9. "承认了这个,就等于承认了一切罪孽。"
10. "谁也不允许这样写交代",因为爱情是罪上之罪,罪行过大。
11. 谁也无法处理如此大罪,只能放了他们。

最后一个否定,是《黄金时代》画龙点睛的一笔:陈清扬借大罪否定有罪,叙述回到起点,陈清扬的交代材料被抽了出来,回到无罪纯净状态。王二诧异地看到陈清扬"她那破裂的处女膜长了起来"。

这一篇叙述结束了,这文本的意义却没有终结。情节已经不可复原,只是貌似回到无罪原点而已。经过这样复杂的否定推动,经过这样一场"文化大革命"的狂热破坏,有些东西不可避免地改变了。

3. 否定推进的意义

情节的否定推进,可以被理解成一系列不同图式,四句破、符号方阵,只是举其二。诺斯洛普·弗莱曾经建议:情节结构不是一般学者理解的"金字塔"形,那里的情节高潮似乎是高耸的肯定。他认为情节结构应当是 U 形,即否定,与否否定之否定。他举的例子是《圣经》:耶稣在传道前生活平顺,一旦开始传道即不断被否定,经历反对、污蔑、诽谤等磨难,最后殉难,回到英雄形象。这也是情节否

定推进的一种图示方式。①

《黄金时代》写的是"文化大革命"吗？我们免不了要疑问：这些知青日子未免过得太逍遥，可以耽迷于"搞破鞋"，可以逃亡进山，可以捉弄队长；哪怕无穷无尽写交代，至多不过是"像个专业作家"；批斗会虽然被捆得紧，还可以"继续犯错误"。这样的性狂欢情节，在"文化大革命"中绝对不可能发生，尤其不可能发生在被批斗对象身上：我们体验到的"文化大革命"酷刑，完全无法写成如此酒神式的狂欢叙述。王小波把"文化大革命"写得如此轻松，完全是扭曲历史。

在这个方面，王小波一直是一个谜：他不屑"反映现实"，他鄙视"历史事实"，但是他比任何作家都洞察中国文化的真正运作规律，比谁都更了解中国历史的运动方式。《黄金时代》的故事的确荒唐，语言狂放恣肆，这种荒唐恣肆远远不仅是为了增加小说的乐趣。王小波写的是讽喻小说：他讽喻的对象是中国文化中藏得很深的一些叙述表意原则。

全篇上半部分，是主人公违反社会道德"搞破鞋"的经过，可以读成在讨论违规之"行"的可能；下半部分，是交代与批斗，可以看成是各种讲述权裁判权的决斗，是达到违规之"知"的过程。对比一下就可以看到，违反社会之规的"行"还是有可能，违规之"知"，即挑战话语权，是绝对禁止的。有权者对事件的讲述权、是非的判决权、概念的定义权，被郑重其事地当作权中之权加以看护。

《黄金时代》中，"犯"公认道德之行，表现为性违规之行，只是"生活"的狂欢；而"犯"公认道德之言，才变成了叙述的狂欢。于是小说从"四句"，进入"百非"，不仅坦荡地暴露狂野否定之行，更是恣扬地挥洒尖刻否定之言。

对于社会规范而言，只要是"犯"，都必须严防，必须训罚，不然规范就会崩塌。但是《黄金时代》中点出来了："做这事和（说）喜欢这事大不一样，该五马分尸千刀万剐"。（54）"行"之违规，到

---

① 诺斯洛普·弗莱：《伟大的代码：圣经与文学》，郝振益、樊振帼、何成洲译，北京：北京大学出版社，1998年版。此例是2013年叙述学班朱叶在作业中举出的，特此致谢。

顶不过是"干破鞋",批斗、肉体惩罚、社会边缘化、赶进深山,都是有效的惩罚办法。借不断否定而叙述违规,最后堂而皇之把"干破鞋"叫作"爱情"而予以彻底颠覆,这才是《黄金时代》的深长意味之所在,这才是这个不长的中篇发出的真正冲击力。

由此我们可以看到,应用符号方阵描述叙述,远非一项机械的技术操作。方阵没有预设结构,没有画地为牢。分析者在文本中,只是选中一对可能的关键概念(例如我为《黄金时代》选中"罪—非罪"),然后在无尽延伸的语义场中进行多重否定,找出叙述运动路线。而叙述在各种否定连接中运转时,经常是不对称的,关键概念选得比较好,整个叙述在运动中就会反复回向源头概念,导致源头概念被不同连接数次否定。

但是我承认,可供选择的这对出发概念,虽然是主题性的,但不是唯一的。例如,可以从"偷汉—恋爱"这一对立面出发,那时否定逻辑走的路线会很不同,方阵揭示的意义也会不同。

在上面的分析中,一开始"无罪"被"破鞋罪"否定,但是最终被"爱情大罪"否定。此时的无罪,已经不是作为出发概念的无罪,而是超出"犯"范畴的"善心所作,甚非犯"。到这个境界,道德从心,由心而生。此时,可笑荒唐的就是"斗破鞋"之类的社会规范,而不再是男女主人公的恣意违规。

陈清扬不仅行其所行,不惮"破鞋"之罪名,我行我素,而且在王二不断交代检查(即同水平否定)时,对"知"(社会基本共识)提出挑战,直陈爱情。这就是佛家说的"作而非犯""不作而犯"之间的区别。① 她在更高的层次上否定了"破鞋罪",回到无罪。这样回到原点,就是对公认意识形态提出了全面的否定,就像如来普济众生后,回到非生非死,不仅对神圣提出了全新的定义,而且颠覆了俗世的生死观。叙述者说对陈清扬"像苏格拉底对一切都一无所知"就是说,她像苏格拉底一样,把罪恶看得透彻极了,只是不愿直说给愚人听而已。

---

① 《菩萨戒本宗要》,第45册,第915页。

王小波的作品常常是对女性的颂歌，但他不是从男性角度赞美女性的某种品质，而是让女性在各方面都比男性洒脱。《黄金时代》中的这一对，正如在王小波的其他作品中，女人比男人高明：女性本能地摆脱执着，达到"双非"境界。无怪乎杰姆逊称这个双非项"经常很神秘，开启了跃向新意义系统的可能"。格雷马斯本人也把-B项称作"爆破项"（Explosive Term）①，无独有偶，汉传佛教译为四句"破"，几乎用词都一样。

从这个角度看，符号方阵就不再是一个"结构主义"式的封闭系统分析，而是一种充满批判精神的开放文本图式。

马克思主义者杰姆逊对这个符号方阵的理解，就经历了一个变化。在1972年的《语言的囚牢》一书中，他认为这个方阵只是重申了黑格尔的否定之否定："此模式的发展，就成为对失落项的寻找……这失落项不是别的，就是否定之否定。"但是十年后，在《政治无意识》中，他强调指出，应用在文学研究中，这个方阵依然会引出文本无法控制的表意能力（informing power）：

> 文学结构，远远不能在任何一个层次上完全实现，因此强力地倾向于"非思"（impense）或"无言"（non-dit）的底下（underside），也就是政治无意识，此时被意识形态封闭格局模式（指符号方阵——笔者注）重构分散开的意义元，会坚持把我们引向各种力量和各种对立的表意力量，而这是文本无法完全加以控制或主宰的。②

应当再次指出，杰姆逊使用方阵是静止的，他没有用方阵找出叙述展开的轨迹。即使这样，他依然能得出结论：深入意识形态的否

---

① See Timothy Lenoir, "Was the Last Turn the Right Turn?" *Configuration*, Vol. 2, No. 11, 1994, p. 165.

② 参见弗雷德里克·詹姆逊：《政治无意识：作为社会象征行为的叙事》，王逢振、陈永国译，北京：中国社会科学出版社，1999年版，第38页。这段文字经过笔者重译。见 Frederic Jameson, *The Political Unconscious*, *Narrative as A Socially Symbolic Act*, Ithaca: Cornell University Press, 1981, p. 49

定，才是永恒的否定之真髓。例如在巴尔扎克的《老姑娘》中，杰姆逊发现"潜在的意识形态矛盾显然可以通过历史的思考来表达"①；分析康拉德的《诺斯特拉姆》时，他发现资本主义来到，造成"真实的历史""拉丁美洲的本质"的断裂，"而这种断裂正是《诺斯特拉姆》的终极叙述内容"。但是詹姆逊在分析《吉姆爷》时，杰姆逊看出静止的四元对峙不够了，因为他不仅找出资本主义的基本逻辑——活动—价值之对立，而且指出"这种模式不能弥合叙述文本的意识形态深层结构与逐字逐句的生活之间的裂隙"。

杰姆逊认为《吉姆爷》可以读成一个"得天独厚的……元文本"（meta-text），即能揭示文本内在结构的文本："《吉姆爷》中的事件，是对事件的分析和消解。"②《黄金时代》更是这样一部"得天独厚的文本"。要读懂这篇小说，引向超越文本的阅读，必须坚持寻找叙述的否定运动。因此，符号方阵最后被打开了。在不断否定的压力下，叙述形式产生裂隙，从而给我们窥视的机会，在表意的裂隙之中，在文本的底下（就是杰姆逊认为可以找到"政治无意识"的地方）找到历史运动。

《黄金时代》对"文化大革命"的残酷暴力的欢乐消解固然是一种"性爱乌托邦"幻想，但是它犀利的讽喻，指向了中国历史上一种实实在在的更残酷的暴力，即话语控制权。在格雷马斯方阵的否定游戏中，话语控制变得可笑荒谬，因为任何项，不管是肯定项还是否定项，都被三种否定连接位所包围，叙述不可能从任何肯定的路线逃遁，任何保卫话语权的努力，都落在不间断否定的摧毁力之中。

这让我们想起法兰克福学派提倡的"否定辩证法"。马尔库塞坚持认为："理性是一种颠覆力量、否定力量，在理论上实践上建立人和物的真相——这是人和物得以构成的条件。"③ 而阿尔多诺雄辩地说：

---

① 参见弗雷德里克·詹姆逊：《政治无意识：作为社会象征行为的叙事》，王逢振、陈永国译，北京：中国社会科学出版社，1999年版，第152页。
② 参见弗雷德里克·詹姆逊：《政治无意识：作为社会象征行为的叙事》，王逢振、陈永国译，北京：中国社会科学出版社，1999年版，第242页。
③ Herbert Marcuse, *One Dimentional Men*, Ark Paperback, 1964, pp.123-24.

> 在黑格尔那里，在辩证法的最核心之处，占了优势的是一种反辩证法的原则（即否定之否定等于肯定——笔者注）……如果整体是否定的，那么对概括在此整体中的特殊物的否定，就仍然是否定的。①

但法兰克福学派只是认为资本主义社会必须用不断否定才能摧毁，他们并没有发现这种不断否定只能发生在叙述中：只有情节（而不是经验现实）每一步都必须否定前一状态。

《黄金时代》证明：叙述的本质是一个连续否定的过程，叙述即否定。在《黄金时代》结尾，陈清扬承认爱情后，"对我也冷淡起来"，爱情本身否定了性欲，乌托邦式的性狂欢也只能就此结束。符号方阵最终把否定游戏结束在一个更高的回归上：纯净的无罪状态已经不可能恢复，"破裂的处女膜"只是在幻象中"长了起来"。

当我们解开四句破或符号方阵，撕开叙述形式，此时只剩下一种可能，佛家常说的话头，就是"离四句，绝百非"：跳出肯定之后，也要跳出否定。之后，《黄金时代》的否定游戏推演出来的，就不再是历史事实的再现，而是再现之不可能。在连续否定造成的张力中，叙述最后让我们看到的，正是历史车轮的沉重擦痕。

---

① Theodor W. Adorno, *Negative Dialectics*, London: Routledge & Kegan Paul, 1973, p. 184.

第四部分　叙述文本中的主体冲突

第一章 "全文本"与普遍隐含作者

1. 文本的"合一性"

文本这概念,在批评理论中历史已经很悠久,有些基本问题却从来没有被仔细追问过,一旦用符号学来研究广义叙述,这些似乎被解决的问题就会冒出来。文本的"合一性"(integrity),即各种符号元素如何才能合成叙述文本,就是其中之一。

文本的边界如何确定,这在文字叙述各体裁中几乎不成问题,文字文本边界清楚。一旦到文字媒介之外,文本的边界就很模糊。这种模糊会导致解释对象的范围变化,导向本章讨论的核心概念"全文本"。

第二个问题是隐含作者问题。隐含作者原先是叙述学的核心概念,从广义叙述的角度审视,它的使用范围,不仅远远越出了小说叙述学的边界,甚至超出了叙述研究的边界。所有的文本都可以归纳出体现其意义-价值观的隐含作者。所以,可以找出隐含作者,是所有符号文本的必然条件。

隐含作者并非作者,只是文本价值观的拟人格。例如宋词的"男子作闺音"传统,是作者与隐含作者严重分离:作者大部分是士大夫,而隐含作者是女性。《文心雕龙·情采篇》中有言:"故有志深轩冕,而泛咏皋壤,心缠几务,而虚述人外。真宰弗存,翩其反矣。"作品的隐含作者,可以与作者的本人品格完全相反。

在大多数情况下,隐含作者远比作者本人高尚。贞观二年(628年),唐太宗在朝堂上就隋炀帝的文章做出评价:"朕观隋炀帝文集,文辞奥博,亦知是尧舜而非桀纣,然行事何其反耶?"从隋炀帝的文章中归纳出的隐含作者是"尧舜",而隋炀帝本人的为人却是"桀纣"。钱锺书《谈艺录》之四八《文如其人》指出：

> 以文观人，自古所难：嵇叔夜之《家诫》，何尝不挫锐和光，直与《绝交》二书，如出两手。
>
> 人之言行不符，未必即为"心声失真"。常有言出于至诚，而行牵于流俗。蓬随风转，沙与泥黑；执笔尚有夜气，临事遂失初心。不由衷者，岂惟言哉，行亦有之。

身份支撑的自我，或是文本支撑的隐含作者，都是变动不居的。

符号总是与其他符号形成组合，如果这样的符号组合，形成一个"合一的表意集合"，就可以称为"文本"。先前学界常用术语"讲述"（discourse，或译"语篇"）①，中西说法，都过于倾向语言，不适合作为所有符号组合的通称；信息论中则把符号结合起来的整体称为"超符号"（super-sign），此术语意义不明确，各人用法不同，近年"超符号"渐渐只用于难以分解的符号组合。②而"文本"一词，渐渐作为有合一性的"符号组合"意义通用。此词西文 text 原意是"编织品"，中文定译为"文本"，极不合适，因为"文字"意味太浓，而符号文本却可以是任何符号"编织"组成。笔者难以纠正已流行术语之不当，只能在此稍做提醒。

在符号学史上，对文本概念做出最大贡献的，是两个符号学派别：一是德国 20 世纪 60 年代的"斯图加特学派"，这派的领军人本泽（Max Bense）早在 1962 年就把这一批德国符号学家的贡献编成文集《文本理论》；一是莫斯科-塔尔图学派，他们把文本看作符号与文化联系的最主要方式，洛特曼（Yuri Lotman）在 1970 年出版了《艺术文本结构》。此后对文本的研究大为加强，由于当代学界的共同

---

① Janos S. Petofi, "Text, Discourse", in Thomas A. Sebeok (ed.), *Encyclopedic Dictionary of Semiotics*, Berlin: Mouton de Gruyter, 1986, pp. 1180−1187.

② "超符号"这个词被许多理论家用作别的意义，例如"超越语言与文化边界的巨大的表意"，或"不能分成内容单元的符号组合"，见 Umberto Eco, *A Theory of Semiotics*, Bloomington: Indiana University Press, 1976, p. 232.

努力，符号学的分析单元从单独符号转向符号文本。

文本的本质不是其物质存在，而是其表意功能。① 不是符号载体的集合，而是符号表意的集合。因此，"文本"实际上是个抽象的存在，与其载体有一定的距离：一本书的不同版本（例如简体与繁体，例如精装、平装、线装），外形不同，却可以被称为同一"文本"；而演示性叙述（例如口头叙述）文本与媒介结合紧密，每一场演出就是一个独立的文本。

在符号学中，文本一词的意义可以相差很大。最窄的意义，与中文的"文本"相近，指的是文字文本。文字文本，有个空间和语义的限定，甚至不包括注解、标题、序言、出版信息等。巴尔特与格雷马斯对文本符号学做出了非常重要的贡献，但他们研究的"文本"基本上是最窄概念，即文字文本。② 例如巴尔特在《图像修辞学》中问："在图像之中、之下、之周围是否总有文本？"③ 此处"文本"指的是文字。因此，必须根据上下文判别"文本"究竟是何义。

用比较宽的定义，文本是指任何文化产品，不管是印刷的、写作的、编辑出来的文化产品，还是从手稿档案到唱片、绘画、乐谱、电影、化学公式等人工符号构成的文本。而符号学中往往使用"文本"的最宽定义。巴赫金说："文本是直接的现实（思维和经验的现实），在文本中，思维与规律可以独立地构成。没有文本，就既无探询的对象亦无思想。"④ 乌斯宾斯基提出一个更宽的定义，文本就是"任何可以被解释的东西"（Anything that can be interpreted）。⑤ 这也就是

---

① Alec McHoul, "Text", in Paul Bouissac (ed.), *Enclopedia of Semiotics*, Oxford: Oxford University Press, 1998, p. 609.

② A. J. Greimas, Joseph Courtes, *Semiotics and Language*, Bloomington: Indiana University Press, 1982, p. 340.

③ 罗兰·巴尔特:《图像修辞学》,《语言学研究》第六集，北京：书目文献出版社，2008 年版。在《显义与晦义》（怀宇译，百花文艺出版社，2005 年版，第 27 页）一书中，此处的 le texte 应译为"文字"。

④ Quoted in Tzvetan Todorov, *Mikhail Bakhtin: The Dialogical Principle*, Minneapolis: University of Minnesota Press, 1981, p. 17.

⑤ Boris Uspenskij, "Theses on the Semiotic Study of Culture", in Jan van der Eng and Mojnir Grygar (eds.), *Structure of Texts and Semiotic of Culture*, The Hague: Mouton de Gruyter, 1973, p. 6.

皮尔斯对符号的规定"只有被解释成符号才是符号"①，乌斯宾斯基则认为任何能表意的符号，都是文本。

难道绝对单个的符号也是文本？本书下面会谈到，绝对孤立的单个符号，无法表达意义。任何携带意义等待解释的符号，都是文本组合，因此，乌斯宾斯基和皮尔斯都是对的。洛特曼定义最为简明，反而可能是最合适的：文本就是"整体符号"（integral sign）。笔者认为，文本就是"有合一意义的符号组合"。

本书导论中，已经提出符号文本的底线定义。此处再列举一次，以利于下面的讨论。只要满足以下两个条件，就是符号文本：

1. 一些符号被组织进一个符号组合中。
2. 此符号组合可以被接收者理解为具有合一的时间和意义向度。

根据这个定义，文本要具有意义，不仅要依靠自己的组成，更取决于接收者的意义构筑方式。接收者看到的文本，是介于发送者与接收者之间的一个相对独立的存在，它不是物质的存在，而是意义传达构成的关系：文本使符号表意跨越时间空间的间隔，到达接收者的解释中。一旦这解释是个"合一"的意义，各种符号元素就集合成一个文本。

由于此过程，此符号组合就获得了"文本性"（textuality）。鲍德朗德认为"文本性"包括以下七种品质：结构的整体性、概念的一贯性、发出的意向性、接收的"可接受性"、解释的情境性、文化的文本间性、文本本身的信息性。② 一口气列举"七性质"，无非是说，符号学的研究对象不应当是单独的符号，而是符号文本。

---

① "Nothing is a sign unless it is interpreted as a sign", Charles Sanders Peirce *Collected Papers*, Cambridge, MA: Harvard University Press, 1931—1958, Vol. 2, p. 308. 笔者对这一描述的不同意见，见笔者《符号学》第二章第六节"潜在符号"，南京：南京大学出版社，2012年版，第59页。

② Robert de Bauderande, *Text*, *Discourse and Process*, Norwood, NJ: Ablex, 1980.

上述标准的头一条"结构上的整体性",是后面六条的保证。但后面的六条是否就能保证第一条呢?艾柯就提出过"伪组合"理论:某些"文本"的组合缺乏"整体性",各部分之间关系不明。他举的例子是蒙德里安的线格画,以及勋伯格的十二音阶音乐。实际上,很多符号组合都让人怀疑是否有"整体性":长轴山水切出一块难道不能形成单独文本?电影剪辑不是可以分出好几种版本?切裁后的照片比原幅照片整合性更多还是更少?20世纪60年代的一种实验戏剧,即所谓"发生"戏剧(Happenings),没有预定情节,演到哪里算哪里,无始无终,有意取消文本的"整合性"[1],算不算文本?

笔者认为,文本的确必须有"意义合一性",但是此合一性并非文本固有品格,而是接收者对符号表意的一种构筑方式:接收者在解释意义组合时,必须考虑发送者的意向(例如画家的画框范围),也必须考虑文化对体裁的规定性(例如绝句应当只有四句),但是最后他的解释需要把文本构成一个整体。例如:地理上的一整条线路构成他出发时考虑的文本,某个路标与周围的某些路况构成一个文本;如果他坚持读到底,一部百万字的长篇小说是一个文本,如果他中止阅读的话,一个章节也可以构成一个文本。一首诗可以长达万行,也可以只有一行,甚至一个字,只要读者把它读成一个整体。[2]说文本本身具有整体性,显然是不合适的。

本章最后要指出的是:所有的符号表意,都需要文本来完成,但并非所有的文本都是叙述文本。这点在本书导论中已经详细讨论过。

2. 叙述的伴随文本

既然符号文本是接收者进行"文本化"(textualization)的结果,而文本化是符号表意的必要方式。文本各单位之间的组合关系,实际上是解释出来的:一个交通警察、一个抢银行的劫匪、一个看风景的

---

[1] Zoltán Szilassy, *American Theater of the 1960s*, Carbondale, IL: Southern Illinois University Press, 1986, pp. 64—68.

[2] 请参见笔者《文学符号学》,北京:中国文联出版社,1990年版,第140页。

行人，会在同一个街景中看出完全不同的文本，因为他们需要寻找不同品格的意义，因此他们会挑选不同的符号元素，而忽视另一些相对来说不重要的元素，以形成一个有意义的组合。文本化行为，即在感知中读出意义的行为，这过程肯定是"片面化"的，文本化就是这些片面感知的集合：接收者不仅挑拣符号的各种可感知方面，而且挑拣感知的成分。一名足球运动员，"眼观六路耳听八方"，看到己方与对方每个队员各种人员的相互位置与运动速度，并且迅速判断这个"文本"的意义。体育界行话，称此运动员善于"读"比赛，此说法很符合符号学。显然，一名后卫与一名前锋，必须对同一个局面"读出"很不同的"文本"。

那么，究竟什么地方应当作为文本的边界？哪些因素应当算作文本的一部分，哪些不算？这个问题似乎非常简单，在文本里，就是文本的一部分。实际上，符号文本的边界模糊不清：看起来不在文本里的成分，必须被当作文本的一部分来解释；许多似乎不在文本中的元素，往往必须被"读进"文本里。因此，文本的边界取决于接收者的解释方式。

本节前文已经说过：完全孤立的符号，不可能表达意义。要表达意义，符号必然有某些其他符号，哪怕是周遭的符号形成组合：一个交通灯必然与其他信号（例如路口的位置，信号灯的架子）组合成交通信号；一个微笑的嘴唇必然与脸容的其他部分组合，才能成为"满脸堆笑"或"皮笑肉不笑"；一个手势必然与身姿表情相结合，呈现为一个决绝的命令或一个临终请求。

这就牵涉文本与"伴随文本"的距离，以及二者在解释时的分与合，最后引向本书提出的"全文本"这个关键概念。文本有许多附加因素，这些因素严重影响我们对文本的解释，但是经常不算做文本的一部分，可以称为伴随文本。文本就像一颗彗星，携带了巨大数量的附加因素，其中有些因素与文本本身几乎难以分解，有些却相隔非常遥远。它们之间的分合关系，至今没有得到足够的讨论，伴随文本问题一直是符号学、解释学、传播学没有研究透彻的环节。①

伴随文本不仅是一些零散的"周边符号",它们是文本与世界的联系方式。任何符号文本,都携带了大量社会约定和文化联系,这些约定和联系不一定显现于文本之中,也可以隐藏于文本之后,文本之外,或文本边缘,却总是被文本牵带着显露出来,积极参与文本意义的构成。在某次解释中,某些伴随文本甚至可能比文本有更多的意义。因此,任何符号文本,都是文本与伴随文本的结合体。这种结合,使文本成为一个浸透了社会文化因素的复杂构造。很多论者意识到这个问题,他们在克里斯蒂娃的"文本间性"架构中讨论这个问题,而"文本间性"这个理论,过分笼统,"伴随文本"论把它具体落实到符号形态上。

在形态上,伴随文本因素并不一定是"潜在"的、"隐藏"的。伴随文本的第一类,大部分副文本(para-text),完全"显露"在文本表现层上,甚至比文本更加醒目。副文本往往落在文本"门槛"上:书籍的标题、题词、序言、插图,美术的裱装、印鉴,装置的容器,电影的片头片尾,广告中的商品、商品的价格等,歌曲或交响乐的作者身份与标题等。可以看到,某些副文本离文本边缘距离较远,需要另外的媒介(例如标签、戏单、唱片封套等)来提供。不管副文本用何种方式显现,都可能对符号文本的接收起重大作用。某影片写明"成本过亿大片",就会让我们觉得非去看一次不可;而某些商品标出的价格便宜,就会被判断为"档次低"。当然,过于热衷于副文本因素,可能让副文本控制了意义,使接收者放弃独立的解读评判,例如看到某导演的名字,就认为该电影值得一看,文本本身反而落到次要地位。

型文本(archi-text)是文本显性框架因素的一部分,它指明文化规定的文本"类别"方式,例如与其他一批文本同一派别、同一时代、同一题材、同一风格等。现代传媒还在不断创造新的型文本集群,例如由同一个主角,在同一个电影节播映获奖等。

---

① 请参见笔者《符号学原理与推演》第六章,成都:四川大学出版社,2023年版。

型文本指明文本类型，因此是文本与文化的主要连接方式，最重要的型文本是体裁，体裁的归属，常常以副文本方式指明，例如诗歌的分行，戏剧的舞台布置，比赛的抽签。体裁不仅把媒介固定到模式之中（例如把形象固定到镜头中），而且决定了解释的最基本程式。任何文本都落在一定体裁之内：体裁就是文化程式化分类。接收者得到一个符号感知，例如看到有人开枪的画面，他必须马上明白这个情节的体裁类别，究竟是故事片、纪录片、电视直播，还是闭路电视，然后才能解读出意义。仅从"文本"本身判断，会弄错意义，解释无效，甚至酿成大祸。型文本是各种体裁内在的因素，是必然进入文本解释的因素，巴尔特在《神话学》中首先讨论的"美式摔跤"，就必须把格斗表演读成肉搏竞赛。[①] 这就是型文本被有意混淆。

文本生成过程中各种文化因素压力留下的痕迹，也是伴随文本的重要成分。互文本（pre-text）是一个文化中先前的所有文本对此文本生成产生的影响。这个概念与一般理解的"文本间性"相近，称之为互文本，是指明其方向性：只有在这个文本产生之前出现的文本，才会对此文本产生意义压力。狭义的互文本比较明显：文本中的各种引文、典故、戏仿、剽窃、暗示等都指向这种影响；广义的互文本，是文本处于其中的全部文化语境构成的网络。一条新闻的生成，看起来似乎是因为记者的敏感而横空出世，却是受到这条新闻产生之前的整部传播史，甚至整部人类文化史的意义影响而成。

文本生成后，还可以带上新的伴随文本。"评论文本"（commenting-text）是"关于文本的文本"[②]，是此文本生成后被接收之前所出现的评价，包括有关此作品及其作者的新闻、评论、八卦、传闻、指责、道德或政治标签等。

链文本（link-text）是接收者解释某文本时，主动或被动地与某

---

① "The World of Wrestling", in Susan Sontag (ed.), *A Barthes Reader*, New York: Hill & Wang, 1981, p. 18.
② 笔者曾在《符号学》（南京大学出版社，2012年版）一书中，沿用热奈特的术语，称这种伴随文本为"元文本"（meta-text），这个词很容易导致误会，"元"使用过多，造成意义混淆，见本书最后一章关于"元叙述"的讨论。因此此处改用一个术语。

些文本"链接"起来一同接收的其他文本,例如延伸文本、参考文本、网络链接等。链文本在网络上体现最为具体:许多人的网上阅读就是从一篇"链接"到另一篇。

先/后文本(preceding-ensuing text),意即多个文本之间有组合关系,例如每部电影都有电影剧本作为其先文本,每场比赛有先前记录参照。悖论的是:一个文本经常受制于后出文本,例如法院判案不得不考虑到此后上诉的可能。文学艺术因为讲究独创性,有时会没有先-后文本关系,一旦走出文学艺术的范围考察广义的叙述,先-后文本几乎无处不在:例如创作的歌必须考虑如何便于群众传唱,而群众传唱的必定是已经流传的歌。

"先文本"与"互文本"不同:先文本非常具体(例如前一场比赛,直接影响到本场比赛我方是否能出线),而互文本是整个人类文化史织成的"文本网络"。所谓"山寨""恶搞""戏仿",最重要的特点就是有明确的,大众都能认出的"先文本":山寨明星必须与某当红明星非常相像,一旦放在相同的副文本(例如衣装)、链文本(例如公众场合、会议之前)中,就具有足够的效果。恶搞则是利用先文本的某些特点(例如《无极》中的馒头)加以发挥,重写先文本。

伴随文本集群,经常被称为表意的"语境"。不过语境这词范围过广,往往只影响解释的全部因素,非专业用法过于频繁,很容易造成误会。伴随文本的主要功能,是把文本与广阔的文化背景联系起来。从这个观点来说,任何文本都不可能摆脱各种文化制约,它们都是在文化提供的各种伴随文本之中才能存在。

任何符号表意文本必然携带以上各种伴随文本,反过来,每一个符号文本都靠一批伴随文本支撑才成为文本:没有这些伴随文本的支持,文本就落在真空中,看起来实实在在的符号文本,会"纯化"到不存在,无法被理解。伴随文本控制着叙述生产与理解:不管我们是否自觉到这一点,我们不可能不靠伴随文本来理解文本。一旦洗尽文本携带的所有伴随文本,就切断了文本与文化的联系,叙述文本就会解体成为一堆不可解的感知集合。以摆脱文化束缚的纯粹心灵来观照叙述,是不可能的事:没有这样的纯粹叙述,也没有这样的纯粹解释。因此，人类不仅生活在叙述文本的包围之中，而且浸透在伴随文本的洪水中。

伴随文本是一个跨越共时－历时分界的存在，它们能对符号表意起作用，是因为它们提供文本解读的广阔文化背景，伴随文本就是文本与文化的联系方式。笔者一直坚持认为，文化的定义，是"社会相关表意行为的总集合"。① 我们对叙述文本的解读，不得不从文化中借用各种文本联系。

3. 全文本

关于伴随文本的讨论，导向"全文本"概念，胡易容称之为"宏文本"（macro text）②：不同体裁的文本，对伴随文本的"整合能力"不同。某些"传统文本"，文化规约指出的边界分明，例如文学文本，甚至标题、作者名、题词、序言，都不能算文本的一部分，而且在严格的文本分析中（例如新批评派的严格"文本中心细读法"），副文本因素一律被排除，因为它们被看成比文本中因素重要性小得多，甚至干扰文本的解读。

一旦越出文学的范围，观察各种媒介、各种体裁的文本，一部分文本与其伴随文本结合得很紧，某些伴随文本甚至已经融入文本，解释时不可能把两者分开，由此出现一种新的文本形态。笔者把这种现象称作"全文本"（建议英译 omni-text）概念：凡是进入解释的伴随文本，都是文本的一部分，与狭义文本中的因素具有相同价值。固然，解释是一个非常个人化的环节，不同的人会考虑许多不同的因素。试用"佛祖拈花，迦叶微笑"作例子："尔时如来坐此宝座，受此莲花，无说无言，但拈莲花，入大会中，八万四千人天，时大众皆止默然。于时长老摩诃迦叶见佛拈花，示众佛事，即今廓然，破颜微

---

① 参见笔者《文学符号学》，北京：中国文联出版公司，1990 年版，第 84 页。
② 胡易容：《宏文本：数字时代碎片化传播的"意义整合"》，《西北师大学报（社会科学版）》2016 年第 5 期，第 133－139 页。

笑。"① 毕竟只有佛的大弟子才看懂了这个"微笑"必须与"佛祖宣法大会"语境,与佛回应的问题等伴随文本一道解读。既然八万四千人都无法解读,则迦叶观察全文本的能力,是个特例。

本书说的全文本,边界的判断却是另一个标准:"解释社群"。"解释社群"对特定体裁的文本所用的解释惯例,即文化规约按体裁规定的接收准则。本书第二部分第二节谈"二次叙述化",已经详细讨论这个问题。哪怕同一个文化中的解释社群,也会历时地变化,但是相对个人化的解读是比较稳定的。旧石器时代的岩画画在预先并没有做平的岩面上、岩洞的粗糙墙面上;土岩的不规则表面及旧有图像,透过新的图像显露出来,原始穴居人对此的解释,就包括其"无框画幅"底面形成的副文本。② 类似的全文本出现在当代无框涂鸦(graffiti)艺术中。再例如"情境广告"(ambient ads):野外路边大招牌上的染发剂广告,头发部位切空,这样,蓝天、晚霞、夜空,都形成头发颜色变换。此时自然环境成为"全文本"的一部分。

音乐的标题对于解释往往是非常重要的,这是由于语言文字作为媒介的"清晰度"。哪怕有的乐曲模仿"自然声"惟妙惟肖,例如德彪西的交响诗《大海》,霍尔斯特的交响诗组曲《行星》,哪怕有大量意义明确的音乐素材,如斯美塔那《我的祖国》用捷克民歌素材,柴可夫斯基的《1812序曲》直接引用《马赛曲》,这些乐曲依然必须靠标题才能让人听懂其"故事"。贝多芬因为拿破仑称帝,愤而把《英雄交响曲》献给拿破仑的题献去掉,这首乐曲的"文本"虽然没有任何变动,音乐叙述的内容却不再是赞美拿破仑。

再例如广告叙述文本必须包括商品,不然意义没有着落。一旦改动商品,文本意义就会完全改变。一个乔丹打球的上篮镜头,如果不打出商品,可以是卖篮球,还可以是卖球鞋,卖球赛门票,卖健身房服务,或是球赛节目预告。商品与服务似乎在叙述文本之外,却必然

---

① 《大梵天王问佛决疑经·拈花品》。
② Meyer Shapiro, "On Some Problems in the Semiotics of Visual Art: Field and Vehicle", in Image-Signs, *Simiolus: Netherlands Quarterly for the History of Art*, Vol. 6, No. 1, 1972—1973, p. 9.

是捆在一道解释的全文本的一部分。这是文化所规定的解释法，不是个别人的特殊解释所能替代的。

可以看到，全文本是核心文本吸纳一部分伴随文本而形成的。到底各种伴随文本中哪些会被吸纳到全文本中，需要就每一个体裁，每一个表现模式分别考虑。能否进入全文本，也与伴随文本本身的性质有关，例如评论性伴随文本，出现在网络评价上，出现在"口碑"中，起的效用很不相同："诺贝尔奖得主经典之作"出现在电影片头或书籍封皮上，就可能比文本的任何部分更重要。

大致上我们可以看到：直接显露的副文本最容易被吸纳进全文本。某些副文本（标题、副标题、题词等）几乎无法被排除到文本之外。比赛、竞争等叙述体裁，一个文本（例如一次跳远，一次考试）本身不起作用，谁能胜出，是合在一道解读的先－后文本相互比较的结果。足球欧洲杯赛事，小组赛如果积分相同，就必须以（以前赛事的）"胜负关系"决定何者出线。这些伴随文本因素，落在传统文本概念之外，但是在某些情况下，它甚至比文本本身还重要：2012年伦敦奥运会，于洋/王晓理组合"消极比赛"，因为先后赛事摆明了不赢可以获利。

本章开头定义"文本"为"意义合一的符号组合"，全文本就是"进入惯例式解释的全部文本元素之集合"，符合这条定义，只是把"合一"这个条件充分化，因此，"全文本"就是狭义的文本，加上不可能摆脱的"伴随文本"。

本书的"全文本"提法是新的，却并非人类文化中的新做法，戏剧和电影从来就是多渠道多媒介的联合表意，中国画从来就是有画（狭义的文本）、有诗、有题签、有印章。在当代电子－数字文化中，全文本已如此多见，迫使我们不得不正视这个现象，命名这个现象。例如摇滚乐音乐会，一定要有现场气氛、音响灯光；展览或旅游地，必须有入口、题铭、观景台等。特地设计的全文本，例如凯特琳·菲舍尔（Catlin Fisher）的《少女的悸动》（*The Waves of Girls*），有文字，有画面，有声音，故事在数十个节点分叉，让人每次读出不同故事。①

4. 普遍隐含作者

本书花如此大力气讨论"全文本"这个新概念，给已经拥挤不堪的叙述理论增添一个新概念，究竟有什么必要呢？本书真正想讨论的，是普遍隐含作者问题。所谓隐含作者，是解释社群的读者从文本中推导归纳出来的一套意义－价值。而文本范围的划定，直接影响到如何从文本中归纳出隐含作者：不同的文本，包括不同边界的全文本，有不同的隐含作者。称之为"隐含作者"是个方便的说法，音乐应当有"隐含作曲家"②，图像有"隐含画家"，电影有"隐含导演"。

隐含作者是体现文本意义－价值的"拟人格"，有的学者认为隐含作者体现的应当是"事实与价值"，本书认为文本中只有"意义－价值"，这些意义判断与价值评判，有时很难分清，所以用一个术语。在文本中能寻求到的，很难说是事实，事实性必须到文本之外寻找对证，但文本必须提供意义－价值，需要一个人格来体现。

在深入讨论这个问题之前，有必要说明：隐含作者这个概念，以前只是小说叙述学的一个概念。笔者认为，所有的符号文本（包括陈述文本和叙述文本）：叙述文本再现卷入人物的变化，即有情节的文本；凡是不符合叙述文本条件的，都是非叙述的陈述文本。不管哪一种文本，都有意义－价值观，因此都有体现这套意义－价值的一个发出符号文本的拟人格。意义观，是认识方式和认知能力期盼；价值观，是是否符合道德的判断。这些也就是本书导论关于叙述的定义中

---

① 转引自莱思·考斯基马：《数字文学：从文本到超文本及其超越》，单小曦、陈后亮、聂春华译，(Raine Koskimaa, *Digital Literature: From Text to Hypertext and Beyond*)，桂林：广西师范大学出版社，2011年版，第263~264页。

② Eero Tarasti, *Signs of Music, A Guide to Musical Semiotics*, Berlin: Mouton de Gruyter, 2002, p.83.

说的"具有合一的时间和意义向度"中的后者。隐含作者概念不限于叙述：在任何文本中，各种文本身份都必须集合而成这样的一个"拟主体"。任何表意文本必定卷入文本身份，文本身份需要一个拟主体集合，因而就必须有一个"发出者拟主体"，即"隐含作者"，作为文本的意义－价值集合，此时可以称作普遍隐含作者。

为求得"隐含作者"，必须从文本中寻找意义－价值观，构筑一个类似作者的自我的"拟主体"，一个假定能够集合各种文本身份的出发点。显然，首先必须确定文本的范围，才能从文本推导隐含作者。文本宽窄，会严重影响隐含作者的生成。美国当代黑人女作家格洛丽娅·内勒（Gloria Naylor）的第一部小说《布鲁斯特街的女人们》（*The Women of Brewster Place*，1982）获得了美国图书奖。16年后，她出版了《布鲁斯特街的男人们》（*The Men of Brewster Place*，1998）。在前一部小说中，男性几乎都是负面形象，是女性痛苦的根源；在后一部小说中，先前出现过的孽债累累的男性，大都成了正面人物。[①] 因此，单读第一本书，单读第二本书，与联合读这两本书，即把它们当作一个前后相承的全文本，会推导出三个完全不同的隐含作者。同样情况也发生在《水浒传》70回本与120回本之间。20世纪70年代最高指示说："《水浒》这部书，好就好在投降。做反面教材，使人民都知道投降派。"指的是120回《水浒全本》的隐含作者。

如果我们局限于小说，哪怕有上一节说的变体，文本范围的划定依然相对容易；一旦考虑广义的叙述文本，文本的边界就更模糊了。此时的全文本甚至没有核心文本与吸纳进来的伴随文本的区别，而是一束元素被解释者捆成一个文本，成为"束文本"。有个彩印设计公司，招牌用彩色灯管拼出"××彩印设计"字样，这个全文本既包括这几个字，又包括不同色彩，又包括夜间闪光效果。另一个例子或许是传说：有个酒商，在门口置一大坛，上贴"商业秘密，请勿窥看"。

[①] 方小莉：《"冤家"姊妹篇中的"孪生隐含作者：〈布鲁斯特街的女人们〉与〈布鲁斯特街的男人们〉中"声音的权力"》，《国外文学》，2012年第2期，第125-131页。

这当然引来路人窥看，闻到酒香者，就动了买酒之心。① 此处的文本，是那个告示吗？显然不是，而是所有这些设置联合起来的广告全文本。而那个文字告示警告行人勿看，与隐含作者态度（"此处售好酒"）正好相反，此广告的文字是个反讽的诱饵，只是一个设计巧妙的标签，而商品本身的价值才给意义定位，成为"束文本"。

同样，品牌与招牌必须与商品与店铺包装捆绑在一起，作为一个全文本出现，正因如此，品牌与店名可以有相当大的自由度。商品与叙述可以充分拉开语义距离，因为最后出现的商品或服务，必然把意义"矫正"过来。名与实之间距离越远，实物矫正距离越大，给人的印象就越深刻。"创可贴"有个广告：克林顿与希拉里翩翩起舞，一道闪电把他们划开，广告词为："有时候，创可贴也爱莫能助。"语句表面谦恭低调，实为充分的巧妙夸张：除了男女关系，创可贴什么伤口都能治。

隐含作者这个体现隐含意义-价值的拟人格，依靠接收者从符号全文本归纳出来，因此是普遍的，是可以从文本表意中归纳出来的一个意见：走进一座豪华百货公司，我们都能感到这样一个隐含主体迎面而来对我们说话：全玻璃面的设计，绿色植物，环境音乐的布置，物业笔挺的制服等，合起来成为一个符号全文本。体现其价值集合的"隐含作者"，是一位专心为"当今社会精英分子"服务的人。

这个从全文本推演出来的隐含作者拟主体，与百货公司老板或许有关系，更可能毫无关系。不管如何，隐含作者拟主体与"真实主体"没有必要建立某种联系——只有给老板写传记的人，才会关注这种联系的可能。在文学艺术中，哪怕学者们一再著文宣布"作者死亡"②，实际上在当代社会，隐含作者活得生龙活虎，因为符号表意活动越来越活跃。的确，就文学艺术而言，要隔断作者与隐含作者的联系，是非常困难的事。这是因为文学艺术讲究独创性，艺术家留下的个性痕迹比较清晰。但是，就一个文化的大部分叙述文本而言，隐

---

① 这个例子是2010级博士生胡易容在与笔者的通信中提出来的，特此致谢。
② 罗兰·巴尔特：《作者之死》，米歇尔·福柯：《什么是作者？》，见赵毅衡编选：《符号学文学论文集》，天津：百花文艺出版社，2004年版，第505~524页。

含作者与文本的真实作者隔得很远。

本书讨论的两个问题:全文本与普遍隐含作者,适用于任何符号文本的分析。有了"全文本"概念,"普遍隐含作者"就有了立足点,意义-价值归纳就有了个范围。

第二章 叙述的"不可靠性"

1. 不可靠性的定义

主体的各部分之间的关系,是研究叙述文本的总纲。如果仔细观察叙述文本,我们可以发现大部分文本中,叙述主体体现于各种"人格身份"之中,互相拒绝合作,很难让他们按照一个统一的意义－价值体系来显示自身,文本的每一词句都是他们抢夺话语权的战场。这里讨论的不是经验世界中的实在主体,不是作者或读者;此章讨论的是隐含作者,以及文本中分享叙述主体性的各种人格成分。尽管实在主体与文本主体之间有很重要的关联,但在文本分析中,依然必须把实在主体排除在外。

任何一个表意的文本,都具有某种身份:不是表意人采取的身份(例如作家身份、导演身份),而是凡文本必然具有的"文本身份"。文本身份是符号文本最重要的社会文化联系。各种符号文本的身份,严重地影响符号的表意。一段文字,"文本身份"可以是政府告示、宣传口号、小说中的对话、网上的帖子。这些不同身份的文本,文字和内容可能大致相似,意义却有极大的不同。文本身份是文本发出者与接收者,在使用文本时进行意义交流的契约,规定解释用什么范式。[①]

反过来,如果没有文本身份,任何文本几乎都无法表意:没有神圣身份的经书,不是圣经;没有五经身份的《春秋》就缺少微言大

[①] 关于"文本身份",请参见笔者《符号学原理与推演》第十四章"身份与文本身份,自我与符号自我",成都:四川大学出版社,2023年版。

义，只是"断烂朝报"①；没有帝王墓碑身份的"无字碑"只是因为某种原因没有刻上字的碑石，并不藏有说不尽的秘密意向。文化中的叙述文本身份的多种多样，比文化中的人采用的身份更复杂多变。

而本书要讨论的两个关键性的文本表意人格身份，是隐含作者与叙述者。叙述不可靠，实际上全称应为"叙述者不可靠"（narratorial unreliability）。叙述者对谁来说不可靠？只能是对隐含作者。叙述使各种声音、各种价值观共存于同一文本，这种努力反而使各种身份之间不和谐关系更为突出，而其中最容易"犯上"的，是叙述者，因为这个人格控制整个叙述文本的"源头"：观察叙述者的声音是否"可靠"。也就是说，是否与隐含作者体现的价值观一致，是叙述分析的关键。

一旦叙述者说出的立场价值，不符合隐含作者的立场观念，两者发生了冲突，就出现叙述者对隐含作者不可靠。

费伦说："如果一个同故事叙述者是'不可靠的'，那么他关于事件、人、思想、事物或叙述世界里其他事情的讲述就会偏离隐含作者可能提供的讲述。"②普林斯也说：叙述不可靠性出现于"叙述者的准则和行为与隐含作者的准则不一致；他的价值观（品味、判断、道德感）与隐含作者的相异"③。

必须强调说明：叙述者不可靠是叙述的一种形式特征，是表达方式的问题，是叙述者的意义－价值观与隐含作者的不一致，而不是所叙述的故事内容对读者来说不可靠（例如说谎、作假、吹牛、败德等等）。叙述可靠性，并不是故事可信性，虽然这两者经常会有所重叠，但是两者必须分清，因为许多不必要的争议，来自两者混淆。叙述者不可靠是对于隐含作者而言，是两个文本人格之间的关系，这是我们整个讨论的出发点，是全文必须反复回顾的底线定义。

---

① 《宋史·王安石传》："先儒传注，一切废不用。黜《春秋》之书，不使列于学官，至戏目为断烂朝报。"
② 戴卫·赫尔曼主编：《新叙事学》，马海良译，北京：北京大学出版社，2002年版，第41、40页。
③ Gerald Prince, *A Dictionary of Narratology*, Lincoln: University of Nebraska Press, 1988, p. 101.

第四部分　叙述文本中的主体冲突

隐含作者与不可靠叙述，是叙述学最关键的问题，辩论了六十年依然没有辨清。在广义叙述学范围中，最令人困惑的，是纪实型叙述（历史、新闻、广告、预言等）能不能不可靠？本章已经再三强调：叙述不可靠是叙述者与隐含作者在意义-价值观上的距离，而不是叙述与"客观事实"的距离。另一方面，隐含作者是作者人格的替代，纪实型叙述的叙述者与隐含作者人格合一。因此，纪实型叙述只会不可信、"不真实"，甚至"不够职业道德""不够应有水平"，却不会"不可靠"。

德国"后经典叙述学家"纽宁（Ansgar F. Nünning）是研究叙述不可靠性的专家。[①] 他在近年一篇具有关键意义的文章中提出："不可靠叙述并非只限于虚构叙述，而是在各种不同文类、媒介和不同学科中普遍存在的一种现象。"[②] 在此文另一处他特别指出应当研究"在法律和政治中使用不可靠叙述者的现象"[③]。也就是说，他认为纪实型叙述中也有"叙述不可靠"。

自从纽宁 2005 年发表此说以来，似乎叙述学界都同意他的"泛不可靠"观点。实际上，这个观点源远流长，只是没有人如此斩钉截铁地声言。[④] 自纽宁之后，许多叙述学家也同意这个观点，例如申丹在欧洲叙述学会的《活的叙述学手册》（*Living Handbook of Narratology*）网页上的长文《不可靠性》中说："虚构叙述的不可

[①] 从 1995 年到 2005 年，纽宁在隐含作者课题上贡献了近 20 篇重要论文，的确是这个课题上最重要的专家。见 Tom Kindt, Hans-Herald Mueller, *The Implied Author: Concept & Controversy*, Berlin: Walter de Gruyter, 2006, pp. 211-212.

[②] 安斯加·F. 纽宁：《重构不可靠叙述概念：认知方法与修辞方法的综合》，James Phelan, Peter J. Rabinowitz 主编：《当代叙事理论指南》，申丹、马海良、宁一中等译，北京：北京大学出版社，2007 年版，第 81 页。

[③] 安斯加·F. 纽宁：《重构不可靠叙述概念：认知方法与修辞方法的综合》，James Phelan, Peter J. Rabinowitz 主编：《当代叙事理论指南》，申丹、马海良、宁一中等译，北京：北京大学出版社，2007 年版，第 101 页。

[④] 申丹所引述的文献，包括科恩、科里、弗鲁德尼克等：Dorrit Cohn, *The Distinction of Fiction*. Baltimore: Johns Hopkins University Press, 1999; Gregory Currie, "Unreliability Refigured: Narrative in Literature and Film." *The Journal of Aesthetics and Art Criticism*, Vol. 53, No. 1, 1995, pp. 19-29. Monika Fludernik, "Fiction vs. Non-Fiction: Narratological Differentiation." J. Helbig (ed). *Erzählen und Erzähltheorie im 20. Jahrhundert: Festschrift für Wilhelm Füger*. Heidelberg: Universitätsverlag C., 2001, pp. 85-103, pp. 97-98.

靠,不可能来自作者的错误与能力不足,而在'非文学的'叙述中,叙述者不可靠性经常是作者的局限性所致。"这种观点与纽宁是一致的:非虚构的纪实型叙述,也可能出现不可靠叙述①,只是原因与虚构叙述不同,是作者的无能。

实际上"新闻的不可靠叙述"这种说法,在我们的文化生活中已经经常使用。例如有这样一篇严肃的论辩文字:"震灾报道:谁是不可靠的叙述者?"此文说:"汶川地震延续至今,我更倾向于认为:可靠的震灾报道根本就没有出现过。它们并不存在,而原因在于不可靠的叙述者云集……基于不可靠的叙述,汶川地震史排斥了我们。"②在此类讨论中,"不可靠叙述"成为关于"新闻真相问题"讨论的关键词。

看来,关于纪实型叙述不可靠性的看法,已经遍布中西叙述学界,甚至已经流传到学界之外,成了一个急待辨清的问题。

不可靠叙述,是推动当代叙述学发展进程的一个核心概念。叙述学一百年的历史,每个阶段都围绕着一些最基本的概念在发展。早期与中期的俄法派,从普罗普到托多罗夫、巴尔特和格雷马斯,注重"情节语法";早期英美派,从亨利·詹姆斯到福斯特,一直专注"视角"问题。20世纪50年代末布斯的《小说修辞》提出隐含作者与不可靠叙述这两个关键概念,成为叙述学新的关注点。

虽然布斯把这两个概念当作叙述修辞问题提出,法国叙述学者却看出这两个概念基本上属于解释范畴,而他们的注意力集中于文本内部构造,不愿走向文本解释这样过于开放的问题,始终认为叙述学和任何诗学都是描述性的科学,而不是阐释性的。张寅德编译(法国)《叙述学研究》,此书所译资料最晚的有1985年,但全书无"隐含作者"与"不可靠叙述"这两个关键词。③经典叙述学的集大成者热奈

---

① Dan Shen, "Unreliability", http://hup.sub.uni-hamburg.de/lhn/index.php/Unreliability, §4, 2012年6月26日访问。
② 上官本寂:《震灾报道:谁是不可靠的叙述者?》,见南方报业传媒集团新闻研究所主编:《南方传媒研究·第十三辑:灾难新闻》,广州:南方日报出版社,2008年版,第185页。
③ 张寅德编选:《叙述学研究》,北京:中国社会科学出版社,1989年版。

特，在他 70 年代的名著《辞格》（Figure）三部中①，依然保留着法国派的传统，拒绝讨论英美派提出的不可靠叙述问题。② 而此二概念，自从 20 世纪 50 年代提出，七八十年代在其他国家已经成为叙述学研究的最关键概念。③ 如果不讨论隐含作者与不可靠叙述这两个概念，实际上叙述学就不能推进。法语叙述学此后进展较少，不得不说与此态度大有关系。而德国与北欧叙述学界成为"后经典叙述学"的重镇，至少原因之一在于他们重视这两个问题。

本书讨论的是广义的符号叙述学，当我们统观所有的叙述文本，我们可以发现叙述者可靠性这个讨论了半个多世纪的老问题，显示出我们意想不到的新面目：有些方面可以变得非常清晰，而有些被认为很简单的方面，则会变得相当复杂。不过本书提醒此问题的一个基本出发点：不可靠叙述的目的，不是欺骗读者，而是吸引读者。

2. 如何确定叙述者与隐含作者

叙述不可靠性，指的是叙述者与隐含作者之间的距离。上一节说清了这一点，但并没能解决所有的问题，因为必须明白隐含作者如何确定，叙述者如何确定，才能明白两者是否冲突。

先讨论如何确定叙述者：在符号叙述学看来，叙述者不一定是人格化，而首先是框架性质呈现，但不同叙述体裁会较多地以某一现象呈现，由此出现"人格叙述"与"框架叙述"二象。而每一种具体的叙述体裁，两者搭配方式不同：框架总需要人格填充。

---

① Gérard Genette, *Figure* I, II, III, 法文本分别出版于 1967—1970；英文版 *Narrative Discourse: An Essay in Method*，是 *Figure III* 一书中的部分章节的翻译。中文版《叙事话语，新叙事话语》（中国社会科学出版社，1990），加入了热奈特 1983 年写的对 *Narrative Discourse* 一书论辩的回应。这些版本都没有提隐含作者与不可靠叙述这对概念。

② Tom Kindt and Hans-Harald Mueller, *The Implied Author: Concept and Controversy*, Berlin: De Gruyter, 2006, p.119.

③ 参见 Richard J Watts, *The Pragmalinguitic Analysis of Narrative Texts*, Tuebingen: Narr Verlag, 1981; 亦可参见 Gerald Prince, *Dictionary of Narratology*, Lincoln: University of Nebraska Press, 1987, 第一版；亦可参见笔者写作于 20 世纪 80 年代中期的《当说者被说的时候：比较叙述学导论》，北京：中国人民大学出版社，1998 年版。

各种叙述体裁，叙述者形态上可以显现为以下两个大类。首先是人格叙述：所有的纪实型叙述体裁（历史、新闻、庭辩、汇报、忏悔等），以及拟纪实型叙述（诺言、宣传、广告等），由于叙述者与"执行作者"人格合一，人格性最强。其次是框架内各种人格填充：框架叙述常被称为"第三人称叙述"，人格叙述常被称为"第一人称叙述"，实际上每一篇文本两者混杂方式不同。记录演示类虚构叙述（电影、电视等），叙述者"框架－人格"二象合一，但以框架为主；现场演示类虚构叙述（戏剧、网络小说、游戏、比赛等）叙述者表现为框架，但要求受述者参与，成为协同填充框架的人格。

从叙述者极端人格化，到极端框架化（参见本书第二部分第一章的讨论），这个基本的识别叙述者的方案，决定本书的论证方向：不同类型的叙述者，与隐含作者一致或冲突的方式会很不一样。这些叙述者，哪怕是看起来"非人格"的框架，都可能与隐含作者之间产生距离，从而形成不可靠叙述。

隐含作者之确定，可能更困难一些。隐含作者是一个体现叙述文本意义－价值观的文本人格。叙述学界对这个概念的争论，焦点在于这个人格究竟是作者创造的，还是读者从作品中推导出来的。由此形成两个学派："修辞学派"，是坚持"布斯方向"的北美叙述学家们发展出来的，而塔马尔·雅可比（Tamar Yacobi）、纽宁夫妇（Vera & Angsar Nünning）和弗鲁德尼克（Monica Fludernik）等人，发展出关于不可靠叙述的"认知学派"。下文会讲到，这两个学派，从两个相反方向逼近同一个问题。从修辞方式出发，迫近作者在写作时的意图集合，即所谓"执行作者"（executive author）文本的价值观集合，亦即所谓"推断作者"（deduced author）相靠拢以至重合，但在实际分析中，两者是否合一、如何合一是个难题。

1962年韦恩·布斯在《小说修辞学》中提出这概念，半个世纪过去，至今叙述学界依然无法摆脱这个概念，却也一直没有把它辩论清楚。甚至布斯本人在85岁高龄去世前最后一文中，依然要为此概念的必要性自辩。① 布斯明显倾向于把隐含作者视为创作过程中的"执行作者"。他说：

> （作者）在创作的时候，创造的不单是一个理想的、没有个性的"普遍意义上的人"，而是一个"隐藏"起来的自己……对于一些作家来说，他们似乎在自己的创作中会创造或者再发现他们自己。②

布斯进一步解释说：

> "隐含作者"会为读者挑选阅读内容，这种挑选也许有意，也许无心，而读者也会把这位作者看作一个理想的、文学化的人，它体现着真实作者的另一面。隐含作者是真实作者选择之后的总和。③

这样的隐含作者，是作者用来替代自己的一个实际身份，实为作者的"第二人格"（second self）。

布斯一直坚持"人格论"：隐含作者，就是生产文本时的作者全部主体意识（可以称为"执行作者"）。也就是说，隐含作者在文本生成时，具有充分的实在的主体性，哪怕是暂时的主体性。这样隐含作者就有了真实的自我作为源头，就不是一个"文本存在"，而是作者用他的人格的一部分在文本中创造出来的。

布斯的这段话里还点明：同一个作者可以创造不一样的隐含作

---

① 韦恩·布斯：《隐含作者的复活：为何要操心？》，见 James Phelan, Peter J. Rabinowitz 主编：《当代叙事理论指南》，申丹、马海良、宁一中等译，北京：北京大学出版社，2007年版。原书（*A Companion to Narrative Theory*, Oxford: Blackwell）出版于2005年，布斯于该年10月去世，看来这是布斯一生最后一文。

② Wayne C. Booth, *The Rhetoric of Fiction*, Chicago: Chicago University Press, 1983, p. 71.

③ Wayne C. Booth, *The Rhetoric of Fiction*, Chicago: Chicago University Press, 1983, p. 75.

者，每一部叙述文本，各有不同的隐含作者；作者为不同叙述文本创造一个特殊的隐含作者，也是对自己的一个重新认识的过程，因为隐含作者是作者理想化选择的结果。作者本人可以改变想法，对自己的作品"悔其少作"，甚至检讨说"当时被私心蒙蔽"。但是写作时作者写进文本里的人格，用以支持整个文本价值观的人格，就是他当时的人格，或者其一部分。这样，文本产生后，隐含作者就不可能更改。

由于此说出于《小说修辞》一书，而且布斯的学生，美国叙述学家费伦（James Phalen）等人坚持发展这个路线，此种观点被称为确定隐含作者的"修辞方式"。不可靠叙述成为作者设定的一个特殊的修辞手法，用来把叙述弄得别开生面，以便更吸引读者。

布斯也看到可能有另一条途径确定隐含作者，即后来学界命名为"认知模式"的方式。他说："我们对隐含作者的感觉，不但包括我们从所有人物的行动与受难中提取的意义，还包括了其中隐藏着的每一点道德与情感的因素。"① 这里的"我们"指的是读者，读者可以自行从叙述的情节中"提取意义、道德与情感的因素"，组成这个人格。只是布斯的论述并没有倾向这第二方案，也没有详细说明具体的"提取"方式。

坚持"认知途径"的纽宁，认为布斯的定义含糊不清："无法解释叙述者的不可靠性在阅读过程中是如何被理解的……事实上叙述者的不可靠性是由读者决定的。"纽宁进而提出："与其说不可靠性是叙述者的一种性格特征，还不如说它是读者的一种阐释策略。"② 读者从文本里读出一套价值观，而把这套价值观归纳起来，放在一个人格中。这样的话，不同版本的叙述，就很可能产生不同隐含作者。恰特曼曾经把这种隐含作者称为"推测作者"。③ 20世纪90年代后，后经

---

① Wayne C. Booth, *The Rhetoric of Fiction*, Chicago: Chicago University Press, 1983, p. 73.

② 纽宁：《重构不可靠叙述概念：认知方法与修辞方法的综合》，见 James Phalen, Peter J. Rabinowitz 主编：《当代叙事理论指南》，申丹、马海良、宁一中等译，北京：北京大学出版社，2007年版，第84页。

③ Seymour Chatman, *Coming to Terms: The Rhetoric of Narrative Fiction and Film*, Ithaca: Cornell University Press, 1990, p. 77.

典叙述学者从认知叙述学角度扩展这种论辩,这种建构的隐含作者的方式就被称为"认知方式"。用这样的角度看问题,叙述者与隐含作者价值观冲突就不再是作者用的修辞手法,而是读者对作品的理解方式。隐含作者取决于文本品格,是各种文本身份的集合。这样找出的主体,不是一个"存在",而是一个拟主体的"文在"(texistence)。[①]

这听起来好像是一种循环论证,因为隐含作者是读者从叙述文本中归纳出来的,理解了文本,隐含作者才能被归纳出来,而叙述者的态度也在文本中:叙述者的可靠性必须被"肯定",叙述者的不可靠性必须被解释者"看穿",叙述者的部分不可靠性必须被文本"纠正",这些都必须在理解文本的基础上进行。也就是说,理解了隐含作者才能理解叙述的可靠性,这是确定文本意义-价值的基本方式。这有点类似皮尔斯建议的符号学"试推法",只有来回试探,才能归纳出隐含作者,以及他与叙述者之间的关系。

近年来国内学者对"隐含作者"概念的理解各有不同,胡亚敏看来认同认知路径,她说:"他(隐含作者)诞生于真实作者的创作状态之中……他是由读者从文本中建构的,是读者把握和理解作品的产物。"[②] 罗钢试图取得一个平衡,他认为隐含作者是"读者在阅读的过程中根据文本建立起来的"[③],但他又提出隐含作者是"通过作品的整体构思、叙事策略,通过文本的意识形态与价值标准来显示自己的存在"[④]。申丹就隐含作者的问题曾多次撰文,她提出二者兼顾:既要保持隐含作者的主体性,又要保持其文本性,其途径是综合考虑创作时的作者和文本隐含的作者两方面。[⑤]

从广义叙述学的角度而言,应当说,对于不同体裁的文本,我们采取的策略不同。有些容易在分析中得出修辞性的"执行作者",有

---

① William Lowell Randall, A Elizabeth McKim, *Reading Our Lives: The Poetics of Growing Old*, New York: Oxford University Press, 2008, p.95.
② 胡亚敏:《叙事学》,武汉:华中师范大学出版社,2004年版,第38页。
③ 罗钢:《叙事学导论》,昆明:云南人民出版社,1994年版,第214页。
④ 罗钢:《叙事学导论》,昆明:云南人民出版社,1994年版,第214页。
⑤ 申丹:《何为"隐含作者"?》,《北京大学学报(哲学社会科学版)》2008年第2期,第141页。

的容易在阅读中得出认知性的"归纳作者",两种人格都是有效的隐含作者。例如,在分析新闻、历史等纪实型叙述时,导出"执行作者"方式比较容易理解,而在分析小说、故事电影等虚构型体裁时,"归纳作者"比较有效。

本章先说"归纳作者",一旦坚持采取"认知方式"归纳隐含作者,不可靠就从叙述者与作者的关系,变成叙述者的价值观与读者对经验世界"正常性"的理解之间的关系,叙述可靠性就是读者读出文本意义过程的关键一步。这就牵涉如何确定"读者"。本书在第二部分第二章"二次叙述化"中已经详细讨论过,在这个广义叙述学借以立足的关键问题上,笔者的立场大致上是综合卡勒"自然化"与费许"解释社群"理论[1],即"解释社群的自然化阐释"。也就是说,比较合适的阐释标准,是某种解释社群大致上会共同采用的自然化方式。

"解释社群理论"之所以比较合理,是因为它既摆脱了作者意向,也摆脱了"文本意义"的绝对地位,更摆脱了完全依靠个人解释的无政府主义式的相对主义。在当代,解构主义风行,没有解释意义能够固定,这道理不错,但一旦意义相对固定的可能性完全被取消,意义问题就完全无法讨论。

例如18世纪的"哥特体言情小说"显示了非常明确的意识形态稳定性:男性的骑士风度,女性的被动等待,但是苏珊·贝克用今日性别研究方式来读,她把这种历史上的类型小说与当代的电视连续剧相比较,指出其模式,无论是大男子主义、隐秘情色还是女性等待被恩赐爱情,都在当代流行叙述艺术中被继承下来。她也看到哥特体言情小说中充满了意识形态的矛盾,以及女性采取主动的迂回反击可能。[2] 这种"颠覆性"批评家的读法,固然很有启发,但她的论点要立足,就必须把"女性主义读法"扩展为"当代女性读者"这样一个相对稳定的解释社群。而哥特体言情小说已经是一种僵死的体裁,大

---

[1] Stanley Eugene Fish, *Is There A Text in This Class?: The Authority of Interpretive Communities*, Cambridge, MA: Harvard University Press, 1980, p. 56.

[2] Susanne Becker, *Gothic Forms of Feminine Fiction*, Manchester: Manchester University Press, 1997.

部分作品已经石化于某个历史岩层。今日的读者,除非是攻读文化史的学生,否则没有可能读出新意。无论如何,解释社群,比完全个人化相对化的读者,相对来说更容易确定。

3. 纪实型叙述会不可靠吗?

虚构型叙述宜用于"归纳作者",因为作者精神上离我们很遥远,我们缺乏手段了解他写作时的心态。从认知路线得出"归纳作者",比从修辞路线得出"执行作者"更为可行。例如托尔斯泰的《克莱采奏鸣曲》是一个说辞滔滔,但没有悔意的杀妻犯的自白。此书的叙述者与隐含作者(作品的价值观)之间有没有距离呢?契诃夫初读时赞不绝口,原因是认为这位自白叙述者是不可靠的,隐含作者反对这种不道德的嫉妒。后来他读到托尔斯泰的"后记",发现了托尔斯泰写作时的想法,也就是知道了"执行作者"想表达的价值观("肉体之爱并不高尚,不值得追求""音乐和女人都是危险的"),于是认为托尔斯泰此小说"傲慢愚蠢"。① 用叙述学的行话来说,契诃夫原先认为《克莱采奏鸣曲》是不可靠叙述,后来看了托尔斯泰自己的话,认为是可靠叙述。托尔斯泰的"后记"捅出来的风波比小说更大,英国著名批评家切斯特顿(G. K. Chesterton)甚至认为托尔斯泰这位著名的人道主义者"与反人类比邻而居"。

笔者的看法是:托尔斯泰本人暴露的"创作动机"不算数。此作品归纳出来的"隐含作者"明显反对叙述者"我"的杀妻冲动。笔者不是说托尔斯泰的"后记"是撒谎作假,而是说艺术家本人并不一定完全清楚自己作品的意义—价值所在,他自己都不一定了解自己,文本才是隐含作者的归结点。一个世纪以来,此小说被改编成戏剧、电影、电视剧二十多次,其中的杀妻犯叙述者大多是不可靠的。因此,虚构性叙述,解释社群对隐含作者的确定拥有发言权。

---

① 转引自 Tamar Yacobi, "Authorial Rhetoric, Narratorial (Un) Reliability, Divergent Readings: Tolstoy's *Kreutzer Sonata*", James Phalen, Peter J Rabinowitz (eds.), *A Companion to Narrative Theory*, Oxford: Blackwell, p. 122, Note 6.

我们再看纪实型叙述：既然不可靠性是叙述者与隐含作者之间的冲突，而纪实型叙述（如历史、新闻、庭辩、汇报、忏悔等），以及拟纪实型叙述（如广告、诺言、预测、算命等），叙述者与"执行作者"两个人格完全合一，两者之间就不会有距离，因此，纪实型叙述就不可能不可靠。实际上，每一个作纪实型叙述的人，必须对自己的叙述"负责"（也就是说，允许接收者追究叙述的"事实性"），因为他既是叙述者，又是作者。纪实型叙述，是作者本人一个人格承担责任，例如纪录片的叙述者就是摄影师的第二人格，新闻的叙述者就是记者的第二人格，法庭作证的叙述者就是见证人本人的第二人格，广告的叙述者就是广告制作播出团队的第二人格。

叙述的纪实型，对叙述的接收方式有模式要求。法律叙述、政治叙述、历史叙述，无论有多少不确切，甚至虚假，说话者是按照纪实叙述的要求编制叙述，接受者也按照纪实叙述的要求理解叙述。既然是纪实型的，叙述主体必须面对叙述接受者的"问责"。恺撒的回忆录式历史著作《高卢战记》用第三人称称呼自己，叙述给人非常客观的印象，取得了几乎绝对的"可靠性"。实际上这些原是恺撒的军团给罗马元老院的报告，后来才集合为一本历史书。不是说恺撒用第三人称就肯定完全说实话，不会美化他的征服者英雄形象，而是这种文体就必须是"可靠叙述"。叙述者说的，就是构成隐含作者的意义—价值，作为在外作战的主帅的报告，他必须对事实性负责。恺撒准备就这些报告应对元老院的质问，也借这些报告，建立自己在罗马的权势。同样，在牧师面前，一个人不可能说"我代某人忏悔"；在特殊情况下，揭发人害怕打击报复，可以"匿名揭发"，但他依然是叙述者又是作者，只是不便亮明身份，但是不可能代替别人揭发。

1852年，普鲁士当局制造了"科伦共产党人案件"。马克思评论说：

> 普鲁士政府已经使自己陷入了这样一种境地：原告方面为了面子不得不提出证据，而法庭为了面子也不能不要求证据，法庭

本身已经站在另一个法庭——社会舆论法庭面前。[①]

既然成为庭辩叙述,一种纪实型叙述,那么作者-叙述者就得接受询问并提出证据,并且不得不对叙述举证。

不可否认,许多的坦白忏悔是作假,大量的历史或新闻也是作伪,大半的承诺是欺骗。正是因为这点,从学者到一般使用者,许多人认为纪实型叙述可以有不可靠性。的确,这些叙述体裁的纪实型,成了撒谎的保护伞,如果没有纪实型这个体裁规定的接收方式,撒谎就不可能是撒谎。谎言之所以被称为谎言,正是因为它是"纪实型"的,而它们在有意不说实话,叙述者对于隐含作者依然是可靠的。实际上,纪实性叙述的"叙述者可靠性",正是谎言之所以为谎言的原因。

那么,如何理解犯人"翻供",证人"承认作假"?因为供词的叙述者是可靠的,被推翻的原供词也是可靠的(即忠实于当时的"执行作者"的行骗意向),他这次才能"翻供",不然无供可翻。例如他如果写的是虚构小说,就不存在翻供问题,改变观点后只能另写一本,却无法说原先那本"是伪造的"。犯人一旦翻供,翻供中的叙述者也是忠实于此刻的执行作者("重新做人"的价值观,或"进一步搅浑水"的意义观)。

新闻本身必定是可靠叙述,因为叙述者就是作者,叙述者表达的意思就是隐含作者的意思。而新闻是否可信,则是读者对新闻作者(对其道德、品质、诚实度等)质疑的结果。在纪实型叙述中,叙述者与隐含作者合一,两个人格之间没有距离。我们只能说整个叙述是违背事实,有意编造,甚至道德沦丧,但这些也就是文本的隐含作者的价值观:隐含作者便是这样一个道德(或能力)有问题的人格。此时,作假欺骗,是叙述者与隐含作者共同的意义-价值观,叙述者对这样的隐含作者而言,没有任何不可靠。

[①] 《马克思恩格斯全集》第 8 卷第 463 页,中译文为"社会舆论的法庭",英译为"社会舆论的陪审团"。

申丹以自传为例子分析所有的"非虚构叙述",她认为:"非文学叙述"之不可靠,原因往往是作者能力不足(limitations),往往造成叙述在事实(facts)上的误报或低报(underreporting),因此非虚构叙述的不可靠,需要"文本外"(extratextual)的比较,即与客观事实或其他文本比较,才能发现。她的意思是:如果自传的作者违背事实有意"把自己的经历虚构化",就会形成不可靠,因为其叙述不是"客观事实"。申丹认为许多叙述学家都同意:一旦有虚构成分进入纪实叙述,纪实叙述就可能不可靠。① 申丹又引述费伦的话:"自传(以及其他非虚构叙述)的隐含作者即叙述者",两个人格"合一"(collapse)。② 但是她在同一篇文字中同意"叙述不可靠,即是叙述者与隐含作者之间有距离"③。那么自传如何能不可靠呢?

这点听起来似乎很复杂,实际上并不难懂:纽宁所说的所谓纪实型叙述的不可靠,应当是"不真实"(untruthful),或不可信(untrustworthy),是读者有关内容的判语;而叙述不可靠,是叙述文本能让读者穿透符号的迷雾,看出文本真正意义的品格。同样的观察方法,可以用到纪录片、电视直播等的纪实型叙述:它们可以歪曲真相,例如里芬斯塔尔(Leni Riefenstahl)描述纳粹党纽伦堡大会的臭名昭著的纪录片《意志的胜利》(*Triumpf des Willens*,1934),这部影片不可信,却不可能不可靠,因为影片叙述者(电影的叙述框架)与隐含作者的价值观,都是"歌颂纳粹主义"。

同样的格局也适用于拟纪实型叙述,例如算命、预测、诺言,这些关于未来事件的叙述,被叙述的事件尚未发生,作为解释前提的时间条件尚未出现,因此叙述的情节并不是"事实";若这些叙述要接

---

① Dan Shen, "Unreliability", http://hup.sub.uni-hamburg.de/lhn/index.php/Unreliability, §40, §41, §42, 2012年6月26日查询。又见 Dan Shen, Dejin Xu, "Intratextuality, Intertextuality, and Extratexuality: Unreliability in Autobiography versus Fiction." *Poetics Today* Vol. 28, No. 1, 2007, pp. 43-88.

② James Phelan, *Living to Tell about It*. Ithaca: Cornell University Press, 2005, p. 67.

③ "A narrative distance between the narrator and the implied author". Dan Shen, "Unreliability", http://hup.sub.uni-hamburg.de/lhn/index.php/Unreliability, §4, 2012年6月26日访问。

收者相信，就必须是纪实型叙述。叙述者就是执行作者本人。正因为作者用自己的"人格"担保，而且听者也相信预言者的人格。此时，叙述者与隐含作者人格合一，不可能有距离。

回到本节开头申丹的意见："虚构叙述的不可靠，不可能来自作者的错误与能力不足，而在非文学的叙述中，叙述者不可靠性经常是作者的局限性所致。"而本书检查各种不可靠叙述，得出的结论是："不可靠"，永远是虚构叙述中计算周到的叙述策略，一个无能或无德的小说家写的作品，不可能不可靠。而纪实型叙述中，一个无能或无德的新闻记者写的报道，叙述者和隐含作者两者，都会体现出"缺乏观察力"，也不可能不可靠。无能的记者或历史家，写出的文本是"不可信"的，无德者写出的文本则是"不可取"的。但记者或历史家无论缺乏什么品质，叙述者与隐含作者都不可能冲突，作品再拙劣，依然是可靠叙述。正如一个人在法庭上作证，如果此人缺乏法制观念或道德立场，他的证词很可能是伪证。但无论证词真伪，他的叙述只会不可信，不会不可靠，不然不叫证词：叙述的意义－价值，与此人的意图是一致的。

纪实型叙述必定如此，这是文化的体裁规定性所致，凡是纪实型叙述，不可能有例外。本节开头，引用纽宁的建议，研究"在法律和政治中使用不可靠叙述者的现象"。笔者认为这个任务恐怕不可能完成。这不是对律师和政客的品德判断。他们之所以能庭辩撒谎，正是因为庭辩是纪实型叙述，正如写自传大半说谎美化自己：不是说他们不可能撒谎，而是说撒谎也是作者与叙述者两个人格一道撒谎。纪实型叙述的隐含作者，就是文本发出时的作者人格，这两个"合一"的人格之间如何可能产生距离？

再强调一遍：凡是"纪实型"叙述，无论作者的意义能力，或道德价值有什么局限，他在发出叙述文本的时刻，与文本叙述者是同一人格，两者不可能冲突。由此产生的叙述文本，会"不可信"，会"不真实"，会"不可接受"，但不会形成"不可靠叙述"。

4. 全局不可靠及其识别

不可靠性实际上有两种，它们的构成方式与理解期盼会很不相同。全局不可靠，是整个符号文本不可靠，往往是文本从头到尾几乎没有可靠的地方。此时再现文本往往是违反读者理解的根本原则。整体性不可靠的小说和电影，在现代几乎已经成为常规。全局性不可靠，无法用文本各部分对比来判断，而必须靠接收者的认知决定其不可靠性。认知的标准，是文化训练给"解释社群"的一套价值规约，由此，我们可以把全局性不可靠分成几种：

第一种：叙述人格（不一定是"底线叙述者"）非常人，而是小丑、疯子、无知者、极端自私者、道德败坏者、偏执狂之类，在意义能力与道德能力上，低于解释社群可接受水准。其经典例子，是罗伯特·布朗宁（Robert Browning）的诗《我已逝的公爵夫人》（*My Last Duchess*）。公爵在画室中向使臣展示已逝公爵夫人的画像，介绍了她的性格，但是用了各种例子显示公爵夫人"随便"的个性："太容易感动，她看到什么都喜欢"，她把"我赐予她的九百年的门第同任何人的赠品并列"。公爵讨厌她所有的一切，认为她的行为有损贵族的身份，声称"自己绝不会屈尊去谴责这种轻浮举止"。于是公爵下了命令："她的一切微笑停止了。"从公爵的介绍中读者构建了公爵夫人的形象，善良、热情、充满活力，读者不同意公爵的偏执，这样，与隐含作者对叙述者的意义及价值产生分歧。

与布朗宁的傲慢公爵成对照，"天真幼稚"恰恰是可靠的标记。他们的叙述基本上是可靠的，即使有不可靠性，往往也是局部的。典型例子是《哈克贝里·芬历险记》，叙述基本上是可靠的，可靠的原因恰恰是这个流浪儿童的无知。例如《尘埃落定》，叙述者是"傻瓜"，但是他面对重大事件，往往比正常人清醒。

再例如莎拉·沃特斯的维多利亚式犯罪小说《小偷》（*Fingersmith*）中，叙述者苏珊从小生活在贼窝里，她自己也承认"做坏事毫不犹豫"，是个十足的"坏家伙"。而小说全文读下来，苏珊才是心地最善良的人，对伤天良的事于心不忍，周围那些她认为的好人，如收养她的萨克比太太，却是阴谋害人者。①

因此，与道德差距正相反，智力与社会平均的差异，反而是叙述可靠的标记，作品用智力较差的人物作叙述者，往往预先埋伏了这样一个判断：被"文明社会"玷污的智力，与道德败坏共存，现代社会文明过熟，文化不够者反而道德可靠。因此，半文盲流浪儿、乡镇理发匠（王蒙《悠悠寸草心》）、妓女（老舍《月牙儿》），甚至动物（夏目漱石《我是猫》），都可以是比较可靠的，即比较能体现隐含作者意义－价值观的叙述者。

第二种：各部分互相冲突，似乎都不可靠，却找不到纠正点。这种局面，往往被称为"罗生门格局"（Rashomon Structure）。此语源自黑泽明从芥川龙之介的短篇小说《莽丛中》改编的电影。强盗、妻子、丈夫的鬼魂都卷入了关键的杀人事件，三个人的讲述很不相同。这样的故事没有纠正点，因为看完整个电影，观众都无法知道文本哪一部分是可靠的。

在吕美特（Sidney Lumet）1957 年的经典电影《十二怒汉》（*12 Angry Men*）中，十二名评审团成员轮流叙述一个案件，一开始都口口声声表示自己所说的是事实，但是结果都是偏见或盲目自信而臆造的事实，并在一轮轮的审讯中被依次推翻。十二名叙述者的价值观与隐含作者的价值观均不一致，各部分用不同方式不可靠，却找不到纠正点。

李洱的小说《花腔》也是个好例。小说中三个当事人，时隔大半个世纪，分别谈主人公葛任（看来以瞿秋白为原型）之死。白医生的叙述是不可靠的，听他说的人，是俘虏他的国民党范将军，他明白自己万一言辞不当，就会有性命之虞；第二个叙述者是劳改犯赵耀庆，"文化大革命"中面对审查组，话语更荒诞；第三个叙述者是国民党范将军，他的讲述时间已是 2000 年，此时他已变成"国际著名法学家"，在火车上向记者讲述葛任之死，语调冷漠而调侃，满篇粗话。

---

① 这个例子是 2012 级硕士研究生李雨芹同学提供的，特此致谢。

读者难以认同这三个叙述者中的任何一人。文本没有纠正点，整部《花腔》在向我们提示：历史的本相就是说谎，三个叙述者都在放肆地耍"花腔"扭曲历史。

现代小说另一种常用的办法是限制叙述者的视野，包括第三人称叙述者的视野。由于这种方法可用于第三人称叙述者，其应用就更为广泛。卡夫卡的作品，如《变形记》《审判》或《城堡》，叙述者对发生在主人公身上的各种事件没有提出任何解释性评论，叙述者似乎对发生的奇奇怪怪的事完全没有能力解释。整个文本无任何纠正点，使文本无法可靠。

第三种：文本中最后出现可靠部分，但是纠正无力。意识形态的传达压力，使1950—1980年的中国当代文学作品，很难允许不可靠叙述：如果作品有不可靠叙述部分，就必须强力纠正。许多作品，往往是因为纠正太弱，无法扭转叙述不可靠从而成为批判对象。当代文学中挨批判的小说，实际上都是不可靠部分过于生动吸引人，最后"纠正无力"，大面积局部不可靠转变成文本不可靠。

1950年，《人民文学》第3期以"新年号"刊出了萧也牧的短篇小说《我们夫妇之间》。丈夫知识分子出身，妻子贫农出身，在军工厂当工人。新中国成立后一道进入北京，丈夫思想起了微妙变化，嫌妻子"土"，与新环境不协调。于是夫妻间有了裂痕。"我发觉，她自从来北京以后，在这短短的时间里边，她的狭隘、保守、固执越来越明显……"但是在相当长的篇幅里，"我"对贫农妻子的"土气"的观察很生动，因此小说相当大部分是"不可靠"的。最后，事实教育使"我"认识到妻子是对的，自己则"依然还保留着一部分很浓厚的小资产阶级的东西"。整部小说的价值观是颂扬贫农，已经"纠正"了前文"我"没有觉悟时的不可靠叙述，所以文本是可靠的。

但是这篇小说的命运奇特：起先是广受欢迎，声誉鹊起；翌年6月，舆情突变，"一跃而为"文坛头号批判对象。冯雪峰带头批判："作者……是一个最坏的小资产阶级分子！"这原因，显然是局部不可靠延长的时间太长，太令人信服，最后纠正无力。作品整体归纳出来的隐含作者，显然与叙述者的"最后立场"一致的，但是叙述"不可靠"部分过长,破坏了全文的可靠性。

另一个纠正无力的例子是方纪1957年引发大规模批判的小说《来访者》。说故事的是一个拒绝思想改造的堕落知识分子,追求一个女演员,其自述经过让人"又激动又疲倦,像个不祥的梦"。当年,此小说遭批判的原因是"作者"同情堕落知识分子。文本主要部分,是次叙述者(堕落知识分子)讲自己的恋爱经历,语调暧昧激动,显然不可靠。故事的结局是:此人明白自己不适合新社会,"自愿加入右派分子队列"去劳动改造。这种"纠正"缺少批判力,对错误思想批判不足,惩处不足,文本大部分之不可靠,使作品价值观暧昧。

纠正无力,或许不是三十年文学的特产,而是古已有之。在汉大赋(如《子虚》《上林》)这类特殊的叙述文体中,叙述者往往在行文中进行铺张夸饰的排比,在结尾处对前文的叙述予以一定程度的纠正,规劝国君应该节俭治国。但是纠正的篇幅很短,形成"劝百讽一"。读者感受到文章的隐含作者实际上是在以辞藻雕饰大做文章,露才扬己而已,并不是真的想规劝国君。[①]

第三种有个变体:纠正过晚。大半文本已经落入不可靠,纠正到结尾时来到,仓促简单。鲁彦的小说《菊英的出嫁》,描述了整个隆重出嫁的过程,小说最后时刻才交代,这场婚礼实际上是"冥婚"。小说的叙述者和隐含作者的价值观相违背,叙述者对这个婚礼充满了情感,一步步描写得非常细腻,隐含作者的价值观,则对这种装模作样的"冥婚",感到极为悲悯。

可靠性无关"事实",而有关文本被解读出来的意义-价值观。中国传统社会的价值观是整一的,俗小说的社会文化地位过低,不可能挑战主流意识。因此,《三国演义》是可靠的,哪怕我们现在不认为刘备的正朔地位值得辩护,叙述者与隐含作者的价值是一致的。叙述者与隐含作者观点立场价值是一致的,这是中国俗文学的根本性文化特征,在中国文化的体裁等级中,白话小说居于几乎最低下地位,它受到的压力导致其叙述者急于与隐含作者保持一致,以表明自身的

[①] 这个例子是2012级博士研究生苏智提供的,特此致谢。

"意识形态正确性"。《红楼梦》说"豁喇喇大厦将倾",不只是荣宁二府将倾,也不是帝国大厦将倾。此小说的叙述者再也无法在文本中维持合一的价值观,延续叙述可靠性的大厦正在倾倒,中国社会的现代转型开始萌芽。

5. 局部不可靠及其"纠正"

上面讨论的是整个叙述文本之可靠与不可靠,使问题复杂化的是:叙述者的不可靠性并不一定需要延展到整个文本,经常可以在整体可靠的叙述中,看到个别词句、个别段落、文本个别部分,表现出"非全局性不可靠"。一旦出现这种情况,叙述者就可能大部分可靠(与隐含作者价值观一致),局部不可靠(与隐含作者价值观不一致)。与上文描述的情况相比,这些叙述文本的不可靠部分较小,本书称此种格局为"局部不可靠"。

局部不可靠是不可靠叙述变得很复杂的原因,但是至今没有读到叙述学者讨论这个问题的成果,虽然某些学者讨论的不可靠叙述,明显是局部性的,例如费伦的论文讨论石黑一雄小说《长日回光》中的不可靠叙述,分出"事实-事件轴""价值-判断轴""知识-感知轴"三条轴线上的不可靠性,却都是一些片言只语中的不可靠。[①] 这正是不可靠叙述变得很复杂的原因。例如《红楼梦》叙述者并非不可靠,整部小说的叙述者与隐含作者的价值观一致(富贵皆空)。但是这些局部不可靠之多,经常不予"纠正",使整部叙述接近不可靠。

在当代多媒介文本中,再现者要在被各种媒介裂开的文本中,谋求自始至终的一致性,变得很困难。因此,有必要对局部不可靠进行一个尝试性的分类:

第一种局部不可靠,是评论不可靠。例如《红楼梦》叙述者并非不可靠,小说的叙述者与隐含作者的价值观一致,都与封建社会儒家

---

① James Phelan and Marry Patricia Martin, "The Lessons of Waymouth: Homodiegetic Unreliability, Ethics and the Remains of the Day", David Herman et al (eds.), *Narratologies*, Columbus: University of Ohio Press, 1999, pp. 91-96.

主流意识形态冲突，都在寻求超脱世俗之途。但是这部小说有许多局部不可靠，尤其是一系列评论与隐含作者价值观冲突，我们可以称之为反讽式评论。一般的评价性评论是解释意义－价值的手段，而反讽性评论就很明显地暴露主体各成分之间的分歧，使主体的分化变成分裂。此种局部不可靠数量达到一定程度，叙述者就在一定程度上不可靠。

我们可以用《红楼梦》第二十九回一段为例：

> 原来那宝玉自幼生成有一种下流痴病，况从幼时和黛玉耳鬓厮磨，心情相对；及如今稍明时事，又看了那些邪书僻传，凡远亲近友之家所见的那些闺英闱秀，皆未有稍及黛玉者，所以早存了一段心事，只不好说出来。

《红楼梦》的隐含作者对宝玉黛玉的恋爱抱同情的态度，而《红楼梦》叙述者却有大量此种"反话"评论，来引出社会流俗标准造成的张力。《红楼梦》对贾宝玉的犹疑评价，在全书一直纠正无力，《红楼梦》令人回味无穷，因为局部不可靠之密集，造成相当程度的整体叙述不可靠。

《红楼梦》的最早期评者就已经发现这个情况。戚蓼生在《石头记序》说：

> 第观其蕴于心而抒于手也，注彼而写此，目送而手挥，似谲而正，似则而淫……写闺房则极其雍肃也，而艳冶已满纸矣；状阀阅则极其丰盛也，而式微已盈睫矣；写宝玉之淫而痴也，而多情善悟不减历下琅玡；写黛玉之妒而兴也，而笃爱深怜不啻桑娥石女。

戚蓼生已经看出《红楼梦》的叙述经常是"所言非所指"：叙述者的话与小说价值取向（也就是隐含作者）不一致。

第二种是文本各部分意义－价值观互相冲突，但是只要某个部分可靠，就能成为纠正点。经典例子，是福克纳的《喧嚣与愤怒》：四个部分，分别由四个叙述者叙述，前三部分都是缺乏责任能力的自杀者、白痴、极端自私者的自白。第四部分转为第三人称叙述，从一个黑人女仆的视角回忆并观察事情的前前后后，语调平静的文本，使我们明白黑人仆妇的观察，比其他三人可靠程度大得多。而这种对比指明了隐含作者的意义和价值，与叙述者一致。

莫言的小说《檀香刑》的"凤头"部分以媚娘、赵甲、小甲、钱丁四个叙述者的叙述构成，四个叙述者有着完全不同的叙述语调。前三者都不可靠，媚娘是农村妇女，知识不可靠；赵甲是变态的职业刽子手，道德不可靠；小甲脑子不好，智力不可靠。第四个叙述者钱丁是官老爷，相对客观冷静一些，比前三个叙述者可靠一些，他的叙述成为纠正点。再例如韩国爱情片《比悲伤更悲伤的故事》，叙述在两个恋人之间转换，男主人公的讲述是一厢情愿的，不可靠的，因为从女主人公视角展开的情节，对此进行了"纠正"。

第三种局部不可靠，是最后得到强力纠正的不可靠。最后纠正有力，整个文本就依然是可靠的。成长小说、觉悟小说，上半段常有不可靠，成长后加以纠正。《月牙儿》描写少女时的恋爱时，语句不可靠。第一人称叙述者看透人世后，先前这些部分显得幼稚可笑。电影《楚门的世界》(*The Truman Show*)，主人公（电影框架中的视角人物）在他从小长大的地方过日子，丝毫没有怀疑他身处一个电视连续剧内。最后他下决心航海到天边，才冲破布景，看到导演室的操纵。电影《一级恐惧》(*Primal Fear*)，某主教被杀，一个自以为是的律师，为被控谋杀的教堂唱诗童辩护，他一直以为这少年天真愚蠢，直到最后无罪辩护成功后，少年才揭穿自己一直在装傻，利用了这个律师的虚荣心。因此，整部电影中，律师作为主人公的视角完全不可靠。电影《胡佛传》(*J. Edgar*)，演示美国联邦调查局名声极糟的主任胡佛的一生，要到电影结尾时，才点穿前面几乎整部电影的内容都是他口授的"自传"，在关键情节上有意歪曲事实美化自己。这些都是"结尾强力纠正"的范例。

局部不可靠性几乎延展到整个文本，最后才得到结尾强力纠正的，多见于广告。很多广告讲的故事有意夸张到不合理甚至可笑的地步，例如说开某个牌子的跑车，就能吸引到美女；穿上某球星代言的跑鞋，打球就像他一样神勇。实际上观众并没有弱智到这种地步，他们把这些看作无害的、有意思的夸张，从而允许这样的修辞，因为与叙述中最后归纳出来的价值观（也就是执行作者广告公司的意向）并没有冲突。观众可以不接受这种过分的夸张，甚至对夸张过度有所反感，却不会认为叙述者在说反话拆台。广告绝对不会做不可靠叙述，不可能一边把商品说得天花乱坠、"十天见效"，另一边隐含作者的观点是"不惜代价减肥是愚人愚行"。因此，广告的夸张总是顺势的、正方向的。前文举过的科勒马桶的例子，是个反向强力纠正的好例子。

哪怕广告看起来是明显的不可靠叙述，即所谓"自贱广告"，貌似说反话、丑话、不雅话，接收者乍一看以为错了，眼睛一亮，就会特别注意，广告招牌就产生了欲擒故纵的效果："天天精彩，要你好看"是电视广告；"不打不相识"是打字机广告；理财产品广告"你不理财，财不理你"；酒吧广告"情人节到了，别便宜了那小子"；劲酒的广告"劲酒虽好，可不要贪杯喔"已经成为"广告虚伪"的经典例子。但是这样的不可靠会在意义转折点，即商品信息前被翻转：隐含作者的意义-价值观必定是商品好应当购买，不然不成其为广告。

广告的释义开放程度是有限的：它必须保证接收者不弄错其劝说购买商品的意思。它的隐含作者价值观不可能变，任何理解偏差，都会被出现在广告的商品"尾题"（End Title）① 纠正。尾题指的是出现在影视广告、广播广告等文本最后，或者平面广告一个相对固定角落的商品标识，它具有决定性的意义纠正能力：尾题构成了广告全文本的意义落实关键。这就是为什么广告可以用相当长段的不可靠叙述，但整体上依然是可靠的。商品推销，是最牢靠的"纪实"锚固点，广告文本的某些局部可以成为"罔顾事实"的半虚构体裁，其局

---

① "尾题"（End Title）是四川大学饶广祥老师创用的术语，见饶广祥：《追求动力：广告情节结构的符号叙述学研究》，《四川大学学报（哲学社会科学版）》2013年第3期，第112–117页。

部不可靠可以延展到几乎整个文本,但是在最关键的商品信息前止步。就广告文本的整体而言,它依然是纪实型叙述,依然是一种不可能不可靠的叙述体裁。例如有一则英文广告,叫旅客不要去Kauai岛:"Kauai岛只有美丽的自然风光,没有豪华宾馆,没有购物商场。"隐含作者想告诉我们的是Kauai岛是值得一去的地方,而叙述可以放心说"反话",因为这是旅游广告,体裁必然提供强力纠正点。

应当说,局部不可靠是叙述不可靠的最常见的方式,比全局不可靠常见得多。全局不可靠,基本上出现于现代小说与电影中。但是部分不可靠,不仅在前现代作品中可以出现,甚至可以出现于广告这样的实用文体。对于局部不可靠,关键的问题是可靠的"纠正点":有的时候是文本的巧妙设置,有的时候是文本体裁的规定(例如广告)。这个"纠正点"设置方式之复杂,至今未见到学界讨论。

纪实叙述也会出现反讽语句,但是很容易被上下文纠正,所以文本并没有不可靠,甚至连局部不可靠都说不上。例如这样一篇新闻评论:

> 新春罕见地风平浪静,透着捷报频传的喜气。好莱坞柯达剧院的门口不再聚集着游行的示威者,斑斓绚丽的领奖台上也没有再响起异见者的抗议声。政治与军事上的强势令美国电影愈发显得气吞山河,而奥斯卡……似乎更绽放出空前夺目的光芒。[①]

这与不可靠叙述差别在哪里呢?差别在于这段新闻报道,反讽文字中透露的叙述者观念,与文本的隐含作者的价值观并无二致,两个人格对所报道事件的态度是清晰的。

再例如这样一段报道:针对网友质疑某地政府大楼"奢华",该地宣传部部长表示,州委、州政府等5栋建筑加市民公园,总共才花4亿多,比预算少花近12亿元。这里的关键是"才花4亿多"中的

[①] 朱靖江:《这个时代最富于寓言性的反讽》,《中国新闻周刊》2004年第8期,第61—63页。

"才"字。下面的报道,就在这个字上做出符合隐含作者价值观的叙述:实话说,这位宣传部部长的"节俭说"并不离谱:在国内,政府大楼极尽奢侈,已是蔚然成风,算不上什么新闻;而政府楼稍显简陋,便能引起舆论追捧。以至于全国政协委员俞敏洪炮轰:"政府的大楼太漂亮了,我跑了很多国家,跟国外形成了太大的反差。"[①] 这个纠正很有力,就全篇来说,此篇新闻叙述依然是可靠的。新闻不可能忍受过多误解,文本立即予以纠正,因此新闻中只可能出现很容易判断真意的浅短反讽语句,其"局部不可靠"不可能延展。

---

① 《信息时报》2011年12月1日。

第三章　叙述框架中的人格填充

1. "第三人称叙述"如何会不可靠

无论是经典叙述学还是后经典叙述学，都把不可靠问题视为叙述研究的关键，在广义叙述学中也应如此。但是有一个重大问题始终没有被解释清楚：在"第三人称叙述"中，叙述者不现身，如何判定这个叙述者可靠与否？同时出现的问题，是"人物能不能不可靠"？两个问题其实有关联，因为都牵涉笔者称为"叙述框架中的人格填充"的现象。

不可靠概念的提出者布斯，早就发现他的理论"最适合"第一人称叙述者。他认为第三人称叙述往往是可靠叙述，因为"叙述者本人没有被戏剧化"，他甚至认为在这类小说中叙述者即作者的"第二自我"[①]，此时叙述者与隐含作者完全一致，甚至完全合一。他所谓"叙述者没有被戏剧化"，就是指的第三人称小说，也就是叙述者几乎从未现身，从未提到自己的小说，因为只有第一人称叙述者，才有可能被"戏剧化"（即人物化）。应当说，布斯没有完全否认第三人称叙述者不可靠的可能，但是他也没有说清楚叙述者既然隐身，如何能不可靠？

申丹在《何为"不可靠叙述"？》一文中也指出："值得注意的是，不可靠叙述者往往为第一人称，现实中的读者只能通过叙述者自己的话语来推断（隐含）作者的规范和概念框架。"[②] 申丹在另一个地方

[①] Wayne Booth, *The Rhetoric of Fiction*, Chicago: University of Chicago Press, 1983, p. 151.

[②] 申丹：《何为"不可靠叙述"？》，《外国文学评论》2006年第4期，第138页。

提出:"第三人称叙述之不可靠至今机制不清楚。"① 从1967年的布斯,到申丹最近的声明,已经过去近半个世纪,这个问题依然未能解决。

叙述不可靠,来自叙述者与隐含作者两个人格冲突,也就是二者的意义-价值观对立。如果叙述者不显露自身,那么他又是如何能取得人格,而且能让读者看出与隐含作者人格发生冲突?本书提出的看法是:隐身叙述者呈现为叙述框架(见第二部分第一章第三节)。但是叙述框架并不是完全"非人格"的,叙述文本的各种主体性都填充到里面,正如本书导论所强调的,叙述的定义就是"卷入人物的变化"。只要是叙述,文本中就不得不充满了人格因素,而填充叙述框架的人格可以有各种形式,包括叙述者、次叙述者、受述者、评论者、言语人物、视角人物。结果是框架与各种人格结合,构成一个人格化的框架。这个框架依然是叙述话语的源头,但是既然人格化了,他就可能与隐含作者在意义-价值观上不一致,就有可能出现不可靠叙述。

我们最熟悉的叙述体裁,即小说,其不同变体,展示叙述者的"人格-框架二象"的各种可能的形态。第一人称叙述的小说,是人格化叙述,某个特定人格(即叙述者人格)几乎占满框架。而第三人称叙述者没有独立人格,而是有许多不同程度不同方式的"人格填充",形成各种人格充溢框架的格局。这是我们破解"第三人称叙述如何能不可靠"这个问题的出发点。

2. 人格填充之一:评论与拒绝评论

按照上一节所引布斯的看法,叙述者没有机会"自我戏剧化",就不太可能变得不可靠。实际上"自我戏剧化"不是关键,只要叙述者与隐含作者在意义-价值上完全一致的小说,即绝对可靠的叙述。

---

① Dan Shen, "Unreliability", *Living Handbook of Narratology*, http://hup.sub.uni-hamburg.de/lhn/index.php/Unreliability,2012年6月26日访问。

中国传统的讲史小说，如《三国演义》等，有大量的评论干预，坚定地在做儒家历史哲学的说明。这时，叙述者与隐含作者一致。

但是这个局面并不是普遍的，各种人格用各种形式充溢框架叙述，经常可能因为他们的言行，导致叙述框架与隐含作者意义－价值观不能合一。本部分要分析的，是这些人格出场所采用的身份，以及他们导致的叙述可靠性变异。它们之间的复杂关系，可以有以下多种方式。

第一种方式是叙述者评论，这是隐身叙述者显现为人格的最简单办法。上一节讨论过，而这些评论经常可以不可靠。张爱玲《红玫瑰与白玫瑰》："他是有始有终有条有理的，他整个地是这样一个最合理想的中国现代人物，纵然他遇到的事不是尽合理想的，给他自己心问口，口问心，几下子一调理，也就变得仿佛理想化了。"《红楼梦》中有大量对人物的不可靠评论，例如说贾政"训子有方，治家有法"，说王夫人"是个宽厚仁慈的人"。

评论语句造成的局部不可靠叙述在小说中常见，局部的评论是框架叙述内构筑不可靠人格最方便的方式。萨克雷《名利场》中的叙述者大量进行评论，《名利场》的叙述基本上是可靠的，但是评论常常言不由衷。如评价女主角蓓基·夏泼："像这样容易给人看穿的谎话，夏泼小姐后来再也没说过。请你别忘了，这天真的小可怜儿只有十九岁，骗人的艺术还没有成熟，正在摸索着创造经验呢！"蓓基·夏泼既不天真，更非小可怜，评论为她骗人的艺术尚未完美假心假意地道歉。此评论与全书的隐含作者价值观（金钱社会太腐蚀人心）明显冲突。

反过来，叙述者绝对拒绝评论，在意义解释或价值评论上保持绝对沉默，也会导致一种特殊的叙述不可靠。这种低调叙述，冷峻沉默，可以与隐含作者的意义－价值观正成对比。莫泊桑的《项链》第三人称叙述极为冷静，即使在故事最伤心处（发现十几年辛苦为了赔偿一条项链）也保持不介入的态度。而当真相突然揭开（项链原是假货）时，叙述戛然而止，不留下任何伤感的余地。叙述框架背后隐藏着的是一种"冷酷"叙述人格，而隐含作者价值观（虚荣毁灭一生）

却是对人性的极度悲悯,两者明显冲突,这样的叙述是不可靠的。

当叙述者完全隐身,拒绝解释情节中的谜团,此时叙述不可靠。上文中提出过,卡夫卡的作品,如《变形记》《审判》或《城堡》,叙述者对发生在主人公身上的各种事件没有提出任何解释性评论,似乎完全没有能力解释。事件的因果关系中有过多的过于重大的缺失,使叙述无法可靠。叙述者应该做解释,而顽强地抵御解释,这本身就是叙述者特意为之的姿态。

叙述者绝对不出现的作品,其极端形式是"墙上苍蝇"式全隐身叙述。布斯说这样的叙述是"绝对可靠"的,因为没有叙述者人格的踪迹。布斯举的例子是海明威的短篇小说《刺客》(*The Killers*),他说这是典型的"严格非个人化"可靠叙述。[①] 笔者认为《刺客》恰恰是典型的不可靠:主人公尼克·阿丹姆见到人世之无情,心灵受到很大震动,决心离开这个地方,小说的隐含作者同样感到震动,同样对世界的冷漠感到苦恼。而叙述者拒绝显示任何态度、任何情绪,其冷漠与隐含作者的意义-价值观很不一致。拒绝叙述评论本身,是一种"非正常"的人格显现。

这种"叙述者拒绝表态"手法,与某些先锋实验电影有点相似。例如范·桑特(Gus van Sant)导演的电影《大象》(*Elephant*,2003),讲述在平淡的秋日两个高中生在校园里杀人的血腥故事。影片在琐碎的细节中讲述人物之间的纠葛。其令人震撼之处就在于在叙述者框架中,完全缺乏应有的"同情"态度,与整部电影"人命关天"的强烈价值观形成对比。

甚至受述者这样一般不现身的人格,也可以成为在框架中活跃的主体:在所谓"第二人称小说"中,受述者是被称为"你"的小说主角,正像写信的人称处理,这些小说读起来似乎是叙述者不想让第三者听到的两人密语。第二人称叙述,宜被视为叙述框架被受述者人格填充。

---

① Wayne C. Booth,*The Rhetoric of Fiction*,Chicago:University of Chicago Press,1981,p. 151.

法国作家毕托的《变》用现在进行时说主人公"你"正在做这，"你"正在做那："你左脚插在滑门的铜槽里，徒然想用肩膀把门顶开一些。你好不容易挤过了狭窄的门缝，然后你把轧花的绿色皮包举起来，放到架子上……"叙述"跟踪"受述者－主人公"你"乘八个小时夜车从巴黎到罗马。在这种小说中，主人公一心想做的事，叙述者真不知道他最后会不会做，因为他只记录"你"瞬时的想法。受述者的人格充溢了叙述框架。由此，叙述框架中的人格就与隐含作者在意义－价值观上发生了冲突。

3. 人格填充之二：次叙述者

次叙述者也能造成不可靠，一个叙述文本中，可以有多种人格化的叙述者。无论是第一人称人格叙述，还是第三人称框架叙述，都可以有更为次一级的叙述者，即让某个人物开口说故事。无论何种叙述者，一旦显身说话，就必然是第一人称，因为任何说话者提到自己，必须用第一人称。本来叙述者就只是个"文本化"的人格，巴尔特称之为"纸面存在"（être de papier）[1]，但是在被叙述世界中，次叙述者是上层叙述中的一个人物，他有相当具体的身份，因此次叙述者有在叙述世界中"实体化"的假象。

这就出现了叙述分层：高层次的叙述，不仅为叙述者提供实体，也往往为受述者提供实体，同时打开了一个新的"次叙述框架"。这次，叙述文本的发生和传递，成为一个清晰的过程。当然，无论怎样分层，也只是提供一个解决困难的假象。这个人物兼叙述者毕竟也只是纸面的存在。而且，无论加多少层，最高一个层次的叙述者依然没有一个"出身背景"，因此，"框架内人格化"不可能靠叙述分层来全部解决。

脂砚斋评《红楼梦》说："若云雪芹披阅增删，然而开卷至此，

---

[1] Roland Barthes, "On 'S/Z' and 'Empire of Signs'", *The Grain of the Voice: Interviews 1962−1980*, New York: Hill & Wang, 1985, p. 80.

这一篇楔子又系谁撰？足见作者之笔狡狯之甚……这正是作者用画家烟云模糊处。"脂砚斋敏锐地感觉到《红楼梦》在叙述分层上有不少有趣的处理，他赞之为"烟云模糊"的"狡狯之笔"。《红楼梦》是世界文学经典之作中分层跨层用得最出色的。叙述分层提供了一个解决叙述者实体问题的假象。这假象在某些文化条件下会成为叙述人格化的最重要手段。我们只消看一下晚清小说几乎无例外地采用超叙述开场，就可知此种程式之有效。

叙述分层常常会引起不同层次不同叙述者之间的冲突，此时我们就不得不决定哪个层次的叙述者是可靠的（也就是更接近隐含作者的立场），而哪个层次的叙述者相比之下不可靠。鲁迅《狂人日记》的文言上层叙述者说狂人的日记"多荒唐之言"，只能"供医家研究"；而下层叙述者兼主人公"狂人"对中国历史有自己的看法：

> 我翻开历史一查，这历史没有年代，歪歪斜斜的每页上都写着"仁义道德"几个字。我横竖睡不着，仔细看了半夜，才从字缝里看出字来，满本上都写着两个字是"吃人"。

在他看来，真理性不在历史之中，而在历史之外，在历史的语言无法够及的地方，在历史文本的反面。半个世纪之后，法国马克思主义者阿尔都塞与马歇雷才提出了类似的看法："在写下的文字反面才是历史本身。"[①] 而这也是《狂人日记》隐含作者的立场。因此，此小说的主叙述者是可靠叙述者，超叙述者"余"反而不可靠。

反过来，也有许多上层叙述者可靠，下层不可靠的例子。纪德的《背德者》的叙述分层也是冲突性的："我"向一个官员写信报告主人公请他们到他在非洲的别墅向他们叙述他的婚姻中发生的事，这个书信报告式的传统味十足的超叙述，与主叙述——主人公的自白——语言傲慢、情节混乱、道德违逆，正成对比，使主人公的伦理困境更引人深思。

---

① Pierre Macherey, *A Theory of Literary Production*, London: Routledge, 1978, p. 28.

4. 人格填充之三：视角与方位

除了叙述者与受述者，在叙述框架中，人物一样可以发展自己的主体性，局部地控制文本。尤其是"视角人物"（focal character）能把自己的意识强加给叙述者，从而把整个叙述置于局部主体意识的能力范围之内。

视角是 20 世纪小说研究中一个最热闹的题目，现代叙述学的一大部分传统，就是从视角问题的讨论中发展出来的。20 世纪上半叶，视角曾被认为是理解小说的最主要问题，是解开小说之谜的钥匙，甚至小说技巧被认为基本上就是个视角问题。例如勒博克就声称："小说技法至繁至难，却都受视角问题的制约。"① 托多罗夫不久前还称之为"二十世纪诗学取得最大成果的课题"。由于这个问题的研究有其特殊的历史，"叙述角度"一词几乎不再是一个中性的术语，而专指与"全知叙述角度"相对的"有限人物叙述角度"。

不仅小说有视角问题，几乎所有的叙述，凡是视觉的或是隐含着视觉的，都有一个"引导接收者从哪里看"的问题。戏剧、电视、电影、展览、旅游、比赛，都有一个视角问题，例如"观景台"建在何处，参观路线如何设置等。一旦有人物填充到叙述框架中，就可能"人物视角化"。例如舞台演出，似乎观众坐定无法改变视角，演出却有个朝向问题，角色的手势身姿有引导作用。而电影的人物视角对镜头角度起了极大作用，本书将在第四部分第三章第七节详细分析"抢镜"的作用。

一般说，第一人称小说是讲述自己的所见所闻，自然地用叙述者的视角。但是大段甚至全部讲述他人所见也是可能的，例如巴尔扎克的《萨拉辛》、鲁迅的《祝福》。而在第三人称小说的框架中，视角人物的意识自然填入。这两种情况，都可能发生叙述者与视角人物的冲突。例如罗布-格里耶的小说《嫉妒》中，叙述者一直没有出现，几

---

① Percy Lubbock, *The Craft of Fiction*, London: Cape, 1921, p.251.

乎绝对隐身,所有的描写都是丈夫在窗后窥视其妻子所见。叙述没有任何观点见解,没有嫉妒的感情心理活动。但是视角人物的意识占据了全部文本。叙述者绝不报告人物内心活动,实际上抽身而退,让回避直言的人物意识直接与隐含作者的道德观("嫉妒是一种可怕的感情")冲突:这本小说是"人物不可靠"的典型例子。

从上面这个例子可以看出,叙述者从定义上说是全知全能,各种变化,只是他自觉地限制自己的权力:充溢框架的主体性,不是单一的视角因素。笔者把这种搭配方式,称为"叙述方位"(narrative perspective),即叙述者+人物的主体性搭配方式。叙述角度是事件被感知的具体方式,叙述者却是叙述信息的发送者,因此只有当叙述者有意让人物一时充溢文本,才能出现"人物不可靠"。

问题似乎不复杂,但是在 20 世纪 70 年代之前,大半个世纪之久,叙述学研究者都没有明白。甚至时至今日,文学教科书依然会犯这个错误。例如有一本教科书说:"作家控制材料,努力使其视角统一。他小心地不让人物知道他不可能知道的东西,同时也不让他的人物使用他不可能用的语汇。"[1] 这话听起来似乎合情合理,却是彻头彻尾的大错:感知范围与语汇使用是两码事,感知取决于视角人物,语汇取决于叙述者。

《子夜》的第一节相当大部分是以吴老太爷为视角人物来写的,吴老太爷晕厥失去意识后,当然无法作为视角人物,但在其他时候,一切都是吴老太爷的感受范围。然而此处的叙述者并不是吴老太爷。随便看一段就可明白二者的区别:

> 他看见满客厅是五颜六色的电灯在那里旋转,旋转,而且愈转愈快。近他身旁有一个怪东西,是浑圆的一片金光,荷荷地响着,徐徐向左右移动,吹出了叫人气噎的猛风……她们身上的轻绡掩不住全身肌肉的轮廓,高耸的乳峰,嫩红的乳头,腋下的细毛!无数高耸的乳峰,颤动着,颤动着的乳峰,在满屋子飞舞了!

---

[1] David Madden, *A Primer of Novel*, Methuchen, NJ: Scarecrow Press, 1980, p.112.

这是吴老太爷的感知范围，认识范围（老太爷不识电风扇），甚至错觉范围，却不是他的语汇。

可见，《子夜》开头不仅选择了一个恰到好处的人物视角，而且也选择了一个方便的叙述者，因而取得了一个理想的叙述者与叙述角度的配合，也就是选择了一个恰到好处的叙述方位。同时可以看到，这个视角＋叙述者构成的叙述，是不可靠的，隐含作者的价值观是"传统宗法社会在城市化中崩解"。这段叙述体现了对都会生活方式，对现代上海"淫靡奢华"的情绪上的反感。

叙述方位的两个成分之间的矛盾，是记录类叙述的特色。亨利·詹姆士（Henry James）的名著《梅西所知道的》（*What Masie Knew*）用詹姆士的优雅文体，描述人物（一个六岁小女孩）观察到的世界，读来有趣但并不自然。一旦拍成电影（Scott McGehee 导演，2012），小说的视角反而自然化了，因为视觉形象几乎是"中性"的，除非做特殊的"人物化处理"，大部分镜头与年龄无关。

不仅小说中如此，在纪实型叙述中，这种叙述者沿用人物视角但是改造他的语言的做法更为普遍。在法庭的庭辩中，律师总是要在叙述中提供合乎法庭叙述需要的叙述语言，而在辩论过程中，他又必须适时采用自己代理人的视角。例如 2006 年的著名案例，成都市民张某某为阻止两个抢劫犯而导致其中一人死亡，最终被判无罪。其辩护律师后来分析此案，当时做无罪辩护时强调，面对犯罪者的激烈逃跑方式以及其非法占有他人财物的紧迫状态，当事人所做出的反应，是符合正当防卫的时间和限度的。也就是说，论辩词是充分采用了张某某当时的视角与环境，加上律师，即叙述者技巧娴熟的辩护语言，最终使嫌疑人免除了法律责任。①

申丹说："由人物眼光造成的不可靠叙述常常出现在第三人称叙述中。"② 这是一个非常敏感的观察。现在的问题是如何把这个观察理论化、普遍化，上升到一般规律的高度，用以回答她自己提出的问题，

---

① 这个例子是 2012 级博士研究生苏智在作业中提供的，特致感谢。
② 申丹：《何为"不可靠叙述"？》，《外国文学评论》2006 年第 4 期，第 142 页。

即"第三人称叙述之不可靠至今机制不清楚"。人物的视角本身可以携带价值观,甚至道义伦理,而这个主体性可以充溢第三人称叙述框架。

"人物不可靠"这个提法看起来违反关于不可靠叙述的最基本定义:叙述者与隐含作者的意义-价值观发生冲突。但是,我们可以看到,当视角人物的主体性充溢叙述框架时,叙述者让位给人物意识,构成特殊叙述方位,也可以造成叙述者与隐含作者之间的冲突,引发不可靠叙述。

5. 人格填充之四:人物

人物还有另外一个方式可以在框架中填入自己的人格:文本可以引用人物说的话(包括想法,即"心声")。从这个角度看,第一人称叙述,可以被视为人物话语占满整个叙述框架;第三人称叙述,人物说的话只形成片段。在记录类叙述中,人物的话语形式极为多样:直接引语式、间接引语式、直接自由式、间接自由式,以及它们的变体与混合。① 在演示类叙述中,叙述框架内有时可以看到次叙述者人格(例如唱评书者、独角戏表演者、演说者),但更经常看到的是各种人物的言辞行动(如戏剧的演员、比赛的运动员)。他们经常与叙述框架形成互动(例如下面第五章将详细讨论的"抢话"与"抢镜"),足以让我们看到他们是可以影响叙述意义-价值观的人格。

《红楼梦》第三十四回,王夫人在午睡时发现金钏儿与宝玉调笑,就打了她,并赶出荣国府,金钏儿含羞自杀。王夫人对宝钗说:

> 原是前日他把我一件东西弄坏了,我一时生气,打了他两下子,撵了出去,我只说气他几天,还叫他上来,谁知他这么气性大,就投井死了,岂不是我的罪过?

---

① 关于人物言语的引用方式,本书从略,请参见笔者《当说者被说的时候:比较叙述学导论》,成都:四川文艺出版社,2013年版,第162页。

这是直接引语，人物对自己的言语有控制权。可以看到，在此段引语中形成了局部的不可靠：王夫人是在为自己的严酷曲意辩护，把责任推给死者。而《红楼梦》的叙述者对此人物言语不加评论，这言语本身的不可靠性，即与叙述文本的总体价值的冲突就凸现出来。

《红楼梦》的另一段，袭人的母兄要赎她出去嫁人以获取嫁妆，袭人不肯：

> 母兄见他这般坚执，自然必不出来的了。况且原是卖倒的死契，明仗着贾宅是慈善宽厚之家，不过求一求，只怕身价银一并赏了还是有的事呢。二则，贾府中从不曾作践下人，只有恩多威少的，且凡老少房中所有亲侍的女孩子们，更比待家下众人不同。平常寒薄人家的小姐，也不能那样尊重的。因此，他母子两个也就死心不赎了。

这是间接引语，是被叙述者报告出来的人物想法？很难判断。但是关于贾府"慈善宽厚""恩多威少""尊重下人"之类的评价，与《红楼梦》的隐含作者直接对立，形成了局部不可靠。

巴赫金认为自白也是对话，也就是说，第一人称叙述（整个文本只有一个人说话）实际上也是人物言语。他举的例子是陀思妥耶夫斯基《穷人》中的一段：

> 我住在厨房里，或者换个说法就会准确得多：挨着厨房有一个小间（我得告诉您，我们的厨房可是一间干净、光线充足的上好房子），屋子不大，就那么一个不起眼的小窝……也就是说，或者更准确点说，厨房是一间有三个窗户的大房间，我把这厨房横着隔了一块墙板……总而言之，一切都很舒适。[①]

巴赫金说："自白表述无不贯穿着他们对于他人语言的紧张揣

[①] 转引自胡亚敏：《叙事学》，武汉：华中师范大学出版社，1994年版，第91页。

测",为了让对方有个特定印象("我并不穷")而曲意改变说法。此时的局部不可靠,由人物的想法形成的引语构成。

引语提供的意义和价值观,属于人物,如果与隐含作者冲突,并不造成全局性叙述者不可靠。但是引语经常是一种局部性的叙述(如果有一定绵延长度,就被称为次叙述,实际上二者界限不清),因此能够造成局部性不可靠。

所有上述人格——次叙述者、评论者、受述者、人物视角、引语——都是让某种人格以一定的方式填充占据叙述框架,让这些人格在局部范围占据优势。在这个局部中,他们的意义-价值观就可以独立地显现出来,而此种意义-价值观就可能与隐含作者的不一致,造成局部的不可靠叙述。以上的分析,是对这些情况做一一分解,但是在叙述文本中的实际局面,很可能是以上各种主体混在一起争夺发言权,此时我们只知道文本的这些局部叙述不可靠,却很难说出是以上列出的哪一种不可靠。

《约翰·克利斯朵夫》不是故作复杂的先锋小说,但是次叙述、引语、人物视角经常混在一起,叙述语境和人物引语分割不清晰。卷二克利斯朵夫在初恋后的内心感受:

> 这是所有的爱人最受不了的磨折……尤其是爱人的遗迹老在你周围,眼睛看到的没有一样不教你想起她,而现在的环境又是两人共同生活过的环境,而你还要重游旧地竭力去追寻往日的热情……你以为跟死亡照了面。不错,你的确见到了死亡,因为离别就是它的一个面具。

这是谁的声音?是叙述者的评论,还是引用克利斯朵夫自己的内心活动?言语行为的主体并不清楚,但是这种言辞("离别就是死亡")太煞有介事了,"青春气息"浓厚。作为人物想法引语,是不可靠的,因为全书隐含作者的意义-价值观是"天才超越爱情"。

所以,从对第三人称叙述框架的"人格填充"的角度来看,"人物可靠性"这个概念是可以成立的。这种人格填充可以由多种多样的主体来进行，因此造成不可靠叙述的极端复杂局面。如果我们进一步考虑到电影、戏剧、比赛、游戏等都是框架式叙述，那么"人格填充"变化更多，局面更为复杂，更值得仔细分析。那样，不可靠问题，就比叙述学现在经常处理的范围（第一人称小说的叙述者不可靠）领域大得多，变体也复杂得多。

6. 抢话

任何叙述，都是多重主体控制的产物，哪怕纪实型叙述的作者负责，或心像叙述的自我接收，都无法排除其他主体的侵入。叙述文本，从本质上说，是各种主体争夺话语权的战场，这是"主体"的定义"话语和价值源头"所决定的。主体争夺话语权，是叙述文本一系列特点的源头，可以成为非常有表现力的叙述手段。

人物"抢话"是小说叙述中很常用的一种特殊语言方式，至今尚未见到中国或西方叙述学界讨论这个问题。抢话是在叙述过程中，某些个别形容词或副词，突然采用了只有人物才会用的某种语汇。这种现象比较细微：抢话不同于叙述者评论，不同于人物视角的描写，抢话可以说是一种简短的间接自由式引语。抢话是叙述文本多元化、复调化的方式之一。

大部分叙述是线性文本，在特定节点，只能允许一个主体（或集合主体）掌握叙述流，有点像球赛，在某个特定点上，"球权"就是在某个运动员手里。在叙述文本中，各种叙述主体之间始终在争夺话语权：叙述者对叙述文本并不具有全面控制权。在文本展开的过程中，人物不断试图抢夺叙述的话语权。这种争夺一般采取引语形式：直接引语式和直接自由式，把叙述者的声音隔在引语之外；间接引语式让叙述者改造引语，但是依然把人物的话局限在引语中。只有间接自由式（FID）没能划清叙述语言与人物语言的边界，很容易引起混淆。这些问题叙述学界已经有过长期的讨论。但是间接自由式有一种非常特殊的变体，至今没有学者给予讨论，这就是"抢话"。

在"比较客观"的叙述流中，突然出现个别词（一般是形容词或副词) 的 "人物声音取代"，笔者称这种现象为 "抢话"。抢话是人物的经验，也是人物的语言，镶嵌在 "正常" 的第三人称叙述者语流中。这实际上是人物主体在局部的但是关键性的字眼上，夺过了叙述话语权。

"抢话" 看起来很特殊，却是在中外文学作品中大量出现的语言现象，始终没有见到叙述学者讨论，倒是令人惊奇的事，可能大家都没有注意这种潜伏在叙述者语流中的人物主体表现。中国学界如此，国际学界也如此，因此笔者找不到一个英文或其他文字的对译。考虑再三，笔者建议可译为 "voice-snatching"。为了说明这是个常见现象，下面笔者尽量多举一些例子。

我们先看几个具体的例子：《三国演义》第十六回 "吕奉先射戟辕门，曹孟德败师淯水"，写到曹操在宛城被张绣偷袭营地，全军溃败。其中说："（曹操）刚走到淯水河边，贼兵追至……贼兵一箭射来，正中马眼。"[①] "贼" 字是贬语，《三国演义》的叙述者并不掩盖他的用词偏向，例如写到黄巾军时，一律称 "贼"。但在曹操和张绣之间，叙述者的同情在张绣一边，要说贼兵，应当说的是曹军，这段却翻了过来，四个 "贼" 字，说的全是张绣之兵。唯一说得通的解释是：在这个局部，曹操这个人物的声音，取代了叙述者的声音。

吴伟业《圆圆曲》：

> 坐客飞觞红日暮，一曲哀弦向谁诉？白皙通侯最少年，拣取花枝屡回顾。早携娇鸟出樊笼，待得银河几时渡？恨杀军书抵死催，苦留后约将人误。

这里 "恨杀" 二字，是陈圆圆的话。[②] 鲁迅《铸剑》的结尾：

> 百姓都跪下去，祭桌便一列一列地在人丛中出现。几个义民

---

① 罗贯中：《三国演义》，范文章译注，成都：四川人民出版社，2017年版，第41页。
② 这个例子是2011级博士研究生訚文君同学提供的，特致感谢。

很忠愤，咽着泪，怕那两个大逆不道的逆贼的魂灵，此时也和王一同享受祭礼。

隐含作者是讽刺愚昧奴性的百姓，这里出现的"义民"是被人物抢了话。①

抢话在古典叙述中难得出现，唐传奇《霍小玉传》中，当李生将要赴任和小玉分别时，有这样一句话："时春物尚余，夏景初丽，酒阑宾散，离思萦怀。"此句中"恶"字是李生和小玉的感受，是小说中人物感受入侵叙述语流。②

而在现代文学中，"抢话"几乎处处可见，一般说来，翻译不会过多走样，因为这种形容词的倾向性相当清晰，不太可能被漏译。曼斯菲尔德的短篇《一杯茶》："行人都躲在讨厌的雨伞下面"："讨厌"是行人的想法。托尔斯泰的《安娜·卡列尼娜》中有一句："（奥布隆斯基）最后到了卧室，才发现她手里拿着那封使真相大白的该死的信。""该死的"这个词是谁说的呢？奥布隆斯基为这件事的后果而烦恼。叙述者对偷情这件事的态度显然并非与奥布隆斯基相同，"该死的"是奥布隆斯基心里的想法，但是整句话是正常叙述语流。

品钦《万有引力之虹》，斯洛索普在寇德夫人家：

> 达琳纯粹出于南丁格尔式的同情心，递给他一块红色硬糖，形状像定了型的树莓……嗯，奇怪的是，吃起来味道也像树莓，而且一点没能压住嘴里的苦味。

"奇怪的是"是斯洛索普的抢话。斯洛索普吃了奇怪的糖果后，对这么一个"表里如一"的糖果感到奇怪，他的想法以一个简单的形容词插进第三人称叙述语流中。③

乔伊斯短篇小说《对手》中有一段："酒吧男招待正站在桌旁，

---

① 这个例子是2012级硕士研究生齐千里同学提供的，特致感谢。
② 这是2013年叙述学课程刘双泽同学举的例子，特此致谢。
③ 这是2012级硕士研究生何一杰同学举的例子，特此致谢。

就朝胜利者点点发红的脑袋,用粗鄙不堪的亲密口吻说:'啊,那才是绝活儿!'"这里,"粗鄙不堪"(stupid)是主人公的感觉,不是叙述者的判断。再如纳博科夫《玛丽》:"阿尔费奥洛夫的声音消失了片刻,当它再度响起时带着令人不快的欢跳。""令人不快"显然并不是叙述者感觉到的,而是人物的态度抢入了叙述者语流。

以上例子,可能被视为过于局部,很难影响文本的主题。说某个词是"局部叙述不可靠"似乎有点夸张,但是抢话的确可以形成不可靠叙述。苏联文论家B. H. 伏罗辛诺夫(不少人认为这是巴赫金的笔名,存疑)曾对陀思妥耶夫斯基的一篇小说《淫猥的故事》提出过一个精彩的分析。这篇小说是这样开场的:

> 从前,在一个寒风凛冽、雾气迷漫的冬夜,将近午夜时分,三位十分尊贵的老爷坐在彼得堡岛上一幢漂亮的二层楼房的一间舒适的,可以说是装饰豪华的房间里,专心致志地对一个极为出色的问题,进行举足轻重的极为高尚的探讨。

伏罗辛诺夫指出:

> 乍一看这段文字相当"俗气",如果出自屠格涅夫或托尔斯泰那样不经常把各种主体的声音糅合的作家的手,这段文字的确不可取。但陀思妥耶夫斯基的典型手法是让这些文字成为两种语气、两种观点、两种语言行为会合和交锋的场所。

具体来说,这些形容词"并不是来自作者的思想,而是来自将军的头脑,他在玩味他的舒适,他的房子,他的地位,他的头衔"[①]。用当代叙述学的看法:伏罗辛诺夫所说的"并不是来自作者的思想"应当是"并不是叙述者的声音",但是从其他方面看,伏罗辛诺夫的

[①] V. L. Voloshinov, "Reported Speech", Ladislav Matjeijka, Krystina Popoerska (eds.), *Readings in Russian Poetics*, Cambridge, MA: MIT Press, 1971, pp. 69-75.

观点极为正确，说明了抢话的思想意义。

人物抢话，可以被解释为一种非常特殊的间接自由式引语，抢话用一个形容词或副词，点出人物的感觉、人物的思想，但是与间接自由式一样，没有采用引语的形式。抢话与间接自由式引语不同的地方，是简短得不成为句子，嵌在叙述者的语流中，不露声色地抢过了话语权，使叙述中出现了自己主观需要的评价。

尤其容易混淆的是叙述者评论，即叙述者直接解释或评价他讲的故事中人物的性格与行为。《儒林外史》第七回："次年宁王统兵破了南赣官军，百姓开了城门，抱头鼠窜，四散乱走。王道台也抵挡不住，叫了一只小船，黑夜逃走。"《儒林外史》评点者惺园退士说："哪会'抵挡'？自称'抵挡不住'耳。"惺园退士认为这是人物推脱责任的用词，因此这是人物"抢话"。但是也可以读成王道台的确是抵挡不住，那么这是叙述者在描写情节。

究竟是叙述者的评论，还是人物特有的感觉，经常不容易分清，实际上有一个办法判断。下面这段，来自莫言的名著《透明的红萝卜》：

"谁他妈的泼了我？"小石匠盯着小铁匠骂。

"老子泼的，怎么着？"小铁匠遍体发光，双手挂着锤把，优雅地歪着头，说，"你瞎眼了吗？"

这里的"优雅地"，是叙述者对小铁匠姿态略带讥讽的描写，还是人物的想法抢话？可以说，凡是不能加上"在人物看来"这样的赘句，就不是人物"抢话"。这里"优雅地"前面不能加"小铁匠觉得"，就不是小铁匠"抢话"，而是叙述者对小石匠神态的描写，因此这是简短的叙述者评论。

反过来，我们看本文的第一个例子，"贼兵追至"，不嫌累赘，可以改成"（曹操心中的）贼兵追至"。叙述者所关心的，渐渐从笑骂曹操好色咎由自取，变成担心曹操是否能脱险。这个态度转换是很细腻的，叙述的话语权是赢得读者同情的主要手段，这个权力可以在不经意间转让，一个"贼"字就在一定程度上转换了叙述者的态度。

7."抢镜"

在电影中，也有类似的各种主体对话语权的抢夺。不过小说的主体争夺发言权的各种方式，不能直接移入电影，连"比拟"地借用都不太可能。本书已经讨论过：电影基本上是一种演示叙述，分析电影，就需要另外一套方式。但是这个基本分析法，即"人物心里看到的"，还是"叙述框架（制片者）看到的"，一样可以作为分析主体争夺镜头的标准。

首先应当指出，电影的媒介之一是语言，影视在某种程度上严重地依赖语言。人物经常在说话，人物说的话，可以被看作类似文字叙述中套在引号里的直接引语；人物嘴唇的开合，就是小说中"他说"之类的引导语；说话时的表情，比文字叙述的副词形容词更为丰富，直接帮助说出的话表意。这类直接说话的镜头，在电影中数量多寡，导致风格的巨大变化：对话场面多的电影，有点类似戏剧；当代的电视新闻，直接引语平均比重多达 40%～60%，远远高于报纸的新闻报道中人物直接引语的数量。新闻报道中用直接引语会比较拖沓，为了保证引用准确性，非用不可时才使用。而电视新闻、电视采访、纪录片等体裁中大量直接引语，充分调动人物言语的直接表达能力。

另一点很明显的区别是：在文字叙述中，引用人物的言语、书写或想法，引导句的措辞略有区分（"他说""他想"），但是也可以完全没有（例如仅有引号，或如文言文中常见的，没有任何标志）。在电影中反而清楚：人物的"想法"是没有嘴唇动作的画外音，所以这种引语方式可以类比为直接自由引语。在文字叙述中，直接自由引语绵延到一定长度时，往往被称为"内心独白"；在电影中，用长段画外音说出的人物思想，也成了内心独白。长段内心独白是电影的常规叙述手段，在任何电影类型中都会出现：艺术片如伯格曼的《冬日之光》(Winter Light)，畅销片如《阿甘正传》(Forrest Gump)，喜剧片如《超市夜未眠》(Cashback)。在中国电影中也有很多，如《东邪西毒》《昨天》等。

因此，电影学家鲁道夫·阿恩海姆（Rudolf Arnheim）说："电影非语言，无法描写人的内心心理活动。"① 虽然这言论出于1932年的著作，他的说法依然错得无以复加：电影有语言，连无声电影都有；电影善于描写人的内心活动，而且手段特别丰富，有语言、表情以及镜头语言。电影的语言安排相当清晰，甚至比小说简单，而且画外音时断时续，对某个特定场面可有可无，并不是延续的必然的媒介。因此，说话也并不是电影叙述主体争夺的主要战场。电影叙述中主体争夺更为激烈而复杂的战场，是所谓"视觉语言"，即镜头。

应当说，视觉与听觉形象并不是语言，在分析电影时使用叙述学的术语"聚焦"（focalization）更为恰当。以人物的感知范围作为视域的镜头，电影理论中称为"主观镜头"（subjective shot），也经常被称为"人物视角镜头"（POV Shot）。与之对比的是视觉叙述流背景，即电影原本叙述框架规定的视域，往往称为"客观镜头"（objective shot）。电影的叙述媒介主要是视觉画面，电影中的人物视角镜头转换频繁，远远比小说中的视角转化更为方便而自然。正出于这个原因，电影中主观镜头与客观镜头的交错使用、互相渗透与互相转换，成为电影中各主体抢夺话语权的主要方式。

一般对客观镜头的定义是"导演看到而人物看不到"的景象，因此"过肩镜头"（OTS shot）是客观镜头，因为人物不可能看到自己的肩膀。任何叙述段的叙述者，都无法看到自己。但是实际上，大部分客观镜头的特点，是运动平稳，高度自然适中（一般是一人高，有的日本导演往往用离地三尺高度，即人坐在榻榻米上的身高），速度变化顺滑，运动镜头一般不会直接接上另一个运动镜头以防止突兀。因此，客观镜头经常被说成是"导演的眼光"，实际上是模拟观众的"正常而自然"的视线，以构成"正常"的叙述流背景，与"模拟人物视线"的主观镜头形成对比。

---

① 鲁道夫·爱因汉姆：《电影作为艺术》，邵牧君译，北京：中国电影出版社，2003年版，第160页。

以上说的区别方式，应当说简单明白，但是实际上主观与客观并不那么容易分清。主观镜头中不可能没有客观视线，而客观镜头中也不可能完全没有主观视线。两者"交融"时，往往是电影的框架叙述者主体与人物的主体意识，在互相抢夺镜头话语权。

第一种是很多情况下会出现的"假性主观镜头"。例如画面是一个有人从遥远的山口骑马过来的超远镜头，这应当是客观镜头，即所谓介绍大局面的"定场镜头"（establishing shot）。如果前面会穿插某个人物眺望的场面，这个超远镜头也就可以被理解为是个主观镜头。但是如果突然转入从山口骑马过来的人的特写，那就不可能是主观镜头，除非这个眺望的人手里有一架望远镜，不然这个人看不见来人的细部。电影学教科书认为，只有客观镜头才可能有"景别"（远景与近景互换），因为只有电影导演才有任意看的权利。实际上，这完全可以理解为人物的"主观愿望"镜头，当人物在殷切盼望骑马从远方过来的人（例如恋人）时，他完全可以主观投射他的想象，把来人看成已经靠得很近。因此，镜头出现"景别"，固然是人物不能采用的角度或距离，实际上可以是人物主观意识的"抢镜"（建议英译 shot-snatching）：在局部范围内，人物的主观需要（例如感情）抢过了镜头权。

第二种"主观想象"的镜头，还包括甚至不太可能是"人物所见"的镜头，例如拍汽车追逐的激烈场面，汽车贴着镜头边呼啸着一冲而过，或是火车隆隆在头顶上压镜而过，这些蹲位或仰躺位都不太可能是人物占据的位置，但是完全可以是人物带着情绪（例如惊恐或焦急）主观想象的视角。电影《永无止境》（*Limitless*）中主人公服用了神奇的药物，镜头转向药片吞入咽喉的 X 光透视画面，然后是脑细胞被激活闪现红色的解剖图：这些不可能是任何人看到的情景，而是人物的"主观想象"。有的电影学著作，把这种并非人物视角，却是主观想象的镜头，称为相对于客观的"外部镜头"（outside shot）的"内部镜头"（inside shot），但支持这种镜头的究竟是什么样的"内部"机制，却没有人说清楚。这种镜头背后的动因，是人物的想象和情绪，因此这也是一种"抢镜"。

例如电影《忠犬八公的故事》（*Hachi: A Dog's Tale*），电影中经常有狗眼看到的景色。据说狗只能看到黑白两色，因此狗的主观镜头只有黑白，而电影中客观镜头组成的叙述背景是彩色的。但是当狗忠诚地守候已经去世的主人时，它看到的景色变成了彩色的，暗示狗获得了某种人性，而这种人性改变了镜头的质地：主观渗透进入客观。

伊朗导演阿巴斯·基亚罗斯塔米的名作《樱桃的滋味》，有个长达4分钟的长镜头。主人公巴迪在郊外漫无目的地驾驶汽车，四处寻找人掩埋自己的尸体。车在环形的盘山公路上缓慢移动，山路不断盘旋，人生就是这样漫长而痛苦。而画外传来一个苍老的声音，睿智的老人将他引上另一条路。老人说："我知道这条路，它更长，更美好，也更漂亮。我在这个沙漠里已经摸索了35年了。"老人将巴迪引向了新生之路。影片即将结束时，依然是大全景镜头，后景是美丽的落日和夕阳下祥和的城市，此时主人公脸上已不再有死亡的气息，而是充满对生命的眷恋。

第三种主观想象的"抢镜"就更为细微。例如一部警匪片中，侦探和警察破门冲进一个房间，房间内没有人。接着是房间内景的环视镜头，这个镜头可以理解为"定场镜头"，为下面的情节发展（很可能是又一场激烈打斗）做了铺垫介绍，而且有可能是客观的"肩上镜头"，侦探的侧身是近景。此时，稳定速度的摇镜头（panning）突然改变速度，在某个事物上逗留时间较长。这显然是人物主观因素的切入：这个物件，很可能就是躲藏的罪犯留下的痕迹，是后面破案的线索。因此，在客观镜头中出现的这个特写，是侦探的主观意识在"抢镜"，甚至可能是躲藏的犯人的主观意识，怕侦探看到。

我们可以把所有这三种情况，都看作人物意识的痕迹：在基本上是客观稳定的视觉叙述流之中，突然出现了只有主观意识（包括主观想象）才能产生的镜头。在一个非常局部的范围内，人物意识抢夺了镜头的客观性。

更为隐蔽的"抢镜"，是听觉，虽然听觉一般被认为是电影中的辅助手段。例如电影《赎罪》（*Atonement*）的镜头转换中，不时听得见打字机的声音,我们到最后才明白这是主人公(一位作家)在写她的最后一本书,以自传方式回忆往事,打字机的嗒嗒声是主人公主观意识对镜头的声觉覆盖。整部电影就是这本自传展开而成。电影叙述流中没有任何声源形象的声音,电影中的心跳、喘气甚至音乐主题,都可以理解为人物主观意识的"抢声"。再例如镜头是两个人平和地走在街上,这是客观镜头。此时忽然出现拍照的咔嗒声,镜头有闪动,然后镜头叙述流又恢复正常。我们就知道他们被跟踪,被拍照了。这是跟踪者"抢镜",我们甚至还不知道跟踪者是谁,这种画外音"抢镜"已经制造了紧张悬疑的气氛。

可以说,电影中绝对排除主观视角(即绝对不可能是人物所见,也不可能是人物想象)的"纯然客观镜头",为数相当少,大部分镜头是主客观的混合。这种混合的方式经常十分自然,一般观众已经接受这些手法,读懂这些手法已经成为当今"解释社群"常规电影修养的一部分。

帕索里尼在1966年的名文《为了诗意电影》中提出,电影中的主观镜头相当于直接引语,而"诗意电影,即电影中的自由间接引语"。这话很令人费解,至今笔者没有看到比较令人信服的解释。笔者的理解是,帕索里尼想说电影中明显是"人物视角"的主观镜头,相当于小说中的直接引语;但是如果是人物的想象,而不一定是他的所见,这样的镜头"相当于自由间接引语"。帕索里尼可能认为,在小说中,"间接自由式引语"经常用来表达人物的想法,而不是转述他说的话。他这个看法在叙述学上并不精确:直接引语与间接引语的区分,不能断然按话语与想法来区分,无论是在小说还是在电影中。不过帕索里尼认为"自由间接主观镜头"是影片"诗意"风格的要求,而不是纯粹的技法问题,这倒是一个极有意义的创见。

帕索里尼举的例子说明了这一点。在此文中,他详细讨论了安东尼奥尼(Michelangelo Antonioni)的电影《红色沙漠》(*Le Désert rouge*,1964)。女主人公住在一个工业城市,丈夫是企业经理,城市的上空常常烟雾笼罩。女人整天焦躁不安而且神情恍惚。在一次车祸中受到了惊吓后,经常做出许多不可想象的行为:电影拍到的城市景象,污染严重,污浊不堪,拍到的人们都感情冷漠。电影标题所谓"红色沙漠",显然指布满铁锈的旧工业城市。

帕索里尼说,跟随着电影镜头的视线,导演进入了那个患神经官能症的女主人公的心灵世界,安东尼奥尼"整个用一个狂热的艺术家的目光去替换了剧中神经脆弱的女主人公的目光,这是因为两种观点存在着共性"。也就是说,电影的叙述流与人物视角相混合,主观性渐渐取代镜头的客观性,如此,电影进入了"诗意风格"。

帕索里尼很敏感:此时电影用的镜头,不完全是人物的眼光,而是被叙述框架报告出来的人物的眼光,因此是"自由间接式地引用"人物的视角;电影没有一再出现人物"看"的镜头,等于没有引语式的引导句,变成自由式的"引用";[①] 它们并非纯然的人物视角主观镜头(那样就把叙述框架的声音隔绝在外)。此时电影的叙述流放弃了稳定的客观视线,成为浸透主观感情的"诗意镜头"。可以设想,如果这些镜头都用类似直接引语的"主观镜头"(经常有女主人公观看的形象),电影的抒情段落与叙述背景就隔离开来,主观感情部分就被孤立,人物内心世界反而不会成为弥漫于电影叙述的主导模式。

这个问题说起来似乎很复杂,仔细分析却简单明了。可以做一组对比:小栗康平《眠之男》酒吧中的女人在歌唱,突然停电一团漆黑,窗外的微光变得显眼。女人望着窗外朦胧的山岳,世俗的嘈杂与自然的静谧映照,镜头一推画面构图随之变化。这与下引溥仪的镜头有什么不同呢?《眠之男》是典型的主观镜头,女歌者的视线明确,镜头随之而转移,因此是"直接引语式视线"。越南裔导演陈英雄的《三轮车夫》里有些画面构图凌乱、富有动感,琐碎的短切镜头和大量描写、大色块的运用的处理,辅之躁动的音响宣泄,显然是三轮车夫看到的街市,虽然车夫"看"的镜头不明显。而梁朝伟扮演的诗人气质的黑帮分子,每次朗诵时,画面色彩都过度曝光,随后转向不同人物的脸部特写,不停切换,形成一种超现实氛围。这是此人"艺术

---

① 关于"引导句"在构成引语方式中的重大作用,请参见笔者《当说者被说的时候:比较叙述学导论》,成都:四川文艺出版社,2013年版,第185页。

兴奋"式观看世界的眼光,也没有明显映出此人"在看"的镜头。这些都可以是"直接自由式视线"。

一旦明显是主观镜头,但是其视线来源(人物在看的镜头)却缺失,就可以理解为"间接自由式"。一个经常被举为范例的"主观镜头"例子,是贝托鲁奇(Bernardo Bertolucci)的《末代皇帝》(*The Last Emperor*),溥仪与庄士敦在散步谈话,庄士敦说到世界上各种异地奇事,此时镜头抬高,看到宫墙之上,看到树端、蓝天,最后才落回宫墙。这是被软禁在皇宫花园里的溥仪在看?明显应当如此理解,但是电影中前后都没有溥仪仰望看天空的镜头。因此,这实际上就是一个帕索里尼说的"间接自由式视线"构成的"诗意镜头"。

电影镜头的叙述风格,是电影叙述者与接收者的共谋,因为他们享有同一个电影文化背景,因此观众能理解。但是电影的镜头语言是非常细腻的操作,一般观众往往只注意到讲故事的流畅易懂。需要一定的视觉敏感,一定的电影修养,才能明白电影镜头设置背后的主体意识:电影需要自己的"解释社群"。

第四章 分层，跨层，回旋跨层

1. 叙述分层

叙述分层与跨层问题复杂而迷人，中外讨论已经很多。尤其是近四十年，有关这问题的逻辑学、哲学、小说叙述学、图像符号学的研究不断涌现。讨论越深入，课题越加丰富，领域越加开阔。① 但是很少读到条分缕析地说清楚原理的论文，更少能覆盖叙述各种体裁的分层现象。

笔者对这个问题的兴趣已经持续了二十多年，自从1990年发表第一篇论文，讨论清代小说中的回旋分层②，当时得到的同行反馈，就是"小说作者不小心，写糊了"。作者写作中的"错误"问题，实为无法讨论，尤其是形式实验，传统中国文人视为小道，不屑一提，所以这是一个无解的课题。但是如果回旋分层出现在许多民族、许多作品中，那就不能用"作者不小心"来解释了。

本书的意图，首先是把这个问题扩展到所有体裁的叙述，尤其是图像和影视文本，看有没有可能得出一个更清晰更普适的理解；其次则是把这个问题分成几个层次进行解析，拒绝把不同层次问题混在一起。本书的论证顺序是：

1. 叙述如何分层；

---

① John Pier, "Metalepsis" 一文列出这个课题的英德法文文献，竟然有50多项，见汉堡大学主持的网站 *Living Handbook of Narratology*，http://wikis.sub.uni-hamburg.de/lhn/index.php/Metalepsis，2013年4月6日访问。

② 参见笔者《吞噬自身的文本：中国小说的回旋分层》，《文艺研究》1990年6月号。

2. 分层的边界在何种情况下被破坏,即出现所谓"跨层";
3. 逻辑悖论在叙述中的特殊形式,即所谓"怪圈";
4. 最后,回旋跨层导致"跨层悖论"。

要把这四步讨论清楚,必须仔细分清一些混乱概念,拒绝把一些眼花缭乱的例子混在一起说。如此做法有时不免显得严厉,分解过度,但要把此问题剖解清楚,非如此不可。

在小说叙述学中,分层本是讨论得比较多的问题,但在很多难点上,叙述学界一直没有能分析清楚。热奈特 2004 年的一本书,整本讨论这个题目,可以说现象越讨论越丰富,理论越讨论越糊涂。这本书的标题就是一例:《转喻:从修辞格到虚构》(*Metalepse: De la figure a la fiction*)。[1] Metalepsis(法文 metalepse)这个词有仿古的"拟希腊味",博学而有趣。罗马修辞学家称之为 transsumption,译为"跨喻"为宜,意思是借用别的比喻跨越组成新喻。例如说"到我去撞钟的时候了",这句话"跨用"了一个比喻"做一天和尚撞一天钟"。修辞学家认为这里有个推演比喻的三段论(syllogistic)[2]:既然和尚要撞钟,我也是一个和尚,我就去撞钟。实际上这是"曲喻"的一环。无论如何,译成"转喻"是很让人困惑的,"转喻"已经固定为 metonymy 的汉译。虽然此书的译者功力不错,许多博学的段落译得准确清晰甚至优美,但是原书的确难读。

不管如何翻译,这个词的修辞学意义与叙述学没有太多关系。热奈特借用了这个修辞学用语,就必须说这叙述学问题具有与修辞相似的特征。他再三宣称的论点"虚构是一种修辞格的扩展"(第 14 页),却没有好好论述。这是让研习者十分困惑的一个盲点。

纪实型叙述的分层-跨层现象比较少,却并不是绝对没有。《史记》的"太史公曰",是叙述者的评论干预,而评论干预在某种意义上是跨层现象,只不过被程式冲淡了奇特性,这点下一节将谈到。

---

[1] 热拉尔·热奈特:《转喻:从修辞格到虚构》,吴康茹译,桂林:漓江出版社,2013 年版。
[2] William M Purcell, *Ars Poetria: Rhetorical & Grammatical Invention at the Margin of Literacy*, Columbia, SC: University of South Carolina Press, 1996, p. 76.

纪录片是纪实型叙述，可以举获奖纪录片《房东蒋先生》为例：前半段里，拍摄者不出现，她只是作为一个记录者，拍摄着这个孤独的人生活在自己的房子里。在最后，老人主动把拍摄者手中的摄影机拿了过去，拍起了这个外界来的"闯入者"。① 这是一个跨层，而且是一个"回旋跨层"。热奈特提出有"作者转喻"，即作者"不小心"成为叙述中的一个人，例如希区柯克或伍迪·艾伦出现在他们的电影中，那时候他们是人物，而不是作者或导演。热奈特认为跨层只可能发生在虚构型叙述中，不可能发生在纪实型叙述中，看来不一定如此。

在此书中，热奈特把太多的叙述现象归到"转喻"这个术语名下，而且没有加以分类，例如分层（第 10 页）、分合脚本（第 11 页）、跨层（第 24 页）、共可能性（第 26 页）、叙述者干预（第 37 页）、平行世界（第 42 页）、嵌套（第 45 页）、区隔忽视（第 57 页）、受述者显身（第 57 页）、抽象区隔（第 62 页）、区隔混淆（第 66 页）、否叙述（第 138 页）、实在通达（第 160 页）②，而本书分在十多个章节中分别讨论这些叙述问题，因为在不同体裁中，它们的表现很不一样。所有这些问题被放在一个修辞学术语下讨论，有什么好处呢？可能有的一个好处，是指出它们的共同点。那么这个共同点是什么？可能是"元叙述"，但是元叙述与修辞手法没有关系，无论是转喻还是"跨喻"，"元叙述"的范围实际上比热奈特讨论的那么多问题领域还要宽得多。笔者把这本书及其特用术语辨义于此，以后不再提，免得混乱。

本章从广义叙述学讨论分层，就不得不涉及媒介不同体裁之间的分层，此时就会出现一系列问题，尤其是跨层次与跨媒介同时发生，演示媒介的叙述分层有共时性，记录媒介分层则有异时性，混合起来就造成时间变异多端；而且某些体裁的叙述提供人物作为分层后的次叙述者，某些体裁为次叙述设置叙述框架，一旦混合，分层就形成更复杂的关系。

---

① 这是 2012 级博士研究生刘丽在作业中举的例子，特此感谢。
② 上述页码均为中译本页码。

首先必须把分层定义说清楚，然后才能讨论各种复杂化的问题。"分层"这个叙述学的最基本术语，竟然没有一个固定的西文说法，大部分论者称之为"叙述层次"（narrative levels），这不是一个动词，无法描述层次的生成。有论者近来称之为 hierarchy（层控），此名词有控制意义，没有生成意义。本书建议一个简单的英译 stratification。

笔者多年前提出了一个叙述分层的简单定义：上一叙述层次的任务是为下一层次提供叙述者或叙述框架。也就是说，上一叙述层次的某个人物成为下一叙述层次的叙述者，或是高叙述层次的某个情节，成为产生低叙述层次的叙述行为，为低层次叙事设置一个叙述框架。① 对这个问题讨论得最多的热奈特给叙述层次下的定义是："一个叙述讲出的任何事件，高于产生这个叙述的叙述行为的层次。"他说的"高于"相当于笔者说的"低于"，这里"高"或"低"相对没有什么太大的区别，只是用热奈特的分层定义，颇不方便。如果不以叙述者身份为唯一判别标准，会闹出很多说不清的纠缠。例如《红楼梦》中贾宝玉游太虚幻境这一段"事件"，或许"高于"主叙述（太虚幻境是茫茫大士和渺渺真人的世界）。但是，这一段梦境在小说中不是次叙述，因为并没有换叙述者，这一段的叙述者与《红楼梦》主体的叙述者相同。

同样，《枕中记》的"黄粱梦"不是次叙述，因为是同一个叙述框架内的故事；品钦的《万有引力之虹》以主人公的噩梦开场，直到他从梦中惊醒，我们才知道故事说到现在是一个梦境，但是梦境与接下来的第二次世界大战中英国的情景，属于同一叙述层次。同样《水浒传》中的"洪太尉误走妖魔"，《说岳全传》中的大鹏与女土蝠转世为岳飞和秦桧的楔子，《隋唐演义》关于隋炀帝转世为唐明皇的故事，是一种"因果框架"（aetiological frame），却不是叙述分层：它们没有提供新的叙述者。它们与全书共用一个叙述者——"说书的"。真正发生分层的，是另换一个叙述者（例如《红楼梦》中平儿讲述"石呆子扇子"的故事），或是另换一个叙述框架（例如莎剧《哈姆雷特》

---

① 参见笔者《苦恼的叙述者》，成都：四川文艺出版社，2013年版，第102页。

的戏中戏)。

在记录类叙述（小说、历史、新闻等）中，叙述行为总是在被叙述事件之后发生，被叙述内容是事后追溯，所以叙述层次越高，时间越后。这也是判别叙述层次的一个辅助方法。"洪太尉误走妖魔"发生在《水浒传》主叙述故事之前，因此不可能是上层叙述。贾宝玉游太虚幻境，不是他做了梦以后说给人听的，就不可能是次叙述。叙述分层就像建塔盖楼，越高的层次，在时间链上越晚出现。

《红楼梦》中空空道人记下石兄一生，是在"温柔富贵之乡去走一遭"之后"不知过了几世几劫"的事。这个梦不管延续多长时间，依然是主叙述同一个叙述层次，在时间上没有回溯。实际上这也就是这篇传奇的主题所在：一生事业辉煌只不过是旅途的小憩，等黄粱煮熟时的一个幻觉。

而记录类媒介是回溯性的，记录类媒介叙述，叙述者从定义上知道一切，因为叙述是回溯的，情节已经结束。本雅明有言："讲故事的人所说的一切均得到死亡的批准，他的权威来自死亡。"[①] 这里的"死亡"，可以作"结束"理解。叙述者的全知全能来自故事的结束。如果分层的叙述也是记录类媒介，就必然是回溯中的进一步回溯。例如一篇关于曹操陵墓的发掘的报告，说到专家认为新证据可以说明曹操当初下葬的情况，这段必然是已经发生的事之报告倒述历史上发生的事。一本关于晚清的历史，可以用新发现的某段当事人在民国初年回忆，袁世凯在会见谭嗣同的当晚去报告了荣禄的叙述。这种由叙述转次叙述的"倒述之倒述"构造，相当分明："过去的过去"时间判断法，只限于记录式叙述媒介。

一部作品可以有一个到几个叙述层次，如果我们在这一系列的叙述层次中确定一个层次为主叙述，那么，向这个主叙述层次提供叙述框架—人格的，可以称为超叙述层次，由主叙述提供叙述者的就是次叙述层次。热奈特把这三个层次称为"外叙述"（extradiegesis）、"内

---

① 瓦尔特·本雅明：《讲故事的人》，陈永国编，北京：中国社会科学出版社，1999年，第308页。

叙述"（intradiegesis）、"元叙述"（metadiegesis）。① 他的希腊词根术语应当说意思并不清楚。

叙述的分层命名是相对的，假定一部叙述作品中有三个层次，如果我们称中间这层次为主叙述，那么上一叙述就是超叙述，下一层次就是次叙述；如果我们称最上面的层次为主叙述，那么下面两个层次就变成次叙述层次与次次叙述层次。一般叙述不太可能超过三个层次，再多的话，往往是着意复杂化的布局。

但在有些情况下，主叙述的确定真不是一件容易事。例如《祝福》，有三个明显的叙述层次：第一层次，"我"在鲁镇的经历，"我"见到祥林嫂要饭，最后"我"听到祥林嫂死去的消息；第二层次，"我"关于祥林嫂一生的回忆；第三层次，在"我"的回忆中，卫老婆子向四婶三次讲祥林嫂的情形，祥林嫂自己讲儿子如何死。

第一层次占的篇幅很长，有约五分之二的篇幅，如果我们称之为主叙述层，那么第二层次是次叙述，第三层次是次次叙述。从内容上看，"我"的回忆比较前后一贯地讲述了祥林嫂的一生，因此，可以第二层次为主叙述，第一层次为超叙述，第三层次为次叙述。因此，就《祝福》而言，两种划分法都是可行的。

热奈特把《天方夜谭》中阿拉伯苏丹与山鲁佐德的故事称为主叙述，而把山鲁佐德讲的故事称为次叙述层次②，虽然《天方夜谭》用的是古代阿拉伯盛行的"小说集封套"（envelope）的传统，重心在山鲁佐德讲的故事，而不在她自己的故事。但是山鲁佐德自己的故事（用叙述"改造"权力）太适合现代思想，现代人把它视为主叙述，应当说是有道理的。与其做如此名称纠缠，理查森的命名方式是"第一层叙述""第二层叙述"（First-Degree Narrative，Second-Degree Narrative）等，倒也把问题简单化了。③

---

① Gerard Genette, *Narrative Discourse: An Essay in Method*, Ithaca：Cornell University Press，1980，p. 234.
② Gerard Genette, *Narrative Discourse*, Ithaca：University of Cornell Press，1980，p. 229.
③ Brian Richardson, *Narrative Dynamics*, Columbus：Ohio State University Press，2002，p. 329.

2. 演示类叙述如何分层?

演示类叙述的叙述者是"叙述框架",并不现身为人物。人格叙述者开始讲故事时,他的叙述隔出的是他创造的世界,直到他的讲述结束,符号再现退出这个叙述世界,回到上一层叙述背景中。《红楼梦》中,石兄"自述"的故事结束后,空空道人才能到急流津觉迷渡口去找贾雨村。在演示类叙述中,这个隔离效果也可以用别的方式标志叙述框架的开始与结束,例如戏剧舞台的谢幕,体育的裁判吹哨鸣笛,游戏的启动与结束,电影的片头与片尾。这种"换叙述框架"次叙述,包裹在主叙述故事之中。霍夫斯塔德称前面的叙述框架边界为"推入"(push in),后面的退出边界为"收拢"(pop out)[①],框架的"推入"与"收拢"对应,隔出一个新的叙述层次,落在其中的,是一个被演示出来的世界。

媒介不同,时间本质会很不相同。在演示类叙述,包括电影这样的记录演示类叙述中,因为都是当场实现表意,分层就没有时间差,只有框架差。在结构上"包裹"在外的层次,是较高层次,因为它提供了低叙述层次的叙述行为背景,设置了低叙述层次的"框架叙述者"。电影的叙述是基本线性(除非分裂镜头),所以必须另设框架。影片《香草的天空》(*Vanilla Sky*)一开始,主人公驾着车在纽约街头,竟然空无一人。他惊醒了,原来是在做梦。在现代叙述中,我们经常只看见框架的"收拢",框架的前边界缺失,故事怪异的原因不说,就成为悬疑。

例如描写天才数学家纳什的电影《美丽心灵》(*A Beautiful Mind*),纳什有两个好朋友,室友的孤儿小侄女也常和他一起玩。直到故事进行了一大截,纳什被诊治出天生患有严重精神分裂症,他才发现只有他看得见这三个朋友,电影才揭示这些朋友是他的幻觉,而

[①] Douglas R. Hofstadter, *Gödel, Escher, Bach: An Eternal Golden Braid*, New York: Penguin, 1979, p. 128.

且分别是他的精神分裂症的产物：阴影原型、英雄原型、女性气质（阿尼玛）原型。因此"收拢"之前的影片都是他的主观镜头，是他的幻想构成的次叙述。

卡尔维诺的小说《不存在的骑士》一直到第四章才说"讲述故事的我是修女苔奥多拉……现在只有上帝才知道我怎样向您讲述战争，关于战争我真是一无所知"，因此这是第一人称次叙述框架的半边"收拢"。但是小说还留了另一个情节，"我"从衣箱里找出全副戎装，骑马投入战斗，因此，这是叙述（女武士进修道院做修女）的双"收拢"。

费里尼电影《八部半》，一个电影导演在筹拍一部表现人类末日的新影片，遇到种种困难与危机。在影片一开始，导演驾着车，爬行般地缓缓移动着，他注视着窗外，产生了幻觉：他的躯体化作一股蒸气逸出车外，在大地与天空之间翱翔……电灯陡地亮起，惊醒了他，原来是医生和护士在为他做检查。幻觉和梦境相似，而且这个幻觉是属于"幻觉经验"，是这位导演的"心眼"所见，可以认为是"换叙述框架"次叙述。

至此我们已经可以看出，在符号叙述中出现的分层媒介，实际上有两种，一种是同一种媒介，一种是分层式换一种媒介。究竟如何才能建立（或更换）下一层的叙述者人格－框架，看来有以下常见类型。

演示类叙述，在上一层叙述展开中另外设立框架，做一个次叙述分层。此种局面，可以泛称作"戏＋戏"，例如舞台剧＋舞台剧，电影＋舞台剧，舞台剧＋电影。

赖声川的舞台剧《暗恋桃花源》，当《暗恋》的导演这个人物喊"调灯光"时，观众所在的剧场灯光在闪烁调整，提示叙述进入了他导演的舞台剧。电影带舞台剧次叙述：戏中戏的形式原型，似乎是莎士比亚的若干戏剧，尤其是《哈姆雷特》。但当代见到的，大多数是电影中表演的"戏"，例如《夜宴》，这时框架容易看清：戏剧比较风格化，如木偶戏、动漫、歌舞剧、假面剧等，分层所需的另设框架就更明显。基耶斯洛夫斯基（Krzysztof Kieslowski）导演的电影《双面维罗妮卡》（*Double vie de Véronique*）采用木偶剧进行次叙述。木偶剧中的舞蹈演员摔折了腿，正与电影中的歌唱演员维罗妮卡患有先天性心脏病遥相呼应。电影中穿插动漫次叙述，如黄军执导的《双胞胎》；电影中穿插京剧作为次叙述，如陈凯歌执导的《霸王别姬》；陈可辛执导的电影《如果·爱》用歌舞剧做次叙述；达伦·阿伦诺夫斯基（Darren Aronofsky）的《黑天鹅》（*Black Swan*），采用舞剧次叙述。而舞台剧带出电影次叙述的戏＋影，例子少得多，往往出现于当代的实验戏剧中。孟京辉执导的"多媒体音乐话剧"《琥珀》，其中第六场在现场播放了关于女主角的一部"纪录片"作为次叙述，介绍她的恋爱经历。

娱乐游戏、体育比赛、电子游戏等，似乎不便称为"戏"。但它们经常与影视结合，或许可以称此种结合方式为影＋游。① 电影带游戏次叙述很常见：林子聪执导的电影《得闲饮茶》，以游戏次叙述配合说明整个约会过程。此类例子还有波兰电影《杀人房间》、荷兰电影《本 X》等。日本动漫电影《全职猎人》中，少年小杰一直在寻找失踪多年的父亲，唯一的线索就是父亲开发的一款电子游戏。于是，小杰和他的伙伴们成了该游戏的玩家，进入游戏后，杀死怪物、完成各种任务、挣分升级。在这个游戏世界中，有些等级高的玩家生活得比（电影中的）现实世界更舒服，就永远留在了游戏里。在游戏的尽头，是游戏与现实世界相连的地方，但只有极少数顶尖的玩家可以完成游戏，把在游戏中获得的珍贵财富带回"现实世界"。

反过来，游＋影，游戏带电影次叙述，远远更多。几乎所有游戏都带有过场动画或电影，曾在苹果系统界面上流行的格斗游戏《无尽之剑》（*Infinity Blade*），过场动画是说明情节的主叙述，主人公与各级武士、怪物搏杀等游戏部分反而是次叙述。单机游戏《模拟人生》，让玩家操作一个人物，在其中完成人生任务：上学、工作、恋爱、结婚、生子等。人物还购买房子、家具、电视。游戏中的电视能

---

① 笔者看过的电影有限，玩过的游戏则更少。幸亏许多同学见多识广，提供了许多好例子。在此一并感谢 2010—2012 级的方芳、宗争、董明来、刘利刚、马文美、云燕、李璐茜、刘丽等。

够播放节目，并且有各种类别可供选择，可以播放玩家指定的任意视频，如电影、电视剧、综艺节目等，而看电视也是游戏的任务之一，人物一生必须完成一定的"娱乐指数"。

而角色扮演类游戏，更是无一例外地会在游戏中添加"过场动画"或"过场电影"，用以介绍玩家可以扮作人物参与推动的剧情。以第二次世界大战为题材的《使命召唤2》(*Call of Duty 2*) 中，在每个游戏任务的开头，都采用了真实的第二次世界大战苏德战争的惨烈场面历史纪录片作为背景介绍，然后让玩家体验战争。

我们更多看到的是电影拍摄＋电影。拍摄可以说是纪录片，因此这是影＋影。大卫·林奇导演的影片《穆赫兰道》(*Mulholland Drive*) 多处显示次叙述框架。第69分钟，丽达与贝蒂争吵，贝蒂想把丽达驱逐出去，之后镜头缓缓向后撤，观众发现丽达手中拿着剧本，原来二人在为第二天贝蒂的表演面试做准备。第82分钟，几名女子在麦克风前歌唱，镜头逐渐后撤，出现了布景、摄像机、导演和片场工作人员。也有相反的运动：第78分钟，贝蒂试镜，镜头不断纵深，定格为两个正在表演中的演员的面部特写，而周围的导演与面试官此时都被排除在画面构图之外。第124分钟，在道具轿车里，导演亚当为站在一旁的男主角指导他和卡米拉的一场吻戏，镜头推进，布景和工作人员消失。导演不再说话，专注与卡米拉接吻。

可以看到，所有的戏＋戏及其变体，都是在戏中打开一个新的叙述框架，以隔开次叙述。在同媒介叙述中，新框架的识别会有一定困难。例如彩色电影中分层映出另外一部彩色电影，就需要两者之间有比较清楚的隔断。跨媒介分层（例如电影中嵌动画片）就方便得多，因为两种媒介往往外观断然有别。

当无法换一个媒介时，往往用风格变体作为框架隔断。例如电影中人物的回忆（次叙述），想起很久以前的往日，就可以用（当年常见的）黑白镜头，或用不精确的模糊镜头。这种电影手法极为常见，但是次叙述多到一定程度，就会让人觉得过分，例如迈克·内威尔 (Mike Newell) 导演的电影《远大前程》(*Great Expectations*)，而在狄更斯的小说原著中，由人物讲述过去，叙述者换人比较清楚，就无须这种媒介质地转换。

心像叙述最难识别分层,例如很难区分"梦中梦"(虽然电影《盗梦空间》整个情节建筑在梦中梦之上),因为梦和幻觉不由接收者主体控制,叙述主体完全隐身。或许有梦中梦分层,就我们对梦叙述的了解程度而言,很难弄清其中的机制。但梦或白日梦经常在演出类叙述中出现,成为戏+梦分层叙述。例如金泰勇导演的电影《晚秋》,汤唯饰女主人公,见到公园里一对男女在吵架,她的幻觉中,这对男女竟然成为芭蕾舞剧中的舞者。可以看出,此种戏+梦实际上还是戏+戏的变体。梦者是受述者,而不是叙述者,梦境或白日梦境一般被虚焦镜头隔出,把人物变成"观梦者"。

笔者更感兴趣的是跨叙述类别的分层"戏+文",即演示类叙述中穿插文字叙述。由于这两种媒介的时间本质完全不同,文字可以带出戏中的倒述。游戏《龙与地下城》《博德之门》《无冬之夜》等,都附带了文字次叙述:在游戏里能够得到一些类似"书"的道具,这些书都"真的能读",它们提供游戏里的背景知识。《古剑奇谭》游戏界面的博物系统中有一项称为"洞冥广记"的卷轴设定,对场景或任务的预设,或对文化背景的介绍,会随着游戏进度以"词条"的形式出现,内嵌在整个游戏之中。

戏+文有个困难,即戏剧或电影很难展示较长的文字,因此只能与口述(朗读)结合。语言能意义明确地在镜头中隔出一个次叙述框架,而且因为朗读的是文字,叙述也出现记录性次叙述的倒述。电影中常常出现画外音口头叙述,以此引导转入次叙述。法国电影《放牛班的春天》(*Les Choristes*)中的指挥家,翻开童年时音乐老师五十多年前的日记,指挥家和昔日老师一近一远接力朗读日记作为"推入":"1949 年 1 月 15 日,多年在不同领域尝试失败之后,我深信即将面临最悲惨的未来。"而在回忆的结束部分,也以两个人的画外音"收拢"。

文字文本内很难改换媒介,唯一的方法可能是文字+连环画插图,图像也是记录媒介,因此分层的时间方式依然清楚。而文+戏,媒介很难转换,而且演示是共时叙述,没有时间差,成为文字媒介的次叙述,会出现时间困难。昆德拉的小说《搭车游戏》中,一对男女朋友开车去度假,中途停车加油时两人模仿起高速公路上常出现的女郎和司机之间的搭车勾引游戏。其中一段:女的感觉到,男的似乎在向自己献媚,同时又是和那个搭车女郎调情。于是她用挑衅的口吻问:"我倒挺想知道,你打算对我干什么?""对这么漂亮的姑娘,我不愿意多浪费脑汁。"小伙子大献殷勤,他是对自己的女朋友说话,不是对她扮演的搭车女郎。这奉承话儿反而让姑娘愠怒,她反唇相讥:"你不觉得把自己估价过高了吗?"于是两人弄出了误会。①在这段小说的文+戏,两者之间并没有时间差,哪怕是小说世界中演戏,也是演示叙述那样具有"同时性",除非媒介改变(例如演员彻底转化为人物),分层就不清楚,跨层的"推入"与"收拢"过分任意,以至于人物不知道自己某个时刻在哪个层次闹出了误会。

3. 演示类叙述分层中的时间问题

文字媒介记录类叙述(小说或新闻)是回溯性的,越是高的层次(提供叙述者的层次)越是发生在后面。也就是说,文字的次叙述实际上是一种倒述。小说《红楼梦》中贾宝玉"梦游太虚幻境",时间上并非倒述,因此这个梦境是主叙述的一部分,不是次叙述。电视剧《红楼梦》的情况就很不相同:屏幕上贾宝玉睡着了,这就是梦叙述的框架,影像转换成他的梦境,此时往往用云雾缥缈进一步标示进入梦境迷离的框架隔离。梦做完后,同样方式退出,让贾宝玉醒来,此为"收拢"。既然主叙述与次叙述都是演示类的,而演示类叙述是同时的,"梦游太虚幻境"这段次叙述就是同时的。

所谓"平行叙述"(parallel narrative),在记录类叙述中,只是提供几条平行线索,叙述还是线性的。而演示类叙述的同时性,使平行叙述可以真正实现:一个银幕或舞台可以裂开,电影甚至可以音画分述。分裂银幕已经是电影的一贯手法。1970年的著名纪录片《伍德斯

---

① 这个例子是2012级学生李玲在叙述学课程作业中提出的,特此感谢。

托克》（Woodstock），2011年中国的广告微电影《玛格丽特的苹果》，都是分裂银幕的好例。

戏剧也可以出现"分裂舞台"，例如赖声川的《田园生活》把舞台划分成了"田"字形的四个空间，每个空间都是一户人家。文字和语言叙述做不到同时叙述，只能分开说，谓之"花开两头各表一枝"。固然，小说可以"全知叙述"，例如"那天夜里法军与俄军都在紧张地备战"，"他们各自走向不同的目标"，这并非分头叙述，而是把两条线索合成一条。

由于演示音画多媒介，电影中可以出现双线错位叙述。音在画先的剪辑手法，一个镜头的画面尚未结束，下一个镜头的声音已经响起，现在已经司空见惯。这种手法使叙述速度加快，场面衔接紧凑。而大规模的画面与声音"前插"，可以形成真正的双线叙述。陈可辛导演的《武侠》，警官要从匪帮重重包围中救出主人公，就劝他服一种可以装死事后救活的药。警官尚在解释他的计划安排，镜头已经推进到下一步情节：主人公被当作死人运出，并且在路上被惊险地救活，此时警官的解释，从画内音转成画外音，由于话语与画面都是演示叙述，它们共同享有的同时性，就可以把预述式次叙述变成同时叙述。电视剧《黑色孤儿》（*Orphan Black*）中女警察在看案卷时自言自语，在计划到会上如何自辩。镜头在看案卷与会议发言之间不断来回穿插，只是她的"看卷思考—会上自辩"是一个稳定延续的叙述流，这个叙述流对看案卷场面是"思考"画外音，对会议镜头是画内音讲述，两个不同时的次叙述，在穿插画面中合成一体，极为熨帖。演示叙述能如此双线合一，是因为其主叙述与次叙述是同时的。

有一些后现代小说，也试图达到这个效果，排成"分裂页面"，例如美国女作家格兰西（Diane Glancy）的小说《石头心》（*Stone Heart*），例如南非作家库切（J. M. Coetzee）的《荒年日记》（*Diary of a Bad Year*）。后一本书写一个南非老作家，为一本刊物撰稿，他雇的打字员安雅不断地"更正"作家的文本，而同一页上还有第三部分，两人的关系进一步发展，安雅的男友吃醋干扰。这样每张书页隔成了三部分。文字叙述是线性的，不可能同时读，只能互相参照读，就像双语对照注释本读物。此小说的评论者，就到底应该如何读争论起来：每页全读很难读通，若跨页分读三个故事，就不必用"分裂页面"。比起演示叙述自然的多线化，文字叙述如此做显得笨拙，连库切的写作才能都挽救不了。

演示类叙述分层最戏剧化的叙述，是电影《盗梦空间》（Inception）。诺兰（Christopher Nolan）导演的这部电影，写了七个层次的梦中梦。电影呈现的不是真的"幻觉"梦境，而是被电影形象媒介化的梦境叙述，因此七个梦都是演出类叙述。正是由于演出类叙述的"现时性"，这七个梦才能同时表现。当然，演示类叙述的展开是线性的，此处的"现时"是靠交叉表现来表现，已经是无可奈何的变形。

"交替做梦"在小说中也能出现，但是困难得多了：博尔赫斯的短篇小说《环形废墟》中，一个魔法师用梦境造出了一个人，但最后发现自己也是被另外一个魔法师用梦境造出来的。造梦就是进行梦叙述，"魔法师Ⅰ造主角魔法师Ⅱ"就是超叙述层，"魔法师Ⅱ造魔法师Ⅲ"就是主叙述层。① 最高的超叙述层面在小说末尾才出现，这是因为它们是用文字描写的梦境，只能一个个写，最后还是文+文的宝塔形叙述分层。

4. 嵌套

奇怪的是，分层相当容易"自然化"，哪怕叙述学分析讨论起来相当复杂，经常说不清楚，而读者观众觉得并不难理解。捷克著名汉学家普实克曾指责《老残游记》"引语中套引语结构太复杂"。② 看来他指的是第二部中尼姑逸云之著名的两回之长的自述爱情经历。这两回逸云的故事，是由逸云对德夫人讲出来的。逸云说到她的情人任三爷跟她说他与其母商议与逸云结婚之事。因此，逸云是次叙述者，而

---

① 这个例子是四川大学 2011 级博士研究生方芳提出的，特为致谢。
② Jaroslav Prusek, *The Lyric and the Epic: Studies in Modern Chinese Literature*, Bloomington: Indiana University Press, 1980, p.106. 普实克没有说明是《老残游记》哪一段引起他的抱怨，我猜想是这一段。

任三爷是次次叙述者，这两层次叙述全放在直接引语式转述之中。然而任三爷又用直接引语转述母亲对他说的话，母亲的话就是三重引用的结果（即小说叙述者引逸云引任三爷引母亲），如此重重转引，竟然还能保持直接引语之生动的质地分析，不是很自然的事，很破坏逸云之贞静聪慧的形象：逸云模拟任三爷告诉她的母亲的语调："'好孩子！你是个聪明孩子，把你娘的话，仔细想想，错是不错？'"打三个引号，表示是三层引用。

悖论的是，《老残游记》此二节一向受读者与评者击节赞赏，1930年此小说第二部一面世，林语堂就把这二节译成英文。夏志清论及此二节，认为"最能使人对刘鹗的才华啧啧称奇。他把一颗少女的蕙质兰心，赤裸裸呈露出来，又以如此伶俐动听的口齿赋予她：中国的小说家，传统的也好，现代的也好，少能与其功力相比"[①]。西方小说中，尤其是18世纪或18世纪风味的小说，这种多重分层后的直接引语一样常有。《呼啸山庄》第一人称叙述者洛克乌德每天用日记方式记下耐丽谈伊莎贝拉的事。第八节中耐丽拿出伊莎贝拉一封长信来读，信中有不少直接引语："这是埃德加的亲侄，我想——也可以说是我的侄子；我必须握手，——是啊——我必须吻他……"这不见得不自然。但如果我们想到这是洛克乌德引耐丽引伊莎贝拉引他人，就会觉得这语调不免太牵强了。普实克可能没注意到《老残游记》之多重转述并非中国小说才有的例子。

霍夫斯塔德指出，对分层的不自然批评界很不舒服，而读者觉得不足为奇，是因为读者可以暂时忘记面对的是分层。一旦进入不同的故事世界，接收者很快就忘记这个故事是第几层次叙述。他说："在广播里听新闻，听到三层转述，我们觉得很自然，几乎没有意识到这里有层差，我们在潜意识中很容易跟上。可能的原因，是每层内容和形式有相当的差别，如果过于相像我们就会弄混。"[②] 的确，读《老

---

① C. T. Hsia, *The Classical Chinese Novel*, New York: Columbia University Press, 1957, Note 30 to Chapter 7.

② Douglas R. Hofstadter, *Gödel, Escher, Bach: An Eternal Golden Braid*, New York: Penguin, 2000, p.128.

残游记》,我们很可能已经忘掉这段已是三度引语。麦克黑尔认为,后现代小说之所以让人感到层次复杂,就是因为"有意弄混"不同的叙述层次:每个层次都差不多,这才造成后现代小说的层次复杂。①

霍夫斯塔德的这个看法,是有道理的。"自然化",即程式性理解,可以化解任何不自然的框架。观众一旦情绪"浸没"到叙述情节中,不仅可忘记眼前的人物为什么长着一张熟悉的名演员脸,也可以忘记更无法叫人"相信"的层次安排,例如《改编剧本》(*Adaptation*) 中的一人演双角,《黑色孤儿》(*Orphan Black*) 中的一人饰十多个角色,或是《云图》(*Cloud Atlas*) 六段故事中,演员重复出现。这些影视剧叙述情节提供的理由(孪生兄弟、克隆人、轮回)只是给观众一个障眼法借口,同层次内的"真实性"才提供了能把故事自然化的力量。

如果分层的文本有相当大的类似性,这种分层就经常被称为"嵌套"叙述(embedded narrative)。其文化原型,是欧洲贵族家族的纹节,如果一个纹章内镶嵌了另一个构图类似的纹节,就称为"递归"(法文 mise en abyme,或 mise en abîme)。

---

① Brian McHale, *Postmodernistic Fiction*, London: Methuen, 1987, p.107.

这个图案，是 19 世纪初英国王室御用纹节，是个典型的"嵌套"。在 19 世纪的文学中，嵌套是一种比较流行的手法，经常被称作"中国套盒"（boîte chinoise），这个颇为流行的术语常让中国人莫名其妙，可能来自福建出口的一种玩具木器漆盒，实际上此结构更像现在常见的"俄罗斯套娃"（Russian Dolls）。嵌套的原意就是相同图形的嵌合。纪德的小说《伪币制造者》中有一个人物爱德华，是个作家，在写一部小说，同样题为《伪币制造者》，这部小说里记录了许多故事情节，其中有个人物也是作家，也在构思一部关于小说家的小说。显然这是有意模仿嵌套，纪德自己在小说的后记中说"没有什么能比嵌套结构更清晰地表明如何建立一个比例完全相同的整体了"。

这种写法一直延续到当代：普鲁斯特曾很醉心于这种结构，他的早期作品《让·桑德依》就有相当复杂的"中国套盒"叙述层次；纳博科夫的短篇小说《吻》，里面的主人公正在写一个小说，名字也是《吻》。王小波在《红拂夜奔——关于这本书》中做了这样的介绍："王二，1993 年 41 岁……他是作者的又一位同名兄弟。……在苦思冥想以求证明费尔马定理的同时，写出了这本有关李靖和红拂的书。……"以上这段话意思就是：《红拂夜奔》的作者（王小波）有一个同名兄弟王二，王二写了一本书中书《红拂夜奔》。

电影《妙笔生花》（*The Words*）以一位教授做演讲开始，这个教授讲授的书是《妙笔生花》，他在讲述这本小说的故事。小说中的叙述者是个作家，因为这部作品而出名。但这部小说是他在一个旧的皮包中发现的，他将其作为自己的作品发表。一个老人的出现扭转了局面，这个老人就是原小说的作者。接下来是老人作为叙述者，将小说的全部故事讲述了一遍，这部小说的名字就是《妙笔生花》。整部电影可以分为清晰的三层。这三个层次可以说是分开进行的也可以说是同时进行的。电影《妙笔生花》，教授讲解的书是《妙笔生花》，作家抄袭的是《妙笔生花》，老人自己写的书也是《妙笔生花》。这是一个多层递归"嵌套"，而且文本完全相同。

无论不同层次的故事是不同（即一般的"分层"）还是相仿（即"嵌套"），它们都是正常的叙述分层。理论上说，叙述分层可以无限制地分下去，实际上层次多了类近重复，缺乏意义，只是一种"无限递归"（infinite regress）的文本实验。

两面镜子之间（例如有些宾馆的电梯中）会出现最常见的无限递归：互相反复映照的形象的确可以无限延伸。童谣"从前有座山，山上有座庙……"也是无限生成。在实践中，文本长度有限，读者耐心有限，"无限递归"只能是有限的，"无限"只是一种"可能性示意"。美国作家巴思（John Barth）的短篇小说《梅拉尼乌斯记》重写特洛伊战争故事，美人海伦回答八个层次中人物的疑问"为什么？"她的答案"为了爱！"套了八层引号，对八层叙述中提出的问题给了同一个回答。这是把分层玩弄到极端。电影《盗梦空间》（*Inception*），梦中之梦有七层之多，最后一层是"地狱边境"（Limbo），不可能再分层下去，才算是到了底。尽管如此极端，它们都是正常的分层：上一叙述层，为下一层提供叙述者。在《梅拉尼乌斯记》中是八个不同的叙述者，在《盗梦空间》中是七个分别架设的梦叙述框架。每层的故事各不相同，尽管层次之多，令读者或观众头晕，但在结构逻辑上没有什么不可能的地方。

5. 跨层

跨层，有的叙述学著作称"层次混淆"（tangled hierarchy），热奈特的"转喻"（metalepsis）术语固然漂亮，其意思也包括"通过嵌入叙事跨越界限的一种故意违规行为"。[①] 本书建议"跨层"英译为 trespass of stratification，意思清楚。本节首先要把这个问题，从小说扩展到所有体裁的叙述文本，尤其是图像和影视媒介的文本，看有没有可能得出一个更清晰更普适的理解；第二则是把这个问题分成几个步步推进的逻辑环节进行解析。

跨层是对叙述世界边界的破坏，而一旦边界破坏，叙述世界的语

---

① Gerard Genette, *Narrative Discourse Revisited*, Ithaca: Cornell University Press, 1988, p.88. 转引自热拉尔·热奈特：《转喻：从修辞格到虚构》，吴康茹译，桂林：漓江出版社，2013年版，第164页。

意场就失去独立性，它的控制与被控制痕迹就暴露了出来。只有边界完整清晰的叙述世界才有可能"映照"（mapping）经验世界。

跨层意味着叙述世界的空间—时间边界被同时打破。因此在非虚构的记录型叙述（例如历史）中，不太可能发生跨层。如果人物活着，对历史作家不满意，他的批评只能形成另一个文本，不可能出现贾雨村那样"当面"指点空空道人的例子。

热奈特说："所有的虚构都是跨层织成的。"① 他可能过度夸张了，实际上全部叙述（包括纪实型与虚构型），普遍有分层，不是跨层：必须要有上层叙述行为，才能写出下层被叙述文本，这是所有叙述文本的必然产生路径。叙述从定义上说就是分层的。但是绝大多数叙述，层次间隔没有被破坏，奈尔斯认为：不同于纪实叙述，虚构叙述"都有跨层的潜力"。②"潜力"一词用得很好：可以跨层，但不一定跨层。

《红楼梦》叙述分层已经很复杂，更复杂的是其跨层。超叙述中的茫茫大士与渺渺真人不断入侵主叙述，前后有七八次之多。由于他们在叙述层次上高一层，他们似乎自然拥有为主叙述人物指点迷途的能力。不太容易解释的是"下侵上"，下叙述层次侵入上一层次：甄士隐、贾雨村两人，虽然在"洞察力"上高于芸芸众生，但他们的故事却还是在石兄向空空道人叙述的范围之中，也就是说，是记录在石头上的主叙述。但在全书结尾时，空空道人却在"急流津觉迷渡口草庵"中找到贾雨村讨教如何整理他抄下的稿件，贾雨村推荐他到悼红轩找"曹雪芹先生"。这却不应当是空空道人能从石头上抄下的事，这是主叙述层次人物贾雨村向上入侵超叙述。若要强作解释，或许这个时候，贾雨村已经临近"觉悟"，有了超脱被叙述世界的能力。

但记录类媒介叙述跨层，会造成无法解释的时间差错：空空道人从石兄那里抄来《红楼梦》主叙述故事，已经是石兄化身贾宝玉到大观园度过一生，也就是贾雨村为官与贾府打交道之后的"几世几劫"

---

① 热拉尔·热奈特：《转喻：从修辞格到虚构》，吴康茹译，桂林：漓江出版社，2013年版，第14页。

② William Nelles, *Framework: Narrative Levels and Embedded Narrative*, 1997, New York: Lang, p.152.

之后。贾雨村与空空道人不是一个叙述世界中的人,也不是同一世同一劫的人,如何解释贾雨村竟然在"几世几劫"之后,在贾宝玉本人已经到青埂峰下变回石头之后,还在人间(虽然是在人间边缘上)给空空道人点拨如何找编辑曹雪芹?

这个不可能的时间差,是放大了记录类叙述难以避免的一个时间悖论。上层次人物侵入下层次,时间上的困惑比较少,因为是从事后评论事先;下层次入侵上层次,时间悖论就难说清,因为人物必须进入未来:跨层意味着叙述世界的空间-时间边界被同时打破。在小说中,"跨层"出入比较自由,但仔细追究,文字叙述反而会出现无法解释的时间悖论。

时间观念不得不严格的历史或新闻,可能分层,但是几乎不可能跨层。虚拟上侵上,如"太史公曰"之类,后世人完全有权评论过去;却不可能发生下侵上的跨层,人物不可能对历史家说三道四。因此,分层是普遍的,而跨层只是虚构叙述才有。

另一篇论者津津乐道的小说,是科塔萨尔(Julio Cortazar)的短篇小说《公园续幕》(*The Continuity of Parks*)。① 小说中描写一位读者在公园小道边的长椅上读一本小说,这本小说写的是一对男女密谋杀害女人的丈夫,种种周密计划之后,这个男人沿着杳无一人的公园小道,偷偷走向一位正在公园小道边的长椅上读一本书的男人,举起匕首。因此,由人物叙述出来(读出来)的一个次叙述,反过来入侵到叙述层次。小说气氛诡异,情节令人悚然,许多叙述学家认为这是"本体性嵌套"的佳例②,实际上是一个简单的跨层(被叙述的人物入侵叙述层)之戏剧化。而且这里有一个时间差:密谋既然已经记录,情节上写到杀手穿过公园走过来,那么此人走了多久呢?小说开头说此读者前几天就开始读,那么至少走了好多天?

废名的《莫须有先生传》有不少这种下侵上的情节,处理得就比较高明,没有露出太明显的时间差:

---

① 胡利奥·科塔萨尔:《游戏的终结》,莫娅妮译,北京:人民文学出版社,2012年版。
② William L. Ashline, "The Problem of Impossible Fiction", *Style*, Iss. 2, 1995, p.131.

> 你不是刚才被我讲了一顿的那个老太婆吗?你不怪你自己难道还怪我吗?你想来报仇吗?你怎么晓得我就是莫须有先生呢?这一定是那个做文章的家伙弄笔头,他晓得我们两国交兵,首先替我通了名姓。

人物与另一个被叙述的人物直接吵起架来,吵架的原因是叙述者(做文章的家伙)挑拨,这是一个变了形的跨层。记录型叙述难以避免一个时间悖论:如果上层次人物侵入下层次,时间上需要跨越到先前;而在下层次入侵上层次,人物必须进入未来。当然读者不一定注意到时间的不可能。

文字记录类叙述的分层之间,有这样一个时间跨度,给跨层造成难题。而其他媒介的叙述,尤其是共时性的演示类叙述,跨层比记录类叙述容易得多。《红楼梦》第五十三回:

> 正唱《西楼·楼会》这出将终,于叔夜因赌气去了,那文豹便发科诨道:"你赌气去了,恰好今日正月十五,荣国府中老祖宗家宴,待我骑了这马,赶进去讨些果子吃是要紧的。"说毕,引的贾母都笑了。

因此,跨层实际上不是风格上"中立"的,而是奇幻的、怪异的、讥嘲的,那些追求"现实主义"效果,或是有"古典主义"严谨态度的作品,不宜用跨层。《元曲选》本《望江亭》杂剧第三折套曲后,杨衙内、张千、李稍以同唱一曲的形式表达他们被谭记儿骗走势剑金牌后内心的焦躁:

> 〔马鞍儿〕(李稍唱:)想着想着跌脚叫。(张千唱:)想着想着我难熬。
> (衙内唱:)酪子里愁肠酪子里焦。(众合唱:)又不敢着旁人知道:则把这好香烧,好香烧,咒的他热肉儿跳!

第四部分　叙述文本中的主体冲突

（衙内云:）这厮们扮戏那!（众同下）

杨衙内的最后一句道白"这厮们扮戏那!"是剧中人物跨出被演出层次（所谓"收拢"），回到演出背景时一句面向观众的调侃之语。

但是演出类叙述由于上文（第三部分第一章第四节）讨论过的"共时性"，叙述分层时间上会顺理成章，不会卷入时间悖论，戏+戏不会出现时间差。我们看到最多的竞赛次叙述，是比赛运动场上的大屏幕，屏幕上是正在进行的运动之选择镜头，它们实际上是共时的，所以有观众看到自己正好落到大屏幕上，就跟自己打招呼：这个次叙述框架的共时性非常清晰。在电影中，人物可以从银幕上走下来，甚至是从古装戏的银幕上走下来，爱上或杀死"观众"。伍迪·艾伦（Woody Allen）的著名电影《开罗的紫玫瑰》（*The Purple Rose of Cairo*）就是一例。恰特曼举过一个例子：1924年英国拍摄的电影《福尔摩斯的儿子》，情节是一个放映员在放电影时睡着了……他穿过观众席，走到银幕旁，最后，在"情不自禁"的时刻跳进银幕进入电影，参加了一系列的冒险，最后当然是在最幸福的时刻醒过来。[①] 在这里，放映电影的场面是个超叙述，被放出的电影是主叙述，超叙述的人物跳进主叙述中。

热奈特认为跨层的目的是求怪诞，求滑稽，主要为了喜剧效果[②]，但一般说是如此，也有不少例外。使用"跨层"的作品可以很严肃很深刻，最著名的，也可能是最成功的"跨层"之作，恐怕是意大利作家皮兰德娄（Luigi Pirandello）的名剧《六个角色找作者》（*Six Characters Looking for an Author*）：剧场中正在排练"皮兰德娄的一个戏"，六个人从观众席中走上台，说他们是一对离异夫妻和四个同母异父的兄弟姐妹。剧场经理试图把他们的故事改编成一出戏剧《各尽其职》，但这些演员抗议说他们已经是戏中角色，只是找个舞台演下去而已。这六个人之间的纠葛发展成无法调和的冲突，最

[①] Seymour Chatman, *Story and Discourse: Narrative Structure in Fiction and Film*. London: Cornell University Press, 1993, p. 87.

[②] Gerard Genette, *Narrative Discourse*, Oxford: Blackwell, 1980, p. 212.

后，小儿子用手枪自杀。

此时，死者到底是戏中人还是演员，他是真死了还是假死了，甚至他手里的是道具枪还是真枪，都变成了一个难解的问题：如果这情节发生在主叙述中，就应当报警；如果这情节发生在超叙述中，他只是在演戏。"导演"的排戏（超叙述）与六个角色演出的戏，都是演示类媒介。分层具有共时性，在时间上是重叠的：戏+戏出现跨层，不会出现时间难题，因此灵便得多。如果皮兰德娄写的是一部小说《六个角色找作者》，主叙述中的逼人自杀就逃脱不了责任，因为行为有个确定的时间点：主叙述的情节（人物的故事）在"过去"，超叙述（叙述者的故事）在"此时"。警察如果来到小说世界中进行犯罪调查，就可以明确死人的特定时间点，弄清是一家人逼死儿子（被叙述的故事），还是叙述者有意为之（说了个不道德的故事）。那样一来，皮兰德娄想用演示类分层形成的同时性在法律上搅浑水，此种掩盖罪责的阴谋就不可能得逞。

6. 叙述悖论与自指悖论

存在于叙述中的一个根本性的，听起来奇怪的悖论是：叙述者（或叙述框架）能够产生叙述文本，在叙述文本中能够描述一切，就是无法描述自己的叙述行为或完成环节。哪怕媒介本身有重大局限（例如雕塑讲述故事能力有限），但是在媒介再现能力的范围内，叙述文本没有内容限制。只是叙述文本无法讲述它自身是如何产生的，叙述行为本身的存在，就是为了设置被叙述内容的框架，这框架必须在叙述的内容之外。正如一张画无法画出自己的画框，它可以画个画框，但这个画框绝对不会是整幅画的画框。如果一部电影用"我"为画外音叙述者，"我"就无法被显示于镜头中，除非他作为一个人物说话，那时他就不是叙述者。

在记录类叙述中，叙述行为，至少完成环节，与被叙述情节之间有个不会变易的时间差：叙述行为必须落在被叙述情节之后，因此叙述行为无法描写自身，因为他不能既在前（已经发生），又在后（正在发生)。哪怕一个人写下"我在写的是此刻在想的事",这个"此刻"也已经过去。柯里认为:"叙述的存在有赖于被叙述的过去,与叙述着的现在之分裂。"①

在演示类叙述中,迫使次叙述无法描述叙述行为的不是"叙述时间差",而是"叙述框架差"。例如电视台直播时连线现场的记者,记者说:"今天风和日丽,大家期盼航空表演顺利进行。"但实际上是一个电视制作框架内的一个被叙述的人物在说话,现场记者说出来的实际上是个次叙述:现场摄像班子无法显示自己这个班子的工作。一旦摄影现场出现于屏幕,我们就知道另有一个摄影班子在拍摄他们。

比较难以解释的是所谓"自我叙述",日记作者可以写道:"我此刻心情愉快地写下这几句话",或是现场录音者说"我现在开始录音"。这是因为我们把记日记或录音当作完整的叙述行为,实际上看日记的人(哪怕是作者自己),或是听录音的人,没有读到记日记的叙述行为是如何产生的,也听不到按下录音机按钮那瞬间的境况。我们可能读到文本框架是如何设置的,但那需要另一个叙述。可以用生孩子做比喻:哪怕这个孩子第一声啼哭就是叙述,他也无法叙述他如何啼哭,那只有母亲开口才能说清。

谢尔(Charles Shyer)导演的电影《风流奇男子》(*Alfie*),主人公兼叙述者,而且不是画外音,而是类似单口相声地随着剧情发展讲述自己的故事,演员一直看着摄像机,也就是面对观众讲话,这是假定第四堵墙透明。例如他讲"你们说我有多幸运,我一转身果然看到某某小姐",果然此时某某小姐出现,下面就是主人公与某某小姐的"邂逅"。这之所以可能,是因为演示叙述行为,与被叙述情节是共时的,同时展开的。在小说中,叙述者说:"你们说我有多幸运,我那时一转身果然遇到某某小姐。"这个句子在西语中是过去时,此时就出现了本书所谓"二我差",因为叙述与被叙述的情节落在不同的时间段内:叙述是现在时,次叙述的情节落在过去——"那时"。

---

① 马克·柯里:《后现代叙事理论》,宁一中译,北京:北京大学出版社,2003年版,第136页。

《我的名字叫红》最后一节，有个人物谢库瑞说道："我把这个画不出来的故事告诉给了我的儿子奥尔罕，希望他或许能把它写下来"，因为他无法说"我已经把故事写下来"，因为叙述行为在故事之后。克里斯蒂（Agatha Christie）的《罗杰疑案》（*The Murder of Roger Ackroyd*）是上一章讨论过的"纠正过晚"不可靠的典型。罗杰，是本地医生，帮助波洛破案，但是最后"我"被发现正是谋杀犯。最后一节《自白书》中，"我"写到"我"写这份坦白书。

> 已经是清晨五点，我感到精疲力竭——但我完成了任务。写了这么长时间，我的手臂都麻木了。这份手稿的结尾出人意料，我原打算在将来的某一天把这份手稿作为波洛破案失败的例子而出版！唉，结果是多么的荒唐。……把手稿全部写完后，我将把它装进信封寄给波洛。

因此，寄出信这个叙述行为的完成环节，即次叙述框架的设立，依然阙如。有个更生动的例子能说明"叙述行为无法被叙述"原理：西班牙惊悚片《死亡录像》（[*Rec*]）。灾难发生之前，所有人都在正常生活，画面上拿着DV的人（第一个次叙述者）在做日常生活的记录。突然某所大房子里面发生了急性传染的杀人狂病。拿着DV的摄影师冲进这所房子，但他被狂病者攻击，摄影机跌落，摄影机被前来的卫生监察员强制关闭了，屏幕只剩一片漆黑。这时来了一个好奇的小女孩（第二个次叙述者），无意中打开了摄影机，恐怖叙述得以继续进行。这个DV的遭遇显示出一个最简演示叙述者组成：某个主体给出指令（按下按钮），使设备给出录音与录像框架（或舞台幕布灯光），叙述就在这个框架中演示式地展开。显然，这一段被录下的叙述文本，无法叙述本身是如何被叙述的：小女孩按下按钮，必须在这个DV录像之外录像。任何一部电影一旦出现摄像机，这个镜头就必然是另一个摄像班子所摄。

华莱士·马丁讨论了框架的"不可自我叙述性"时，指出任何叙述都有个跨层悖论："如果我谈论陈述本身或它的框架，我就在语言

游戏中升了一级,从而把这个陈述的正常意义悬置起来。"① 而这种叙述的框架的设置,使叙述无法跳出悖论:

> 这个框架告诉我们,在解释它里面的一切时,要用不同于外在于它的东西的方式。但是为了建立这一区别,这个框架就必须既是画面的组成部分,又不是它的组成部分。为了陈述画面与墙壁,或显示与虚构之间的规则,人们就必须违反这条规则,正如罗素不得不违反它的规则,以避免在陈述规则时陷入悖论。②

他在这里指的是罗素提出的著名的逻辑悖论:在一个由一切不是它本身的元素的集合组成的集合中,这个集合是它本身的元素吗?无论作何回答,都自相矛盾。罗素对此做了一个通俗的讲解,世称"理发师悖论":一个男理发师的招牌上写着,"城里所有不自己刮脸的男人都由我给他们刮脸,我也只给这些人刮脸"。于是产生了悖论:理发师可以给自己刮脸吗?如果他不给自己刮脸,他就属于"不给自己刮脸的人",他就要给自己刮脸,而如果他给自己刮脸,他又属于"给自己刮脸的人",他就不该给自己刮脸。

对这悖论的解答应当是:理发师有给自己刮脸或不刮脸的自由,因为规则的制定并不在规则控制的范围中,理发师是这个集合的定义者,就不能属于这个集合。例如墙上写着一条告示:"禁止在此张贴告示",这条告示破坏了自己的禁令,但这条告示是有效的,道理与此悖论相同。因此,叙述者是叙述的创立者,就不属于被叙述的范围:他不能用他的这个叙述来叙述自己的叙述。

此集合悖论,只出现在"自指"(说到自己)的场合,也就是仅仅在叙述者说到叙述行为时才会出现。但只要自指,就会出现自指悖

---

① Wallace Martin, *Recent Theories of Narrative*, Ithaca:Cornell University Press, 1986. 中译文参见华莱士·马丁:《当代叙事学》,伍晓明译,北京:北京大学出版社,1990年版,第228页。

② Wallace Martin, *Recent Theories of Narrative*, Ithaca:Cornell University Press, 1986. 中译文参见华莱士·马丁:《当代叙事学》,伍晓明译,北京:北京大学出版社,1990年版,第238页。

论。说"我说的话不是真的",甚至更简单地说"我在撒谎",都会出现自指悖论,因为无论作何回答,都自相矛盾:"我说"不在我说的范围内。一个叙述行为产生的叙述,无法说到此叙述行为本身,必须另有一个叙述行为(另一个叙述人格－框架)来叙述这种叙述行为。

7. 回旋跨层

延伸这种自指悖论,就出现霍夫斯塔德称为"怪圈"(strange loop)的现象。首先应当澄清,怪圈不是"无限循环"(infinite circularity)。人类很早就注意到现象世界周而复始的循环。古代世界常见装饰象征"蛇吞尾"(Ouroboros):结束回到开始,开始就是结束。公元 1 至 4 世纪的灵知派(Gnosticism)或神秘学派(Hermeticism)经常用这个图像来表示世界的永恒巡回循环。这个图像简洁而神秘,至今为各种设计家(例如手镯、表链的设计者)所乐用。

"蛇吞尾"是一种同层次运动,而真正的怪圈,包括一个上升或下降的层次间运动。层次都是有边界的,超出层次就走向另一个层次。如果越出边界走到另一个层次,而再走下去依然回到原来的层次,这种怪圈叫作"跨层无限循环"。它最早体现在中国的阴阳太极图上,可看出这与"蛇吞尾"的根本性不同:它是两个层次之间的往复超越。

太极图形有多种变体,但图形都是双双交合而成,双龙、双蛇、双鱼、双凤,由两个相反的符号交叉而成。或许这是原始社会生殖崇拜的产物:由两性生殖、男女、雌雄、日月等人体现象、生物现象、自然现象,以及阴阳同体、阴阳相对,变成阴阳相交。太极图的黑白相间,不是简单的无限循环,而是"步步升级"的跨层无限循环,即走出 A 层次到 B 层次,然后又回到 A 层次的循环。

太极图的现代数理逻辑变体,是德国拓扑学家莫比乌斯(August Ferdinand Möbius,1790—1868)发现的莫比乌斯环(Möbius Band)。在一个环上,无论从哪一点出发运动,都会循环回到原点,只是越出了原平面,反向进入了另一平面:二维空间的带被扭成三维。

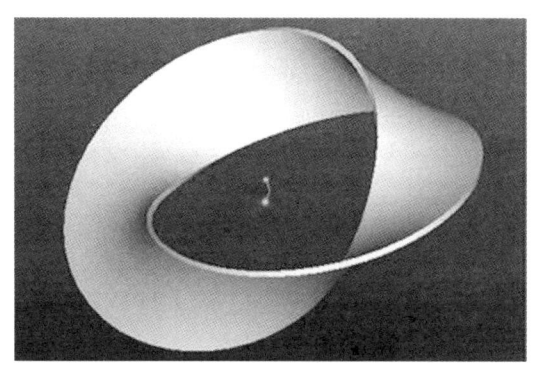

此后数学家延伸发展出"克莱因瓶"(Klein Bottle),在三维中扭曲成 8 字形的四维形体,证明莫比乌斯环这概念本身可以推演到更多层次。

霍夫斯塔德为之写了两本书的怪圈理论,实际上更易于用太极图来理解。在《我是一个怪圈》一书中,他这样解释:

> 当我说"怪圈",我心里想的是另一个意思——一个不如此具体,更为不可捉摸的念头。我称为"怪圈"的,请注意,不是一个物理的圈,而是一个抽象的圈,在这个圈中,在一连串的构成回旋的各阶段中,有一个从一层抽象到另一层抽象(或者说,从一层结

构到另一层结构）的转换，感觉就像是在分层（hierarchy）中上行，但连续的上行只是升到一个封闭的循环中。这样，虽然我们从一个意义上说越走离源头越远，结果使人大吃一惊的是我们又回到原处。简单地说，一个怪圈，就是一个跨层次的反馈圈。[①]

因此，怪圈不是本章第四节说的"嵌套"或"无限递归"，也不是上面说的"无限循环"。怪圈的特点是"跨层而循环"，结果是循环到原处。用到叙述学上，本书称之为"回旋跨层"。用上一节所说的集合悖论来比拟，那个"我说的话不是真的"的自指悖论，发展成所谓"明信片悖论"，一面写着"本明信片背后那句话是真的"，而另一边写着"本明信片背后那句话是假的"。这样的两句话都是真的，也都是假的。我们来回求证论辩的结果，是回到原处。但因为叙述情节是否定动力性的（参见本书第三部分第四章），无法停留在原处，文本的否定性动力，迫使我们沿着跨层运动再次出发。

叙述分层，就是上一叙述层次设置一个叙述行为，成为下一叙述层次的框架，两个叙述层次的人物或情节尽管可以越界跨层，层次之间的界限还是很清楚。但是，如果下一层叙述卷入上一层叙述如何设立下一层叙述的行为，就发生了怪圈叙述，即回旋跨层：下一层叙述不仅被生成，而且回到自身生成的原点，再次生成自身。

这种"次层叙述暴露上层叙述如何生成自己"的机制，在绘画中可以有意构筑。米歇尔在《图像理论》中详细讨论了斯坦伯格（Saul Steinberg）的一幅漫画《螺旋》，他认为揭示了"元图像"的根本特点。[②] 本书要讨论的问题，却是"叙述写出自己如何生成"，为说明此理，最生动的可能是斯坦伯格下面的另一张漫画：画者画自己是自画像，因为画者画自己在画画，正如现在流行的手机自拍，是正常的：自拍并没有拍出自拍（没有拍出手机—照相机）。但是一个画者画出自己正在画此张画，就是一个文本讲到文本自己的产生：画者在

[①] Douglas R. Hofstadter, *I Am a Strange Loop*, New York: Basic Books, 2007, pp. 101–102.
[②] W. J. T. 米歇尔：《图像理论》，陈永国、胡文征译，北京：北京大学出版社，2006年版，第30页。

画画，画在画画者：

这种回旋跨层，不是一般"元图像"的层次问题，而是被画出的图像画出自己如何被画出。上一节讨论的"叙述行为不可能写出自身"，在回旋跨层中，以悖论方式可以得到实现，虽然，正如下文要详细解说的，这是有代价的。这个叙述必然出现漏洞：在文字叙述中，会出现时间-逻辑差；在演示叙述中，由于分层的"同时性"（见第三部分第一章第六节"演示类叙述的时间"），时间差可以不显，逻辑错乱依然。

西方学者没有人讨论过回旋叙述分层问题，甚至总结各种"不可能小说"的近年叙述学论文，提到了各种"叙述违规"（diegetic violation），也没有讨论这个问题。[①] 因此笔者在这里稍微多花一些笔墨。叙述自身说明来历，提供自己的叙述者。这样做在逻辑上是不通的，在神话学上也说不通，造物主总不能创造自身。

最早的回旋跨层，我认为可能是中国19世纪初的小说《镜花缘》。在《镜花缘》第二十三回，人物林之洋面对淑士国卖弄学问的酸儒，吹嘘说自己不仅读过《老子》《庄子》，还读过《少子》一书：

---

① William L. Ashline, "The Problem of Impossible Fiction", *Style*, Iss. 2, 1995, p. 129.

"乃圣朝太平之世出的,是俺天朝读书人做的,这人就是老子后裔。"林之洋接着描写《少子》,完全与《镜花缘》一书相符。小说最后一回,又说《镜花缘》一书编辑者是"老子后裔"(显然是李汝珍自诩),因此,《镜花缘》就是人物林之洋所读过的《少子》。① 主叙述情节交代了主叙述的来历。但这样就形成了一个悖论:林之洋读过的书写出林之洋读过此书。

这个回旋其实不明确,是人物开的玩笑。《镜花缘》尚有一个更明确的回旋超叙述:小说第一回群仙女赴王母宴,百草仙子说起"小蓬莱有一玉碑,上具人文"。百花仙子好奇,要求一见,百草仙子说:"此碑内寓仙机,现有仙吏把守,须俟数百年后,得遇有缘,方得出现。"到第四十八回,唐小山来到小蓬莱,居然见到此碑,发现"上面所载,俱是我们姊妹日后之事"。于是用蕉叶抄下。回到船上,同伴养的白猿竟然拿起来观看,于是唐小山开玩笑地托它"将这碑记付给有缘的"。到全书结尾,"仙猿访来访去,一直访到太平之世,有个老子的后裔……将碑记付给此人。此人……年复一年,编出这《镜花缘》一百回"。

此处出现的,是类似《红楼梦》提供了复合叙述者的超叙述格局,空空道人的抄写者角色由唐小山担任,空空道人的传递者角色由白猿担任,"曹雪芹"的编辑角色由"老子后裔"担任,石兄书于自己身上的文字成了"不知何人所写"的玉碑文字。既有复合叙述者的叙述行为,叙述者是否具形就非至关重要。不同的是,在《红楼梦》中,这复合叙述者集团是由超叙述层次提供的,而在《镜花缘》中,却是由主叙述本身提供的,也就是说,主叙述提供了自己的叙述者。

因此,这个结构会造成严重的逻辑悖论:第四十八回唐小山说她抄下的碑文是"姊妹日后之事",而"老子后裔"整理出来的却是全书一百回,包括直到唐小山上蓬莱抄碑文的所有"前事",唐小山查抄的碑写到唐小山抄碑。直到今天,似乎没有读者或批评家注意到这

---

① C. T. Hsia, *The Classical Chinese Novel: A Critical Introduction*, New York: Columbia University Press, 1957, p. 169.

个巨大回旋造成的结构悖论。主叙述人物唐小山抄碑,是个产生次叙述的行为,却反过来裹卷了整个超叙述:跨层不再是分层后的违规,而成为分层的前提,分层消失于跨层之中,跨层一大步似乎又踩回此岸。因此,这个结构是一种自我创造自我升级的莫比乌斯带。

20世纪初,叙述分层突然在晚清小说中兴盛,其使用之普遍,令人吃惊。晚清的中国文化文体等级依然分明,小说的超叙述设置有两种:白话小说用《红楼梦》"发现手稿"式超叙述,文言小说用《茶花女》"听讲故事"式超叙述。只是后者("听讲故事")框架很难发展成回旋跨层,因为叙述行为从人物到人物即时施行,没有时间差。只有"发现手稿"超叙述才可能使叙述行为卷入多个人物,有足够余地,造成自行回旋跨层。因此,晚清小说中的回旋跨层,只在白话小说中出现。

李伯元的名著《官场现形记》,将近结束时,一个病人梦到一个地方"竟同上海大马路一个样子"。他见到一个洋房里,书局编辑们正在编一本书,"想把这些做官的,先陶熔到一个程度"。但是"不多一刻,里面忽然大喊起来,但听得一片人声说:'火,火,火!'随后又见许多人,抱了些残缺不全的书出来……又见那班人回来,查点烧残的书籍。查了半天,道是:他们校的书,只剩上半部。"这半部书当然就是《官场现形记》,不过只写了揭丑闻,来不及"陶熔"教育众官员了。超叙述结构说明了主叙述的来历,但这样就出现了一个《镜花缘》式回旋叙述:病人做梦见到的书写到病人做梦。主叙述产生一个次叙述,这个次叙述反过来成为超叙述。

回旋结构更复杂的是藤谷古香的《轰天雷》,此书讲述晚清一著名政治案件:苏州人沈北山上书抨击慈禧身边的权要,罹祸入狱,几以身殉。小说最后一节,主人公故事结束后,他的一批朋友聚宴,席上以《水浒传》人物为酒令。鹅斋抽到"轰天雷",就说,"吾前日在图书馆买了一本小说,叫作《轰天雷》。"席后,敬敷向鹅斋"借来《轰天雷》小说看,开首一篇序文如下"。因此,书中书《轰天雷》的序文就成了小说《轰天雷》的跋文。但这两本《轰天雷》是同一本书。这是一个比《镜花缘》更清晰的回旋式叙述分层。敬敷借来的书，写到敬敷借这本书；鹈斋读的书，写到鹈斋阅读这本书。

而且，全书上又另加一个超超叙述层次：一个叫阿员的人收到一个朋友寄来的邮包，附有一信，说自己将去世，所以将他写的小说手稿托付给他。小说用日文写成。阿员不懂日文，所以与一个朋友合作（清末译书的通例）将此日文小说翻译成中文。这是《红楼梦》的"发现手稿"格局的延伸。可骇怪的是，这个故事正是主叙述人物敬敷读到的书中书《轰天雷》序文，就是全书之跋文。这样的回旋跨层不仅吞噬了超叙述，而且吞噬了超超叙述。也就是说，主叙述不仅为自己提供叙述来源，而且为超叙述提供叙述来源。其安排之复杂，其悖论之反常，细思之令人悚然。

西方文学中，有回旋跨层结构的作品很多，其中一本是世界文学的不朽经典《堂吉诃德》（*Don Quixote*）。主叙述层是堂吉诃德和桑丘冒险的故事，上部中，堂吉诃德在医生的铅皮箱里发现了故事的手稿。下部中堂吉诃德参观了正在印刷《堂吉诃德》这本书的印刷厂——他看到的手稿与印出的书，说到他看到手稿与印出的书。应当说这是逻辑上和时间上都不可能的情节：他看到手稿时手稿早已写成，他看到印书时书早已定稿，写堂吉诃德的书不可能写到堂吉诃德看到书的形成，哪怕书能够作预言，所预言情节的时间发生在将来，而不可能是书中的过去。因此，这是清晰的回旋跨层。

卡洛尔（Lewis Carol）的名著《爱丽丝漫游仙境》（*Alice in Wonderland*）中，爱丽丝来到仙境中，询问动物们她自己是谁时，动物们让她去找一只毛毛虫——仙境中的智者阿布索伦，阿布索伦把日历打开给他们看。他们打开日历，看到了当中囊括的未来、现在和过去的种种事情，其中一幕便是他们正在翻开日历，看日历上记载爱丽丝在翻日历。①

马尔克斯（Garcia Marquez）的《百年孤独》（*One Hundred Years of Solitude*）是另一个回旋跨层的经典。② 这本小说中有一个

---

① 这个例子是2013叙述学班黎永娥同学举的，特此致谢。
② 下面的论述参考了2010级硕士生童明来的文章《预言与回旋：从〈百年孤独〉中的羊皮纸看回旋分层的逻辑特点》，《符号与传媒》2012年第4辑，第72~78页。

次叙述：吉卜赛人梅尔加德斯的羊皮手稿。在小说中，这位上知天文下知地理的先知，写下了一卷神秘的羊皮纸梵文手稿。最后将之破译的人，则要到一百年后布恩蒂亚家族的最后一个人奥雷连诺·布恩蒂亚。这位聪明的年轻人，在他的妻子死于难产之后，仿佛突然得到了天启，阅读起梵文就像阅读西班牙语一样轻松。羊皮纸手稿"是布恩蒂亚的一部家族史，在这部家族史中，梅尔加德斯对这个家族里的事件提前一百年作了预言，并且陈述了一切最平常的细节"，当然也包括了奥雷连诺读懂羊皮纸书。文稿作为一个次叙述，叙述了主叙述层中的世界发生的一切。而在奥雷连诺读完手稿（也就是读完关于马孔多镇的叙述全文）的一刹那，小说迎来了它的结局：圣经上提到过的飓风把小镇从地面上吹掉，经历百年孤独的小镇就此消失。

预言者本人已经解答了读解时间："在手稿满一百年以前，谁也不该知道这儿写些什么。"这就让马孔多人免于提前知道小镇的结局。奥雷连诺读的手稿，预言到他在一百年后读懂这手稿。但是最后被读出的手稿，就是马孔多小镇一百年的历史，就是《百年孤独》的全部叙述。这就引出了一个循环跨层：梅尔加德斯写的手稿，写到梅尔加德斯写手稿。但是梅尔加德斯写手稿之前的事，怎么会出现在这本小说里呢？这是《镜花缘》格局的重现。

应当说，令人惊奇的是，具有回旋跨层的小说数量虽然不多，其中确有不少经典名著，读者耳熟能详，世代评者研究者如云，著作汗牛充栋，从《镜花缘》到《百年孤独》，什么问题都被人研究透了，偏偏它们奇特的回旋跨层没有人提到。唯一的解答是：在同一种媒介（例如文字、影像）的文本中，读者很容易把回旋跨层"自然化"，忘掉分层的目的是让上层叙述与下层叙述处于叙述与被叙述地位。只有在一种情况下，做这种自然化会陷入困难，那就是叙述分层的界限，正好是转换媒介的界限，也就是跨媒介分层，此时要回旋到上一层次，就必须回旋到另一媒介之中。笔者至今尚没有找到跨媒介的回旋跨层，我们看到的只是从图像的被叙述层回旋到图像的叙述层，从文字的被叙述层回旋到文字的叙述层，或是最常见的，电影从被叙述层回旋跨入叙述层。

电影本质上是演示类叙述，使用框架叙述（见第二部分第一章第四节"框架叙述：演示类虚构叙述"），其分层只需另设框架，而演示框架是共时的，因此回旋跨层不会出现不可克服的时间差困难。这就是为什么回旋跨层的电影出乎意料地多。福斯特（Marc Forster）导演的《奇幻人生》（*Stranger Than Fiction*），一个人物，发现自己是个被一部小说正在写出来的人物，他甚至听到他做的任何事情，被作家的画外音（用小说体裁惯用的过去时）叙述出来。他发现这个小说家先前的作品总是让主人公死亡来结束，就找到这个小说家，请求免他一死，作家感动了，改变了结尾。电影叙述分层，不显时间差，因此很容易让被叙述的人物见到自己如何正在被叙述出来（此电影中说成写作出来）。在小说中，叙述用的过去时，会让被叙述人物无法见到处于现在的叙述者；在电影中，我们并没有发现人物跨层到叙述行为层有时间困难（哪怕小说家写的说的是过去时），只是在逻辑上，写作成为作家的演出，具有共时性（而不是《镜花缘》那样早已写在碑文上），她的结尾尚未写出，就受到人物干扰而改变。

另一部电影，回旋跨层更明白：乔治·诺尔菲（George Nolfi）导演的《命运规划局》（*The Adjustment Bureau*）。命运局（超叙述者）已经确定了人的命运蓝图，主人公命中注定要当总统，调度员监视着过程按计划进行。但是一个偶然机会，主人公爱上了某个姑娘，此事将会改变命运进程，也就是改变超叙述。超叙述提供的主叙述叙述者（调度局头儿）不得不一再用暴力强制两人分手。而这个人物有自己的顽强意志，要美人不要江山，用计谋击败了调度局，强行改变超叙述对自己命运的原设计。这里的关键，是电影的演示叙述时间特征：调度局虽然已经有命运蓝图（如iPad那样显示的路线图），上面的每一步却要由主人公的经历"实在化"，因此（超叙述提供的叙述者进行的）叙述化与（人物进行的）情节同步展开，回旋跨层没有破坏基本的时间结构。如果这个故事是记录性叙述，蓝图就已经写成，人物回旋跨层进入超叙述，依然可能，但是原蓝图就要毁掉重来，不然时间上无法自圆。所以我们说，电影是回旋跨层的乐园。

在此，笔者试图用最简洁的方式，总结一下这个令人头痛的回旋跨层：

第一，叙述不仅是可以分层的，而且是必然分层的，这是提供叙述行为之必需。

第二，叙述分层可以非常相似，而且原则上可以无限分层。

第三，如果是虚构叙述，分层之后，各层次之间的人物可以有各种跨界的行为，这不会破坏叙述的分层间隔，哪怕这构成了无限循环。

第四，但是叙述的本质决定了，叙述文本不可能描写自身，也不可能讲述自身产生的经过。一旦出现这种讲述，就出现怪圈式悖论。

所谓回旋跨层，就是在同一种媒介的分层叙述中，可以因为精心设计而出现"跨层自生"，即下一层（被叙述）"反跨"到上一层（叙述行为）描写其的产生，由此出现了回旋跨层。由于这个复杂操作，叙述终于能够描述产生自身的叙述行为，但这不可能的任务，只有牺牲逻辑（可能还有时间）才有可能完成。

最后应当说一下：其实电影这样的回旋跨层叙述操作，可以非常平凡，无需极其复杂的机心做精心设计。在我们充满叙述的生活中，也可以发生。例如一位女生，把正在恋爱的经过逐日记载于日记中，但是她又把日记给男生看，男生对日记关于他的记载有所诘难或感想，女生又把这诘难或感想写进日记。再例如在毕业论文答辩的时候，每一位答辩老师都会对答辩的学生进行提问、评价等，这是一个层次。然后答辩秘书会把每一位老师的提问与学生的回答都记录下来，整理成答辩记录，这个答辩记录就是比前一个层次更高的叙述层次。而一旦答辩秘书参与答辩问答，并将其参与记录下来，这就是跨层。而如果在答辩的时候，老师向同学介绍秘书是怎样记录的，并且之后秘书又把这段话记录在了答辩记录中。① 这样的复杂叙述情景，并不需要虚构作品中有意惑人才会出现。但是必须要把这些情景置入同一个叙述文本，也即用一个叙述行为说出来，才可能出现分层、跨层、回旋跨层的情况。

这也回答了热奈特说"转喻"只限于虚构作品之误：只要有叙述，就很难阻止被叙述者参与到叙述行为里，并且让叙述行为叙述他的参与，其代价就是叙述者无法对产生的叙述负全部责任，无法如小说那样取得完整的"记录性"，叙述行为带上演示叙述的特征，其延续被切割成几段：这也就是发生在《奇幻人生》或《命运规划局》中的回旋跨层之所以可能的原因。电影的"演示叙述共时性"使电影成为回旋跨层的天堂，哪怕逻辑冲突依然在。小说体裁中的回旋跨层的时间矛盾却"消失"了。

---

① 这是2013级叙述学班邓蕾举的例子，特此致谢。

第五章 元叙述

1. 何为"元"

先前叙述学一般只讨论"元小说",即一种特殊的小说叙述技巧。本章要讨论的题目比较特殊:探讨所有体裁元叙述共同的构成原则,为此就必须先讲清楚何为"元",何为"元叙述"。

"元"(meta-)这个前缀,原是希腊文"在后"的意思。亚里士多德文集最早的编者安德罗尼库斯把哲学卷放在自然科学卷之后,名之为 Metaphysics。由于哲学被认为是对自然科学深层规律的思考,因此 meta-这个前缀具有了新的含义,指对规律的探研。简单地说,关于 X 的 X,称为"元 X"。例如对语言的规律(语法、词解、语意结构)之研究,被称为"元语言",元语言就是"关于语言的语言"。

以此类推,"元历史"大致上就是历史哲学,"元逻辑"则是逻辑规律的研究,"元批评"类似于文艺学。港台地区学者把 meta-译为其希腊原意"后设"。但早从康德起我们就知道规律并不出现于现象之后,"后设"这译法过分拘泥于希腊文原意。严复据《易经·系辞》"形而上者谓之道"一语,前人没有把亚里士多德的著作译为《后设物理》,而译为《形而上学》,极为准确而传神。"元"当然是《周易》起开始使用的旧词,《春秋繁露》云:"元者为万物之本。"这译法很能达意。

"元"虽然源头古老,关于元叙述的理论却是一个当代问题。20 世纪初在科学与哲学界就开始了元理论的讨论。1920 年罗素给维特根斯坦《逻辑哲学论》写的序言,是元语言观念在现代的第一次明确描述,却点明层控关系是元语言的根本,"每种语言,对自身的结构不可言说，但是可以有一种语言处理前一种语言的结构，且自身又有一种新的结构"①；同年著名法国数学家希尔伯特（David Hilbert）提出了"元数学"（metamathematics）；1937 年逻辑哲学家蒯因（Willard Van Orman Quine）提出逻辑体系的"元公理"（metatheorum）。由此，元概念成为各学科共同的范畴；20 世纪中期以后，"元"成为各学科理论界热衷于探寻的范畴。

上一章已经引述过霍夫斯塔德的书：1979 年霍夫斯塔德（Douglas R. Hofstadter）的迷人的"科普"著作《哥德尔、艾歇、巴赫：一条永恒的金带》（*Gödel, Escher, Bach: An Eternal Golden Braid*）② 获普利策奖，此书用美术和音乐，把艰深的逻辑哲学说得极其生动，"元"概念开始普及。此后 meta-成为西方大学生喜欢拽的概念，他们会说"我们来'元化'一下"（Let's get meta），大致意思是"让我们深入一层看这个问题"。可能是西方大量的电影、游戏中的元叙述，激发了青少年的想象。这种普遍元化，使这个概念脱离了单纯技巧层次，成为一种"元意识"，一种具有普遍性的现代思想方式。扎克伯格近年试图建立"元宇宙"（metaverse），是借此概念做他的商业帝国，就不在本书的讨论范围之中。

自从 20 世纪六七十年代元戏剧与元小说的理论开始出现，至今也积累了大量研究文献，在学界实践中，对体裁有所偏颇：固然 20 世纪后现代元小说的实践产生了大量典范作品，但元小说的讨论远远超过其他体裁，以至于至今没有看到综合所有元叙述体裁的讨论。

更令人困惑的是，"元叙述"一词被当代学界用得意义歧出，难以总结。1979 年利奥塔的《后现代条件》一书③，把"元叙述"（meta-narrative）作为"宏大叙述"（grand narrative）的同义词，指

---

① Bertrant Russell, "Introduction", in Ludwig Wittgenstein, *Tractatus Logico-Philosophicus*, London: Routledge, 1987, p. 7.

② Douglas R. Hofstadter, *Gödel, Escher, Bach: An Eternal Golden Braid*, NewYork: Basic Books, 1979. 中译本《GEB，一条永恒的金带》，乐秀成编译，成都：四川人民出版社，1984 年版。

③ Jean-Francois Lyotard, *Introduction: The Postmodern Condition, A Report on Knowledge*, 1979, pp. xxiv-xxv.

的是那些类似黑格尔体系的"超越性普世真理",或"主导意识"（master Idea）,而这种"元叙述",是后现代主义一心要加以批判质疑的对象。这个意义上的"元叙述",勉强可以说是"关于叙述的叙述"——控制所有其他"叙述"的叙述,意义大致上是"覆盖面过大的教条意识形态"。利奥塔可以如此用"元叙述",因为他把所有科学之外的知识,都称作叙述,这点本书导论中已经说过。

另一些叙述学家则将"元叙述"概念用在小说分析中,例如热奈特用"元叙述"（metadiegetic）指小说叙述分层中产生下一层叙述的"主叙述"层。① 王丽亚曾撰文指出,叙述学家往往只是把元叙述看作元小说手法的一种,也就是说一种小说技巧。② 热奈特还使用了另一个词"元文本"（meta-text）,指的是一个文本生成后,到被接受之前,有关此作品及其作者的新闻、评论、八卦、传闻、指责等,即能对接收产生影响的关于此文本的评论③,这些也是"关于文本的文本",可见此术语之宽松。本书为了避免术语重复,称之为"评论文本"。④

上面的两种"元叙述"一词的用法,利奥塔的用法,只能当作比喻用法;而热奈特的文本形式分析术语中,竟然有三个互不关联的"meta-"（metadiegesis,即上层叙述；meta-text,即评论文本；还有上一章说的 metalepsis）,恐怕太多一些。本章希望从文本的构造原理讨论元叙述,找出横跨各种媒介的所有的符号叙述文本"元叙述化"的规律。元叙述化,就是各种叙述文本与叙述框架之间的关系。本章首先检查几种主要叙述体裁"元叙述化"的现象,包括各种事实型叙述与虚构型叙述,最后从各种体裁的纷纭众相中总结元叙述的一

---

① Gérard Genette, *Narrative Discourse: An Essay in Method*. Ithaca: Cornell University Press, 1980.

② 王丽亚:《"元小说"与"元叙述"之差异及其对阐释的影响》,《外国文学评论》2008 年第 2 期,第 35—44 页。

③ Gerard Genette, *Paratext: Thresholds of Interpretation*, Cambridge: Cambridge University Press, 1997, p.427.

④ 在笔者《符号学》（2012 年版）一书中笔者曾用热奈特的术语"元文本",本书决定改用"评论文本",特此致歉。

些基本规律，以利于我们理解这个当代文化的重要概念。从下面的简略浏览，我们可以看到，"元"的意义实在是太广泛，要总结不是容易事。

2. 纪实型叙述的元叙述化

（一）元历史

元历史这个词被很多作者使用过。早在 1971 年，就有荷兰学者研究海德格尔的"元历史观"，讨论的是海德格尔哲学的历史学意义[①]；历史是纪实型叙述中最典型的体裁，也是"元叙述化"引出最大波澜的体裁。1973 年海登·怀特的名著《元史学：19 世纪欧洲的历史想象》[②]，讨论 19 世纪欧洲历史学家观看的方式，发现历史学家总是用某种方式安排历史事实，决定细节的取舍，决定强调或略写。历史写作"情节化"的过程，也就是"论辩化"的过程，历史总是遵循某种文化哲学模式，回答特定的社会问题。因此，所有的历史，都是超越事件之上的"元历史"。

海登·怀特的另一本重要著作《后现代历史叙述学》，进一步发挥了他的元历史思想，把历史写作与文学叙述相比。历史向来以"科学""客观"自居。怀特宣称："与其说历史与科学的形式相同，不如说与文学的形式相同。"编年史可能只是"发现"现实世界中的事实，历史则"发明"史实，进行情节编排。因此历史不是科学，而是"故事"。这与现实主义小说的拥护者认为小说比历史真实的立场正相反。本书从一开始就着重处理这两个题材大类，就是为了避开混淆。

在怀特之后，"元历史"就成为新历史主义关于"历史哲学"的专用术语。格林布拉特、丹托等人进一步推动，闵克 1987 年的著作

[①] Bernd Magnus, *Heidegger's Metahistory of Philosophy*, The Hague: Nijhoff, 1971.
[②] Hayden White, *The Historical Imagination in 19th Century Europe*, Baltimore: Johns Hopkins University Press, 1973.

《历史理解》^①清晰地总结了历史学叙述转向的基本点。元历史观念的影响溢出历史学,冲击了整个人文学科,造成了一个影响深远的运动,本书前文(尤其在第一部分第五章分辨纪实型/虚构型叙述时)已经有所评述。

(二)元新闻

"元新闻"(metajournalism)这个词,最早是著名现象学符号学家梅洛-庞蒂所用的术语,用来指大众传播文本编码的主导哲学与理论。[②]在当今新闻传播界,这个术语用得很多,而且意义歧出,甚至五花八门,有一部分学者用来指所谓"新新闻主义"。[③]这是最早开始自觉地用"叙述化"改造一个学科的运动:卡波特1966年的《冷血》标志着"新新闻主义"的产生,即所谓主观性新闻,与"非虚构小说"或报告文学,共同成为小说与新闻的中间体裁。这个意义上的"元新闻",是比喻用法。

大部分新闻学者现在用"元新闻"指另一层意思,即关于新闻的讨论与反应。例如某条新闻发出后,收到新闻界,包括国际新闻界的二次报道与批评,这个用法很接近上文所说的热奈特的术语"元文本"。

"元新闻"有时候也指记者在新闻中插入的自己的评论,讨论自己写出这篇稿的过程、感想、对采访中受阻拦的抗议之类[④],这种用法类似小说中的"叙述者干预评论"。但是大部分新闻学者用"元新闻"一词,指大众接受的评判新闻"真理价值"或"道义价值"的种种文化政治标准,针对某段时期或某个媒体的新闻偏向的研究。[⑤] 一

---

① Louis O. Minke, *Historical Understanding*, Ithaca: Cornell University Press, 1987.

② Richard Lanigan, *Phenomenology of Communication: Merleau-Ponty's Thematics in Communicology and Semiology*, Detroit: Duquesne University Press 1990, p. 104.

③ David L. Eason, *Metajournalism: The Problem of Reporting in the Nonfiction Novel*, Canbondale: Southern Illinois University Press, 1977, p. 424.

④ Chris Atton, *An Alternative Internet: Radical Media, Politics, and Creativity*, Edinburgh: Edinburgh University Press, 2004, p. 53.

⑤ Michael Thomas Carroll, *Popular Modernity in America: Experience, Technology, Mythohistory*, New York: State University of New York Press, 2000, p. 41.

些新闻传播研究机构，例如哈佛大学的"新闻实验室"（Journalism Lab）也把自己的总体工作称为"元新闻"，指对新闻理论的研究。

（三）元广告

广告作为一种叙述体裁，在当代社会日益重要。但是因为文本短小而变异过多，研究最为困难，至今文献也相对较少。近年"元广告"（meta-advertisement）这个术语出现的频率越来越高，但也是意义歧出。有时指广告商关于广告业务的广告，例如一个广告表现该公司在某个重要地方（例如纽约时报广场）设立了广告牌，这本身成为一个广告；也指用一种媒体捎带另一种媒体的广告，例如经常见到的"正如你在电视上所见"；或是广告的"元修辞"，如"今天会有千人看到此广告牌，有意刊登广告者请联系……"；或是"集合广告"，例如杂志的封面女郎，同时为发型师、服装师、化妆师、摄影师代言；再例如电影节的整体海报，为多部影片同时做广告[①]；也可能指广告语言的自我指涉，例如"新飞广告做得好，不如新飞冰箱好"[②]。

随着广告业在文化产业中占的份额的提高，还会有新的元广告方法出现。不过，广告理论自称为"元广告"的倒是不多，至今也没有见到对"元广告理论"的详细探讨。

3. 虚构型叙述文本的"元叙述化"

（一）元戏剧

在虚构型叙述文本中，首先被有意识地朝"元叙述化"方向推动的，是元戏剧（meta-drama，或 meta-theatre），这很可能是因为戏剧的形式摆弄非常袒露，演出本身成为戏剧的寓言。自古以来戏剧中常见的"戏中戏"就是元戏剧的生动展示，使戏剧这种叙述体裁远远

[①] George R Rodman, *Mass Media Issues: Analysis and Debate*, Chicago: Science Research Associates, 1993, p.59.

[②] 这是2010级博士研究生胡易容提供的例子，特此致谢。

比其他体裁更早地被人发现其元叙述方式。[1]

1963年戏剧学家阿贝尔提出"元戏剧"这个概念,他认为元戏剧的最佳样本是莎士比亚的《哈姆雷特》,不仅是因为剧中哈姆雷特尽心设计了戏中戏,而且阿贝尔认为这出戏的剧情本身围绕着"作假"展开,整个剧是不得不假装,因此《哈姆雷特》基本上是一部戏中之戏。阿贝尔认为从文艺复兴开始,亚里士多德式的悲剧时代就结束了,"悲剧就被元戏剧取代"[2]。所以他的这本书题为《元戏剧:戏剧形式的一种新观点》,讨论的不是某一种戏剧,或是戏剧中使用的某种技巧,而是认为现代戏剧本质上就是元戏剧。

有一些批评家认为元戏剧更多地使用于喜剧,从古希腊阿里斯托芬时代,喜剧中就充满了元戏剧因素,尤其是面对观众直接逗弄自身的虚构型,挑明"真假控制在我的手中",拿信以为真的观众开玩笑,这的确在古今中外的喜剧(例如当代中国的相声与小品)中都时时可以见到,论者认为这在莎士比亚的《仲夏夜之梦》等喜剧中,达到了登峰造极的水平。[3] 元戏剧实际上是喜剧几乎不可能不用的技巧,如中国相声的大量跨进跨出,但证之当代戏剧,完全可以不落窠臼而发人深省,意义深长。甚至跨层本身就是目的,如皮兰德娄的《六个角色找作者》,用以揭示被常规程式掩盖的元戏剧本质。

这样一种独特的戏剧元意识,与所谓现实主义不同,"现实主义"戏剧让演员倒空主体意识,全心体验角色再现角色,从而期盼观众认同这种体验,沉浸于被演出世界的真实性,最后赞同戏剧对世界的解释。元戏剧期盼于观众的是批评地审视自己,是要让他们明白无论被演出主体与演出主体,包括他们的观剧主体,都既受控制又超越控制,既自由又不自由,从而洞察戏剧叙述反映的"客观"之有限性。

---

[1] Robert Nelson, *Play within a Play: The Dramatic Conception of His Art: Shakespeare to Anouilh*, New Haven: Yale University Press, 1958, p.17.

[2] Lionel Abel, *Metatheatre: A New View of Dramatic Form*, New York: Hill & Wang, 1966, p.121.

[3] G. Beiner, "Comedy as Heuristic Fiction: A Midsummer Night's Dream in the Context of Shakespearean Comedy", Herbert Grabes et al(eds.), *The Yearbook of Research in English and American Literature*, Vol.3, Berlin: Walter de Gruyter, 1985, p.79.

在这观省中发现两种东西：一是人性可以居高临下从外朝内地观省，只要人取得一种观省的姿态；二是这种观省可以戏剧化地展开，或者说，戏剧本身就是为了取得这种观省的展开。

（二）元电影

电影的元意识出现很早，自从电影摆脱固定机位，开始用剪辑等"后期制作"，人们就发现电影的叙述大多是在工作室里剪辑加工出来的，不像戏剧那样一次实现。这种叙述方式，不像戏剧是"自然"的摆演，也不像小说是"自然"的语流讲述，从本质上说，是非常"不自然"的。巴赞就敏锐地指出过："蒙太奇是电影的反电影性文学手段。"① 说电影的操作是"反电影"，这话听起来故弄玄虚，实际上是说电影是精心制造的假象。这可能就是为什么关于元电影的讨论太多，以至于至今没有《元电影》这样一本书，或许是因为所有电影完全依靠"后期加工"，重要性远远超过小说的文字修改，这种"加工"，就是元层次操作。

对元电影最抽象的认识，来自法国著名后现代哲学家德勒兹，他写了两本书专门讨论电影中的哲理，认为19世纪法国哲学家柏格森的思想，体现了电影所代表的哲学观，即电影所体现的"运动—形象"。他认为胡塞尔描述的对自然的感知，实际上是"前电影"式的。柏格森所体验到的宇宙，是一种"元电影"：宇宙以电影叙述的模式存在。② 这是一种比喻，但是哲学家对电影叙述技巧的思考，总是很迷人。

（三）元游戏

"元游戏"（meta-game）地位极其重要，尤其当我们考虑到中西"游戏"语义范围很不相同，更有必要弄清这种元叙述。在西语中"游戏"（game）包括了所有的运动，也包括了所有的争斗，尤其是

---

① 安德烈·巴赞：《电影是什么》，崔君衍译，南京：江苏教育出版社，2005年版，第51页。
② Gilles Deleuze, *Cinema I: The Movement Image*, London: Continuum, 1992, p.56.

包括了争斗的智力方面，因此中文"博弈论"原为"游戏论"（Game Theory），国际政治研究被称为"元游戏"。① 晚期维特根斯坦的"语言游戏论"影响巨大，游戏实际上成为意义的符用表现的总称。本来在中文中"游戏"意义狭窄得多，我们可以拒绝讨论这些"元游戏化"，问题是中文已经渐渐接受了这些用法。

元游戏经常是指游戏中对游戏的解释性行为，例如电子游戏过程中同时显现的得分表、晋级表、与其他游戏者的积分对比表；再例如足球的比分表、延时表，以及各种比赛的裁判说明。这些对游戏的解释。足以影响游戏的进程，例如足球主客场的进球对比，离终场时间的多少，足以影响到双方的整体战略安排；电子游戏的等级升降，直接改变游戏规则，而游戏者必须做相应的策略变化。因此，这种元游戏是控制游戏的游戏，它自身就是与游戏同时在另一层次上展开的游戏。②

游戏，包括儿童的"嬉戏"，因此"元游戏"（meta-play）是教育学的一个重大课题。儿童的游戏，似乎是为游戏而游戏，实际上是学习社会交往技巧。③ 尤其当在游戏中假扮角色，更换角色，就开始意识到游戏的这个目的。很多教育学家认为应当让儿童明白游戏的目的是背后这个"元游戏"层次，即明白游戏的互相理解目的及其社会内容④，进而让儿童"学着"自己用玩具编故事，他们实际上是把听过的故事综合起来，形成元游戏。

（四）元小说

小说的"元化"表现最为复杂，这不奇怪：文字表意的灵活多变，使小说成为技巧最复杂的叙述体裁，文字又是最富于弹性的表达

---

① Ulrich Beck, *Power in the Global Age*, London: Polity Press, 2006, p. 2.
② Martin J. Wells, *J2ME: Game Programming*, Boston: Premier Press, p. 673.
③ Patricia Nourot, "Sociodramatic Play: Pretending Together", in Doris Pronin Fromberg, Doris Bergen (eds.), *Play from Birth to Twelve: Contexts, Perspectives, and Meanings*, 1998, p. 381.
④ G. M. van der Aalsvoort, "Early Social Development and Schooling", in Sanna Jarvela (ed.), *Social and Emotional Aspects of Learning*, Oxford: Academic Press, 2011, p. 146.

方式，本书在讨论时间与层次时，就已经说明过小说文字叙述的灵活性，其他任何媒介无法企及，小说在元层次上的种种操作，也最为复杂多变。实际上，我们关于元叙述的讨论，最早只是局限于元小说，至今"元叙述"这个术语，也经常与"元小说"混用。

小说自己谈论自己，就是"元小说"。西方批评界在确定"元小说"这个术语前，犹豫了很久。最早提出使用"元小说"一词的是小说家伽斯[①]，但是严肃地讨论这个问题的第一本书，是艾尔特的《片面的魔术》，他把这种小说称为"自我意识小说"，认为西方小说"大传统"以模仿论为根基，而这是一种"非模仿的次要传统"。[②] 此后布鲁克－罗丝称之为"实验小说"，费德曼 1976 年称之为"超小说"（Surfiction），罗泽同年称之为"外小说"。"元小说"这个术语在 1980 年左右确立，加拿大著名女批评家琳达·赫钦的《自恋小说：元小说悖论》一书为此做出了比较重要的贡献。[③] 帕特里西亚·沃的著作《元小说：自我意识小说的理论与实践》讨论得比较清晰。[④] 德国学者鲁迪格在 1986 年出版的《当代元小说》一书中指出，在 20 世纪 80 年代初，元小说只吸引了一小群"难得别扭的小说的读者"，而到了 80 年代末就蔚为大观，"大批雄心勃勃的批评家和学者进入了这个现在属于文学基本原理的领域"[⑤]。

关于元小说的文献，汗牛充栋，要简短地总结非常困难。首先应当分清在讨论的元小说是作为一种形式特征，还是作为后现代主义小说流派。作为当代小说流派，元小说是一种后现代的非现实主义小说，它与一般超现实的、荒诞的、魔幻的小说不同，它的"非现实"不是在内容上，而是在形式上，它在叙述方式上破坏了小说产生"现

[①] William H. Gass, *Fiction and Figures of Life*, New York: Knopf, 1971.

[②] Robert Alter, *Partial Magic: The Novel as a Self-Conscious Genre*, Berkeley: University of California Press, 1975.

[③] Linda Hutchen, *Narcissistic Narrative: The Metafictional Paradox*, New York: Methuen, 1984.

[④] Patricia Waugh, *Metafiction: The Theory and Practice of Self-Conscious Fiction*, London: Routledge, 1984.

[⑤] Imhof Rüdiger, *Contemporary Metafiction: A Poetological Study of Metafiction in English Since 1939*, Heidelberg: Carl Winter Universtatverlag, 1986, p. 2.

实感"的主要条件。元小说作为流派，只是把小说固有的元叙述品格发挥到极致，因此两者的区别并不妨碍我们的讨论。

帕特里西亚·沃指出："元小说一词是用来指那些有自我意识地、系统地关心自身作为一件人造品的身份，以便对小说和现实间关系提出质疑的艺术创作。"[①] 马克·柯里的定义是："（元小说作者）他们清楚怎样讲故事，但他们的故事却在自我意识、自觉和反讽的自我疏离等不同层面上返回叙事行动本身。"[②] 而"新叙述学家"苏珊·兰瑟更是直截了当地指出："不妨直接用'自我意识'来描述小说指向自身的叙述行为以及虚构本质的叙述。"[③] 可以看出，"自我意识（self-conscious）小说"经常被当作元小说的同义词，互相可以取代。自我意识也成为理解元小说的入手处。而且，"self-conscious"这个词，有"忸怩不安""不坦然自如"的意思，如此命名就非常生动。

在正常小说中，这些元小说操作痕迹都被程式化、非语意化了。读者不再注意，因为它们已是正常表意方式的一部分，这些痕迹不会破坏叙述世界的逼真性。巴尔扎克或萨克雷的作品，有大量叙述干预，依然不妨碍它们成为"现实主义"的典范。元小说所做的，不过是使小说叙述中原本就有的操作痕迹"再语意化"，把它们从背景中推向前来，有意地玩弄这些"小说谈自己"的手段，使叙述者成为有强烈"自我意识"的讲故事者，从而否定了自己在报告中真实的假定，而是在做自我戏仿。

4. 当代文化与"元叙述"

上两节考察了各种叙述体裁中的元叙述，包括纪实型叙述的元历史、元新闻、元广告，虚构型叙述的元戏剧、元电影、元小说、元游

---

① Patricia Waugh, *Metafiction: The Theory and Practice of Self-Conscious Fiction*, London: Routledge, 1984, p. 2.

② 马克·柯里：《后现代叙事理论》，宁一中译，北京：北京大学出版社，2003年版，第70页。

③ Susan Lanser, *The Narrative Act Point of View in Prose Fiction*, Princeton: Princeton University Press, 1981, pp. 176—177.

戏，我们可以看到元叙述无所不在，任何叙述体裁都有元叙述化的变体。尤其是当代的叙述体裁，几乎都可以说成有元叙述成分，其表现方式多样繁杂，不易总结，这是元叙述研究的一个大难点。

至今没有人来总结出各种叙述体裁共同的"元叙述化"途径，但是米切尔在《图像转向》一书中认为"元概念"（concept of meta）的基础是"二次再现"，他引用福柯，说这是"再现其再现的力量"（to represent its representation）。[①] 因此，所有的元叙述，出发点是另一个（另一些、另一种或自身）叙述文本，没有脱离其基本定义"关于叙述的叙述"。但是叙述的种类奇多，本书已经证明它们的品质非常不同，哪怕有这个定义，也很难说清其表现方式。因此，本章以下的讨论，只能是一种尝试。

首先，元叙述因素在叙述中普遍存在，只有当某种元叙述因素成为文本的主导时，整个文本才能被视为"元叙述文本"。而成为主导有几条清晰的途径可循。其次，所有这些"元化"途径的共同特点是"犯框"，即破坏叙述再现的区隔。最后，本章要指出，元叙述除了让文本"陌生化"而显得生动新鲜，利于传达外，更重要的是提示并且解析叙述的构造，使文本突破有机整体的茧壳。

应当说，没有归成一类的"元叙述"，只有各种体裁的"元叙述化"方式，用以获得某种类似"元叙述"的品质。如果我们能总结出各种元叙述的共同点，那么我们就能抽象地思考元叙述的品质。

必须指出的是，程式化是抵消元叙述化效果的最有力手段，例如平话小说中经常出现"看官有所不知"。叙述者对情节的"解释评论"实为一个元叙述技巧，但是一旦程式化，就让读者觉得十分自然，不再有元叙述的感觉。因此，没有绝对的元叙述化，也没有绝对的程式化，二者力量消长，引出"元叙述化程度"问题：元叙述化效果达到一定程度后，无法被读者依照文化程式加以"自然化"，就成为元叙述。所以下面说的各种"元叙述化"途径，都只是取得元叙述化效果

[①] W. J. T. Mitchell, *Picture Theory: Essays on Verbal and Visual Representation*, Chicago：University of Chicago Press，1994，p. 42，p. 58.

的相对途径。元叙述因素是无处不在的,元叙述因素被前推,成为文本的主导,才能成就一个元叙述文本。

"元叙述"不是绝对的,有个程度问题。有些小说"元叙述化"只走到一半。王安忆《锦绣谷之恋》中的叙述者,急不可耐地想取得自我意识。叙述者自我取消了客观性,似乎比主人公,一个寻找婚外恋的女人,对情节发展更感兴趣,但是作品的这种"元叙述露迹"只是偶一为之,适可而止,因而是一种"中小说"(mid-fiction)。这是艾伦·怀尔德(Alan Wilde)的用词,据称是"现实主义小说与自反小说的中间地带,其实验性相当强。但主要不靠自反方法"[1]。他的这个看法很精彩,指出了元小说没有绝对界限,只是一个程度问题。

这就是为什么元叙述这样的抽象理论问题,有强烈的"文化特殊性":不仅"元叙述化"的途径因文化而异,而且现代与传统的元叙述大不相同,在一个文化中能体会到的元叙述,在另一个文化语境中有可能再正常不过。下面总结的五条元叙述化方式,呈现一个从内到外的过程:前两条是在文本之内展开的,第三条已经跨出文本单层次的范围,而第四、第五两条,则是在文本间进行元叙述化的途径。

第一种元叙述,"露迹"式。

暴露构筑叙述文本的过程,是最明白无误的"关于叙述(过程)的叙述"。媒介化使叙述得到一个创造独立世界的机会。但是一旦暴露这个制作过程,叙述独立世界的神话就破灭了。元戏剧角色暴露自己是演员,元小说暴露文字是编造,元广告暴露布景是纸糊的,元电影暴露情节是剪辑的、摆拍的、各种方法人造的。任何体裁都有无数暴露自身制作过程的方式,这是一种最基本的元叙述化方式,也是所谓"自我意识"的最清晰的表现方式。电影如大卫·芬奇的《搏击俱乐部》(*Fight Club*)把剪辑过程放在制成的电影里;中国学者支宇

---

[1] Alan Wilde, *Middle Ground: Studies in Contemporary American Fiction*, Philadelphia: University of Pennsylvania Press, 1988, p. 4.

评论邓贤写缅甸远征军的报告文学《大国之魂》时，也用"元叙述"一词指作者在文本中的大量的直接评论，诉说自己作为远征军后代长期忍受的政治恐惧，以及他采访这段历史的过程。①

以拍电影为情节内容的电影。例如戈达尔（Jean-Luc Godard）的《芳名卡门》（*Prénom Carmen*），戈达尔自己作为一个导演出现在电影中，指导剧中人物如何拍摄一个"卡门故事"电影。费里尼的《八部半》中主人公是个导演，黔驴技穷，求助于梦境。《阮玲玉》《我与梦露相处的一个星期》这样的电影有大量电影史内容，也应当算元电影。至于《死亡录像》《纸袋头》等，直接就把自身这部电影形成的过程作为本电影的主要情节，可以称为"自生电影"（self-begetting film）。

正常小说中，叙述者有权做各种干预评论。元小说中，叙述者则有意耍弄自己控制一切的权力。维尔托夫以"电影眼睛论"拍出《带电影摄影机的人》（1929）等，已经采用"倒卷"（rewinding）制作，例如让肉回到牛的身上，用以让人们看到电影是一种欺骗眼睛的艺术。电视剧《武林外传》中，剧中角色利用道具插科打诨，直接与观众对话，如一场客栈掌柜与伙计就某瓶液体是否具有美白功能展开争辩的戏，掌柜直接拿着瓶子面对镜头向观众打广告："佟氏美白润肤乳，你，值得拥有！"还有一些古装喜剧，演员在做出高危的武打动作时，在戏中直接告诫观众"动作危险，请勿模仿"。②

此种"自我暴露"揭示出来的，不一定是真实的创作过程，有时候被暴露的过程，是个更加无稽的虚构，例如巴斯（John Barth）的《顿妮亚扎德传》（*Dunyazadiad*），写的是《天方夜谭》是如何写成的，山鲁佐德用讲故事迷惑残暴苏丹，原来她有个妹妹顿妮亚扎德，每天从一个叫巴斯的老头那里取得一个故事告诉姐姐，巴斯当然是从他的书架上的现代版《天方夜谭》中得到这些故事的。例如福尔斯（John Fowles）《法国中尉的女人》（*French Leutenant's Woman*），

---

① 支宇：《历史还原·元叙述·文体混杂——邓贤长篇纪实文学研究》，《四川教育学院学报》1995 年第 4 期，第 74 页。

② 这个例子是 2012 级黎永娥同学在叙述学课程测验中提供的，特此致谢。

"作者"竟然出场,把表拨慢了一刻钟,情节就出现了一种完全不同的结果。

另一种以"叙述中的叙述"为主导方式的叙述,是靠生成别的叙述而形成的叙述。这句话说来拗口,一般的"故事中的故事"并非一定是元叙述,因为叙述分层经常是程式化的叙述手段,例如《十日谈》,就不能算元叙述,因为没有写出让我们出乎意料的"生成叙述"。但是如果以某种方式有效地突出了叙述中的叙述,元叙述就出现了。小说如塞尔维亚作家帕维茨的《哈扎尔词典》,韩少功的《马桥词典》,电影如希区柯克的《后窗》,主人公拉开窗帘,就等于在电影中看电影。

例如戏中戏放在戏剧和电影中,就很可能效果不明显,而小说中的次叙述(人物说起故事来),大部分都已经很正常。放到广告中,就可能是"元叙述化"的手法。

这是 Clear Channel(一家户外广告公司)的广告。一家广告公司做自己的广告,已经是元广告。但它采取了更进一步的"自指"方式,屏幕上斗大字说"嗨你!让你看你就看了吧!"看到这广告的人不禁吓了一跳:"的确我中了招。"然后潜在的客户就会想到:它让每个人不由自主看它要人们看的东西,说明这家公司的广告"到达率"

极高。这是一幅"自我生成"广告，是一幅不失幽默，不乏惊奇，而且构思新颖的元广告。

这种叙述中的叙述，还有一种亚型，即多体裁"拼贴"：正常小说中，文体不免有混杂之处，例如中国小说中的"以诗为证"，《红楼梦》中画出了贾宝玉身佩之玉的正面反面图案字样。这种拼贴可以来得更自然，例如鲁迅《高老夫子》中高老夫子接到贤良女校的聘书，作为叙述内容，原可把聘书语句转述出来，但小说中把聘书格式原样印下，而且是民初格式，不用任何标点。这是印刷文字的图像性能被调动进入叙述，偶一用之，读者不会感到是元叙述。只有当叙述者有意把拼贴做过头，元叙述才会出现，例如巴塞尔姆（Donald Barthelme）在《白雪公主》（*Snow White*）中画了国旗、太极图、卡车、手枪，甚至有读者调查问卷，有点像电影中的拼贴动漫镜头。

第二种元叙述，多叙述合一。

同一个文本中有多个叙述展开，可以让读者自行选择。其中任何一种选择都具有元叙述性，因为读者的选择，取代了叙述者的选择权，僭越了文本构筑。爱尔兰作家奥布莱恩（Flann O'Brien）的《双鸟戏水》（*At Swim-Two-Birds*）一直是元小说论者喜欢讨论的名著，奥布莱恩解释说："一本好书可以有三个完全不同的开端，它们之间的关联性仅仅在于都源于作者的预知能力。同样原因，故事可以有上百种不同的结尾。"任何一个情节线索单独拉出，是正常的叙述，并存而互相对照，而且强迫读者面临选择，才构成元叙述。

这样的叙述文本，实际上是在同一个文本中，几个文本有某种关联地共存，也就是说，是以文本间性为主题的文本。到现在，这手法已经成为当代电影最喜欢用的元叙述方式：从《罗拉快跑》，到《双面情人》，到《源代码》，都是这样一个叙述的多重变体共存文本。在纪实性叙述中，这种方式只能在很特殊的情况下出现，例如一本历史书说"关于建文帝的下落，有几种说法"，因为读者与作者一样，没有挑选的可能，实际上不是元叙述。

第三种元叙述，多层联动式。

叙述暴露层次间的控制。戏剧元意识不仅是明确演与被演的关系，即层次控制关系，也不仅是布莱希特所强调的"被演出意识"或"引证意识"，即剧场性，而且是层次替换意识，即二者相互影响，非此非彼，亦此亦彼。正常小说中，叙述者可以打乱情节的顺序，用倒述、预述、伏笔等，目的是把故事说得生动，而元小说"力求一种总体的随意性，以表现当代社会的杂乱无章、疯狂恣肆、冲突横生"。①极端的例子如科塔萨尔（Julio Cortazar）的《跳房子》（*Hopscotch*）。

游戏这种特殊的叙述②，经常可以元叙述化。很多游戏是在别的游戏的基础上延伸出来，依赖于另一层游戏而进行的，是"关于游戏的游戏"。最常见的就是"赌其他游戏的结果"。这种游戏方式与历史一样古老：赌赛马、赌赛狗、赌蟋蟀、赌赛球。注意这与观看比赛不同。一般观赛者自己并没有进行另一层游戏，而赌另一层赛事者，自己在进行另一场游戏，只是他们在另一个层次上游戏，两场游戏联动，由此构成"经典的元游戏"。③

元广告也可以在层次联动上做得更加有趣。例如下面这张 LV 公司的广告，法国名演员卡特琳·德纳芙（Catherine Deneuve）在给 LV 公司拍广告：道具火车、灯光架子，场面很大。看来广告"原来的"内容是拍德纳芙拎包箱上火车回家的情景。似乎是 LV 公司很认真，德纳芙很投入，过程繁复而细致，只能中途休息。此时德纳芙坐在 LV 箱子上揉脚，松一口气，广告语说："有时候，家只是一种感觉。"这是一幅非常有创意的广告：广告拍做广告，以做广告作为广告，暴露做广告的过程，自嘲工作的辛苦，让法国的"第一美女"受累了，幸好可以坐在 LV 箱包上，略有安慰。这的确是自曝控制层次

---

① Patricia Waugh, *Metafiction: The Theory and Practice of Self-Conscious Fiction*, London: Routledge, 1984, p.12.
② 关于游戏作为一种叙述，参见笔者《演示叙述：一个符号学分析》，《文学评论》2013 年第 1 期，第 139—144 页。
③ Roger Fisher et al, *Getting to Yes: Negotiating Agreement Without Giving In*, Harvard University Press, 1991, p.5.

的"元叙述式广告",很有想象力和幽默感。

类似此广告做法的有德克士(Dicos)的广告,讲的是广告已经拍完,主角却因鸡翅美味,为再品尝美食,耍赖要求广告导演重拍。① 这也是广告拍摄本身成为元广告,但是不如上述单幅广告处理得自然。

第四种元叙述,"寄生"式。

依靠已知叙述才成立的文本,即明显是关于另一个或另一批的叙述的叙述,这也是一种"叙述文本共存"。"后文本"②,本是正常的程序化的,正常小说中有大量典故,对先前文本的影射是无所不在的"文本间性"。纳博科夫的《洛丽塔》据他自己说"暗指和戏拟了60多位作家",但是读者多半难以觉察。而要达到戏仿目的,必须让读者能识别地模仿。例如布罗提根(Richard Brautigan)的《在美国钓鳟鱼》(*Trout-Fishing in America*)戏仿禅宗公案,霍克斯(John

---

① 这是2013年叙述学班孙燕燕同学提供的例子,特此致谢。
② 关于"先后文本",请参见笔者《论"伴随文本":扩展"文本间性"的一种方式》,《文艺理论研究》2010年第2期,第2—8页。

Hawkes)的《菩提枝》(*Lime Twig*)戏仿通俗惊险小说,加德纳(John Gardner)的《格伦代尔》(*Grendel*)颠覆英国史诗《贝奥武甫》(*Beowulf*)。

大部分电影中这种"点头致意"几乎看不出来,各种"后传""续篇""再写""归来"甚至"前传",这些形式也都已经自然化了。但是特殊的处理,能把先文本倒推出来,使自己成为"关于叙述的叙述"。例如特吕弗(François Truffaut)的《日以继夜》(*La nuit américaine*)中引用了自己的电影《四百击》(*Les 400 coups*),其中的一个镜头是人物撕下美国片《公民凯恩》(*Citizen Kane*)的海报;伍迪·艾伦的《星尘往事》(*Stardust Memories*)戏仿费里尼的《八部半》,他的《开罗紫玫瑰》(*The Purple Rose of Cairo*,1985)向巴斯特·基顿(Buster Keaton)的《福尔摩斯二世》(*Sherlock Jr.*,1924)致意。

只有用各种手法表明直接"寄生于"其他作品,才让观众明白不得不当作元叙述读。如里斯(Jean Rhys)的《藻海无边》(*Wide Sargasso Sea*)那样的小说,如黄哲伦(David Henry Hwang)的《蝴蝶君》(*M. Butterfly*)那样的舞台剧或电影,对不了解《简·爱》或《蝴蝶夫人》的读者来说,这些作品的立意无法成立,因为《藻海无边》就是要显示纯洁爱情的《简·爱》有个对照之下令人战栗的前文,而《蝴蝶君》则以东西方文化关系,融入同性恋复杂冲突为主题。

第五种元叙述,全媒体承接式。

一个叙述文本被许多媒体承接衍生成多种体裁。尽管这种情况在传统文化中不乏先例,小说的故事被改编成其他体裁,一直是常见的事(例如《卡门》几乎平均每年有一种体裁的改变)。这种"全媒体承接"却是当代传媒文化的一个特殊现象,是元叙述发展的新趋势。当今时代传媒文化的发达,一个媒介中的叙述可以衍生到整个文化:原是儿童连环画人物的唐老鸭、超人、变形金刚、黑衣人、蝙蝠侠,原是武侠小说中的人物如郭靖、东方不败,几乎都衍生成"全媒体叙述":电视连续剧、电影、动漫、游戏、电子游戏、玩偶商品、次生小说等一而再、再而三地改编,以至于到最后以超人与蝙蝠侠等人物替代真人,成为当代大众文化的偶像。1999年,蝙蝠侠"诞生"60周年,不少文化论者为他"庆生",也有论者对当代大众文化这种永恒的童心感到迷惑不解。① 当代传媒的无穷变身所创造的元叙述变身能力,为先前时代所不可思议。

剧烈反讽的"元广告"是借消费时代的广告做反讽性的评论,或者是相反,用商品来反指与广告图像正相反的意义。这在中国的"政治波普"美术中几乎成了套式,例如王广义的成名作,借广告对比"文化大革命"的大批判之无的放矢,或借大批判来反说今日商业化浪潮,尤其是群体盲目欢迎西方进口货,如讽刺可口可乐之无所不在。这是体裁之间的互相衍生互相评论。

5. "犯框":元叙述的共性

所有以上五种"元叙述化途径",共同特点是逗弄冒犯叙述的框架区隔,或是侵犯破坏这种区隔,因为区隔在符形、符义、符用三个层次上把叙述与经验世界(例如文本构造过程)区分开来,也与其他叙述文本区分开来。这个问题本书在前文(第一部分第五章)已经仔细讨论过,这里再简略提一下。一度区隔把符号再现与经验区隔开来,这个区隔的特征是媒介化。我们可以称这个一度区隔为"媒介化区隔",其结果是一个符号文本构成的世界,这种基础文本是"纪实的";虚构叙述必须在符号再现的基础上再设置第二层区隔,也就是说,它是再现中的进一步"再现"。这个双层区隔里的再现与经验世界就出现了"不透明性",接收者不再期待虚构文本具有指称性。

而所有的元叙述,实际上都在侵犯这个区隔框架。有一种"元电

---

① David Finkelstein and Ross Macfarlane, "Batman's Big birthday", *The Guardian*, March 15, 1999. http://www.guardian.co.uk/g2/story/0,314504,00.html. Retrieved June 19, 2007.

影"比较特殊,是其他叙述样式所无:从银幕上直接对观众说话,破坏电影的区隔。在戏剧里,"净末开场"等人物直接向观众说话,是很自然的,不能算"元戏剧";广告因为其意动诉求性质,也经常会对观众直接说话,也不能算"元广告"。但电影的表演是被程式化遮掩的,不存在第四堵透明的墙,无法对观众说话,一旦用上,就破坏了电影的虚构区隔。伍迪·艾伦(Woody Allen)的《安妮·霍尔》(Annie Hall)中,他自己出镜扮演的主人公问观众对戏中人物的看法,更是双重的元叙述(制作过程进入叙述,人物直接对观众说话)。

有些"犯框"(建议英译 frame-violating)非常具体。电影《午夜凶铃》中,女鬼真的从电视机中爬出来;《鬼来电》中,鬼魂从手机中来到现实世界。最直观的框架,莫过于美术的画框与标题,画框把美术世界与周围的墙壁隔开,也就是将再现与经验世界隔开。如果一幅画自己画出画框,那就是自我"元化"。荷兰版画家艾歇(M. C. Escher)的下面这幅画《手》,几乎囊括了本章讨论的各种元叙述化途径。

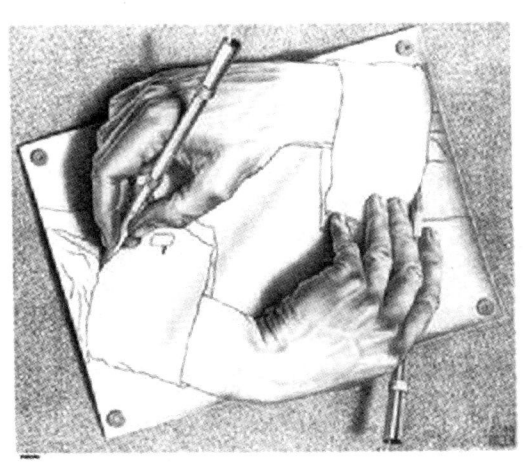

这幅画暴露了自身在区隔框架内的构筑方式;它提供了左手画右手与右手画左手两种选择;它提供了立体与平面两个层次;它提示了我们画的"立体感"实际上依赖框架的区隔作用,而这框架是很容易

就能被破坏的；两只手的立体"逼真性"完全依靠媒介——简单的铅笔线条，而一旦框架消失，这种"逼真性"就变得可笑。

对"犯框"机制最复杂的揭示，或许是著名怪才导演大卫·林奇（David Lynch）的电影《内陆帝国》（*Inland Empire*）。其中一个场面，女主人公说了一段有点装模作样的话，吃吃笑起来，说："天哪，真像我们剧本里的台词。"这时响起了导演的声音："停！怎么回事？"显然，这是一个 NG 镜头，演员的笑破了戏，电影破了框，要重拍。但是女人四顾，一切依旧，电影继续，周围是"现实的"房间，没有摄影班子。她吓坏了，站起来慌忙奔跑。她的"犯框"没有成功，反而肯定了新的框架边界。在这个世界内，框架区隔没有被她的笑场破坏，是完整的，或者说这根本不是框内的虚构世界，而是一个超出她理解的实在世界（参见本书第一部分第五章第六节），因此她在其中跳不出去。这是一个超级恐怖的怪异场面，它从反面肯定了框架的作用，或许可以称作"反向元叙述"。

6. "元叙述"与叙述理论

"正常的"叙述，满足于在这框架内处理文本。而任何元叙述，其本质是"犯框"，侵犯这个框架，虽然元叙述不一定如《手》那幅画一样完全推翻框架，但是它试探"逗弄"或"冒犯"框架的区隔性，有意卖弄这种冒犯，让读者意识到：叙述虽然落在区隔框架中，我们却并不一定看得见这个区隔框架。用"犯框"来把框架陌生化，凸显框架的重要性，这是本书在最后一章讨论元叙述的理由：所有元叙述的目的并不在于要接收者相信，而是要接收者看到叙述是人工制造的，从而拒绝对叙述"自然化"。

马丁说：一旦叙述冒犯框架，"这位作者就立即成了一位理论家"。[①] 的确，元叙述的主要意义，就是"用叙述讨论理论"，尽管不

---

① 华莱士·马丁：《当代叙事学》，伍晓明译，北京：北京大学出版社，1990 年版，第 228 页。

是用理论语言讨论理论。元小说实际上是一种批评演出，是叙述者或人物替代批评家、理论家，从故事内部批评叙述规则。怀特的 *Metahistory* 一书中译本译作《元史学》，很精确而传神，一旦"元叙述化"，其中的"学"这一层意思就突显了。元游戏指的是对游戏的研究，对游戏规律的探讨。在运动中，这是教练的工作，运动学的工作领域是对运动员的更高水平要求，即不仅玩好运动比赛，还要知其所以然。① 教练的临场指挥或换人，直接影响到比赛胜负的可能性，却是基于某种"道理"。至于元戏剧，霍恩比认为可以有三种取向：

第一，为探究存在问题，"戏中有戏"；
第二，为探究社会问题，"戏中仪式"；
第三，为探究个人问题，"演中有演"。②

这个说法倒是相当条理分明。的确，元戏剧讨论的不仅是戏剧的结构，而且是戏剧背后的哲理。但是任何戏剧都有戏剧理论的控制痕迹，在这个意义上，可以说"无戏不元"。同样，叙述文本可以说"无述不元"，只是元叙述特意暴露各种叙述策略，以及叙述与社会、存在、主体的关系，从而解构现实主义的"真实"，消解利用叙述的逼真性以制造意识形态神话的可能，颠覆叙述创造"真实世界"的能力。

把某物"打上引号"，就是使某物成为语言（或其他艺术表意手段）的操作对象，而不是被语言"反映"的独立于手段之外的客体。当我们说："叙述表现生活。"这完全不同于说："叙述表现'生活'。"前一个宣称是"自然化"的，生活被当作一个存在于叙述之外的实体，保留着它的所有本体实在性；而后一个宣言，生活处于引号之内，它的本体性被否决了，它只存在于"叙述表现"的操作之中，在

---

① Barney Pell, *Strategy Generation and Evaluation for Meta-Game Playing*, Cambridge: University of Cambridge Press, 1993, p. 289.

② Richard Hornby, *Drama, Metadrama and Perception*, London: Associate University Press, 1986, p. 83.

这操作之外它不再具有其独立品质。也就是说，它不具有充分的在场性。

这两个宣称还有更深一层分歧：在"叙述表现生活"中，生活与叙述处于同一符号表意层次，操作是同层次的水平运动，它的运动轨迹彰显与否是个次要问题；在"叙述表现'生活'"中，主宾语项是异层次的，"叙述"比"生活"高一层次，它居高临下地处理引号内的事项，表现就成了突破层次障碍的关键性行为。

换句话说，在"叙述表现'生活'"这一陈述中，与小说这主词有关的，与其说是"生活"的诸本质内容，不如说是"表现"本身，是它的构造之自我定义功能：叙述成了关于自身的表意行为，成了关于叙述的叙述，也就是说，成了元叙述。

元叙述揭示叙述的构筑，从而导向对叙述本质的思考。元叙述表明符号虚构叙述中，很大程度上它是叙述的产物。这样，我们所面对的"生活"世界也并不比虚构更真实，它也是符号的构筑：世界不过是一个大文本。符号的边界就是世界的边界。正如罗布·格里耶所说："读者的任务不再是接受一个已完成的充分自我封闭的世界，相反，他必须参与创造，自行发现作品与世界——从而学会创造自己的世界。"①

诚然，离心运动是当代文化表意的总趋向，但是如果离心的方向依然是追求对世界的解释方式，那么这是同水平的运动。欲超越当代文化传统，需要对更根本的东西——表现形式与解释方式——进行测试和再建。当代文化元意识的产生，符合了这个需要。

元意识，是对叙述创造一个文本世界来反映现实世界的可能性的根本怀疑，是放弃叙述世界的真理价值；相反，它肯定叙述的人造性和假设性，从而把控制叙述的诸种深层规律——叙述程式、前文本、互文性价值体系与释读体系——拉到表层来，暴露之，利用之，分析之，把傀儡戏的全套牵线班子都推到前台，对叙述机制来个彻底的露迹。

---

① Alan Robbe-Grillet, *For a New Novel*, New York: Grove, 1965, p.13

这样的叙述不再再现经验，叙述创造的是文本间的关系。读者面对的不再是对已形成的经验的解释，读者必须自己形成解释，叙述不再提供区隔内的"整体性"。当一切元语言——历史的、伦理的、理性的、意识形态的——都被证伪后，解释无法再依靠现成的符码，歧解就不再受文本排斥，甚至不必再受文本鼓励，而成为文本的先决条件。换句话说，每个读者必须成为批评家。

从这点上说，元游戏实际上是游戏的本质，也是人的理解能力学习能力的本质。而这种至关重要的能力，就是触类旁通，拒绝人云亦云的"元意识"。一个叙述文本能被"元叙述化"，正是因为此叙述在文化中尽人皆知，提供了人们延伸创造的共同基础，成为文本典故的锚定点，《蝙蝠侠》或是《西游记》，就是这类让一个文化中各种媒介都可以衍生发展的出发文本，可以称之为具有"元叙述化潜力"的文本。

真正不让"元叙述化"的文本，往往是在文化中被视为经典，地位神圣的文本。例如《红楼梦》，其叙述文本就固定化了，任何改写都会被认为"不像"，甚至被指责为"亵渎经典"。可以说，神圣性的经典，就是不让随便"元叙述化"的文本。这样的经典文本是需要的，因为元叙述化本身具有消解能力，过度使用会让叙述文本流动失形，让一个文化的奠基性叙述文本逐渐被冲淡，甚至归于消失。这一点并不是危言耸听。关于"福尔摩斯探案""007"或《西游记》的改编本和戏仿本之多，之频繁，没有让柯南·道尔、伊恩·弗莱明、吴承恩的原作更加有名，反而使它们的读者相对减少。

7. 元意识与中国思想

一般论者都认为"元意识"是典型的后现代思想。麦卡弗里指出：

> 元意识正在进化成我们时代的特征意识，是对主体性和我的体系里人工制造物高度自觉后不可避免的产物……我们当代的意识不仅浸透了自我意识，而且是认识到注入游戏、玩耍、虚构、

人造、主体性等，是让人文明化的核心概念。①

但元意识只有在后现代才能产生吗？哪怕过去时代有过痕迹，也只有在后现代才能成为主导思想吗？

笔者认为，在理性主义占绝对上风的文化中，侵犯框架区隔的意识不会很强烈，因为规则只有在合一的框架区隔中才能顺利贯彻；相反，某些超乎理性主义的哲学思想，哪怕在前现代都有可能催生元意识。

不奇怪，在中国哲学传统中，元意识由来已久，尤其是在释道这两家非主流思想中，《道德经》强调区分君临于"可道""可名"世界之上的"常道"与"常名"；禅宗谕"至佛非佛"，论"迷"与"悟"。《传灯录》卷二十八说"在迷为识，在悟为智；顺理为悟，顺事为迷"，清晰地指出层次控制关系。

奇书《西游补》可以说是中国第一本元小说。翻转《西游记》，固然已是戏仿，而书中论及层次观念，妙趣横生，发人深省。第四回孙行者入小月王万镜楼，镜中见故人刘伯钦，慌忙长揖，问："为何同在这里？"伯钦道："如何说个'同'字？你在别人世界里，我在你的世界里，不同，不同。"这是框架意识的绝妙说明。

控制与被控制、操纵与被操纵、扮演与被扮演，是叙述的最基本原理。本书在先前已经屡有讨论。佛教最早传入中国时，首先就是其"三界""欲界六重天"等分层观念使中国士人"讶其说以为至怪也"。《酉阳杂俎》重说了《譬喻经》中故事：

> 昔梵志作术，吐出一壶，中有女子，与屏处作家室。梵志少息，女复作术，吐出一壶，中有男子，复与共卧。梵志觉，次第互吞之，拄杖而去。

---

① Larry McCaffery, *The Metafictional Muse*, *The Works of Robert Coover, Donald Barthelme, William H. Gass*, Pittsburgh: University of Pittsburgh Press, 1982, p. 225.

鲁迅在《中国小说史略》中认为这观念来自《观佛三昧海经》，其中说佛现白毫毛相，"毛内有万亿光，于其光中，现化菩萨，皆修善行"。

其实佛教各宗都把宇宙分层作为色空观的最主要立论方式之一，法华宗所谓"一心具十法界，一法界又具十法界百法界"。华严宗大师法藏应武则天召为说佛法，举殿前金狮子塑像为例：

> 狮子眼、耳、支节，一一毛处，各有金狮子。一一毛处狮子，同时顿入一毛中。一一毛中，皆有无边狮子，又复一一毛，带此无边狮子，还入一毛中。如是重重无尽，犹天帝网珠，名因陀罗网境界门。①

这种分层观念在《华严经》中论之甚详："善男子，我经行时，一念中一切十方皆悉现前，经过不可说，不可说世界故。"层次观与定慧观很自然地联结起来。不少佛学史家都同意华严宗是禅宗思想的前驱。就万相分层，诸法实相非无亦无这点而言，的确启导了禅宗在修行之上更进一层。

层次观念对禅宗思维方式影响至深，这类公案，在禅宗文献中极多。只举一个与中国民间神相关的例子：《五灯会元》卷二"破灶堕和尚"，大师用杖击破灶，灶神得以解脱而升天，因此"青衣峨冠"来表示感谢。"少选，侍僧问曰：'某等久侍和尚，不蒙示诲，灶神得什么径旨便得升天？'师曰：'我只向伊道是泥瓦合成，别也无道理为伊。'"必须"打破"现象世界，才能进入更高层次。受佛理影响的中国诗学，讲究"写意"。而写意的前提，就是文本之上另有一"意"界，王国维后来归为"境界"说。境界超越艺术媒介，也超越观赏文本直接见到的物象。

可以不无骄傲地说，中国先贤对元意识比西方古人敏感得多。然

---

① 石峻等编：《中国佛教思想资料选编》（第二卷第二册），北京：中华书局，1983年版，第22页。

而西方现代元意识发源于希腊哲学与数学的推理逻辑之中。例如，欧几里得几何体系之严密，固然难逃导致千年机械论统治之咎，但一旦发现触动公理，即可创立整个新体系，它就直接引向了元数学。中国当代的元意识是一种现代意识，无法借释道而生，但是中国传统思想之非理性色彩，反而有助于元意识的产生。

本书以元意识作结是有原因的。叙述的各种体裁之区别，关键词是"框架"与"程式"。纪实与虚构，是一度再现框架与二度虚构框架的区别，记录类叙述与演示类体裁群的区别，相当重要的是框架向接收者打开的程度。广义叙述的释义标准"解释社群的自然化"，也是以框架为限定范围。框架内是一个独立的世界，具有内部真实性，身居其中，看不到也无须看到框架外对逼真性的破坏和否定。

反过来，元意识的最大特点就是侵犯框架，逗弄程式，破坏框架内世界的"自足真实"，消解其中意义的完整性。框架是框架程式的肯定，元意识是框架程式的否定，当我们检查清楚肯定的机制，我们需要看到否定的力量，毕竟，叙述是人的活动，表现人性的伟大力量，而任何人的活动，也都会显示人的认识之自我囚禁。①

---

① 这最后一段结语，是在讨论中受到四川师范大学谭光辉教授的启迪，有感而发，特此致谢。

修订后记：为何本书标题依然如故？

在英文中，narrate（叙述）这个最基本的词，可以说成[nəˈreɪt]，也可以说成[næreɪt]，读音相差很明显。有些教科书说前者是英国音，后者是美国音，我却发觉实际上随个人而异，甚至有学者讲课随意转换，怎么顺口怎么来。这个不必区分的区分，过于明显，让许多学生不舒服，不知道是跟着A派教授说前者，还是跟着B派教授说后者，毕竟，让人看成A派或B派，看来都可能让另一半人侧目而视。但是实际上没有出现任何此类衍生问题。

本书原名《广义叙述学》，而不是《广义叙事学》，原因是笔者求学时，就跟着B派教授，读成B发音了。这当然是说笑，笔者在80年代起草《当说者被说的时候：比较叙述学导论》一书时，就用了"叙述"，以后就用惯了。原因不是要与哪些同行较劲，一定要"别出心裁"，而是不知道国内已经有了"叙事"一词。当时互联网尚不发达，留学比较容易变成"冰箱人"。

此后就无法改了，要改就得费力气说服自己为何从众。当然不改也要费力气，要证明自己是对的。这就有了本书"导论"第一节中长达一页的辩词，大致上是说"叙述"比"叙事"优越。笔者应当承认：这是事后诸葛亮式的辩护，事先没有想到那么多。这不是说为"叙述"写的辩词没有道理，但是已经做了四十年的事，总得说几句"为何不改"。就像我英文一直用B发音，实际上不是弗洛斯特的名诗《没走的那条路》，而是不改就不改了。语言实际上是"从众"的，社群长期使用形成最牢靠的"符用理据性"，任意而武断。正如"叙事诗"与"叙述者"已成习语，谁也无法改变。

那么我就要说清"叙述"而非"叙事"，用法是尊重"从众原则"

的，幸亏这是书面写法的不同，容易弄清。若是英文的 narrate 读音区别，简直无从找统计学上有意义的差异。我发现覆盖面最广的集中搜索工具，例如"百度学术"，"中国知网"，Bing，Glgoo 等，给出的答案都是二者都有巨大数量的人在使用。"叙事"稍多于"叙述"，大致的比例是 3∶1。但是无法说这四分之一的使用者与使用场合不是"众"。

由此《广义叙述学》这次修订再版，就依然如故了。必须再次强调：二者没有正确程度之分。不存在［nəˈreɪt］与［ˈnæreɪt］两派，也不存在"叙事派"与"叙述派"。学界基本上都是二者任意使用，没有区分。

我很同意云南大学谭君强教授为他的译著再版做的辩护：二者都好用。他的标题是《叙述学：叙事理论导论》(中国社会科学出版社，1995 年版)，在 2003 年修订第二版中，他坚持这个标题。他的另一本书是《叙述的力量：鲁迅小说叙事研究》(云南大学出版社，2014 年版)，似乎是有意强调：换着说，有益并更精彩。

谭君强是荷兰名校阿姆斯特丹大学叙述学权威米克·巴尔的高足。有谭君强老师几十年实践在前，我何复多虑，又何需多言？

赵毅衡

2023 年端午后某日